中國古典文學基本叢書

杜牧集繫年校注

第三册

吴在慶 撰

中華書局

樊川文集卷第八

唐故岐陽公主墓誌銘〔一〕①

憲宗皇帝即位八年，出嫡女册封岐陽公主，下嫁于今工部尚書、判度支杜公悰。始，憲宗時，宰相權德輿有婿獨孤郁，爲翰林學士，帝愛其才〔二〕，因命宰相曰：「我嫡女既笄可嫁〔三〕，德輿得婿獨孤〔四〕，我豈不得耶？可求其比。」後丞相吉甫進言曰：「前所奉詔，臣謹搜其人。」因名我烈祖司徒岐公曰：「有孫兒悰②，年始弱冠，有德行文學，秀朗嚴整。臣嘗爲司徒吏，熟其家事，官族世婚，習尚守治，臣一皆忖度〔五〕，疑悰可以奉詔。」帝即召尚書見，與語大悦，授殿中少監〔六〕，服章金紫。以元和八年某月日，主下嫁于杜氏，上御正殿，禮畢，由西朝堂出〔七〕，節幡鼓鐸，儀物畢備，引就昌化里賜第，上御延喜樓，駐止主輪，尚書及賓侍，酒食金帛，奏内樂，降嬪御送行。賜第堂有四廡，繢椽藻櫨，丹白其壁，派龍首水爲沼③。主外族因請，願以尚父汾陽王大通里亭沼爲主别館④。當其時，隆貴顯榮，莫與爲比。

主實憲宗皇帝嫡女，穆宗皇帝母妹，敬宗皇帝、今天子親姑，尚父汾陽王子儀外曾孫。太皇太后始以正妃事憲宗，以太后、太皇太后愛養三朝〔八〕，凡四十年，德厚慈恕，化充六宮，主以一女之愛，降于杜氏，逮事舅姑。杜氏大族，其他宜爲婦禮者，不翅音試數十人，主卑委怡順，奉上撫下，終日惕惕，屏息拜起，一同家人禮度〔九〕，二十餘年，人未嘗以絲髮間指爲貴驕。始與尚書合謀曰，上所賜奴婢〔一〇〕，卒不肯窮屈，奏請納之，上嘉歎許可，因錫其直，悉自市寒賤可制指者。自是閉門落然，不聞人聲，尚書讀書考今古治亂，主職婦事，承奉夫族。時歲獻饋，吉凶賻助，必親自經手。池塞館陊，闢球場種樹，不數年〔一一〕，搢紳間雜然稱尚書有賢婦〔一二〕。

尚書旋出爲澧州刺史，主後尚書行，郡縣聞主且至，殺牛羊犬爲數百人供具〔一三〕，主至，從不二十人〔一四〕，六七婢，乘驢闒茸，約所至不得肉食，驛吏立門外，舁飯食以返。不數日間，聞于京師，衆譁説以爲異事。尚書在澧州三年，主始入後出，中間不識刺史廳屏。尚書治澧州，考治行爲天下第一。後爲大司農〔一五〕、京兆尹、鳳翔節度使，朝廷屈指比數，以爲凡有中外重難，非尚書不可。主賢益彰，雖至宮闈貴號，亦加尊敬。姑涼國太夫人寢疾，比喪及葬，主奉養蚤夜不解帶，親自嘗藥，粥飯不經心手，一不以進。既而哭泣哀號，感動他人。尚書後爲忠武軍節度使，所治許州創爲節度府五十年，南迫於蔡，屋室卑庳〔一六〕，主居無正堂，處東支屋，恬然六年。許軍强雄，且撐劇寇，自始多用武臣，治各出己，部曲家人，疵政弛法，習爲循常〔一七〕，有司用北邊障遠地〔一八〕，擲置不問，民亦甘心。尚書再治之，老民相率兩走闕下，遮丞相馬叩頭乞留，請樹生祠。及詔追去，攀緣攜扶，哭於道路。尚書治外，主治內，尚書所至必稱，尌尌士力反爲名公偉人，主實有內助焉。穆宗以皇太后故〔一九〕，主尤爲親信，俯首益卑，車服侍使，愈自貶抑，覲謁溫清外，口不言他事。訖穆宗朝，人不以親貴稱。

當貞元時，德宗行姑息之政，王武俊、王士真、張孝忠子聯爲國婿。憲宗初寵于頔，來朝，以其子配以長女。皆挾恩佩勢，聚少俠狗馬爲事，日截馳道〔二〇〕，縱擊平人，豪取民物，官不敢問，戚里相尚，不以爲窮弱〔二一〕。自主降于尚書，壁絕外之，初怒中笑，後皆敬畏。累聖亦指示主德以誡警之，至于今，以主、尚書顯重於中外〔二二〕，戚里亦皆自檢斂，隨短長爲善〔二三〕，於是舊俗滅不復有。

尚書自許奉急追詔，主有疾小愈，强不肯留，曰：「去朝興慶宮，縱死於道，吾無恨。」以開成二年十一月某日，薨於汝州長橋驛亭〔二四〕，年若干〔二五〕。上廢朝三日。其年十二月某日，主喪至京師，比及葬，兩宮弔問，相繼於道。開成三年某月日，上御正殿，詔丞相嗣復攝中書令正衙宣册⑤，謚曰莊淑大長公主。某年某月日，祔葬于萬年縣洪原鄉少陵原尚書先塋，禮也。生男二人。長曰輔九，年十歲；次曰楊十，始二歲。女二人。某於尚書爲從父弟〔二六〕，得以實銘。銘曰：

章武皇帝⑥，唐中興主。刑于正妃，教及嫡女。婉婉帝子，下嫁時賢。影逐響答，隨順纏綿。杜氏大族，枝蔓蟬聯。上有舅姑，高堂儼然。螭綬龜章，玉佩金軒。養色悦意，侍後承前。人不我貴，我敬我虔〔二七〕。始終盡禮，大小周旋。餘二十年，誰興間言。貴不召驕，富不期侈。是此四者〔二八〕，倏相首尾。自古名士，或泥於此。孰謂帝子，超脱擺棄。婦職是勤，夫言是指。池荒館陊，屏外不履。淑德柔風，天下傾耳。宜乎壽考，歸女婚子。不錫全祉，孰提神紀。幽石有誌，顯筆有史。淑慎休聲〔二九〕，流于千祀〔三〇〕。

【校勘記】

〔一〕《文苑英華》卷九六九題無「唐故」二字。

〔二〕「帝愛其才」，「才」，《唐文粹》卷五五下、《文苑英華》卷九六九作「材」。

〔三〕「我嫡女既笄可嫁」，《文苑英華》卷九六九作「我有嫡女既笄可嫁」，並於「有」字下校：「集無此字。」

〔四〕「獨孤」，《文苑英華》卷九六九、《全唐文》卷七五六作「獨孤郁」。

〔五〕「忖度」，「度」，《文苑英華》卷九六九作「量」，下校：「集作度。」

〔六〕「授殿中少監」，「授」字原作「受」，據《文苑英華》卷九六九、《全唐文》卷七五六、文津閣本改。

〔七〕「西朝堂」，文津閣本作「内朝堂」。

〔八〕「愛養三朝」，《文苑英華》卷九六九於「愛」字下校：「一作受。」

〔九〕「一同家人禮度」，「同」，《文苑英華》卷九六九作「用」，下校：「集作同。」

〔一〇〕「奴婢」，《唐文粹》卷五五作「婢奴」。

〔一一〕「不數年」，原作「不數十年」，據《唐文粹》卷五五下改。

〔一二〕「稱尚書有賢婦」，原作「稱尚書爲賢」。《唐文粹》卷五五下、文津閣本作「稱尚書有賢婦」，《文苑英華》卷九六九作「稱尚書为賢主妇」。今據《唐文粹》等改。

〔一三〕「殺牛羊犬」：「犬」，原作「大」，胡校：「按庫本『大』作『犬』，是。」文津閣本亦作「犬」，今據改。

〔一四〕「從不二十人」，「從」字原作「後」，據《唐文粹》卷五五下、《文苑英華》卷九六九、《全唐文》卷七五六改。

〔一五〕「後爲大司農」，「農」字原作「徒」，《文苑英華》卷九六九作「農」，下校：「集作徒，非。」按，據《新唐書》卷一四七《杜悰傳》：「累遷至司農卿。大和六年，轉京兆尹。」則杜悰在京兆尹前曾任司農卿，本文此處當作「大司農」爲是，故據改。

〔一六〕「屋室卑庳」，「卑」字原無，據《唐文粹》卷五五下、《文苑英華》卷九六九、《全唐文》卷七五六改補。

〔一七〕「習爲循常」：胡校：「按庫本『循常』作『尋常』，是。」

〔一八〕「有司用北邊障遠地」，《文苑英華》卷九六九於「用」字後有「此」字，下校：「集無此字。」「北」，原作「比」，據文津閣本改。

〔一九〕「穆宗以皇太后故」，「故」，原作「敬」。《文苑英華》卷九六九作「穆宗以太皇太后故」，並於前一「太」字下校：「集無太字。」又於「故」字下校：「集作敬。」文津閣本作「故」，今據改。

〔二〇〕「日截馳道」，《文苑英華》卷九六九作「日遮截馳道」，並於「遮」下校：「集無此字。」

〔二一〕「不以爲窮弱」，原作「不爲以爲窮弱」，據《唐文粹》卷五五下、《全唐文》卷七五六改。《文苑英華》卷九六九作「不以爲窮」，並校：「四字集作不以爲窮弱。」文津閣本作「不以爲窮」。

〔二二〕「以主、尚書」，「以」，《文苑英華》卷九六九作「日」，下校：「集作以。」

〔二三〕「短長」，《文苑英華》卷九六九作「長短」。

〔二四〕「長橋驛亭」，《唐文粹》卷五五下、《全唐文》卷七五六無「亭」字。《文苑英華》卷九六九於「亭」字下校：「集作享。」

〔二五〕「年若干」，《唐文粹》卷五五下、《全唐文》卷七五六作「享年若干」。

〔二六〕「某」，文津閣本作「牧」。

〔二七〕「我敬」，《文苑英華》卷九六九作「敬不」，下校：「集作我敬。」

〔二八〕「是此四者」，「是」，《文苑英華》卷九六九、文津閣本作「具」，下校：「集作是。」

〔二九〕此四字原無，據文津閣本補。

〔三〇〕「流于千祀」，「于」字原作「千」，據《唐文粹》卷五五下、《文苑英華》卷九六九、《全唐文》卷七五六、文津閣本改。

【注　釋】

①岐陽公主：即岐陽莊淑大長公主，唐憲宗女，懿安皇后所生。下嫁杜悰。傳見《新唐書》卷八三《諸帝公主》。生平見本文。據本文，岐陽公主卒於開成二年十一月，「開成三年某月日……謚曰莊淑大長公主。某年月日祔葬于萬年縣洪原鄉少陵原尚書先塋」，未有具體祔葬年月。檢宋陳思《寶刻叢編》卷八萬年縣：「《唐憲宗女莊淑大長公主碑》，唐杜牧撰，柳公權正書，開成四年（京兆金石録）。」杜牧開成三年尚在宣州，開成四年春回京師，則杜牧撰碑銘文蓋亦在開成四年（八三九）。

②孫兒悰：即司徒岐公杜佑孫杜悰。杜悰生平見本集卷一《冬至日寄小侄阿宜詩》注⑯。

③龍首水：即龍首渠。隋文帝爲營建大興城而開鑿。宋敏求《長安志》卷一一：「龍首渠一名滻水

渠，隋開皇三年，自東南龍首堰下，分支滻水，北流至長樂坡西北，分爲二渠：東渠北流入苑；西渠屈而西南流，經通化門南，西流入城，經永嘉坊，又西南流經興慶宮，又西流注勝業坊、崇仁坊、景龍觀，又西入皇城，……又北流出城。」

④尚父汾陽王：即郭子儀。字子儀，華州鄭縣人。傳見《舊唐書》卷一二〇、《新唐書》卷一三七。子儀以平安史之亂功，任太尉、中書令，封汾陽郡王，號「尚父」。岐陽公主生母懿安皇后乃郭子儀孫女，岐陽公主爲郭子儀外曾孫女。

⑤丞相嗣復：即宰相楊嗣復。字繼之，楊於陵子。登進士第，再登博學宏詞科。累官兵部郎中、中書舍人、禮部、户部侍郎等。開成三年，爲宰相。傳見《舊唐書》卷一七六、《新唐書》卷一七四。

⑥章武皇帝：即唐憲宗。其謚號爲「聖神章武孝皇帝」。

唐故宣州觀察使御史大夫韋公墓誌銘并序〔一〕①

韋公會昌五年五月頭始生瘡，召子婿張復魯曰：「三稚女得良婿，死以是託。墓宜以池州刺史杜牧爲誌。」復魯曰：「公去歲兩瘡生頭，今始一，尚微，何言之深？」公曰：「吾年二十九官校書郎時〔二〕，嘗夢涉滻水，既中流〔三〕，有二人若舉符召我者。其一人曰：『墳墓至大，萬日始成，今未也。』今萬日矣，天已告我，我其可逃乎？」謝醫不問。以其月十四日，年五十八，薨於位。公從父弟某書公切行，以公命來命牧，牧位哭，序且銘之。

公諱温，字弘育。韋氏自殷、周、秦、漢，丘明、馬遷、班固輩爭書其人，以光其所爲書。至後周逍遥公敻，出世家貴富中〔四〕，隱身行道，當其時及後代論者，以蜀嚴谷口不能爲比〔五〕②。逍遥公五世生潞州上黨尉、贈諫議大夫希元，上黨生吏部侍郎、贈太尉肇，吏部生右補闕、翰林學士、右散騎常侍致仕、贈司空綬〔六〕，常侍生公，於逍遥公爲九代孫。年十一，以明經取第，爲太常寺奉禮郎、秘書省校書郎，選判入等，咸陽尉、監察御史，公曰：「是官豈奉養所宜耶！」上疏乞免，改著作佐郎。

當貞元中，常侍公事德宗爲翰林學士，帝深於文學，明察人間細微事，事有密切，多委之。歲久，憂畏病心，帝曰：「某之心，我其盡之。」以致仕官屏居西郊，公早夜侍側，温清飲食，迎情解意〔七〕，一經心手〔八〕，積二十餘年。丁常侍喪，自毀不欲生。後相國李公逢吉以相印鎮武昌，皆虚上職，書卑辭至門，公起赴武昌，未至府〔九〕，拜監察御史，遷左補闕，事文宗皇帝。時宰相百吏，願條帝功德〔一〇〕，譔號上獻，公獨再疏曰：「今蜀之東川，川溢殺萬家〔一一〕，京師雪積五尺，老幼多凍死〔一二〕，豈崇虚名報上帝時耶？」帝乃止。遂訖十五年不答尊號事。改侍御史、尚書吏部考功員外郎。

當大和九年，文宗思拔用德行超出者，以警慺天下〔一三〕，故公自考功不數月拜諫議大夫，召爲翰林學士，遂欲相之。公立銀臺外門，下拜送疏入，具道先常侍遺誡，子孫不令任密職，言懇志決，因命掌書舍人閣下〔一四〕，公復堅讓。不半歲，轉太常少卿。一歲，遷給事中、皇太子侍讀。公復陳先誡，以侍讀辭，自宰相下皆曰〔一五〕：「帝以一子請教於公，是宜避邪？」公不聽，凡拜三章〔一六〕，帝終不能奪。

靈武節度使王晏平罷靈武，以戰馬四百匹、兵器數萬事去，罪成，貶康州司户，不旬日，改撫州司馬。仙韶院樂官尉遲璋以樂官授光州長史。晏平以財膠貴倖〔一七〕，璋大有寵於上，公皆封詔書上還，上比諭之，公持益急，竟以康州還晏平，璋免長史。莊恪太子得罪，上召東西省御史中丞、郎官於内殿，悉疏莊恪過惡，欲立廢之，曰：「是宜爲天子乎！」群公低首唯唯〔一八〕，公獨進曰：「陛下唯一子，不教，陷之至是，太子豈獨過乎？」上意稍平。不數日，遷尚書右丞，朱衣魚章。遷兵部侍郎，亟請丞相，願爲治人官，出爲陝州防禦使〔一九〕、兼御史大夫，服章金紫。

廻鶻窺邊，劉稹繼以上黨叛，東徵天下兵，西出禁兵，陝當其衝，公撫民供事就，不兩告苦。入爲吏部侍郎，典一冬選，老吏無所賣。復以御史大夫出爲宣、歙、池等州觀察使，賦多口衆，最於江南。公急惡寬窮，益自儉苦，刑律其俗，凡周一歲，無所更改，自至大治〔二〇〕。

公幼不戲弄，冠爲老成人，解褐得官，超出群衆中〔二一〕，人不敢旁發戲嫚。及爲公卿，在朝廷省閤中，大臣見公，若臨絶壑，先忖度語言舉止，然後出發〔二二〕。其所執持不可者，筆一落紙，言一出口，雖天子宰相知不能奪，俯委遂之。不以德行尚人，人自敬畏；不施要結於人，人自親慕。後進凡持節業自許者，獲公一言，矜奮刻削，益自貴重。官卑家貧時，主將家事，在私閫内，高、曾兄弟，鐫琢教誘，嫁娶衣食，無有二等。疾甚將終，悉召親屬賓吏，稱先常侍詩句云「在室愧屋漏」，因曰：「今知没身不負斯誡。」遂涕下不禁。當夫子世，得七十子，國小俗儉，復有聖人爲之師，使生於今，與公相後先，必有能品之者。

夫人隴西李氏，贊善大夫慫之女〔二三〕，先公四歲終。生四男〔二四〕：長曰確〔二五〕，前國子監四門助教；次曰璆，前明經；次曰瓌；次未免乳。女四人：長嫁南陽張復魯，復魯得進士第，有名於時，爲試太常寺協律郎、鄂岳觀察支使，其下皆稚齒相次。銘曰：

德則至矣，位其充乎〔二六〕？如其充兮，可大厥功。以施生人，天先告之。萬日之期，天實爲之。

【校勘記】

〔一〕《文苑英華》卷九三九題作《宣州觀察使御史大夫韋公墓誌銘》。

〔二〕「官校書郎」，《文苑英華》卷九三九作「官授秘書郎」，並於「授秘」下校：「二字作校。」

〔三〕「既中洈」，《文苑英華》卷九三九作「既流中」，《全唐文》卷七五五作「既中流」。

〔四〕「貴富」，《文苑英華》卷九三九、《全唐文》卷七五五作「富貴」。

〔五〕「蜀嚴谷口」，「嚴」字下原有「鄭」字，據《文苑英華》卷九三九删。

〔六〕「贈司空綬」，「綬」，《文苑英華》卷九三九作「緩」。按，作「緩」誤。

〔七〕「迎情解意」，《文苑英華》卷九三九作「迎情致意」。

〔八〕「一經心手」，「手」字原作「乎」，據《文苑英華》卷九三九、《全唐文》卷七五五、文津閣本改。

〔九〕「未至府」，《文苑英華》卷九三九作「命未至府」，並於「命」字下校：「集無命字。」

〔一〇〕「願條帝功德」，「願」字原作「源」，據《文苑英華》卷九三九、《全唐文》卷七五五、文津閣本改。

〔一一〕「川溢」，文津閣本作「水溢」。

〔一二〕「老幼多凍死」，「幼」字原無，據《文苑英華》卷九三九、《全唐文》卷七五五補。文津閣本「幼」字作「稚」。

〔一三〕「警㥄」，原作「㥄㥄」，據《文苑英華》卷九三九、《全唐文》卷七五五、文津閣本改。

〔一四〕「因命掌書舍人閣下」，「因」，《全唐文》卷七五五作「乃」。「掌書舍人」，《文苑英華》卷九三九作「掌言舍人」。

〔一五〕「自宰相下皆曰」，「下」字原無，據《文苑英華》卷九三九、《全唐文》卷七五五、文津閣本補。

〔一六〕「凡拜三章」，《文苑英華》卷九三九作「凡拜送三章」。

〔一七〕「膠貴倖」，「膠」，《全唐文》卷七五五、文津閣本作「賂」。

〔一八〕「唯唯」，《文苑英華》卷九三九僅一「唯」字。

〔一九〕「防禦使」，《文苑英華》卷九三九作「防禦觀察使」，並於「觀察」下校：「集無此二字。」文津閣本亦作「防禦觀察使」。

〔二〇〕「自至大治」，文津閣本作「民至大治」。

〔二一〕「超出群衆中」，「超」字原無，據《文苑英華》卷九三九、《全唐文》卷七五五、文津閣本補。

〔二二〕「然後出發」，「後」字原作「敢」，據《文苑英華》卷九三九、《全唐文》卷七五五、文津閣本改。

〔二三〕「慫」，文津閣本作「嫈」。

〔二四〕「生四男」，原無「生」字，據《文苑英華》卷九三九、《全唐文》卷七五五補。

〔二五〕「長曰礭」，原無「曰」字。據《文苑英華》卷九三九、《全唐文》卷七五五補。胡校：「按庫本『礭』作『璀』。以其昆仲璆、瓌、琛參之，庫本作『璀』是。」按文津閣本作「璀」。

〔二六〕「充」，文津閣本作「克」。下文同。

【注釋】

①韋公：即韋温。字弘育，京兆人。官至御史大夫、宣歙觀察使。生平詳杜牧本文，傳見《舊唐書》卷一六八、《新唐書》卷一六九。據本文，「韋公會昌五年五月頭始生瘡」，「以其月十四日，年五十八，薨於位。公從父弟某書公切行，以公命來命牧，牧位哭，序且銘之」。則本文當作於會昌五年（八四五）。

②蜀嚴谷口：蜀嚴，指西漢隱士嚴君平。名遵，字君平。蜀人，故稱蜀嚴。谷口，指西漢隱士鄭子真。名樸，字子真。谷口，地名，又名寒門。地在今陝西省禮泉縣東北。鄭子真隱居於此，故稱其谷口。《漢書》卷七二記兩人云：「其後谷口有鄭子真，蜀有嚴君平，皆修身自保，非其服弗服，非其食弗食。成帝時，元舅大將軍王鳳以禮聘子真，子真遂不詘而終。君平卜筮於成都市，以爲『卜筮者賤業，而可以惠衆人。有邪惡非正之問，則依蓍龜爲言利害。與人子言依於孝，與人弟言依於順，與人臣言依於忠，各因勢導之以善，從吾言者，已過半矣。』裁日閲數人，得百錢足自養，則閉肆下簾而授《老子》。博覽亡不通，依嚴周之指著書十餘萬言。……君平年九十餘，遂以其業終，蜀人愛敬，至今稱焉。」

唐故處州刺史李君墓誌銘并序〔一〕①

君諱方玄，字景業，刑部尚書、贈司空貞公長子〔二〕②。貞公事憲宗皇帝，兄弟受寄四鎮。在漢南時，戰淮西未利，監軍使崔談峻讒言中，入爲太子賓客。後淮西平，李光顔移鄭滑，陳許無帥，帝閑讌獨言曰：「勁兵三萬〔三〕，誰可付者？」談峻侍側，曰：「有大臣，家不三十口，俸錢委庫不取，小僮跣足市薪，此可乎？」帝曰：「誰爲者？」談峻進，即以貞公言〔四〕，帝即日起貞公爲陳許帥。其儉德服人如此。

景業少有文學，年二十四，一貢進士，舉以上第，升名解褐，裴晉公奏以秘書省校書郎③，校集賢殿秘書。聰明才敏，老成人爭與之交。後以協律郎爲江西觀察支使裴誼觀察判官，有殺人獄，法曹官斷成，當死者十二人，景業訊覆，數日内活十二人冤〔五〕，尚書以上下奏考。裴公移宣城，授大理評事、團練判官。後尚書馮公宿自兵部侍郎節鎮東川，以監察裏行爲觀察判官〔六〕。不一歲，御史府取爲真御史，分察鹽池左藏吏盜隱官錢千萬〔七〕，獄竟，遷左補闕。遇事必言，不知其他。丞相固言以門下侍郎出鎮西蜀④，奏景業以檢校禮部員外郎參節度軍謀事，仍賜緋魚袋。徵拜起居郎，出爲池州刺史。

〔一五〕「孔子不知其故」，「子」字原無，據《文苑英華》卷九五四、《全唐文》卷七五五、文津閣本補。

【注釋】

①處州刺史李君：即李方玄，生平見本集卷三《池州李使君没後十一日處州新命始到後見歸妓感而成詩》注①。據本文所記，李方玄卒於會昌五年四月，然未記下葬年月，故此文作年難确知，蓋最早乃作於會昌五年（八四五）四月後。

②贈司空貞公：指李方玄父李遜。字友道，荆州石首人。歷任虞部郎中、浙東、山南東道、忠武軍節度使等。後進檢校吏部尚書、刑部尚書。卒，贈尚書右僕射，謚曰貞。傳見《舊唐書》卷一五五、《新唐書》卷一六二。

③裴晉公：指裴度。字中立，河東聞喜人。裴度封晉國公，故稱。傳見《舊唐書》卷一七〇、《新唐書》卷一七三。

④丞相固言：即李固言。字仲樞，趙郡人。登進士甲科。大和初，累官至駕部郎中、知臺雜，進給事中。遷工部侍郎，轉尚書左丞等。後任宰相、劍南西川節度使、檢校左僕射、兵、户二尚書、太子太傅，分司東都。傳見《舊唐書》卷一七三、《新唐書》卷一八二。

唐故處州刺史李君墓誌銘并序〔一〕①

君諱方玄，字景業，刑部尚書、贈司空貞公長子〔二〕②。貞公事憲宗皇帝，兄弟受寄四鎮。在漢南時，戰淮西未利，監軍使崔談峻讒言中，入爲太子賓客。後淮西平，李光顔移鄭滑，陳許無帥，帝閑讌獨言曰：「勁兵三萬〔三〕，誰可付者？」談峻侍側，曰：「有大臣，家不三十口，俸錢委庫不取，小僮跣足市薪，此可乎？」帝曰：「誰爲者？」談峻進，即以貞公言〔四〕，帝即日起貞公爲陳許帥。其儉德服人如此。

景業少有文學，年二十四，一貢進士，舉以上第，升名解褐，裴晉公奏以秘書省校書郎③，校集賢殿秘書。聰明才敏，老成人爭與之交。後以協律郎爲江西觀察支使裴誼觀察判官，有殺人獄，法曹官斷成，當死者十二人，景業訊覆，數日内活十二人冤〔五〕，尚書以上下奏考。裴公移宣城，授大理評事、團練判官。後尚書馮公宿自兵部侍郎節鎮東川，以監察裹行爲觀察判官〔六〕。不一歲，御史府取爲真御史，分察鹽池左藏吏盜隱官錢千萬〔七〕，獄竟，遷左補闕。遇事必言，不知其他。丞相固言以門下侍郎出鎮西蜀④，奏景業以檢校禮部員外郎參節度軍謀事，仍賜緋魚袋。徵拜起居郎，出爲池州刺史。

始至，創造籍簿，民被徭役者，科品高下，鱗次比比，一在我手，至當役役之，其未及者，吏不得弄。景業嘗歎曰：「沈約身年八十，手寫簿書，蓋爲此也，使天下知造籍役民，民庶少活。」復定户税，得與豪滑沉浮者，凡七千户，裒入貧弱〔八〕，不加其賦。堤州南五里，以涉爲衢。凡裁減蠹民者十餘事。城東南隅樹九峰樓，見數十里〔九〕。鑿齊山北面，得洞穴，怪石不可名狀，刊石於巖下，自紀其事。凡四年，政之利病，無不爲而去之。罷去上道，老民攀哭。

景業季父刑部侍郎建，與貞公以德行文學，俱高一時，時之秀俊，半歸李氏門下。景業復聰明少鋭，儉苦温謹，早與長者遊〔一〇〕，備知天下之所治，嘗慷慨有意於經綸。少在諸侯府，入爲朝官，出爲刺史，早夜勤苦，爲學不已，屈指計量，必伸己志，雖時之名士，亦以此許之。罷池，廉使韋公温館于宣城。會昌五年四月某日〔一一〕，卒于宣城客舍，年四十三〔一二〕。七代祖遠，後周柱國大將軍、都督熊陜十六州、陽平郡公。曾王父珍玉，綿州昌明令。昌明生震〔一三〕，雅州别駕、贈右僕射〔一四〕，僕射生貞公遜。先夫人滎陽鄭氏，贈本縣太君；後夫人范陽盧氏。男若干，女若干人。銘曰：

顯莫識其端，幽莫見其緒。已乎景業，何付與之多，而奪之何遽？夭顔病冉，孔子不知其故〔一五〕。於景業兮，杳欲何語？嗚呼哀哉！

【校勘記】

〔一〕《文苑英華》卷九五四題作《處州刺史李君墓誌銘》。

〔二〕「長子」，《文苑英華》卷九五四作「長子也」。

〔三〕「三萬」，《文苑英華》卷九五四作「三千」。

〔四〕「即以貞公言」，「即」，《文苑英華》卷九五四作「則」，下校：「集作即」。

〔五〕「活十二人冤」，「活」，《全唐文》卷七五五、文津閣本作「雪」。

〔六〕「以監察裏行」，《文苑英華》卷九五四作「以監察御史裏行」，並於「御史」下校：「集無此二字。」

〔七〕「盜隱官錢千萬」，「千」，《文苑英華》卷九五四作「數十」，下校：「二字集作千。」

〔八〕「衰入貧弱」，「衰」字原作「衺」，據《全唐文》卷七五五改。

〔九〕「數十里」，原作「數千里」，據文津閣本改。

〔一〇〕「早與長者遊」，「早」字原作「卑」，據《文苑英華》卷九五四、《全唐文》卷七五五、文津閣本改。

〔一一〕「五年四月」，「五」，《文苑英華》卷九五四作「四」，下校：「集作五。」

〔一二〕「年四十三」，「三」，《文苑英華》卷九五四作「七」，下校：「集作三。」

〔一三〕「昌明生震」，「震」字原無，據《文苑英華》卷九五四、《全唐文》卷七五五補。

〔一四〕「贈右僕射」，「右」，《文苑英華》卷九五四作「左」，下校：「集作右。」

〔一五〕「孔子不知其故」，「子」字原無，據《文苑英華》卷九五四、《全唐文》卷七五五、文津閣本補。

【注釋】

①處州刺史李君：即李方玄，生平見本集卷三《池州李使君没後十一日處州新命始到後見歸妓感而成詩》注①。據本文所記，李方玄卒於會昌五年四月，然未記下葬年月，故此文作年難确知，蓋最早乃作於會昌五年（八四五）四月後。

②贈司空貞公：指李方玄父李遜。字友道，荆州石首人。歷任虞部郎中、浙東、山南東道、忠武軍節度使等。後進檢校吏部尚書、刑部尚書。卒，贈尚書右僕射，謚曰貞。傳見《舊唐書》卷一五五、《新唐書》卷一六二。

③裴晉公：指裴度。字中立，河東聞喜人。裴度封晉國公，故稱。傳見《舊唐書》卷一七〇、《新唐書》卷一七三。

④丞相固言：即李固言。字仲樞，趙郡人。登進士甲科。大和初，累官至駕部郎中、知臺雜，進給事中。遷工部侍郎，轉尚書左丞等。後任宰相、劍南西川節度使、檢校左僕射、兵、户二尚書、太子太傅，分司東都。傳見《舊唐書》卷一七三、《新唐書》卷一八二。

唐故歙州刺史邢君墓誌銘并序〔一〕①

亡友邢涣思諱群。牧大和初舉進士第，於東都一面涣思，私自約曰：「邢君可友。」後六年，牧於宣州事吏部沈公②，涣思於京口事王并州③，俱爲幕府吏。二府相去三百里，日夕聞涣思佽助并州，鉅細合宜。後一年，某奉沈公命〔二〕，北渡揚州聘丞相牛公④，往來留京口。并州峭重，入幕多賢士，京口繁要，遊客所聚，易生譏議，并州行事有不合理，言者不入，涣思必能奪之，同舍以爲智，不以爲顓；并州以爲賢，不以爲僭侵；遊客賢不肖，不能私論議以一辭〔三〕。公事宴歡，涣思口未言，足未至，缺若不圓。某曰〔四〕：「往年私約邢君可友，今真可友也。」

盧丞相商鎮京口，涣思復以大理評事應府命。今吏部侍郎孔温業自中書舍人以重名爲御史中丞，某以補闕爲賀客〔五〕，孔吏部曰：「中丞得以御史爲重輕，補闕宜以所知相告。」某以涣思言〔六〕，中丞曰：「我不素知，願聞其爲人。」某具以京口所見對〔七〕。後旬日，詔下爲監察御史〔八〕。

會昌五年，涣思由户部員外郎出爲處州。時某守黄州〔九〕，歲滿轉池州，與京師人事離闊，四五年矣，聞涣思出，大喜曰：「涣思果不容於會昌中，不辱吾御史舉矣。」涣思罷處州，授歙州，某自池轉睦〔一〇〕，歙州相去直西東三百里，問來人曰：「邢君何以爲治？」曰：「急於束縛黠吏〔一一〕。冗事弊政，不以久遠，必務盡根本。」某曰〔一二〕：「邢君去縉雲日⑤，稚老泣送於路，用此術也。」復問：「閑日何爲？」曰：「時飲酒高歌極歡。」某曰〔一三〕：「邢君不喜酒，今時飲酒且歌，是不以用繁慮〔一四〕，而不快於守郡也。」復問曰：「日食幾何？」曰：「嗜彘肉，日再食。」某凡三致專書〔一五〕，曰：「《本草》言是肉能閉血脉，弱筋骨，壯風氣，嗜之者必病風。」數月，涣思正握管，兩手反去背，仆于地，竟日乃識人，果以風疾廢〔一六〕。舟東下，次于睦，兩扶相見，言澀不能拜。語及家事，曰：「爲官俸錢，事骨肉親友，隨手皆盡〔一七〕。蓋壯未期病，病未期死，今病必死，未死得至洛，幸矣，妻兒不能知矣。」

君進士及第，歷官九，歷職八。始太子校書郎，協律郎，大理評事，監察御史，京兆府司録，殿中侍御史，户部員外郎，處州刺史〔一八〕，歙州刺史。職爲浙西團練巡官、觀察推官、度支巡官，再爲浙西觀察推官，轉支使，爲户部員外郎、判度支案；伐劉稹〔一九〕，爲制使，使鎮、魏料軍食〔二〇〕，賜緋服銀章。初副李丞相回，再副高尚書銖，撫安上黨三面征師。大中三年六月八日〔二一〕，卒於東都思恭里，年五十。邢氏，周公次子靖淵，封爲邢侯，國滅因以爲氏。西漢宇爲太尉，子綏爲司空，曾孫世宗光武時爲驃騎將軍，世宗玄孫顒因居河間。顒當曹魏時參太祖丞相事，終於太常。邢有河間、南陽，君實河間人，太常後也。後至晉、魏已降，皆有官禄。唐麟臺郎中舉於君爲曾祖。麟臺生奉天令待封。奉天生緱氏丞至和。君即緱氏子。

兩娶，前夫人隴西李氏，忠州刺史佐次女，今夫人南陽張氏，壽州刺史植女。四男，曰懌、惜〔二三〕、温郎、壽郎。用某年某月某日，葬于偃師縣某鄉里〔二三〕，葬有月日。其孤立使使者〔二四〕，哭告于柩，來京師請銘。銘曰：

十五知書，二十有文。三十登進士，五十終刺史。才能温良，并包與之，而止於斯。七政在天⑥，一廻一旋。差以氂數，能窮知賢〔二五〕。賢者多夭，不肖壽考。誰爲聖魁，孔不能究。無可奈何。付之以命，曰：「其如命何〔二六〕？」

【校勘記】

〔一〕《文苑英華》卷九五四題作《歙州刺史邢君墓誌銘》。

〔二〕「某奉沈公命」、「某」，《文苑英華》卷九五四、《全唐文》卷七五五、文津閣本作「牧」。

〔三〕「諭議」，《全唐文》卷七五五作「論議」。

〔四〕「某」，《文苑英華》卷九五四、《全唐文》卷七五五、文津閣本作「牧」。

〔五〕「某」，《文苑英華》卷九五四、《全唐文》卷七五五、文津閣本作「牧」。

〔六〕「某」，《文苑英華》卷九五四、《全唐文》卷七五五、文津閣本作「牧」。

〔七〕「某」，《文苑英華》卷九五四、《全唐文》卷七五五、文津閣本作「牧」。

〔八〕「詔下爲監察御史」，「下」，《文苑英華》卷九五四作「以」。

〔九〕「某」，《文苑英華》卷九五四、《全唐文》卷七五五、文津閣本作「牧」。

〔一〇〕「某」，《文苑英華》卷九五四、《全唐文》卷七五五、文津閣本作「牧」。

〔一一〕「黠吏」，「吏」字原作「夷」，據《文苑英華》卷九五四改。

〔一二〕「某」，《文苑英華》卷九五四、《全唐文》卷七五五、文津閣本作「牧」。

〔一三〕「某」，《文苑英華》卷九五四、《全唐文》卷七五五、文津閣本作「牧」。

〔一四〕「繁慮」，「繁」，《文苑英華》卷九五四、《全唐文》卷七五五作「繫」，《文苑英華》下校：「集作繁。」

〔一五〕此句文津閣本作「牧凡三致書」。

〔一六〕「果以風疾廢」，「廢」，《文苑英華》卷九五四作「發」。

〔一七〕「隨手皆盡」，「隨」，《文苑英華》卷九五四作「緣」，下校：「集作隨。」

〔一八〕「處州刺史」，「史」字原作「州」，據《文苑英華》卷九五四、《全唐文》卷七五五、文津閣本改。

〔一九〕「伐劉稹」，《文苑英華》卷九五四、《全唐文》卷七五五均作「代劉稹」。

〔二〇〕「料軍食」，「料」，《文苑英華》卷九五四作「科」，下校：「集作料。」

〔二一〕「大中三年」，「大中」原作「大和」，據《文苑英華》卷九五四改。

〔二二〕「愭」，《文苑英华》卷九五四作「愔」，下校：「集作愭。」

〔二三〕「某鄉里」，《文苑英華》卷九五四、《全唐文》卷七五五作「某鄉某里某原」。

〔二四〕「立使使者」，原作「立使者」，據文津閣本改。

〔二五〕「能窮知賢」，「知」，《文苑英華》卷九五四作「能」，下校：「集作知。」

〔二六〕「其如命何」，《文苑英華》卷九五四、《全唐文》卷七五五無「其」字。

【注釋】

① 歙州刺史邢君：即邢群，生平見本集卷四《初春有感寄歙州邢員外》詩注①及本文。本文作年難确考，然本文記邢群「大中三年六月八日，卒於東都思恭里，年五十」。又謂「用某年某月某日，葬于偃師縣某鄉里，葬有月日。其孤立使使者，哭告于柩，來京師請銘」。則其時杜牧在京撰墓誌銘。杜牧大中三年六月至大中四年秋在京，秋後即出刺湖州。刺湖州後再入京中已是大中五年八九月間。如至此時邢群後人方來請銘，似過晚。又本文云：「今吏部侍郎孔温業自中書舍人以重名爲御史中丞。」按，稱孔温業爲「今吏部侍郎」，則文乃作於其任吏部侍郎時。據嚴耕望《唐

僕尚丞郎表》卷三及其《輯考》三下所考，孔温業爲吏部侍郎在大中三年六七月在任至四年十二月。故此文乃作於大中三年六月至大中四年（八四九—八五〇）秋之間。

②吏部沈公：即沈傳師。沈傳師仕至吏部侍郎，故稱。其生平見本集卷一《張好好詩并序》注②。

③王并州：即王播。字魯玉。傳見《舊唐書》卷一六九、《新唐書》卷一七九。《舊傳》謂播大和「四年七月，拜京兆尹、兼御史大夫。十二月，遷左丞，判太常卿事。六年八月，檢校禮部尚書、潤州刺史、浙西觀察使。八年，李訓得幸，累薦于上。召還，復拜右丞」。據此王播大和六年八月至八年鎮浙西潤州。潤州鎮江即古京口地。

④丞相牛公：即牛僧孺。牛僧孺曾任宰相，故稱。生平見本集卷七《唐故太子少師奇章郡開國公贈太尉牛公墓誌銘》。

⑤縉雲：即處州。《新唐書·地理志三》處州：「隋永嘉郡。……天寶元年，改爲縉雲郡。乾元元年，復爲括州。大曆十四年夏五月，改爲處州，避德宗諱。」

⑥七政：日、月和金、木、水、火、土五星稱七政。《書·舜典》：「在璿璣玉衡，以齊七政。」

樊川文集卷第九

唐故平盧軍節度巡官隴西李府君墓誌銘〔一〕①

牧大和元年舉進士及第〔二〕，鄉貢上都〔三〕，有司試於東都，在二都群進士中，往往有言前十五年有進士李飛自江西來，貌古文高。始就禮部試賦，吏大呼其姓名，熟視符驗，然後入。飛曰：「如是選賢耶？即求貢，如是自以爲賢耶？」因袖手不出，明日徑返江東。某曰〔四〕：「誠有是人，吾輩不可得與爲伍矣。」後二年，事故吏部沈公於鍾陵、宣城爲幕吏②，兩府凡五年間，同舍生蘭陵蕭寘、京兆韓乂、博陵崔壽，每品量人之等第，必曰：「有道有學有文，如李處士戡者寡矣，是卑進士不舉嘗名飛者。」某益恨未面其人〔五〕，且喜其人之在世也。

大和九年，爲監察御史，分司東都，今諫議大夫李中敏、左拾遺韋楚老、前監察御史盧簡求咸言於某曰〔六〕：「御史法當檢謹，子少年，設有與遊，宜得長厚有學識者，因訪求得失，資以爲官，洛下莫若李處士戡。」某謝曰〔七〕：「素所恨未見者。」即日造其廬，遂旦夕往來。

開成元年春二月，平盧軍節度使王公彦威聞君名，挈卑辭於簡，副以幣馬，請爲節度巡官。明年春，平盧府改，君西歸病於路〔八〕，卒於洛陽友人王廣思恭里第，享年若干。

君諱戡，字定臣，七代祖渤海王奉慈；祖杠，衢州盈川令；父登〔九〕，婺州浦陽尉。浦陽晚無子，夫人吴興沈氏夢一人狀甚偉，捧一嬰兒曰：「予爲孔丘，以是與爾。」及期而生君〔一〇〕，因名曰天授〔一一〕。君幼孤，旁無群從可以附託，年十餘歲即好學，寒雪拾薪自炙，夜無然膏，默念所記。年三十，盡明《六經》書，解決微隱，蘇融雪釋，鄭玄至于孔穎達輩凡所爲疏注，皆能短長其得失。一舉進士，耻不肯試，歸晉陵陽羨里，得山水居之，始開百家書，緣飾事業。每有小功喪③，訖制不食肉飲酒，語言行止，皆有法度。陽羨民有鬬諍不決，不之官人，必以詣君〔一二〕。

所著文數百篇，外於仁義，一不關筆。嘗曰：「詩者可以歌，可以流於竹，鼓於絲，婦人小兒，皆欲諷誦，國俗薄厚，扇之於詩，如風之疾速。嘗痛自元和已來有元、白詩者④，纖豔不逞，非莊士雅人，多爲其所破壞，流於民間，疏于屏壁，子父女母，交口教授，淫言媟語，冬寒夏熱，入人肌骨，不可除去。吾無位，不得用法以治之〔一三〕。」欲使後代知有發憤者〔一四〕，因集國朝已來類於古詩得若干首，編爲三卷，目爲《唐詩》，爲序以導其志〔一五〕。

居江南，秀人張知實、蕭寘、韓乂、崔壽、宋邧〔一六〕、楊發、王廣，皆趨君交之，後皆得進士第，有名聲官職〔一七〕，君尚爲布衣，然於君不敢稍怠。君在洛中困甚，河陽節度使蕭洪移鎮鄜州，諫議大夫蕭俶以君言於洪，洪素敬諫議，即欲謁君以請，君曰：「人間譁言洪盜籍外戚，一窺其面能易吾死，尚且不忍死，況爲其黨乎？」居數月，洪果敗。

娶弘農楊氏女〔一八〕，早卒。子二人。長曰審之；次曰鼎郎，始五歲。以某年月〔一九〕，權葬於常州義興縣某鄉里。某於君爲晚交〔二〇〕，得君最厚，因爲之銘曰：

命如煙雲，道比宫宅。煙雲飄揚，莫知往來。爲道不至，無以偃息。有道有命，偶然相值。命不在我，不肖亦貴。豈可指此，與彼爲市。嗚呼定臣，曰德孔脩〔二一〕，曰學必聖。飭我兢兢，一不言命〔二二〕。可傳其心，以教後生。嗚呼哀哉！

【校勘記】

〔一〕《文苑英華》卷九五八題作《平盧軍節度巡官隴西李府君墓誌銘》。

〔二〕「牧大和元年舉進士及第」，「牧」字原無。《文苑英華》卷九五八、《全唐文》卷七五五、文津閣本於「大和」前有「牧」字，今據補。

〔三〕「鄉貢上都」，「鄉貢」，《文苑英華》卷九五八作「貢於」，下校：「集作鄉貢。」文津閣本亦作「貢於」。

〔四〕「某」，《文苑英華》卷九五八、《全唐文》卷七五五、文津閣本作「牧」。

〔五〕「某」，《文苑英華》卷九五八、《全唐文》卷七五五、文津閣本作「牧」。

〔六〕「某」，《文苑英華》卷九五八、《全唐文》卷七五五、文津閣本作「牧」。按此句文津閣本作「前監察御史分司東都言於牧曰」。

〔七〕「某」，《文苑英華》卷九五八、《全唐文》卷七五五、文津閣本作「牧」。

〔八〕「君西歸病於路」，「君」字原無，據《文苑英華》卷九五八、《全唐文》卷七五五、文津閣本補。

〔九〕「父登」，「登」，《文苑英華》卷九五八、文津閣本作「登」。

〔一〇〕「及期而生君」，《文苑英華》卷九五八無「而」字，「及期」作「及其」，並下校：「集作期而。」

〔一一〕「天授」，原作「夫授」，據《文苑英華》卷九五八、《全唐文》卷七五五改。

〔一二〕「必以詣君」，《文苑英華》卷九五八、文津閣本作「必皆以詣君」。

〔一三〕「治之」，文津閣本作「除之」。

〔一四〕「欲使後代知有」，「知」，《文苑英華》卷九五八作「之」。

〔一五〕「以導其志」，「導」，《文苑英華》卷九五八作「道」，下校「集作導」。

〔一六〕「宋邧」，原作「宋邢」，據《文苑英華》卷九五八改。又，陶敏《樊川詩人名箋補》（《徐州師範學院學報》一九八七年第二期）所考，本文「宋邢」乃「宋邧」之誤。

〔一七〕「有名聲官職」，「名聲」，《文苑英華》卷九五八、《全唐文》卷七五五作「聲名」，《文苑英華》下校：

「集作名聲。」
〔一八〕「娶弘農楊氏女」，「娶」字原作「晏」，據《文苑英華》卷九五八、《全唐文》卷七五五、文津閣本改。
〔一九〕「以某年月」，《文苑英華》卷九五八作「以某月日」。
〔二〇〕「某」，文津閣本作「牧」。
〔二一〕「曰德孔脩」，「脩」，《文苑英華》卷九五八作「循」。
〔二二〕「一不」，《文苑英華》卷九五八作「不一」，下校：「集作一不。」

【注釋】

①平盧軍：唐方鎮名。唐玄宗開元五年，於營州設置平盧軍使。安史之亂後，改領淄、青、齊、棣、登、萊六州，均在今山東東部。李府君，即李戡，字定臣。生平詳本文。傳見《新唐書》卷七八《宗室》。本文作年難确考。文中謂開成元年春後，「明年春，平盧府改，君西歸病於路，卒於洛陽友人王廣思恭里第」。又云：「以某年月，權葬於常州義興縣某鄉里」，未及下葬确年。據墓誌所載，李戡乃卒於開成二年（八三七）春，則本文之撰，蓋在此時後不久。
②吏部沈公：即沈傳師。傳師卒於吏部侍郎任，故稱。生平詳本集卷一《張好好詩并序》注②。
③小功：古代喪服名。五服之一，用較粗熟布製成。服期五個月。

④ 元白詩：指唐詩人元稹、白居易之詩。此處主要指兩人豔情之作，並不包括兩人之諷喻詩。元稹，傳見《舊唐書》卷一六六、《新唐書》卷一七四。白居易，傳見《舊唐書》卷一六六、《新唐書》卷一一九。

【集評】

杜牧作《李戡墓誌》，載戡詆元、白詩語，所謂「非莊人雅士所爲，淫言媟語，入人肌骨」者。元稹所不論，如樂天諷諫、閒適之辭，可概謂淫言媟語耶？戡不知何人，而牧稱之過甚。古今妄人不自量，好抑揚予奪，而人輒信之類爾。觀牧詩纖豔淫媟，乃正其所言而自不知也。《新唐書》取爲牧語論樂天，傳以爲「救失，不得不然」，蓋過矣。牧記戡母夢有偉男兒持雙兒授之云：「予孔邱，以是與爾。」及生戡，因字之天授。晁無咎每舉以爲戲曰：孔夫子乃爲人作九子母耶？此必戡平日自言者，其詭妄不言可知也。（葉夢得《避暑詩話》卷下）

杜牧罪元、白詩歌傳播，使子父女母交口誨淫，且曰：「恨吾無位，不得以法繩之。」余謂此論合是元魯山、陽道州輩人口中語。牧風情不淺，如《杜秋娘》、《張好好》諸篇，「青樓薄倖」之句，街吏平安之報，未知去元、白幾何？以燕伐燕，元、白豈肯心服！（劉克莊《後村詩話》後集卷二）

【崔道融讀杜紫微集】「紫微才調復知兵，常遺風雷筆下生。猶有枉抛心力處，多於五柳賦《閒

情》。」梁昭明太子序《陶淵明集》云：「白璧微瑕，惟在《閒情》一賦。」杜牧嘗著《孫武子》，又作《守論》、《戰論》、《原十六衛》，皆有經濟之略，故道融以此句少之。杜牧嘗譏元白云：「淫詞媟語，入人肌膚，吾恨不在位，不得以法治之。」而牧之詩淫媟者，與元、白等耳，豈所謂睫在眼前猶不見乎？（楊慎《升菴詩話》卷九）

《閒情集序》：元、白豔體，聯珠綴玉，先後一揆，乃杜牧之獨以勸淫導媟，重相詆諆，何歟？即牧之所自作，語多絶豔，所謂勸淫導媟者，毋乃躬自蹈之歟？（朱鶴齡《愚庵小集》卷八）

白樂天自愛其諷諭詩，言激而意質。故其立朝侃侃正直，所獻穆宗《虞人箴》並《雜興》詩「楚王多内寵」一篇，指點色禽之荒，婉切痛快，字字炯戒。及讀其《長恨歌》諸作，諷刺深隱，意在言外，信如其所自評，又不獨《大觜烏》、《雉媒》等篇之有託而言也。乃杜牧之譏其詩「纖豔不逞，非端人雅士所爲，流傳人間，子父女母交口教授，淫言褻語，入人肌骨」。但考樂天所行，不媿端雅，其詩亦未見淫褻。不若杜牧之在揚州牛奇章幕中，微服冶游，奇章以街子潛隨，及召作拾遺時，授以一篋，皆街子報帖，云「杜書記無恙」。故其詩云：「落魄江湖載酒行，楚腰纖細掌中輕。十年一覺揚州夢，占得青樓薄倖名。」又在湖州時，欲採麗色，乃令刺史崔君大張水嬉，因閒行以物色之。見里姥引十餘歲女子，將至舟中，姥女皆懼。牧曰：「且不即納，吾十年必爲此郡，若不來，乃嫁。」及守他郡，皆不愜意，至十四年後，乃上箋於所善宰相周墀，乞守湖州。涖政之夕，亟使召之，則女以踰十年期，從人三載生

子矣。女懼見奪，攜幼以往。故其詩云：「自是尋芳到已遲，往年曾見未開時。如今風擺花狼藉，緑葉成陰子滿枝。」又爲御史司洛陽時，李司徒閒居，聲伎皆絶色，牧之方持憲，乃托人達意，願與宴會。至則南向坐，滿飲三巵，問曰：「聞有紫雲者，未知孰是？宜以見惠。」諸伎皆回首而笑。故其詩云：「華堂今日綺筵開，誰喚分司御史來？忽發狂言驚滿座，兩行紅粉一時迴。」風流罪過，已尚不免，獨奈何以此責樂天也！（賀貽孫《詩筏》）

唐李飛譏元、白詩「纖豔不逞，爲名教罪人」。卒之千載而下，知有元、白，不知有李飛。或云飛此言見于杜牧集中。牧祖佑，年老不致仕，香山有詩譏之，故牧借飛語以詆之耳。（袁枚《隨園詩話》卷一）

尊老杜者病香山，謂其「拙於紀事，寸步不移，猶恐失之」，不及杜之「注坡驀澗」似也。至《唐書·白居易傳贊》引杜牧語，謂其詩「纖豔不逞，非莊士雅人所爲。流傳人間，交口教授，入人肌骨不可去」。此文人相輕之言，未免失實。（劉熙載《藝概》卷二「詩概」）

豔詩有述歡好者，有述怨情者，《三百篇》亦所不廢。顧皆流覽而達其定情，非沉迷不反，以身爲妖冶之媒也。嗣是作者，如「荷葉羅裾一色裁」、「昨夜風開露井桃」，皆豔極而有所止。至如太白《烏栖曲》諸篇，則又寓意高遠，尤爲雅奏。其述怨情者，在漢人則有「青青河畔草，鬱鬱園中柳」，唐人則「閨中少婦不知愁」、「西宮夜靜百花香」，婉孌中自矜風軌。迨元、白起，而後將身化作妖冶女子，備述衾裯中醜態。杜牧之惡其蠱人心，敗風俗，欲施以典刑，非已甚也。（王夫之《薑齋詩

話》卷二「夕堂永日緒論内編」）

唐故淮南支使試大理評事兼監察御史杜君墓誌銘〔一〕①

君諱顗，字勝之。曾祖涼州節度使、襄陽公、贈左僕射希望，大父司徒、平章事、太保致仕、岐國公、贈太師某〔二〕，皇考駕部員外郎、贈禮部尚書某〔三〕。君幼孤多疾，目視昏近，先夫人不令就學，年十七，讀《尚書》十三篇，《禮記》七篇，《漢書》止《賈誼傳》〔四〕，不復執卷〔五〕。年二十四，明年當舉進士，始握筆，草《闕下獻書》〔六〕、《與裴丞相度書》〔七〕，指言時事，書成各數千字，不半歲遍傳天下。進士崔岐有文學，峭澀不許可人，詣門贈君詩曰：「賈、馬死來生杜顗，中間寥落一千年。」年二十五，舉進士，二十六一舉登上第。時賈相國餗爲禮部之二年〔八〕，朝士以進士干賈公不獲，有傑强毁嘲者，賈公曰：「我秪以杜某敵數百輩足矣〔九〕。」始命試秘書正字、匭使判官。李丞相德裕出爲鎮海軍節度使，辟君試協律郎，爲巡官。後貶袁州，語親善曰：「我聞杜巡官言晚十年，故有此行。」大和九年夏，君客揚州，六月，授咸陽尉、直史館。君曰：「訓、注必亂〔一〇〕②，可徐行俟之。」至汴，二兇敗。及洛，以疾辭，東下居揚州龍興寺〔一一〕。丞

相奇章公僧孺請君入幕府〔一二〕，君謝曰：「李公在困，未願副知己。」開成二年春，目益昏，冬遂喪明。李爲淮南節度使，復請爲試評事，兼監察、觀察支使〔一三〕。兄牧自馮翊迎醫石至〔一四〕，曰：「是狀腦脂下融，名曰内障，如蠟塞管，蠟去管明，俟脂凝可以抉去，無不愈者。」後二年，石曰「可治」，治不效。自馮翊别迎醫，醫曰：「嗟乎！障有赤脉，如木根横去，牢不可斷，是法名曰日脚，内障生日脚者，法不可治。」君因居淮南，築室治生，不復言治眼，事聞於天下，無不嗟歎。君安泰自如，令人旁讀十三代史書，一聞不遺，客來與之議論證引，聽者忘去。年四十五，大中五年二月二十五日卒。一男麟師〔一五〕，年十歲；女曰暑兒〔一六〕，始五歲。六年二月八日，歸葬先塋，實萬年縣洪原鄉少陵西南二里〔一七〕。某今年五十〔一八〕，假使更生十年爲六十人，不夭矣，與君别止三千六百日爾〔一九〕！況早衰多病，敢期六十人乎，忍不抑哀，以銘吾弟。銘曰：

古之達人，以生爲寄爲夢，以死爲歸爲竟〔二〇〕，不知生偶然乎，其有裁受乎？偶然即泯爲大空，與不生同，其有裁受乎？嗚呼！勝之今既歸而竟矣〔二一〕，其自知矣，何爲而然乎〔二二〕？嗚呼哀哉！

【校勘記】

〔一〕《文苑英華》卷九五八題前無「唐故」二字。

〔二〕「贈太師某」，「某」，《文苑英華》卷九五八、《全唐文》卷七五五、文津閣本作「佑」。

〔三〕「贈禮部尚書某」，「某」，《文苑英華》卷九五八、《全唐文》卷七五五、文津閣本作「從郁」。

〔四〕「《漢書》止《賈誼傳》」，「止」，《文苑英華》卷九五八作「至」，下校：「集作止。」

〔五〕「不復執卷」，「不」字原作「下」，據《文苑英華》卷九五八、《全唐文》卷七五五、文津閣本改。

〔六〕「草《闕下獻書》」，「草」字原作「茸」，據《文苑英華》卷九五八、文津閣本改。

〔七〕「《與裴丞相度書》」，「與」字原無，據《文苑英華》卷九五八、《全唐文》卷七五五、文津閣本補。

〔八〕「爲禮部之二年」，《文苑英華》卷九五八作「爲禮部之年」。

〔九〕「杜某」，文津閣本作「杜顗」。

〔一〇〕「訓注」，原作「訓註」，據《文苑英華》卷九五八、《全唐文》卷七五五、文津閣本改。

〔一一〕「居揚州龍興寺」，「州」，《文苑英華》卷九五八作「之」，下校：「集作州。」

〔一二〕「丞相奇章公僧孺」，「奇章」，《文苑英華》卷九五八作「牛」，下校：「集作奇章。」文津閣本作「牛」。

〔一三〕「兼監察觀察支使」，《文苑英華》卷九五八、《全唐文》卷七五五作「兼監察御史、支使」。

〔一四〕「兄牧自馮翊」，「牧」字原無，據《文苑英華》卷九五八、《全唐文》卷七五五、文津閣本補。

〔一五〕「一男麟師」，《文苑英华》卷九五八作「男曰麟師」，《全唐文》卷七五五作「一男曰麟師」。

〔一六〕「女曰暑兒」，「暑兒」，《文苑英華》卷九五八、《全唐文》卷七五五作「署兒」，《文苑英華》於「署」字下校：「集作暑。」

〔一七〕「少陵」，「少」字原無，據《文苑英華》卷九五八、《全唐文》卷七五五、文津閣本補。

〔一八〕「某今年五十」，「某」，《文苑英華》卷九五八、《全唐文》卷七五五、文津閣本作「牧」。

〔一九〕「爾」，《文苑英華》卷九五八作「耳」。

〔二〇〕「竟」，《文苑英華》卷九五八、《全唐文》卷七五五、文津閣本作「覺」，《文苑英華》下校：「集作竟，下同。」

〔二一〕「竟」，《文苑英華》卷九五八、《全唐文》卷七五五、文津閣本作「覺」。

〔二二〕「何爲而然乎」，「而」，《文苑英華》卷九五八作「其」。

【注　釋】

① 杜君：即杜顗，杜牧之弟。生平見本文，亦見本集卷一六《上宰相求湖州第一啓》注⑥。據本文，杜顗乃卒於大中五年二月，葬於大中六年二月八日，而其時杜牧年五十。杜牧年五十即在大中六年（八五二），故文即約是年春元、二月間所撰。

②訓注：指李訓、鄭注。李訓，字子垂，始名仲言，字子訓。肅宗時宰相李揆之族孫。傳見《舊唐書》卷一六九、《新唐書》卷一七九。鄭注，絳州翼城人。本姓魚，冒姓鄭氏，故時號魚鄭。傳見《舊唐書》卷一六九、《新唐書》卷一七九。據兩人本傳，大和九年十一月，兩人合謀以「觀甘露」爲名擬誅除宦官仇士良等人，事敗被殺。同時朝官被宦官所殺者甚衆，史稱「甘露之變」。

唐故灞陵駱處士墓誌銘〔一〕①

灞陵駱處士名峻，字肅之，華州華陰人也。當建中四年，年二十，遊京師。值泚亂②，爲其黨源休拘，委以事〔二〕，處士逸，一日夕行二百里，拜親於華陰。因啓度賊終不能東出百里間，鄉里不足憂，願得一見天子於艱危中。遂入奉天，至漢中，屢以兵食干執事者。後長安李懷光踵叛，關中公私饑，李、馬、渾兵十餘萬③，計日餉食，有司因請授處士岳州巴陵尉〔三〕，繫職於饋運間。後四遷至揚州士曹參軍〔四〕。

至元和初，以母喪去職，哀哭濱死，終喪，因曰：「污吾跡二十餘年者，食豐衣鮮，以有養也，今可以行吾志也。」乃於灞陵東坡下得水樹以居之。相國杜公黄裳在蒲津，相國張公弘靜在并州〔五〕、大梁，渾尚書鎬在易定，潘侍郎孟陽在蜀之東川，司徒薛公平在鄭滑〔六〕，皆挈卑詞幣馬至門，曰：「處士不能一起助我爲治乎？」皆以疾辭。長慶初，桂府觀察使杜公凡兩拜章④，乞爲梧州刺史，詔因授之。衆皆曰：「今黄家洞賊熾⑤，邕、容兵連敗，縮首不出，猶鼎鱉爾〔七〕。交阯殺都護，復旱亂相仍，朝廷豈捐此三處，不以公治之，而久置公爲梧守耶？」處士慘而讓，祇以疾辭解，訖不言其他，爾後人知其堅不可復動矣。

田三百畝，菓蔬占其一，捽墾辛苦，不受人一錢惠。朝之名士，多造其廬，未嘗以栖退超脱之高露於言色，温敬畏下，如勇於仕進者。論及當代利病，活人綏邊之策，必亹亹盡吐，冀達於在位者，至於安危機鍵之語，默不出口。尤不信浮圖學，有言者必約其條目，引《六經》以窒之，曰：「是乃其徒盜夫子之旨而爲其辭，是安能自爲之。」善圖山水狀，鑑者比之朱審⑥、王維之儔。里百家鬭訴凶吉〔八〕，一來決之〔九〕。凡三十六年，無一日不自得也。以會昌元年十一月某日卒，年七十九。以某月日，歸葬於華陰縣先人之墓。

處士嘗曰：「相國劉公晏不急征，不横賦，承亂亡之餘〔一〇〕，食數十萬兵者二十餘年，斯過蕭何遠矣。」每長短校量今古富人强國之術。我烈祖司徒岐國公⑦、趙國公李公⑧，當貞元、元和時，儒學術業冠天下，每與處士語，未嘗不嗟歎其才，恨其尚壯，不可屈以仕，優禮接之。嗚呼賢哉！銘曰：

不見可欲，使心不亂⑨。古之作者，窮栖自鍛〔一一〕⑩。子伯子至，王霸久卧⑪。向栩相趙⑫，馬良車煥⑬。子夏高第⑭〔一二〕，心中交戰。處士之居，落青門畔⑮。交駟連羈〔一三〕，繡軒交貫〔一四〕。危冠自喜，首縈後絆〔一五〕。言訖揖去，一如不見。我齒未衰，誰知已知〔一六〕。岐公主師，見必迎喜，語必移時。論兵計食，屈指無遺。功名富貴，不能釣之。諸侯六辟，南服一麾。笑而不答，亦無是非〔一七〕。三百畝田，百實繁滋〔一八〕。三十六年，食具衣完。今其去矣〔一九〕，誰知其端。嗚呼賢哉！

【校勘記】

〔一〕《文苑英華》卷九六二題作「《駱處士墓誌》」。

〔二〕「委以事」，《文苑英華》卷九六二作「委以軍事」，並於「軍」字下校：「集無此字。」

〔三〕「岳州巴陵尉」、「巴陵」原作「灞陵」，據《文苑英華》卷九六二、《全唐文》卷七五六改。

〔四〕「至揚州士曹參軍」，「至」字原作「上」，據《文苑英華》卷九六二、《全唐文》卷七五六、文津閣本改。

〔五〕「相國張公弘靜」，「靜」，《文苑英華》卷九六二作「靖」。

〔六〕「司徒薛公平」，「平」字原作「革」，《文苑英華》卷九六二作「萃」，《全唐文》卷七五六作「苹」。按，當爲薛平。據《舊唐書》本傳，薛平曾任滑州刺史、鄭滑節度觀察等使，後以司徒致仕。又胡校：「按《白居易集》卷五五有《除薛平鄭滑節度制》，《舊唐書》卷十五《憲宗紀》下：『元和七年八月辛亥，以左龍武大將軍薛平爲鄭滑刺史、義成軍節度使。』又見《舊唐書》卷一二四、《新唐書》卷一一一《薛平傳》及《册府元龜》卷六八三。知杜牧文『薛公革』乃『薛公平』之訛。」今據改。

〔七〕「猶鼎鱉爾」，「爾」，《文苑英華》卷九六二、《全唐文》卷七五六作「耳」。

〔八〕「鬬訴凶吉」，《文苑英華》卷九六二作「鬬訟吉凶」，並於「訟」字下校：「集作訴。」《全唐文》卷七五六、文津閣本作「鬬訴吉凶」。

〔九〕「一來決之」，「之」字原無，據《文苑英華》卷九六二、《全唐文》卷七五六、文津閣本補。

〔一〇〕「亂亡之餘」，「亂亡」，《文苑英華》卷九六二作「喪亂」，下校：「集作亂亡。」

〔一一〕「窮栖自鍛」，「鍛」字原作「斷」，且小有音注「去聲」。《文苑英華》卷九六二於「斷」字下校：「作鍛」，今據改。

〔一二〕「子夏高第」，「第」，《文苑英華》卷九六二、《全唐文》卷七五六作「弟」。

〔一三〕「交駟連羈」，「交」原作「文」，據文津閣本改。

〔一四〕「繡軒交貫」，「軒」，《文苑英華》卷九六二作「軿」，下校：「集作軒。」

〔一五〕「首縈後絆」，「首」，《文苑英華》卷九六二、《全唐文》卷七五六、文津閣本作「前」，《文苑英華》下校：「集作首。」

〔一六〕「誰知己知」，《文苑英華》卷九六二、文津閣本作「誰爲己知」，並於「爲」字下校：「集作知。」

〔一七〕「亦無是非」，「是非」原作「事非」，據《文苑英華》卷九六二、《全唐文》卷七五六、文津閣本改。

〔一八〕「百實繁滋」，「繁滋」，《文苑英華》卷九六二、《全唐文》卷七五六作「滋繁」，《文苑英華》下校：「集作繁滋。」

〔一九〕「今其去矣」，「今」，《文苑英華》卷九六二作「人」，下校：「集作今。」

【注　釋】

①駱處士之生平詳本文。據本文，其卒於會昌元年十一月，然未詳下葬年月。故此文當作於會昌元年（八四一）十一月後，至於何年所作，未能确考。

②值泚亂：泚，即朱泚。幽州昌平人。傳見《舊唐書》卷二〇〇下、《新唐書》卷二二五中。據傳，建中四年十月，涇原節度使姚令言叛據長安，唐德宗出奔奉天，時朱泚已爲幽州盧龍節度、太尉、中書令，叛卒擁朱泚即位於宣政殿，自稱大秦皇帝，建元應天。即拜令言侍中、關内副元帥，李忠臣爲司空、兼侍中，源休爲中書侍郎、平章事、判度支。次年，唐將李晟收復京城，朱泚出逃，被部將所殺。

③李馬渾兵十餘萬：李，指李晟，字良器，洮州臨潭人。累遷左羽林大將軍，官至右神策軍都將。建中四年，朱泚叛，擊敗朱泚，收復長安有功，官至太尉，兼中書令。傳見《舊唐書》卷一三三、《新唐

書》卷一五四。馬，爲馬燧，字洵美，汝州郟城人。累官鄭州、懷州、隴州刺史。大曆中任檢校左散騎常侍，爲三城使。後以戰功，官至同中書門下平章事，封北平郡王。卒贈太傅。傳見《舊唐書》卷一三四、《新唐書》卷一五五。渾，指渾瑊。皋蘭州人，本鐵勒九姓部落之渾部也。本名進，少即善騎射，隨父戰伐，累授折衝果毅，遷中郎將。後以討安慶緒、史朝義等有功，加開府儀同三司、太常卿。破朱泚，以功先後任京畿渭北節度使、同中書門下平章事等職。平朱泚後，加封爲侍中、咸寧郡王。傳見《舊唐書》卷一三四、《新唐書》卷一五五。

④桂府觀察使杜公：即杜式方。字考元，京兆萬年人，杜佑子。以蔭授揚府參軍，轉常州晉陵尉。歷太子舍人，改太常寺主簿。後遷爲司農少卿，加正義大夫、太僕卿。穆宗即位，轉兼御史中丞，充桂管觀察都防禦使。卒，贈禮部尚書。傳見《舊唐書》卷一四七、《新唐書》卷一六六。

⑤黄家洞賊：又稱黄賊、黄家賊，見本集卷七《唐故江西觀察使武陽公韋公遺愛碑》注⑦。

⑥朱審：唐吳興人，一作吳郡人。善畫，德宗建中中擅名於時。工畫山水、竹樹、松石、人物。生平見《歷代名畫記》卷一〇、《唐朝名畫録》卷六、《圖繪寶鑑》卷二。

⑦司徒岐國公：即杜牧祖父杜佑。杜佑封司徒、岐國公，故稱。傳見《舊唐書》卷一四七、《新唐書》卷一六六。

⑧趙國公李公：即李吉甫。趙郡人，字弘憲。累官至宰相，封趙國公，故稱。傳見《舊唐書》卷一四

八、《新唐書》卷一四六。

⑨不見可欲二句：出自老子《道德經》上篇：「不尚賢，使民不爭；不貴難得之貨，使民不盜；不見可欲，使民心不亂。」

⑩古之作者二句：此指老子。老子曾爲東周藏書室史官，後辭官歸隱，自我修煉。

⑪子伯子至二句：據《後漢書》卷八四《列女傳》：「太原王霸妻者，不知何氏之女也。霸少立高節，光武時，連徵不仕。……初，霸與同郡令狐子伯爲友，後子伯爲楚相，而其子爲郡功曹。子伯乃令子奉書於霸，車馬服從，雍容如也。霸子時方耕於野，聞賓至，投耒而歸，見令狐子，沮怍不能仰視。霸目之，有愧容，客去而久臥不起。妻怪問其故，始不肯告，妻請罪，而後言曰：『吾與子伯素不相若，向見其子容服甚光，舉措有適，而我兒曹蓬髮歷齒，未知禮則，見客而有慚色。父子恩深，不覺自失耳。』妻曰：『君少修清節，不顧榮禄。今子伯之貴孰與君之高？奈何忘宿志而慚兒女子乎！』霸屈起而笑曰：『有是哉！』遂共終身隱遯。」子伯，即令狐子伯，東漢太原人。與同郡王霸爲友，後爲楚相，子爲郡功曹。霸連徵不仕，遂令子奉書於霸。事見《後漢書》卷八四《列女傳》。王霸，字儒仲，東漢太原廣武人。少有清節。「王莽篡位，弃冠帶，絶交宦。建武中，徵到尚書，拜稱名，不稱臣。有司問其故。霸曰：『天子有所不臣，諸侯有所不友。』……以病歸。隱居守志，茅屋蓬户。連徵不至，以壽終。」傳見《後漢書》卷八三。

⑫向栩相趙：向栩，字甫興，東漢河内朝歌人。「少爲書生，性卓詭不倫。恒讀《老子》，狀如學道。……郡禮請辟，舉孝廉、賢良方正、有道，公府辟，皆不到。」後徵拜爲趙相，「及之官，時人謂其必當脱素從儉，而栩更乘鮮車，御良馬，世疑其始僞」。後又拜侍中，不欲出兵征討張角，被懷疑與張角同心，被殺。傳見《後漢書》卷八一。

⑬馬良車焕：馬良，字季常，三國襄陽宜城人。「兄弟五人，並有才名」，良眉中有白毛，「鄉里爲之諺曰：『馬氏五常，白眉最良。』」依劉備爲荆州從事，徙左將軍掾。後爲侍中。劉備東征吴國敗績於夷陵，馬良亦遇害。傳見《三國志》卷三九。

⑭子夏高第：子夏，即卜商。春秋末衛國人，一説晉國温人，字子夏。孔子弟子，以文學見稱。曾爲魯國莒父宰。孔子死後，子夏講學於西河，李克、吴起、田子方、段干木等人皆從受業，魏文侯亦曾師事之，受經藝。事見《論語・子路》。

⑮青門：即漢代長安城東南門。本名霸城門，俗因門色青，呼爲青門。此處指唐長安東門。

【集評】

善刀而藏，處衰世之良法。（鄭郲評本文）

唐故復州司馬杜君墓誌銘并序〔一〕①

公諱銓，字謹夫，河西隴右節度使、襄陽公、贈司空之曾孫②，司徒、岐國公、贈太師之孫③，司農少卿、贈給事中之子④。公以岐公蔭，調授揚州參軍、同州馮翊縣丞、衛尉寺主簿、鄂州江夏縣令、復州司馬。年六十，某年月日，終于漢上別業。

岐公外殿内輔，凡四十年〔二〕，貴富繁大，孫兒二十餘人〔三〕，晨昏起居，同堂環侍。公爲之親，不以進，門内家事，條治裁酌，至於筐篋細碎，悉歸於公，稱謹而治。自罷江夏令，卜居於漢北泗水上，烈日笠首，自督耕夫，而一年食足，二年衣食兩餘，三年而室屋完新〔四〕，六畜肥繁，器用皆具。凡十五年，起於墾荒，不假人之一毫之助〔五〕，至成富家翁。常曰：「忍耻入仕，不緣妻子衣食者，舉世幾人？彼忍耻，我勞力，等衣食尔〔六〕，顧我何如？」後授復州司馬，半歲棄去，終不復仕。以某月日〔七〕，歸葬於長安城南少陵原司馬村先塋。某爲從父弟〔八〕，泣涕而書銘曰：

公侯之家，所業唯官。薄官業農，墾荒室完。入仕多耻，以農力勞。等衣食尔〔九〕，勞力者賢。歸全故丘，慶期孫子〔一〇〕。

【校勘記】

〔一〕《文苑英華》卷九五八題作《復州司馬杜君墓誌銘》。

〔二〕「凡四十年」，原作「凡十四年」，據《文苑英華》卷九五八、《全唐文》卷七五五改。

〔三〕「孫兒二十餘人」，「孫兒」，《文苑英華》卷九五八、《全唐文》卷七五五作「兒孫」。

〔四〕「室屋完新」，「屋」，《文苑英華》卷九五八作「居」，下校：「集作屋。」

〔五〕「不假人之一毫」，《文苑英華》卷九五八、《全唐文》卷七五五無「之」字。

〔六〕「等衣食尔」，「尔」，《文苑英華》卷九五八作「耳」。

〔七〕「以某月日」，《文苑英華》卷九五八作「以某月某日」。

〔八〕「某爲從父弟」，「某」，《文苑英華》卷九五八、文津閣本作「牧」。

〔九〕「等衣食尔」，「尔」，《文苑英華》卷九五八作「耳」。

〔一〇〕「慶期孫子」，「孫子」，《文苑英華》卷九五八作「子孫」。

【注　釋】

①復州司馬杜君：即杜詮，杜牧堂兄。生平見本文及《新唐書》卷七二上《宰相世系表》二上。復州，州名。北周置，治所在建興，即今湖北沔陽縣西。隋改沔陽郡。唐又爲復州。

②贈司空：指杜佑之父杜希望。京兆萬年人。歷代州都督、鄯州都督、鴻臚卿、恒州刺史、西河太守。傳見《舊唐書》卷一四七、《新唐書》卷一六六。

③岐國公：即杜牧之祖父杜佑。拜司徒，封岐國公，故稱。傳見《舊唐書》卷一四七、《新唐書》卷一六六。

④司農少卿贈給事中：即杜牧之伯父杜師損。曾任工部郎中，位終司農少卿。生平見《舊唐書》卷一四七《杜佑傳》附、《新唐書》卷七二上《宰相世系表》一上。

唐故邕府巡官裴君墓誌銘〔一〕①

君諱希顔，字某。裴氏於百氏中，獨摽其族曰眷，三分之爲東、西、中，君東眷裴〔二〕，在國朝名位最大曰冕，艱難中定册立肅宗於靈武而相之，繼相代宗，僅十五年，國史有傳。冕於君爲堂伯祖父。王考某②，終朗州刺史，娶宣州寧國令滎陽鄭某女，生四男，君爲首生〔三〕。朗州爲盩厔、河西令，道、朗二州刺史，公廉剛簡，强於愛人，凡關百姓一毫事，與京兆尹、節度使爭論，大聲於庭府間〔四〕，前如無人。然未嘗以杖責治家〔五〕，家人有過失則諭之，諭不變者，出之爲良人，終不忍牽鬻於市。將終，鄭夫人泣請遺令，曰：「吾之廄騾，爲盩厔時役之，今踰十年，聽其老死，慎不可賣。」言訖而絶。君生寖染仁父之化，温良柔友，窮居鄠縣，飢寒餘二十年〔六〕，未嘗出一言以愠不足。司農卿裴及爲邕府經略使，辟君爲從事，得南方疾歸。大中二年某月日，卒于其家，享年若干。不娶，無子。某娶裴氏〔七〕，實君之私，其弟覺泣來請銘。銘曰：

淑其性，生無位，死無子，孰識其端？

【校勘記】

〔一〕《文苑英華》卷九五八題無「唐故」二字。

〔二〕「東眷裴」，「眷」字原作「春」，據《文苑英華》卷九五八、《全唐文》卷七五五、文津閣本改。

〔三〕「君爲首生」，「君」字原無，據《文苑英華》卷九五八、《全唐文》卷七五五、文津閣本補。

〔四〕「庭府」，原作「延府」，據《文苑英華》卷九五八、《全唐文》卷七五五改。

〔五〕「杖責治家」，「責」字原作「貴」，據《文苑英華》卷九五八、《全唐文》卷七五五、文津閣本改。

〔六〕「飢寒餘二十年」，《文苑英華》卷九五八無「餘」字，下校：「集有餘字。」

〔七〕「某娶裴氏」，「某」，《文苑英華》卷九五八、《全唐文》卷七五五、文津閣本作「牧」。

【注釋】

① 邕府巡官裴君：即杜牧妻兄裴希顔。生平見本文及《新唐書》卷七一上《宰相世系表》一上。邕府，指邕州。秦桂林郡地。隋改宣化縣。唐貞觀六年置南晉州，尋改爲邕州，以州西南邕江爲名。治所在今廣西南寧市。本文作年不可确考。文中記裴希顔卒於「大中二年某月日」，後「其弟覺泣來請銘」，然未言下葬年月。故此文之作最早當在大中二年（八四八），其確年則未知，俟考。

② 王考某：即杜牧之妻父裴偃，終朗州刺史。杜牧《自撰墓誌銘》：「妻河東裴氏，朗州刺史偃之女。」生平見本文，又見《新唐書》卷七一上《宰相世系表》一上。

唐故范陽盧秀才墓誌〔一〕①

秀才盧生名霈，字子中。自天寶後，三代或仕燕，或仕趙，兩地皆多良田畜馬，生年二十，未知古有人曰周公、孔夫子者，擊毬飲酒，馬射走兔，語言習尚，無非攻守戰鬬之事。鎮州有儒者黄建，鎮人敬之，呼爲先生，建因語生以先王儒學之道，因復曰：「自河而南，有土地數萬里，可如燕、趙比者百數十處〔二〕。有西京、東京，西京有天子，公卿士人畦居兩京間，皆億萬家，萬國皆持其土産，出其珍異，時節朝貢，一取約束。無禁限疑忌，廣大寬易，嬉遊終日。但能爲先王儒學之道，可得其公卿之位，顯榮富貴，流及子孫，至老不見戰爭殺戮。」生立悟其言，即陰約母弟雲竊家駿馬〔三〕，日馳三百里，夜抵襄國界②，捨馬步行徑入王屋山〔四〕，請詣道士觀〔五〕。道士憐之，置之外門廡下，席地而處。始聞《孝經》、《論語》〔六〕。布褐不襪，捽草爲茹，或竟日不得食，如此凡十年。年三十，有文有學，日閑習人事，誠敬通達，汝、洛間士人，稍稍知之。

開成三年，來京師舉進士，於群輩中酋酋然〔七〕，凡曰進士知名者多趨之〔八〕，願與之爲交。生嘗曰：「丈夫一日得志，天子召座於前〔九〕，以笏畫地，取山東一百二十城，唯我知其甚易爾〔一〇〕！」因言燕、趙間山川夷險〔一一〕，教令風俗，人情之所短長，三十年來王師攻擊，利與不利，其所來由，明白如彩畫，一一可以目睹。

開成四年，客遊代州南歸，某月日〔一二〕，於晉州霍邑縣界晝日盜殺之。京師名進士聞之，多有哭者，資其弟雲至霍邑取生喪來長安。以某年月日〔一三〕，葬於城南某鄉里〔一四〕，其所資費，皆出於交遊間。曾祖昌嗣，涿州刺史；祖顗〔一五〕，易州長史；父勸，鎮州石邑令。某常以生之材節薦生於公卿間〔一六〕，聞生之死，哭之。因誌其墓。

【校勘記】

〔一〕《文苑英華》卷九六二題無「唐故」二字。

〔二〕「可如燕趙比者」，「如」，《文苑英華》卷九六二、《全唐文》卷七五五作「以」。

〔三〕「生立悟其言即陰約母弟雲」，《文苑英華》卷九六二作「生立悟，其日即陰約母弟雲」。

〔四〕「步行」，《文苑英華》卷九六二作「走行」。

〔五〕「請詣道士觀」，《文苑英華》卷九六二作「詣諸道士觀」。

〔六〕「始聞孝經論語」，「聞」字原作「開」，據《文苑英華》卷九六二、《全唐文》卷七五五、文津閣本改。

〔七〕「於群輩中」，「於」，《文苑英華》卷九六二作「以」，下校：「集作於是。」

〔八〕「知名者」，「知」字原無，據《文苑英華》卷九六二、《全唐文》卷七五五、文津閣本補。

〔九〕「召座於前」，《文苑英華》卷九六二作「召坐於前」，《全唐文》卷七五五作「召於座前」。

〔一〇〕「甚易爾」，「爾」，《文苑英華》卷九六二、《全唐文》卷七五五作「耳」。

〔一一〕「夷險」，原作「禹儉」，據《文苑英華》卷九六二、《全唐文》卷七五五、文津閣本改。

〔一二〕「某月日」，《文苑英華》卷九六二作「某月某日」。

〔一三〕「某年月日」，《文苑英華》卷九六二作「某年某月某日」。

〔一四〕「某鄉里」，《文苑英華》卷九六二作「某縣某鄉某里」。

〔一五〕「祖顗」，「顗」，《文苑英華》卷九六二作「顥」，下校：「集作顗。」

〔一六〕「某」，文津閣本作「牧」。「材節」，原作「林節」，據《全唐文》卷七五五改。《文苑英華》卷九六二作「才節」。

【注　釋】

① 盧秀才：即盧霈，字子中。生平詳本文。本文謂盧霈「開成四年，客遊代州南歸，某月日，於晉州霍邑縣界晝日盜殺之。京師名進士聞之，多有哭者，資其弟雲至霍邑取生喪來長安。以某年月日，葬於城南某鄉里，其所資費，皆出於交遊間」。又云「某常以生之材節薦生於公卿間，聞生之死，哭之。因誌其墓」。則文當開成四年（八三九）撰，時杜牧在京任左補闕、史館修撰。

② 襄國：縣名。地在今河北邢臺縣。春秋時邢地，戰國爲趙邑，秦置信都縣，項羽改爲襄國。

唐故進士龔軺墓誌〔一〕①

會昌五年十二月，某自秋浦守桐廬〔二〕②，路由錢塘〔三〕。龔軺袖詩以進士名來謁，時刺史趙郡李播曰：「龔秀才詩人，兼善鼓琴〔四〕。」因令操《流波弄》，清越可聽。及飲酒，頗攻章

程〔五〕，謹雅而和。飲罷，某南去〔六〕，舟中閱其詩，有山水閑淡之思。後四年，守吴興，因與進士嚴惲言及鬼神事，嚴生曰：「有進士龔軺，去歲來此，晝坐客館中，若有二人召軺者，軺命馬甚速〔七〕，始跨鞍，馬驚墮地，折左脛，旬日卒。」余始了然。憶錢塘見軺時，徐徐尋思，如昨日事，因知尚殯于野，乃命軍吏徐良改葬于卞山，南去州城西北一十五里。嚴生與軺善，亦不知其鄉里源流，故不得記。嗚呼！胡爲而來二鬼，驚馬折脛而死哉？大中五年辛未歲五月二日記〔八〕。

【校勘記】

〔一〕《文苑英華》卷九六二題作《進士龔軺墓誌》。

〔二〕「某」，《文苑英華》卷九六二、文津閣本作「牧」。

〔三〕「錢塘」，原作「餞唐」，據《文苑英華》卷九六二、《全唐文》卷七五五、文津閣本改。

〔四〕「兼善鼓琴」，「善」字原無，據《文苑英華》卷九六二、《全唐文》卷七五五補。

〔五〕「頗攻章程」，「攻」，《文苑英華》卷九六二作「工」，下校：「集作攻。」文津閣本亦作「工」。

〔六〕「某南去」，「某」，《文苑英華》卷九六二、文津閣本作「牧」。

〔七〕「軺命馬甚速」，「馬」，《全唐文》卷七五五作「駕」。

〔八〕「五月二日記」，「二」，《文苑英華》卷九六二作「三」，下校：「集作二。」

【注釋】

① 本文末云「大中五年辛未歲五月二日記」，此即本文作時。

② 會昌五年十二月二句：按，此處所記時間有誤。秋浦，縣名。隋開皇十九年置，屬宣城郡。故城在今安徽貴池縣境。唐時乃池州屬縣，故此處用以代指池州。桐廬，縣名。今屬浙江杭州市。唐時乃睦州屬縣，故此處用以代指睦州。據《杜牧年譜》所考，杜牧自池州刺史徙睦州刺史在會昌六年九月，則其赴任途中經杭州應是會昌六年十二月，而非會昌五年十二月。

【集評】

事亦怪誕堪誌。（鄭郲評本文）

樊川文集卷第十

李賀集序〔一〕①

大和五年十月中，半夜時，舍外有疾呼傳緘書者。某曰〔二〕：「必有異。」亟取火來，及發之，果集賢學士沈公子明書一通②，曰：「吾亡友李賀〔三〕，元和中義愛甚厚，日夕相與起居飲食〔四〕。賀且死，嘗授我平生所著歌詩，離爲四編〔五〕，凡千首〔六〕。數年來東西南北，良爲已失去。今夕醉解，不復得寐，即閲理篋帙，忽得賀詩前所授我者〔七〕。思理往事，凡與賀話言嬉遊，一處所，一物候，一日夕〔八〕，一觴一飯，顯顯焉〔九〕，無有忘棄者，不覺出涕。賀復無家室子弟得以給養恤問，常恨想其人、詠其言止矣〔一〇〕。子厚於我，與我爲《賀集》序，盡道其所來由，亦少解我意。」某其夕不果以書道不可〔一一〕，明日就公謝，且曰：「世謂賀才絶出於前〔一二〕。」讓。居數日，某深惟公曰〔一三〕：「公於詩爲深妙奇博，且復盡知賀之得失短長。今實叙賀不讓〔一四〕，必不能當君意〔一五〕，如何？」復就謝，極道所不敢叙賀，公曰：「子固若是，是當慢我。」某因不敢辭〔一六〕，勉爲賀序，然其甚慚。

皇諸孫賀〔一七〕③，字長吉，元和中韓吏部亦頗道其歌詩④。雲煙綿聯，不足爲其態也；水之迢迢，不足爲其情也；春之盎盎，不足爲其和也；秋之明潔，不足爲其格也〔一八〕；風檣陣馬，不足爲其勇也；瓦棺篆鼎，不足爲其古也；時花美女，不足爲其色也；荒國陊殿，梗莽丘壟，不足爲其恨怨悲愁也；鯨呿鼇擲〔一九〕，牛鬼蛇神，不足爲其虚荒誕幻也。蓋《騷》之苗裔，理雖不及〔二〇〕，辭或過之。《騷》有感怨刺懟，言及君臣理亂，時有以激發人意。乃賀所爲，無得有是！賀能探尋前事〔二一〕，所以深歎恨今古未嘗經道者〔二二〕，如《金銅仙人辭漢歌》、《補梁庾肩吾宫體謡》，求取情狀，離絶遠去筆墨畦逕間，亦殊不能知之。賀生二十七年死矣，世皆曰：「使賀且未死，少加以理，奴僕命《騷》可也〔二三〕。」

賀死後凡十某年〔二四〕，京兆杜某爲其序〔二五〕。

【校勘記】

〔一〕《唐文粹》卷九三題作《唐太常寺奉禮郎李賀詩集序》，《全唐文》卷七五三則題爲《太常寺奉禮郎李賀歌詩集序》。

〔二〕「某曰」，《文苑英華》卷七一四、文津閣本作「牧曰」。

〔三〕「吾亡友李賀」，「吾」，《文苑英華》卷七一四作「我」。

〔四〕「飲食」，《文苑英華》卷七一四於「食」字下校：「杜集作會。」

〔五〕「離爲四編」，「離」字原作「雜」，據《文苑英華》卷七一四改。

〔六〕「千首」，《唐文粹》卷九三、《全唐文》卷七五三、文津閣本作「若干首」，《文苑英華》卷七一四作「二百二十三首」。

〔七〕「賀詩前所授我者」，《文苑英華》卷七一四此句無「詩」字，然於「賀」字下校：「杜集、文粹有詩字。」

〔八〕「一日夕」，《文苑英華》卷七一四、文津閣本作「一日一夕」。

〔九〕「顯顯焉」，《文苑英華》卷七一四於「焉」字下校：「杜集作然。」

〔一〇〕「詠其言止矣」，《文苑英華》卷七一四於「詠」字下校：「杜集作味。」

〔一一〕「某」，《文苑英華》卷七一四、文津閣本作「牧」。

〔一二〕「世謂賀才絶出於前」，「謂」字原作「爲」，「於」字原無，據《文苑英華》卷七一四、《全唐文》卷七五三增改。文津閣本「爲」亦作「謂」。

〔一三〕「某」，《文苑英華》卷七一四、文津閣本作「牧」。

〔一四〕「今實叙賀不讓」，「實」字原作「寶」，據《唐文粹》卷九三、《文苑英華》卷七一四、《全唐文》卷七五三、文津閣本改。

〔一五〕「君意」，《文苑英華》卷七一四、《全唐文》卷七五三作「公意」。

〔一六〕「某」，《文苑英華》卷七一四、文津閣本作「牧」。

〔一七〕「皇諸孫賀」，《唐文粹》卷九三、《文苑英華》卷七一四作「唐皇諸孫賀」，《全唐文》卷七五三此句作「賀唐皇諸孫」。

〔一八〕「格」，《文苑英華》卷七一四作「清」，下校：「諸本作格。」

〔一九〕「鯨呿鼇擲」，《文苑英華》卷七一四作「鯨吐鼇擲」。

〔二〇〕「不及」，文津閣本作「不足」。

〔二一〕「賀能探尋前事」，《文苑英華》卷七一四、《全唐文》卷七五三作「賀復能探尋前事」。

〔二二〕「今古」，《文苑英華》卷七一四作「今古」，下校：「杜集作古今。」《全唐文》卷七五三作「古今」。

〔二三〕「奴僕」，《文苑英華》卷七一四作「僕奴」，下校：「文粹、集本作奴僕。」

〔二四〕「凡十某年」，《文苑英華》卷七一四、文津閣本作「凡十有五年」，《全唐文》卷七五三作「凡十五年」。

〔二五〕「某」，文津閣本作「牧」。

【注　釋】

①李賀：字長吉，福昌（今河南宜陽）人。曾任奉禮郎，以詩歌著名，有《李賀集》五卷。傳見《舊唐書》卷一三七、《新唐書》卷二〇三。本文謂「大和五年十月中」，沈子明請其撰《李賀集序》，「居

數日」後，「某因不敢辭，勉爲賀序」。據此，則本文當作於大和五年（八三一）十月。

②沈公子明：即沈述師，字子明，著名史學家、傳奇作家沈既濟之子，傳師之弟，李賀生前好友。

③皇諸孫：李賀爲唐宗室鄭孝王亮後裔，但至其父時已没落。

④韓吏部句：韓吏部，即韓愈，曾任吏部侍郎，故稱。《新唐書·李賀傳》：「（賀）七歲能辭章。韓愈、皇甫湜始聞未信，過其家，使賀賦詩，援筆輒就，如宿構，自目曰《高軒過》。二人大驚，自是有名。」唐張固《幽閒鼓吹》亦記：「賀以歌詩謁韓吏部。吏部時爲國子博士分司，送客歸，極困。門人呈卷，解帶旋讀之。首章《雁門太守行》曰：『黑雲壓城城欲摧，甲光向日金鱗開。』却援帶，命邀之。」

【集評】

李光遠《觀潮》詩云：「默運乾坤不暫停，東西雲海焠陽精。連山高浪俄兼湧，赴壑奔流爲逆行。」「默運乾坤」四字重濁不成詩，語雖有出處，亦不當用，須點化成詩家材料方可入用。如詩家論翰墨氣骨頭重，乃此類也；如杜牧之作《李長吉詩序》云：「絶去筆墨畦畛」，斯得之矣。又如「焠」字亦非詩中字，第二聯對句太粗生，少鍛煉。（吴可《藏海詩話》）

杜牧之序李賀詩云：「騷人之苗裔。」又云：「少加以理，奴僕命《騷》可也。」牧之論太過。賀詩

乃李白樂府中出，瑰奇譎怪則似之，秀逸天拔則不及也。賀有太白之語，而無太白之韻。元、白、張籍以意爲主，而失于少文；賀以詞爲主，而失于少理，各得其一偏。故曰：「文質彬彬，然後君子。」（張戒《歲寒堂詩話》卷上）

《題後林李伯高詩卷》：諧如帝所聞天樂，壯似胥江看雪濤。險韻森嚴壓皮、陸，短章高雅逼韋、陶。老夫欲反樊川序，長吉安能僕命《騷》。（劉克莊《後村先生大全集》卷三十八）

長吉歌行，新意險語，自有蒼生以來所無。樊川一序，極騷人墨客之筆力，盡古今文章之變態，非長吉不足以當之。（劉克莊《後村詩話》新集卷六）

《王吏部西樵詩集序》：昔杜樊川論文以意爲主，氣爲輔，辭采爲兵衛。而其序李長吉詩，則以爲「《騷》之苗裔，理雖不及，詞則過之」；又曰：「使少加以理，奴僕命《騷》可也。」夫樊川所云「理」，豈非謂命意期於淳深，而無取踳駁乎？鼓氣期於綿聯，而無取梗澀乎？摛詞擷采，期於雅馴，期於麗則，而無取詭僻填綴乎？指事陳情，不有天然之杼軸乎？籠形挫物，不有日新之爐韝乎？長吉之詩，天才瑰異，而陶冶之功未至，程之以理，則蕪音累氣，往往而見，樊川所以深致惜乎斯人也。嘗觀杜陵之論詩矣，一則曰「意愜關飛動，篇終接混茫」，一則曰「妙取筌蹄棄，高宜百萬層」，一則曰「毫髮無遺憾，波瀾獨老成」。杜陵之言「愜」、言「高」、言「老成」，即樊川之所謂「理」也。是主之以奴僕令《騷》者也。論至於此，自非別裁僞體、轉益多師、掣鯨魚於碧海者，其孰能備美無憾？雖長吉猶

難言之，況如盧仝、馬異輩之孑孑自異者哉！（朱鶴齡《愚庵小集》卷八）

摯虞論詩，謂「辨言過理，則失其義」。樊川序長吉，謂「少加以理，可奴僕命《騷》」。嚴氏「詩不關理」之説，豈其然乎？（葉矯然《龍性堂詩話》初集）

唐人作唐人詩序，亦多誇詞，不盡與作者痛癢相中。惟杜牧之作李長吉序，可以無媿，然亦有足商者。序云：……余每訝序中春和秋潔二語，不類長吉，似序儲、王、韋、柳五言古詩。而「雲煙綿聯」，「水之迢迢」，又似爲微之《連昌宫詞》、香山《長恨歌》諸篇作贊。若「時花美女」，則《帝京篇》、《公子行》也。此外數段，皆爲長吉傳神，無復可議矣。其謂長吉詩爲「《騷》之苗裔」一語，甚當。蓋長吉詩多從《風》、《雅》及《楚辭》中來，但入詩歌中，遂成創體耳。又謂「理雖不及，辭或過之，使加以理，奴僕命《騷》可也」數語，吾有疑焉。夫唐詩所以夐絶千古者，以其絶不言理耳。宋之程、朱，及故明陳白沙諸公，惟其談理，是以無詩。彼六經皆明理之書，獨《毛詩》三百篇不言理，惟其不言理，所以無非理也。聖賢讀「素絢」而得「禮後」，讀「尚絅」而得「闇然」，讀「唐棣」而得「思遠」。蓋聖賢事境圓明，風謡歌吹，無不可以入理。若但作理解，則固陋已甚，且不能如匡鼎之解頤，又安能若西河之起予哉！《楚騷》雖忠愛惻怛，然其妙在荒唐無理。而長吉詩歌所以得爲《騷》苗裔者，正當於無理中求之，奈何反欲加以理耶？理襲辭鄙，而理亦付之陳言矣，豈復有長吉詩歌？又豈復有《騷》哉？（賀貽孫《詩筏》）

杜牧序賀曰：「蓋《騷》之苗裔，理雖不及，辭或過之。《騷》之有感怨刺懟，言及君臣理亂，時有以激發人意。乃賀所爲，無得有是。」後又云：「少加以理，奴僕命《騷》可也。」宋人貶之，以爲賀詩之妙，正在理外。余細觀賀詩，二説俱謬。賀詩誠不能悉合于理，此詞人皆然，不獨賀也。如《黄家洞》，……誰謂不能感發人意乎？又其《採玉歌》，……傷心慘目之悲，及勞民以求無用之意，隱隱形于言外。此真樂天所云「下以洩導人情，上可以補察時政」者，而曰賀詩全無理，豈其然！（賀裳《載酒園詩話又編·李賀》）

李賀集固是教外别傳，即其集而觀之，却體體皆佳。……杜牧一序，義山一傳，長爪生可凌雲一笑矣。杜牧序中引昌黎諸比擬語，足以爲嘔出心肝者慰。（方世舉《蘭叢詩話》）

詩要有理，不是「萬物靜觀皆自得，四時佳興與人同」才爲理。一事一物皆有理，只看《左傳》臧孫達之言「先王昭德塞違者，如昭其文也」之類，皆是説理，可以省悟於詩。杜牧之叙李賀集，種種言其奇妙，而要終之言曰：「稍加以理，奴僕命《騷》可也。」可見詞雖有餘而理或不足是大病。（方世舉《蘭叢詩話》）

【神韻論上】杜牧謂李賀詩：「使加之以理，奴僕命《騷》可矣。」此理字，即神韻也。神韻者，徹上徹下，無所不該。其謂羚羊掛角，無跡可求，其謂鏡花水月，空中之象，亦皆即此神韻之正旨也。非墮玉空寂之謂也。（翁方綱《復初齋文集》卷八）

【唐詩選各卷評語】李長吉：世謂太白仙才，長吉鬼才，使天假以年，可奴僕命《騷》，余以爲不然。《騷》之寄託遥深，美人芳草皆非泛設，辭雖惝惘，而旨趣可尋。太白於《騷》最深，故比興雜陳，使人會諸意言之外。若長吉嘔心索句，錦囊所得，本無片段，大率粘綴成章，求其一篇首尾相屬，可以解説者，十不得一二。韓公宏奬風流，引而進之，乃成就後學之盛，心亦不料其所造止於此也。世乃以騷相擬，豈不爲屈、宋所笑哉？杜牧之、温飛卿俱有《華清宫》詩。飛卿專詠楊妃，牧之則總括開元、天寶，由盛而衰，宴遊逸豫，以召亂亡，楊妃女寵，特其一事耳。危言規戒，尤爲本末俱備。蓋牧之好論史談兵，固不可徒以詩人目之也。（陳世鎔《求志居集》外集）

杜牧序李賀詩云：「鯨呿鼇擲，牛鬼蛇神，不足爲其虚荒誕幻也。蓋《騷》之苗裔，理雖不及，辭或過之。」又曰：「使賀且未死，少加以理，奴僕命《騷》可也。」然長吉之「彈琴看文君，春風吹鬢影」、「買絲繡作平原君，有酒惟澆趙州土」、「衰蘭送客咸陽道，天若有情天亦老」、「二十八宿羅心胸，元精耿耿貫當中。殿前作賦聲摩空，筆補造化天無功」，辭之所至，理亦赴之，但不能篇篇理到耳。（余成教《石園詩話》卷二）

杜紫薇謂李長吉詩「少加以理，奴僕命《騷》可也」。夫「奴僕命《騷》」者，惟《三百篇》耳，長吉爲《騷》之奴僕而不足者也。（潘德輿《養一齋詩話》卷五）

《還自會稽歌》：杜牧之序《長吉集》，獨舉此篇及七言之《金銅辭漢歌》，此深于知長吉。（陳沆《詩比興箋》卷四）

《金銅仙人辭漢歌》：自來説此詩者，不爲詠古之恒詞，則謂求仙之泛刺，徒使詩詞嚼蠟，意興不存。試問：《魏略》言魏明帝景初元年，徙長安諸鐘簴、駱駝、銅人承露盤，而此故謬其詞曰「青龍元年」，何耶？既序其事足矣，而又特標曰「唐諸王孫」云云，何耶？此與《還自會稽歌》，皆不過詠古補亡之什，而杜牧之特舉此二篇，以爲「離去畦町」，又何耶？……長吉志在用世，又惡進不以道，故述此二篇以寄其悲，特以寄託深遥，遂爾解人莫索。（陳沆《詩比興箋》卷四）

注孫子序①

兵者，刑也，刑者政事也，爲夫子之徒，實仲由、冉有之事也。今者據案聽訟，械繫罪人，笞死于市者，吏之所爲也。驅兵數萬，撅其城郭，係累其妻子〔一〕，斬其罪人，亦吏之所爲也。木索兵刃，無異意也；笞之與斬，無異刑也。小而易制，用力少者，木索笞也；大而難制，用力多者，兵刃斬也。俱期於除去惡民，安活善人〔二〕。爲國家者，使教化通流，無敢輒有不由我而自恣者。其取吏無他術也〔三〕，無異道也，俱止於仁義忠信、智勇嚴明也。苟得其道一二者，可以使之爲小吏；盡得其道者，可以使之爲大吏。故用力少者，其吏易得也，功易見也；用力多者，其吏難得也，功難就也。止此而已，無他術也，無異道也。自三代已降，皆由斯也。

子貢訟夫子之德曰〔四〕：「文、武之道，未墜於地，在人。賢者識其大者，不賢者識其小者、近者。」季孫問冉有曰〔五〕：「子於戰學之乎〔六〕，性達之也〔七〕？」對曰：「學之。」季孫曰：「事孔子，惡乎學？」冉有曰：「即學之於孔子者〔八〕，大聖兼該，文武並用，適聞其戰法，猶未之詳也〔九〕。」復不知自何代何人分爲二道〔一〇〕，曰文、曰武，離而俱行，因使搢紳之士，不敢言兵，或耻言之，苟有言者，世以爲粗暴異人，人不比數。嗚呼！亡失根本，斯最爲甚。

周公相成王，制禮作樂，尊大儒術，有淮夷叛則出征之。夫子相魯公②，會于夾谷，曰有文事者，必有武備，叱辱齊侯，服不敢動〔一一〕。是二大聖人〔一二〕，豈不知兵乎？周有齊太公，秦有王翦，兩漢有韓信、趙充國、耿弇、虞詡、段熲，魏有司馬懿，吳有周瑜，蜀有諸葛武侯，晉有羊祜、杜公元凱，梁有韋叡，元魏有崔浩，周有韋孝寬，隋有楊素，國朝李靖、李勣、裴行儉、郭元振。如此人者，當其一時〔一三〕，其所出計畫，皆考古校今，奇秘長遠，策先定於內，功後成於外。彼壯健輕死善擊刺者，供其呼召指使耳，豈可知其由來哉〔一四〕。

某幼讀《禮》〔一五〕，至于「四郊多壘，卿大夫辱也〔一六〕」，謂其書真不虛説。年十六時，見盜起圜二三千里〔一七〕，係戮將相〔一八〕，族誅刺史及其官屬，屍塞城郭，山東崩壞，殷殷焉聲震朝廷〔一九〕③。當其時，使將兵行誅者，則必壯健善擊刺者，卿大夫行列進退，一如常時，笑歌嬉遊，輒不爲辱。非當辱不辱，以爲山東亂事，非我輩所宜當知。某自此謂幼所讀《禮》〔二〇〕，真妄人之言，不足取信，不足爲教。

及年二十，始讀《尚書》、《毛詩》、《左傳》、《國語》、十三代史書，見其樹立其國，滅亡其國，未始不由兵也。主兵者聖賢材能多聞博識之士〔二一〕，則必樹立其國也；壯健擊刺不學之徒，則必敗亡其國也。然後信知爲國家者，兵最爲大，非賢卿大夫，不可堪任其事，苟有敗滅，真卿大夫之辱，信不虚也。因求自古以兵著書，列於後世，可以教於後生者，凡十數家，且百萬言〔二二〕。其孫武所著十三篇，自武死後凡千歲，將兵者有成者，有敗者，勘其事跡，皆與武所著書一一相抵當，猶印圈模刻，一不差跌。武之所論，大約用仁義，使機權也。

武所著書，凡數十萬言〔二三〕，曹魏武帝削其繁剩④，筆其精切〔二四〕，凡十三篇，成爲一編。曹自爲序，因注解之，曰：「吾讀兵書戰策多矣，孫武深矣。」然其所爲注解，十不釋一，此者蓋非曹不能盡注解也。予尋《魏志》，見曹自作兵書十餘萬言，諸將征伐，皆以新書從事，從令者尅捷，違教者負敗。意曹自於新書中馳驟其説，自成一家事業，不欲隨孫武後盡解其書，不然者，曹豈不能耶！今新書已亡，不可復知，予因取孫武書備其注〔二五〕，曹之所注，亦盡存之，分爲上中下三卷〔二六〕。後之人有讀武書予解者，因而學之，猶盤中走丸。丸之走盤，橫斜圓直，計於臨時，不可盡知，其必可知者，是知丸不能出於盤也。議於廊廟之上，兵形已成，然後付之於將。

漢祖言「指蹤者人也〔二七〕，獲兔者犬也」⑤，此其是也〔二八〕。彼爲相者曰：「兵非吾事，吾不當知。」君子曰：「叨居其位可也。」

【校勘記】

〔一〕「係累其妻子」，《文苑英華》卷七三八無「係」字。

〔二〕「安活善人」，「人」，《文苑英華》卷七三八作「民」，下校：「集作人。」

〔三〕「其取吏無他術也」，《唐文粹》卷九五、《全唐文》卷七五三、文津閣本於「吏」字後有「也」字。

〔四〕「子貢訟夫子之德」，「訟」，《唐文粹》卷九五、《文苑英華》卷七五三、《全唐文》卷七五三、文津閣本均作「頌」。按，訟與頌通。

〔五〕「季孫問冉有曰」，《文苑英華》卷七四八作「季孫問於冉有曰」。

〔六〕「子於戰」，《文苑英華》卷七四八作「子之戰」。

〔七〕「性達之也」，「也」字，《文苑英華》卷七四八作「乎」字，下校：「集作也。」

〔八〕「即學之於孔子者」，此句《全唐文》卷七五三作「即學之於孔子，夫孔子者」。文津閣本作「即學之於孔子，孔子者」。

〔九〕「猶」，《文苑英華》卷七四八作「實」，下校：「集作猶。」

〔一〇〕「何代何人」，《文苑英華》卷七四八作「何代何年何人」。

〔一一〕「服不敢動」，「服」，《唐文粹》卷九五、《文苑英華》卷七三八、《全唐文》卷七五三、文津閣本作「伏」。

〔一二〕「二大聖人」，「二」字原作「一」，據《唐文粹》卷九五、《文苑英華》卷七三八、《全唐文》卷七五三改。

〔一三〕「當其一時」，《文苑英華》卷七三八、《全唐文》卷七五三作「當此一時」。

〔一四〕「其由來哉」，《唐文粹》卷九五、《文苑英華》卷七三八、文津閣本作「其所由來哉」。

〔一五〕「某幼讀禮」，「某」，《唐文粹》卷九五、《文苑英華》卷七三八、文津閣本作「牧」。

〔一六〕「卿大夫辱也」，《唐文粹》卷九五、《文苑英華》卷七三八、《全唐文》卷七五三作「卿大夫之辱也」。

〔一七〕「圜二三千里」，「圜」，《文苑英華》卷七三八作「圍」，下校：「集作圜。」

〔一八〕「係戮將相」，《文苑英華》卷七三八作「殺戮將相」。

〔一九〕「聲震朝廷」，「震」，《唐文粹》卷九五、《文苑英華》卷七三八、《全唐文》卷七五三、文津閣本作「振」，《文苑英華》下校：「集作震。」

〔二〇〕「某」，《唐文粹》卷九五、《文苑英華》卷七三八、文津閣本作「牧」。

〔二一〕「材能」，「材」，《文苑英華》卷七三八、《全唐文》卷七五三作「才」，《文苑英華》下校：「集作材。」

〔二二〕「且百萬言」，《唐文粹》卷九五作「且數萬言」，《文苑英華》卷七三八於「百」字下校：「集作數。」

〔二三〕「凡數十萬言」，《唐文粹》卷九五作「凡十數萬言」。

〔二四〕「筆其精切」，「其」字原作「不」，據《唐文粹》卷九五、《文苑英華》卷七三八、《全唐文》卷七五三、文津閣本改。

〔二五〕「備其注」，《文苑英華》卷七三八、《全唐文》卷七五三作「備爲其注」。

〔二六〕「上中下三卷」，《文苑英華》卷七三八無「三」字。

〔二七〕「指蹤」，「蹤」，《文苑英華》卷七三八作「縱」。按，蹤通縱。

〔二八〕「是」，文津閣本作「事」。

【注　釋】

①本文之作，除文中所言外，其《自撰墓誌銘》亦述其寫作動機云：「某平生好讀書，爲文亦不出人。曹公曰：『吾讀兵書戰策多矣，孫武深矣。』因注其書十三篇，乃曰：『上窮天時，下極人事，無以加也，後當有知之者。』」

②夫子相魯公：魯公，指魯定公。孔子曾於魯定公時任中都宰、司寇，并曾攝行相事。

③年十六句：杜牧年十六時乃憲宗元和十三年。據《資治通鑑》卷二四〇，本年淄青節度使李師道叛，七月「乙酉，下制罪狀李師道，令宣武、魏博、義成、武寧、横海兵共討之，以宣歙觀察使王遂爲供軍使」。《舊唐書·憲宗紀下》同年七月亦記「乙酉，詔削奪淄青節度使李師道在身官爵，仍令宣武、魏博、義成、武寧、横海等五鎮之師，分路進討」。此處所言背景即如上述。

④曹魏武帝：即曹操。字孟德，沛國譙人。曾任丞相、大將軍，封魏王。曹丕代漢後，追尊其爲太祖武帝。傳見《三國志》卷一。

⑤漢祖言句：《史記》卷五三《蕭相國世家》：「高帝曰：『諸君知獵乎？』曰：『知之。』『知獵狗乎？』曰：『知之。』高帝曰：『夫獵，追殺獸兔者狗也，而發蹤指示獸處者人也。今諸君徒能得走獸耳，功狗也。至如蕭何，發蹤指示，功人也。且諸君獨以身隨我，多者兩三人。今蕭何舉宗數十人皆隨我，功不可忘也。』群臣皆莫敢言。」

【集評】

《孫子後序》：世所傳孫武十三篇，多用曹公、杜牧、陳皥注，號《三家孫子》。余頃與撰四庫書目，所見《孫子》注者尤多。武之書本於兵，兵之術非一，而以不窮爲奇，宜其説者之多也。凡人之用智有短長，其施設各異，故或膠其説於偏見，然無出所謂三家者。三家之注，皥最後，其説時時攻牧之短。牧亦慨然，最喜論兵，欲試而不得者，其學能道春秋戰國時事，甚博而詳。然前世言善用兵稱曹公。曹公嘗與董、吕、諸袁，角其力而勝之，遂與吴、蜀分漢而王。傳言魏之諸將出兵千里，每坐計勝敗，授其成算，諸將用之，十不失一，一有違者，兵輒敗北。故魏世用兵，悉以新書從事。其精於兵也如此。牧謂曹公於注《孫子》尤略，蓋惜其所得自爲一書。是曹公悉得武之術也。（歐陽修《歐陽文忠公集》卷四十二）

送薛處士序

處士之名，何哉？潛山隱市，皆處士也。在山也，且非頑如木石也；在市也，亦非愚如市人也。蓋有大知不得大用〔一〕，故羞耻不出，寧反與市人木石爲伍也〔二〕。國有大知之人，不能大用，是國病也，故處士之名，自負也，謗國也，非大君子，其孰能當之？薛君之處〔三〕，蓋自負也。果能窺測堯、舜、孔子之道，使指制有方，弛張不窮①，則上之命一日來子之廬，子之身一日立上之朝。使我輩居則來問學，仕則來問政，千辯萬索，滔滔而得。若如此，則善。苟未至是，而遽名曰處士，雖吾子自負，其不爲矯歟？某敢用此贈行〔四〕。

【校勘記】

〔一〕「蓋有大知」，「大知」，《唐文粹》卷九八、《文苑英華》卷七三三、文津閣本作「大智」。下文「大知」同。

〔二〕「寧反」，《唐文粹》卷九八作「寧肯」。

〔三〕「薛君之處」，《唐文粹》卷九八、《全唐文》卷七五三作「薛君之處士」，《文苑英華》卷七三三於「處」字下校：「文粹有士字。」

〔四〕「某」，文津閣本作「牧」。

【注釋】

① 弛張不窮：《禮記》：「一張一弛，文武之道。」

送盧秀才赴舉序①

治心、治身、治友，三者治矣，有求名而名不隨者，未之聞也。治心莫若和平，治身莫若兢謹，治友莫若誠信。友治矣〔一〕，非身治而不能得之；身治矣，非心治而不能致之。三者治矣，推而廣之，可以治天下，惡其求成進士名者而不得也？況有千人皆以聖人爲師，眠而食，一無其他，唯議論是司。三人有私，十人公私半，百人無有不公者，況千人哉。古之聖賢，業大事鉅，道行則不肖懼，道不行則不肖喜，故有不公。今進士者，業微事細，如成其名，不肖未所喜懼，寧不公邪？故取之甚易耳。

盧生客居於饒②，年十七八，即主一家骨肉之饑寒，常與一僕東泛滄海，北至單于府③，丐得百錢尺帛，囊而聚之，使其僕負之以歸，饒之士皆憐之。能辭，明敏而知所去就，年未三十，嘗三舉進士，以業丐資家，近中輟之。去歲九月，余自池改睦，凡同舟三千里，復爲余留睦七十日，今之去，余知其成名而不丐矣〔二〕。

【校勘記】

〔一〕「友治矣」，文津閣本作「友信矣」。

〔二〕「不丐」，文津閣本作「不復丐」。

【注　釋】

① 盧秀才，名未詳。本集卷四有《送盧秀才一絶》，當爲同人。文云「去歲九月，余自池改睦，凡同舟三千里，復爲余留睦七十日，今之去，余知其成名而不丐矣」。杜牧由池州轉睦州，乃在會昌六年

九月，並約於會昌六年底抵睦州任。而盧秀才此後來睦州留七十日，且文云「去歲九月」，則文當撰於大中元年（八四七）春。

② 饒：即指饒州。地約爲今江西上饒市。春秋時楚東境。隋平陳，置鄱陽郡。唐武德四年置饒州。

③ 單于府：即單于大都護府。唐麟德元年改雲中都護府置，治所在今内蒙古和林格爾縣西北土城子古城。

杭州新造南亭子記①

佛著經曰：生人既死，陰府收其精神，校平生行事罪福之。坐罪者，刑獄皆怪險，非人世所爲，凡人平生一失舉止，皆落其間。其尤怪者，獄廣大千百萬億里，積火燒之，一日凡千萬生死，窮億萬世，無有間音諫斷，名爲「無間」②。夾殿宏廊，悉圖其狀，人未熟見者，莫不毛立神駭。佛經曰：我國有阿闍世王③，殺父王篡其位，法當入所謂獄無間者，昔能求事佛〔一〕，後生爲天人。況其他罪，事佛固無恙。

梁武帝明智勇武，創爲梁國者，捨身爲僧奴，至國滅餓死不聞悟，況下輩固惑之。爲工商者，雜良以苦，僞内而華外，納以大秤斛，以小出之，欺奪村閭戇民，銖積粒聚，以至于富。

刑法錢穀小胥，出入人性命，顛倒埋没，使簿書條令不可究知，得財買大第豪奴，如公侯家。大吏有權力，能開庫取公錢，緣意恣爲，人不敢言。是此數者，心自知其罪，皆捐己奉佛以求救，月日積久，曰：「我罪如是，貴富如所求，是佛能滅吾罪，復能以福與吾也。」有罪罪滅，無福福至，生人唯罪福耳，雖田婦稚子，知所趨避。今權歸於佛，買福賣罪，如持左契，交手相付。至有窮民，啼一稚子，無以與哺，得百錢，必召一僧飯之，冀佛之助，一日獲福。若如此，雖舉寰海内盡爲寺與僧，不足怪也。屋壁繡紋可矣，爲金枝扶疎，擎千萬佛；僧爲具味飯之可矣，飯訖持錢與之。不大、不壯、不高、不多、不珍奇瓌怪爲憂，無有人力可及而不爲者。

晉，霸主也，一銅鞮宮之衰弱〔二〕④，諸侯不肯來盟，今天下能如幾晉，凡幾千銅鞮，人得不困哉〔三〕？文宗皇帝嘗語宰相曰：「古者三人共食一農人，今加兵、佛，一農人乃爲五人所食，其間吾民尤困於佛。」〔四〕帝念其本牢根大，不能果去之。

武宗皇帝始即位，獨奮怒曰：「窮吾天下，佛也。」始去其山臺野邑，四方所冠其徒〔五〕，幾至十萬人。後至會昌五年，始命西京留佛寺四，僧唯十人；東京二寺。天下所謂節度觀察，同、華、汝三十四治所，得留一寺〔六〕，僧准西京數，其他刺史州不得有寺。出四御史縷行天下以督之，御史乘驛未出關，天下寺至於屋基耕而刓之。凡除寺四千六百，僧尼笄冠二十六萬五百，其奴婢十五萬，良人枝附爲使令者，倍笄冠之數〔七〕，良田數千萬頃，奴婢口率與百畝，編入農籍，其餘賤取民直，歸於有司，寺材州縣得以恣新其公署傳舍。今天子即位⑤，詔曰：「佛尚不殺而仁，且來中國久，亦可助以爲治。天下州率與二寺，用齒衰男女爲其徒，各止三十人，兩京數倍其四五焉。」⑥著爲定令，以徇其習，且使後世不得復加也〔八〕。

趙郡李子烈播，立朝名人也，自尚書比部郎中出爲錢塘。錢塘於江南，繁大雅亞吳郡，子烈少遊其地，委曲知其俗蠹人者，剔削根節，斷其脉絡，不數月人隨化之。三牋干丞相云：「濤壞人居，不一銲錮，敗侵不休。」詔與錢二千萬〔九〕，築長堤，以爲數十年計〔一〇〕，人益安喜。子烈曰：「吳、越古今多文士，來吾郡遊，登樓倚軒，莫不飄然而增思。吾郡之江山甲於天下，信然也。佛熾害中國六百歲，生見聖人，一揮而幾夷之，今不取其寺材立亭勝地，以彰聖人之功，使文士歌詩之，後必有指吾而駡者。」乃作南亭，在城東南隅，宏大煥顯，工施手目，髮勻肉均，牙滑而無遺巧矣。江平入天，越峰如髻，越樹如髮，孤帆白鳥〔一一〕，點盡上凝。在半夜酒餘，倚老松，坐怪石，殷殷潮聲，起於月外。

東閩、兩越〔一二〕⑦，宦遊善地也，天下名士多往之。予知百數十年後，登南亭者，念仁聖天子之神功矣⑧，美子烈之旨跡⑨，睹南亭千萬狀，吟不辭已〔一三〕；四時千萬狀，吟不能去。作爲歌詩，次之於後，不知幾千百人矣。

【校勘記】

〔一〕「昔能求事佛」，《文苑英華》卷八三四無「昔」字，下校：「集有昔字。」又「求」字作「來」字，下校：「集作求。」

〔二〕「一銅鞮宫之衰弱」，「之」字，《全唐文》卷七五三作「至」。

〔三〕「人得不困哉」，「困」字原作「因」，據《文苑英華》卷八三四、《全唐文》卷七五三、文津閣本改。

〔四〕「其間」，文津閣本作「其聞」。

〔五〕「四方」，原作「四萬」，據《文苑英華》卷八三四、《全唐文》卷七五三改。

〔六〕「得留一寺」，「得」字，《文苑英華》卷八三四作「謂」。

〔七〕「倍笄冠之數」，「倍」字原作「陪」，據《文苑英華》卷八三四、《全唐文》卷七五三改。

〔八〕「復加也」，《文苑英華》卷八三四於此三字下校：「三字蜀本作有加焉。」

〔九〕「二千」，文津閣本作「三千」。

〔一〇〕「以爲」，原作「少爲」，據《文苑英華》卷八三四、《全唐文》卷七五三改。

〔一一〕「孤帆白鳥」，「帆」，《文苑英華》卷八三四作「飛」，下校：「集作帆。」

〔二〕「兩越」，文津閣本作「西越」。

〔三〕「吟不辭已」，《文苑英華》卷八三四作「吟不能已」，並於「能」字下校：「集作免。」文津閣本亦作「吟不能已」。

【注　釋】

①此文中謂「後至會昌五年，始命西京留佛寺四，僧唯十人」。後又謂「今天子即位」，今天子即唐宣宗。宣宗即位於會昌六年三月，則文作於此時後。又杜牧由池州赴睦州任啓程於會昌六年九月，其經杭州時間，其《唐故進士龔軺墓誌》云「會昌五年十二月，某自秋浦守桐廬，路由錢塘，龔軺袖詩以進士名來謁」。按，上引原文「會昌五年」乃「會昌六年」之誤。則杜牧經杭州乃在會昌六年（八四六）十二月，本文蓋約在此時經杭州所作。

②無間：即無間地獄，又稱阿鼻地獄。爲八大地獄之第八獄。據《俱舍論》所云，位於南贍部洲之下二萬由旬，深廣亦二萬由旬，墮入者「受苦無間」，造「十不善業」，重罪者墮之。

③阿闍世王：意譯「未生怨」。傳説其未生時相師占卜其長大害父，故名。據佛經，其爲釋迦在世時摩揭陀國之國王。父名頻婆娑羅，母名韋提希。長大後與背叛釋迦之提婆達多密謀，害父即位。後亦皈依佛教。

④銅鞮宫：宫殿名。春秋時晉平公所建。故址在今山西沁縣。

⑤今天子：指唐宣宗，其即位在會昌六年三月二日。

⑥宣宗此次詔書乃下於會昌六年五月乙巳，《資治通鑑》卷二八本年五月乙巳載：「上京兩街先聽留兩寺外，更各增置八寺；僧、尼依前隸功德使，不隸主客，所度僧、尼仍令祠部給牒。」《舊唐書》卷一八下《宣宗紀》會昌六年五月亦有「左右街功德使奏：『准今月五日赦書節文，上都兩街舊留四寺外，更添置八所』」云云。

⑦東閩：指福建。兩越，指浙江、浙西。

⑧仁聖天子：指唐武宗。《舊唐書·武宗紀》：會昌五年春正月「宰臣李德裕、杜悰、李讓夷、崔鉉、太常卿孫簡等率文武百僚上徽號曰仁聖文武章天成功神德明道大孝皇帝」。

⑨旨跡：此處指李播修建南亭子之用心與建造亭子之事跡。

【集評】

祠部歲比天下僧尼道士，凡二十四萬，然死者亦常萬人。按杜牧《杭州南亭記》：「文宗語宰相曰：『古者三人共食一農人，今加兵、佛，一農人乃爲五人所食。』」武宗會昌五年，出四御史按行天下，凡除寺四千六百，僧、尼並女冠二十六萬五百。蓋自有唐以來，數常如此，何其盛哉！（龐元英《文

昌雜録》卷一）

【招提蘭若】《緗素雜記》嘗論招提，以爲「官賜額者爲寺，私造者爲招提、蘭若」。引唐會昌五年七月，上都、東都兩處各留二寺，節度等州各一寺，八月，毁招提、蘭若四萬餘區；及引元和二年薛平奏請中條山蘭若額爲太和寺爲證。如杜牧《南亭記》所謂山臺野邑。余嘗以爲此論未然。蓋招提、蘭若之號，自明帝以來，天下之寺皆曰招提、蘭若，别無名也。故至唐始復爲寺，而國立寺名以賜之，未及賜者，尚仍舊名。故曰毁招提、蘭若四萬餘區，皆未嘗有公私之異。（吴曾《能改齋漫録》卷四）

《會稽縣新建華嚴院記》：僧居之廢興，儒者或謂非吾所當與。是不然。韓退之著書，至欲火其書，廬其居；杜牧之記南亭，盛讚會昌之毁寺，可謂勇矣。然二公者卒亦不能守其説。彼「浮圖突兀三百尺」，退之固喜其成；而老僧挈衲無歸，寺竹殘伐，牧之亦賦而悲之。彼二公非欲納交於釋氏也，顧樂成而惡廢，亦人之常心耳。（陸游《渭南文集》卷十九）

池州造刻漏記①

百刻短長，取於口不取於數〔一〕，天下多是也。某大和三年〔二〕，佐沈吏部江西府②。暇日，公與賓吏環城見銅壺銀箭〔三〕，律如古法，曰建中時嗣曹王皋命處士王易簡爲之③。公曰：「湖南府亦曹王命處士所爲也〔四〕。」後二年，公移鎮宣城，王處士尚存，因命工就京師授其術，創置於城府〔五〕。某爲童時〔六〕，王處士年七十，常來某家〔七〕，精大演數與雜機巧，識地有泉，鑿必湧起，韓文公多與之遊。大和四年，某自宣城使于京師〔八〕，處士年餘九十，精神不衰。某拜于床下〔九〕，言及刻漏，因圖授之。會昌五年歲次乙丑夏四月〔一〇〕，始造于城南門樓。京兆杜某記〔一一〕。

【校勘記】

〔一〕「口」，文津閣本作「日」。

〔二〕「大和」，「和」字原無，據《文苑英華》卷八三二、《全唐文》卷七五三、文津閣本補。此句「某」，文津閣本作「牧」。

〔三〕「吏環城」，《文苑英華》卷八三二作「史環城」，下校：「集作吏環城。」按，作「史」誤。

〔四〕「命處士所爲也」，「所」下原衍一「所」字，據景蘇園本、《全唐文》卷七五三、文津閣本删。《文苑英華》卷八三二此句作「命處士之所爲也」，並於「之」字下校：「集無之字。」

〔五〕「創置於城府」，《文苑英華》卷八三二作「創置於宣城府」，並於「宣」字下校：「集無宣字。」

〔六〕「某爲童時」，「某」，《文苑英華》卷八三二、文津閣本作「牧」。「時」，文津閣本作「子」。

〔七〕「常來某家」，《文苑英華》卷八三二作「嘗來牧家」，並於「嘗」字下校：「集作常。」文津閣本亦作「嘗來牧家」。

〔八〕「某自宣城」，「某」，《文苑英華》卷八三二、文津閣本作「牧」。

〔九〕「某拜于床下」，「某」，《文苑英華》卷八三二、文津閣本作「牧」。

〔一〇〕「會昌五年歲次乙丑夏四月」，「乙丑」，《文苑英華》卷八三二作「己丑」，誤。文津閣本於「四月」下有「某日」二字。

〔一一〕「杜某」，《文苑英華》卷八三二、文津閣本作「杜牧」。

【注釋】

① 本文末云「會昌五年歲次乙丑夏四月，始造于城南門樓。京兆杜某記」，則文乃作於會昌五年（八四五）四月。

② 沈吏部：即沈傳師，字子言。沈傳師仕終吏部侍郎，故稱。傳見《舊唐書》卷一四九、《新唐書》卷一三二。

③ 嗣曹王皋：即李皋。字子蘭，曹王明玄孫，嗣王戢之子。少補左司禦率府兵曹參軍。天寶十一載嗣封曹王，授都水使者，三遷至祕書少監。後歷處州別駕、衡州、潮州刺史。建中元年，遷湖南觀

察使。後又任江陵尹、荆南節度等使、山南東道節度使等。傳見《舊唐書》卷一三一、《新唐書》卷八〇。

池州重起蕭丞相樓記①

蕭丞相爲刺史時，樹樓于大廳西北隅，上藏《九經》書，下爲刺史便廳事〔一〕，大曆十年乙卯建。會昌四年甲子摧，木悉朽壞，無一可取者。刺史李方玄具材②，刺史杜牧命工，南北霤相距五十六尺，東西四十五尺，十六柱，三百七十六椽，上下凡十二間，上有其三焉，皆仍舊制。以會昌五年五月畢，自初至再，凡七十一年。丞相諱復，實相德宗皇帝焉。京兆杜某記〔二〕。

【校勘記】

〔一〕「便廳事」，文津閣本作「便事廳」。

〔二〕「杜某」，文津閣本作「杜牧」。

【注釋】

① 蕭丞相：即蕭復，字履初。曾任歙、池二州刺史，遷湖南觀察使，改同州刺史。後拜兵部侍郎，户部尚書，宰相。傳見《舊唐書》卷一二五、《新唐書》卷一〇一。本文末云「以會昌五年五月畢，自初至再，凡七十一年。……京兆杜某記」。據此，文乃作於會昌五年（八四五）五月。

② 李方玄：字景業，第進士。累官池州刺史，終於處州刺史。傳見《新唐書》卷一六二，事跡見本集卷八《唐故處州刺史李君墓誌銘并序》。

同州澄城縣户工倉尉廳壁記〔一〕①

縣之所重，其舉秀貢賢也。今之自外諸侯之儒者，曠不能升一人，况尉乎？次乃户税而已。《史記·河渠書》曰：「自徵引洛水至商顔下商顔，山名〔二〕②，鑿井深者四十餘丈。」即此地也。徵者俗訛爲「澄」耳。其地西北山環之，縣境籠其趾，沙石相礴，歲雨如注，他皆淫灄不測，徵之土適潤，苗則大穫。天或旬而不雨，民則蒿然，四望失矣。是以年多薄〔三〕，復絶絲麻藍菓之饒〔四〕，固無豪族富室，大抵民户高下相差埒。然歲入官賦，未嘗期表鞭一人。因徵其來由，耆老咸曰：「西四十里即畿郊也，至如禁司東西軍〔五〕③，禽坊龍廄，彩工梓匠，善聲巧手之徒，第番上下〔六〕，互來進取，挾公爲首，緣以一括十〔七〕。民之晨炊夜舂，歲時不敢嘗，悉以仰奉，父伏子走，尚不能當其意，往往擊辱而去。長吏固不敢援，復況其養秩安禄者邪？加以御女官多，盤亢其間，遞相占附比急，熱如手足，自丞相、御史咸不能與之角逐，縣令固無有爲也。非豪吏真工聯紐相姻戚者，率率解去〔八〕，是以縣賦益逋。徵民幸脱此苦者，蓋以西有通澗巨壑，叉牙交呑，小山峭徑〔九〕，馳鞍馬、張機罝者〔一〇〕，不便於此，是以絶跡不到。兼之土田枯鹵，樹植不茂，無秀潤氣象，咸惡之而不家焉。民所以安活輸賦者〔一一〕，殆由此，儻使徵亦中其苦，則墟矣，尚安敢比之於他邑乎。」

嗟乎！國家設法禁，百官持而行之，有尺寸害民者，率有尺寸之刑。今此咸墮地不起，反使民以山之澗壑自爲防限，可不悲哉！使民恃險而不恃法，則劃土者宜乎牆山壍河而自守矣，燕、趙之盜，復何可多怪乎？書其西壁，俟得言者覽焉〔一二〕。

【校勘記】

〔一〕《文苑英華》卷八〇五題作《同州澄城縣功倉户尉廳壁記》，並於「尉」字下校：「集作户工倉尉。」

〔二〕「徵」，原作「微」，據《文苑英華》卷八〇五、《全唐文》卷七五三、《史記》卷二九《河渠書》改。

〔三〕「年多薄」，《文苑英華》卷八〇五、《全唐文》卷七五三、文津閣本作「年多薄稔」。

〔四〕「之饒」，《文苑英華》卷八〇五作「之多饒」。

〔五〕「至如」，原作「主如」，據《文苑英華》卷八〇五、《全唐文》卷七五三、文津閣本改。

〔六〕「第番上下」，《文苑英華》卷八〇五、《全唐文》卷七五三作「第番上下户」。

〔七〕「以一括十」，「括」字原作「栝」，據《文苑英華》卷八〇五、《全唐文》卷七五三、文津閣本改。

〔八〕「率率解去」，《文苑英華》卷八〇五、《全唐文》卷七五三、文津閣本作「率解去」。

〔九〕「小山」，文津閣本作「山山」。

〔一〇〕「張機罝者」，「罝」字原作「置」，據《文苑英華》卷八〇五、《全唐文》卷七五三、文津閣本改。

〔一一〕「安活輸賦」，「安」下原衍一「安」字，據《文苑英華》卷八〇五、《全唐文》卷七五三、文津閣本删。

〔一二〕「俟得言者覽焉」，「得言」，《文苑英華》卷八〇五作「傳言」。

【注　釋】

①同州：唐代州名，州治在今陕西大荔，轄今合陽、韓城、澄城、白水等地。澄城縣，漢名徵縣。因徵與澄同聲，後人遂誤作澄。户工倉尉廳，掌管一縣户籍、工役、租税等事物之官署。《樊川文集》卷六《燕將録》云「元年孟春，某遇於馮翊縣北徵中」。按北徵即唐之同州澄城縣。此元年核之於杜牧生平，乃指大和元年（參繆鉞《杜牧年譜》大和元年）。杜牧平生僅此次至同州澄城縣，故本

文當即作於大和元年（八二七）。

② 商顔：原注：「商顔，山名。」在今陝西大荔北。《史記・河渠書》：「自徵引洛水至商顔山下。」《集解》：「服虔曰：顔音崖。應劭曰：徵在馮翊。或曰：商顔，山名。」

③ 禁司東西軍：指禁軍，皇帝之親兵。唐制，禁兵分屬南北衙，屬南衙者爲諸衛兵，屬北衙者爲禁軍。北衙有左右羽林軍、左右神策等四軍。

宋州寧陵縣記①

建中初年，李希烈自蔡陷汴，驅兵東下，將收江淮，寧陵守將劉昌以兵二千拒之②。希烈衆且十倍，攻之三月，韓晉公以三千强弩③，涉水夜入寧陵，弩矢至希烈帳前。希烈曰：「復益吳弩，寧陵不可取也。」解圍歸汴。後數月，希烈驍將翟輝以鋭兵大敗於淮陽城下，希烈且蹙，棄汴歸蔡。後司徒劉公玄佐見昌，問曰：「爾以孤城，用一當十，凡百日間，何以能守？」昌泣曰：「以負心能守之耳。昌令陴者曰：『内顧者斬！』昌孤甥張俊守西北隅，未嘗内顧，捽下斬之，軍士有死志，故能堅守。」因伏地流涕，司徒劉公亦泣，撫昌背曰：「國家必以富貴爾。無憂也〔一〕。」

天寶末，淮陽太守薛愿、即故起居郎弘之祖。睢陽太守許遠、真源縣令張巡等兵守二城，其於窮蹙，事相差埒，睢陽陷賊，淮陽能守，故巡、遠名懸而愿事不傳。昌之守寧陵，近比之於睢陽，故良臣之名不如忠臣。孫武曰：「善用兵者，無赫赫之功」，斯是也。大中二年十一月十八日〔二〕，將仕郎、守尚書司勳員外郎、史館修撰杜某題。

【校勘記】

〔一〕「無憂也」，此三字原無，據《全唐文》卷七五三補。

〔二〕「大中二年」，文津閣本於「大中二年」前有「時」。

【注　釋】

① 宋州：隋開皇十六年置，治所在睢陽縣，後改宋城縣，即在今河南商丘縣南。寧陵縣，西漢置，治所在今河南寧陵縣東南。本文作年據文末所署，當作於大中二年（八四八）十一月十八日。

② 劉昌：字公明，汴州開封人。曾任易州遂城府左果毅。史朝義遣將圍宋州，昌在圍中。屢立戰功，歷任涇源節度使、京西行營節度使、檢校尚書右僕射等職，累封至南平郡王。傳見《舊唐書》卷一五二、《新唐書》卷一七〇。

③ 韓晉公：即韓滉，字太沖。曾任吏部員外郎、給事中等職。德宗立，徙太常卿，又任鎮海軍節度使。進檢校尚書右僕射，封南陽郡公。後以破李希烈有功，加檢校左僕射、同中書門下平章事、江淮轉運使，封晉國公。傳見《舊唐書》卷一二九、《新唐書》卷一二六。

【集評】

杜牧記劉昌守寧陵，斬孤甥張俊事，史臣固疑之，然但以理推，未嘗以《李希烈傳》考之也。希烈圍寧陵時，守將高彦昭，昌乃其副。賊坎城欲登，昌蓋欲引去，從劉元佐請兵，出不意以擣賊。彦昭誓於衆曰：「中丞欲示弱，覆而取之，誠善。然我爲守將，得失在生人，今士創重者須供養，有如棄城去，則傷者死内，逃者死外，吾民盡矣。」於是，士皆感泣，請留，昌大慚。則全寧陵，昌安得全攘其功耶？計劉元佐間能拒守，當在彦昭，不在昌也。牧好其意，欲造作語言，爲文字，故不審虚實，希烈圍寧陵四十日，而謂之三月城不陷，以元佐救兵至敗希烈，而云韓晉公以强弩三千，希烈解圍，皆非是。士固有幸不幸，高彦昭不得立傳，計是官不至甚顯而死故，昌得以爲名。趙充國云：「兵勢國之大事，當爲後法。」昌爲將，固多殺，正使有之猶不足爲法，況未必有。聊爲辨正，以信史氏之説。（葉夢得《避暑録話》卷下）

【張巡許遠劉昌守城】張巡、許遠之守睢陽，被圍久，初殺馬食，既盡，而及婦人老弱，凡食三萬口，城破遺民只四百而已。每讀至此，未嘗不壯其志，憐其忠義，而復爲睢陽之民歎其無辜也。……

巡、遠雖忠義，乃能以三萬口而博一城之終不可守，其得爲仁乎？當時議者，已謂巡、遠守睢陽衆六萬，既糧盡，不持滿按隊，出再生之路。與夫食人，寧若全人？於是張澹、李紓、董南史、張建封、柳晃、李巨川、李翰成，謂巡蔽遮江淮沮賊勢，天下之不亡，其功也。而韓愈亦云云。信如此，則雖失三萬口而不亡天下，蓋以利易害，以功償過也。巡嘗出愛妾曰：「諸公經年不食，而志義不少衰，吾恨不割己肉以啗衆，寧惜一妾，而坐觀士饑。」乃殺以大饗，生者皆泣，巡强令食之。遠亦殺僮雙口哺卒吏。巡不惜愛妾，而何有於三萬口？……然予觀杜牧稱寧陵之圍解，劉元佐召劉昌問曰：「君以孤城，用一當十，何以能守？」昌泣曰：「昌令守陴，内顧者斬。昌孤甥張俊守西北，未嘗内顧，捽下斬之。士有死志，故能守。」元佐亦泣曰：「國家將富貴汝。」而唐史臣謂不然，曰：勒兵乘城與賊抗，所賴惟賞罰耳。無罪而斬其甥，士心皆離，不祥莫大焉。杜牧以爲巡、遠陷睢陽，而其名傳，昌全寧陵，而事不得暴於世，寧牧之未思耶？予切謂史臣誤矣。食愛妾與斬孤甥何異？不聞當時士有離心何也？何史臣詳於劉昌而略於巡、遠乎？然則爲巡、遠計者，將全三萬口不陷睢陽，則將奈何？曰：睢陽不可全也。睢陽不可全，孰若焚積聚，與士卒老弱俱奔，而遺以空城，賊雖得之，勢必不能守。……不然，則城終不可全，而吾民先盡矣。此吾所以重爲民命，惜其無辜也。（陳善《捫蝨新話》卷四）

淮南監軍使院廳壁記①

淮南軍西蔽蔡，壁壽春，有團練使；北蔽齊，壁山陽，有團練使。節度使爲軍三萬五千人，居中統制二處，一千里，三十八城，護天下餉道，爲諸道府軍事最重。然倚海壍江、淮，深津橫岡〔一〕，備守堅險，自艱難已來②，未嘗受兵。故命節度使，皆以道德儒學，來罷宰相，去登宰相。命監軍使，皆以賢良勤勞，内外有功，來自禁軍中尉、樞密使，去爲禁軍中尉、樞密使。自貞元、元和已來〔二〕，大抵多如此。

今上即位六年，命内侍宋公出監淮南，諸開府將軍皆以内侍賢良有材，不宜使居外。上以爲内侍自元和已來，誅齊誅蔡，再伐趙，前年誅滄，旁擊趙、魏，且徵師，且撫師，且誥且諭〔三〕，勤勞危險，終日馬上。往監青州新附③，卧未嘗安，復監滑州，邊魏，窮狹多事，今監淮南是且使之休息〔四〕，亦不久之，故内侍至焉。

監軍四年，如始至日，簡約寬泰〔五〕，明白清潔〔六〕，恕惜軍吏〔七〕，禮愛賓客，舉止作動〔八〕，無非典故，暇日唯召儒生講書，道士治藥而已。内侍舊部將校，多禁兵子弟，京師少俠，出入閭里間，俛首唯唯，受吏約束。故上至相國奇章公④，下至于百姓，無不道説内侍，稱爲賢人，此不虛也。宜其侍衛六朝，聲光富貴。

某謬爲相國奇章公幕府掌書記〔九〕，奉内侍命爲廳壁記，某再謝不才〔一〇〕，不足記序，内侍曰：「掌書記爲監軍使廳壁記，宜也。」某慚惶而書〔一一〕，時大和八年十月二十一日記〔一二〕。

【校勘記】

〔一〕「横岡」，原作「横商」，據《文苑英華》卷八〇二、《全唐文》卷七五三、文津閣本改。

〔二〕「自貞元元和已來」，《文苑英華》卷八〇二作「自貞元元年及元和已來」，並於「元年及」下校：「集無此三字。」

〔三〕「且誥且諭」，文津閣本作「且告且諭」。

〔四〕「使之」，原作「休之」，據《文苑英華》卷八〇二、《全唐文》卷七五三改。

〔五〕「簡約」，原作「簡鈞」，據《文苑英華》卷八〇二、《全唐文》卷七五三、文津閣本改。

〔六〕「清潔」，《文苑英華》卷八〇二、《全唐文》卷七五三作「清淨」，《文苑英華》於「淨」字下校：「集作潔」。

〔七〕「恕惜軍吏」，「恕惜」原作「恕悉」，據《文苑英華》卷八〇二、《全唐文》卷七五三改。

〔八〕「舉止作動」，《文苑英華》卷八〇二作「舉止動作」。

〔九〕「某」，文津閣本作「牧」。

〔一〇〕「某」，文津閣本作「牧」。

〔一一〕「某」，文津閣本作「牧」。

〔一二〕「十月二十一日記」，《文苑英華》卷八〇二作「十月二十二日記」，並於「二」字下校：「集作一。」。

【注釋】

① 此文據文末所署，乃作於大和八年（八三四）十月二十一日，其時杜牧在揚州任牛僧孺淮南節度使幕掌書記。

② 自艱難已來：艱難，指唐玄宗天寶末安史之亂。

③ 青州新附：據《資治通鑑》卷二四一所載，元和十四年，割據齊地反叛之李師道被其部將劉悟所殺，「悟函師道父子三首遣使送（田）弘正營，弘正大喜，露布以聞。淄、青等十二州皆平」。青州新附即指此新歸順者。

④ 奇章公：即牛僧孺。字思黯，曾進士及第，登賢良方正科，累仕至宰相，封奇章郡公。傳見《舊唐書》卷一七二、《新唐書》卷一七四。事跡見本集卷七杜牧《唐故太子少師奇章郡開國公贈太尉牛公墓誌銘并序》。

自撰墓誌銘〔一〕①

牧字牧之。曾祖某，河西隴右節度使；祖某〔二〕，司徒、平章事、岐國公、贈太師；考某，駕部員外〔三〕，累贈禮部尚書。牧進士及第，制策登科，弘文館校書郎，試左武衛兵曹參軍〔四〕、江西團練巡官，轉監察御史裏行、御史，淮南節度掌書記，拜真監察〔五〕，分司東都〔六〕。以弟病去官〔七〕，授宣州團練判官、殿中侍御史、内供奉，遷左補闕、史館修撰，轉膳部、比部員外郎〔八〕，皆兼史職。出守黄、池、睦三州，遷司勳員外郎、史館修撰，轉吏部員外〔九〕。以弟病，乞守湖州，入拜考功郎中、知制誥，周歲，拜中書舍人。

某平生好讀書〔一〇〕，爲文亦不出人。曹公曰：「吾讀兵書戰策多矣，孫武深矣。」因注其書十三篇②，乃曰〔一一〕：「上窮天時，下極人事，無以加也，後當有知之者。」

去歲七月十日，在吴興，夢人告曰：「爾當作小行郎③。」復問其次，曰：「禮部考功，爲小行矣〔一二〕。」言其終典耳〔一三〕。今歲九月十九日歸，夜困〔一四〕，亥初就枕寢，得被勢久，酣而不夢，有人朗告曰：「爾改名畢。」十月二日，奴順來言「炊將熟甑裂。」予曰：「皆不祥也。」十一月十日，夢書片紙「皎皎白駒，在彼空谷」，傍有人曰：「空谷，非也，過隙也。」予生於角，星昴畢於角爲第八宮〔一五〕，曰病厄宮〔一六〕，亦曰八殺宮，土星在焉，火星繼木。星工楊晞曰：「木在張於角爲第十一福德宮，木爲福德大君子，救於其旁，無虞也。」予曰：「自湖守不周歲，遷舍人，木還福於角足矣，土火還死於角，宜哉！」復自視其形，視流而疾，鼻折山根，年五十，斯壽矣。某月某日，終于安仁里。

妻河東裴氏，朗州刺史偃之女，先某若干時卒〔一七〕。長男曰曹師，年十六；次曰柅柅〔一八〕，年十二。別生二男，曰蘭，曰興，一女，曰真，皆幼。以某月日，葬于少陵司馬村先塋。銘曰：

後魏太尉顒④，封平安公〔一九〕，及予九世〔二〇〕，皆葬少陵。嗟爾小子，亦克厥終，安于爾宮〔二一〕。

【校勘記】

〔一〕「自撰墓誌銘」，題目原作《自撰墓銘》，據《文苑英華》卷九四六改。

〔二〕「祖某」，《文苑英華》卷九四六作「祖祐」。按，杜牧祖爲杜佑。

〔三〕「員外」，《文苑英華》卷九四六作「員外郎」。

〔四〕「試左武衛兵曹參軍」，此句《文苑英華》卷九四六無「左」字。

〔五〕「拜真監察」，《文苑英華》卷九四六、《全唐文》卷七五四作「拜真監察御史」。

〔六〕「分司東都」，《文苑英華》卷九四六無此四字。

〔七〕「去官」，《文苑英華》卷九四六作「棄官」，並於「棄」字下校：「集作去。」

〔八〕「員外郎」，《文苑英華》卷九四六作「員外」。

〔九〕「吏部員外」，《文苑英華》卷九四六作「吏部員外郎」。

〔一〇〕「某平生好讀書」，「某」字，《文苑英華》卷九四六、《全唐文》卷七五四、文津閣本作「牧」。

〔一一〕「乃」，《文苑英華》卷九四六作「可」，下校：「集作乃。」

〔一二〕「爲小行矣」，「矣」字，《文苑英華》卷九四六、《全唐文》卷七五四作「也」，《文苑英華》於「也」字後有「禮部」二字，並下校：「集無此二字。」

〔一三〕「典」，《文苑英華》卷九四六作「曲」，下校：「集作典。」文津閣本作「身」。

〔一四〕「夜困」，《文苑英華》卷九四六作「夜微困」，並於「微」字下校：「集無此字。」

〔一五〕「星昴畢於角爲第八宫」，此句《文苑英華》卷九四六無「星」字。

〔一六〕「病」，文津閣本作「疾」。

〔一七〕「先某若干時卒」，「某」字，《文苑英華》卷九四六、《全唐文》卷七五四作「牧」。

〔一八〕「梶梶」，《文苑英華》卷九四六、《全唐文》卷七五四作「祝梶」。

〔一九〕「平安公」，《文苑英華》卷九四六作「安平公」。

〔二〇〕「予」，原作「子」字，據《文苑英華》卷九四六、《全唐文》卷七五四、文津閣本改。

〔二一〕「爾宫」，原作「爾官」，據《文苑英華》卷九四六、《全唐文》卷七五四、文津閣本改。

【注釋】

①本文中有「復自視其形，視流而疾，鼻折山根，年五十，斯壽矣」語，則文爲杜牧年五十所作。杜牧生於德宗貞元十九年（八〇三），年五十乃大中六年（八五二）。文又謂「十一月十日，夢書片紙『皎皎白駒，在彼空谷』」，則墓誌銘乃撰於大中六年十一月十日之後。

②杜牧曾爲孫武《孫子》作注，《新唐書》卷五九《藝文志》載「杜牧注《孫子》三卷」。晁公武《郡齋讀書志》卷三下亦載「杜牧注《孙子》三卷。右唐杜牧之注。牧以武書大略用仁義使機權，曹公所注解十不釋一，而其所得自爲新書尔，因備注之。世謂牧慨然最喜論兵，欲試而不得。其學能道春秋戰國時事，甚博而詳知，兵者將有取焉」。

③小行郎：小行爲舊時之一種禮制，即曹郎以下官員代表天子謁陵，並督促官葺陵園，謂之小行。《南齊書·武帝紀》：「夏四月乙亥，有司奏『舊格一年兩過行陵，三月十五日曹郎以下小行。』」此處小行郎當謂郎官。

④顒：北魏京兆人，姓杜，字思顔。曾任西征軍司，行岐州事。後任東荆州刺史、岐州刺史，官至征

西將軍、金紫光禄大夫。傳見《魏書》卷四五。

【集　評】

星辰家以十二宫辰看命，不知所本，然其來久矣。李賀《惱公》詩云：「王時應七夕，夫位在三宫。」杜牧之《自撰墓誌》云：「予生於角，星昴畢於角爲第八宫，曰病厄宫，亦曰八殺宫，土星在焉，火星繼木。星工楊晞曰：『木在張於角爲第十一福德宫，木爲福德大君子，救於其旁，無虞也。』」（朱翌《猗覺寮雜記》卷五）

樊川文集卷第十一

上李司徒相公論用兵書〔一〕①

伏睹明詔誅山東不受命者，廟堂之上，事在相公。雖罇俎之謀，算畫已定，而賤末之士，芻蕘敢陳。伏希捨其狂愚〔二〕，一賜聽覽。

某大和二年爲校書郎〔三〕，曾詣淮西將軍董重質②，詰其以三州之衆，四歲不破之由。重質自誇勇敢多算之外，復言其不破之由，是徵兵太雜耳。遍徵諸道兵士，上不過五千人，下不至千人，既不能自成一軍，事須帖附地主，名爲客軍。每有戰陣，客軍居前，主人在後，勢羸力弱，心志不一，既居前列，多致敗亡。如戰似勝，則主人引救，以爲己功；小不勝，主人先退〔四〕，至有殲焉。初戰二年已來，戰則必勝，是多殺客軍，及二年已後，客軍殫少，止與陳許、河陽全軍相搏。縱使唐州軍不能因雪取城，蔡州事力亦不支矣，其時朝廷若使鄂州、壽州、唐州祇令保境，不用進戰，但用陳許、鄭滑兩道全軍，帖以宣、潤弩手，令其守隘，即不出一歲，無蔡州矣。

今者上黨之叛〔五〕③，與淮西不同。淮西爲寇僅五十歲，破汴州、襄州、襄城，盡得其財貨，輸之懸瓠④，復敗韓全義於溵上〔六〕，多殺官軍，四萬餘人輸輦財穀，數月不盡。是以其人味爲寇之腴，見爲寇之利，風俗益固，氣焰已成，自以爲天下之兵莫我與敵。父子相勉，僅於兩世，根深源闊，取之固難。夫上黨則不然，自安、史南下，不甚附隸，建中之後，每奮忠義，是以郳公抱真⑤，能窘田悦，走朱滔，常以孤窮寒苦之軍，横折河朔彊梁之衆。貞元中，節度使李長策卒，中使提詔授與本軍大將，但軍士附者即授之。其時大將來希皓爲衆所服，中使將以手詔付之，希皓言於衆曰：「此軍取人〔七〕，合是希皓，但作節度使不得，若朝廷以一束草來，希皓亦必敬事。」中使言：「面奉進旨，只令此軍取大將授與節鉞〔八〕，朝廷不别除人。」希皓固辭。押衙盧從史其位居四〔九〕，潛與監軍相結，超出伍曰〔一〇〕：「若來大夫不肯受詔，某請且勾當此軍。」監軍曰：「盧中丞若肯如此，此亦固合聖旨。」中使因探懷取詔以授之，從史捧詔再拜舞蹈，希皓廻揮同列，使北面稱賀，軍士畢集，更無一言。從史爾後漸畜奸謀，養義兒三千人，日夕喣沫。及父虔死，軍士留之，表請起復，亦只義兒與之唱和，其餘大將王翼元、烏重胤、第五釗等，及長行兵士，並不同心。及至被擒，烏重胤坐於軍門，喻以禍福，義兒三千，一取約束〔一一〕。及河陽取孟元陽爲之統帥，一軍無主，僅一月日，曾無犬吠，况於他謀。以此證驗，人心忠赤，習尚專一，可以盡見。

及元和十五年授與劉悟，時當幽鎮入覲，天下無事，柄廟算者議必銷兵。雄健敢勇之士，百戰千攻之勞，坐食租賦，其來已久，一旦黜去，使同編户，紛紛諸鎮，停解至多，是以天下兵士聞之，無不忿恨。

至長慶元年七月，幽鎮乘此首唱爲亂。昭義一軍，初亦鬱咈，及詔下誅叛，使温起居造宣慰澤潞，便令發兵。其時九月，天已寒〔一二〕，四方全師，未頒冬衣服〔一三〕，聚之授詔，或伍或離，垂手强項，往往誶語。及温起居立於重榻，大布恩旨，并疏昭義一軍自七十餘年忠義戰伐之功勞，安、史已還叛逆滅亡之明效，辭語既畢，無不歡呼。人衣短褐，爭出效命。其時用兵處處敗北，唯昭義一軍於臨城縣北同果堡下大戰，殺賊五千餘人，所殺皆樓下步射搏天飛者，賊之精勇無不殲焉，賊中大震。更一月日田布不死，賊亦自潰。

後一月，其軍大亂，殺大將磁州刺史張汶，因劫監軍劉承偕〔一四〕，盡殺其下小使，此實承偕侮媟一軍，侵取不已。張汶隨王承元出於鎮州，久與昭義相攻，軍人惡之。汶既因依承偕，謀欲殺悟自取，軍人忌怒，遂至大亂，非悟獨能使其如此。劉悟卒，從諫求繼，與扶同者只鄆州隨來中軍二千耳。其副倅賈直言入責從諫曰〔一五〕：「爾父提十二州地，歸之朝廷，其功非細，秖以張汶之故，自謂不潔淋頭，竟至羞死。爾一孺子，安敢如此？」從諫恐悚不敢出言，一軍聞之，皆陰然直言之説。值寶曆多故，因以授之，今纔二十餘歲，風俗未改，故老尚存，雖欲劫之，必不用命。

伏以河陽西北，去天井關强一百里，關屬澤州。關隘多山，井不可鑿〔一六〕，雖有兵力，必恐無功。若以萬人爲壘，下窒其口，高壁深壍，勿與之戰〔一七〕。忽有敗負，勢驚洛師。蓋河陽軍士，素非精勇，戰則不足，守則有餘。成德一軍，自六十年來，世與昭義爲敵，訪聞無事之日，村落鄰里，不相往來。今王司徒代居反側⑥，思一自雪，況聯姻戚，願奮可知〔一八〕。六十年相讎之兵仗，朝爲委任之重，必宜盡節，以答殊私。魏博承風，亦當效順。然亦止於圍一城，攻一堡，刊木堙井〔一九〕，係纍稚老而已，必不能背二十城，長驅上山，徑擣上黨。其用武之地，必取之策，在於西面。今者嚴紫塞之守備⑦，謹白馬之隄防⑧，祗以忠武、武寧兩軍，以青州五千精甲，三齊兵青州最勁曲〔二〇〕。宣、潤二千弩手，由絳州路直東徑入，不過數日，必覆其巢。何者？昭義軍粮，盡在山東，澤、潞兩州，全居山内，土瘠地狹，積穀全無。是以節度使多在邢州，名爲就粮，山東粮穀既不可輸，山西兵士亦必單鮮，擣虚之地，正在於此。後周武帝大舉伐齊，路由河陽〔二一〕，吏部宇文弼曰：「夫河陽要衝，精兵所聚，盡力攻圍〔二二〕，恐難得志。如臣所見，彼汾之曲，戍小山平，用武之地，莫過於此。」帝不納〔二三〕，無功而還。後復大舉，竟用弼計〔二四〕，遂以滅齊。前秦苻堅遣將王猛伐後燕慕容偉，大破偉將慕容評於潞川〔二五〕，因遂滅之，路亦由此。北齊高歡再攻後周，路亦由此而西。後周名將韋孝寬、齊王攸常鎮勳州玉壁城〔二六〕。今絳州稷山縣是也。故東西相伐，每由此路，以古爲證，得之者多。

以某愚見，不言劉稹終不能取，貴欲速擒，免生他患。昨者北虜才畢，復生上黨，賴相公廟算深遠，北虜即日敗亡。儻使北虜至今尚存，沿邊猶須轉戰，迴顧上黨，豈能討除〔二七〕。天下雖言無事，若上黨久不能解，别生患難，此亦非細〔二八〕。自古皆因攻伐，未解旁有他變，故孫子曰：「兵聞拙速，未睹巧之久也。」伏聞聖主全以兵事付於相公，某受恩最深，竊敢干冒威嚴〔二九〕，遠陳愚見，無任戰汗。某頓首再拜。

【校勘記】

〔一〕《唐文粹》卷八〇、文津閣本題作《上司徒李相公論用兵書》。

〔二〕「捨」，文津閣本作「赦」。

〔三〕「某」，文津閣本作「牧」。下文「某」均作「牧」，不一一。

〔四〕「主人先退」，《唐文粹》卷八〇、《全唐文》卷七五一作「則主人先退」。

〔五〕「今者」，原作「令者」，據《唐文粹》卷八〇、《全唐文》卷七五一、文津閣本改。

〔六〕「溵上」，原作「殷上」，據《唐文粹》卷八〇、《全唐文》卷七五一、文津閣本改。

〔七〕「此軍」，原作「北軍」，據《唐文粹》卷八〇、《全唐文》卷七五一、文津閣本改。

〔八〕「授與節鉞」，「授」字原作「拔」，據《唐文粹》卷八〇、《全唐文》卷七五一、文津閣本改。

〔九〕「居四」，「四」，《唐文粹》卷八〇、文津閣本作「下」，《全唐文》卷七五一作「四下」。

〔一〇〕「超出伍曰」，「伍」，原作「五」，據《唐文粹》卷八〇、《全唐文》卷七五一、文津閣本改。

〔一一〕「一取約束」，《唐文粹》卷八〇作「悉取約束」。

〔一二〕「天已寒」，《唐文粹》卷八〇、《全唐文》卷七五一、文津閣本作「天氣已寒」。

〔一三〕「未頒冬衣服」，《唐文粹》卷八〇、《全唐文》卷七五一作「未頒中冬衣服」。

〔一四〕「劉承偕」，原作「劉承階」。胡校：「『劉承階』爲『劉承偕』之誤。《資治通鑑》卷二四二引此文作『劉承偕』。劉承偕，又見《舊唐書》卷一六一《劉從諫傳》、卷一七〇《裴度傳》、卷一八四《王守澄傳》、《新唐書》卷八《穆宗紀》、卷一七三《裴度傳》、卷一九三《賈直言傳》、卷二一四《劉悟傳》。」今據改。下文「承偕」同。

〔一五〕「副倅」，「倅」，原作「悴」，據《唐文粹》卷八〇、《全唐文》卷七五一改。

〔一六〕「井不可鑿」，原作「井可鑿」，《唐文粹》卷八〇、文津閣本作「井泉可鑿」，今據《全唐文》卷七五一改。

〔一七〕「勿與之戰」，「勿」字原作「而」，據《唐文粹》卷八〇、《全唐文》卷七五一、文津閣本改。

〔一八〕「願奮可知」，「奮」字原作「奪」，據《唐文粹》卷八〇、《全唐文》卷七五一、文津閣本改。

〔一九〕「刊木堙井」，「井」字原作「并」，據《唐文粹》卷八〇、《全唐文》卷七五一、文津閣本改。

〔二〇〕「三齊兵青州最勁曲」，「勁曲」字原爲墨釘，據《唐文粹》卷八〇改。

〔二一〕「路由河陽」，「陽」下原衍「字」字，據《唐文粹》卷八〇、《全唐文》卷七五一、文津閣本删。

〔二二〕「盡力攻圍」，「力」字原作「刀」，據《唐文粹》卷八〇、《全唐文》卷七五一改。文津閣本亦作「力」字。

〔二三〕「帝不納」，文津閣本作「武帝不納」。

〔二四〕「竟用弼計」，「竟」字原作「音」，據《唐文粹》卷八〇、《全唐文》卷七五一改。文津閣本亦作「竟」字。

〔二五〕「伐後燕慕容偉大破偉將慕容評於潞川」，胡校：「按『慕容偉』，庫本作『慕容暐』。王猛伐慕容暐事，見《資治通鑑》卷一〇二。慕容暐，《晉書》卷一一一、《魏書》卷九五、《北史》卷九三有傳。庫本作『慕容暐』是。」「川」，文津閣本作「州」。

〔二六〕「玉壁城」，「玉」字原作「王」，據《唐文粹》卷八〇、《全唐文》卷七五一改。《周書》卷三一《韋孝寬傳》：「以孝寬立勳玉壁，遂於玉壁置勳州。」《唐文粹》、《全唐文》作「玉」是。

〔二七〕「討除」，原作「計除」，今據文津閣本改。

〔二八〕「細」，原作「難」，據文津閣本改。

〔二九〕「竊敢」，原作「切敢」，據《唐文粹》卷八〇、《全唐文》卷七五一改。

【注　釋】

①李司徒：即李德裕。《新唐書·武宗紀》會昌三年六月載「李德裕爲司徒」。李德裕傳見《舊唐書》卷一七四、《新唐書》卷一八〇。此文上李德裕之時間，《資治通鑑》卷二四七記在會昌三年四月，云：「黄州刺史杜牧上李德裕書，自言：『嘗問淮西將董重質以三州之衆四歲不破之由……』時德裕制置澤潞，亦頗采牧言。」按所記時間有誤。傅璇琮《李德裕年譜》會昌三年七月譜考云：「按杜牧此書，題中稱『李司徒』。德裕加司徒乃在三年六月。書中又云：『伏睹明詔誅山東不受命者。』明詔者，即討劉稹制書，於五月十三日行下，杜牧於黄州看到詔書，當又在此之後。《通鑑》繫牧之上書在四月，顯係不確。書中又建議唐軍於河陽，宜取守勢，不宜進攻，謂『高壁深塹，勿與之戰。忽有敗負，勢驚洛師。蓋河陽軍士，素非精勇，戰則不足，守則有餘』。觀此數句，則叙河陽形勢，即非如此書中作虛擬之筆。由此可見，杜牧上李德裕書論澤潞軍事，當作於六月之後，八月之前，即七月左右。」本文據此訂於會昌三年七月作。又《李德裕年譜》又謂「《通鑑》謂德裕平澤潞，頗用杜牧書中之策。實則以成德、魏博攻昭義山東三州，德裕於五、六月即已定策，

尚在杜牧上書之前。在爾後的軍事行動中，正由於成德、魏博兩軍已攻取山東之州，昭義失去軍糧的支持，然後又由王宰從河陽北上，石雄由翼城東進，以至劉稹、郭誼勢窮力屈而降，與杜牧所言均有出入，因此説德裕平澤潞，頗用其策，實爲誇大之詞。」

②董重質：本淮西牙將，吳少誠之女婿。吳元濟叛時，爲其謀主。元和十二年裴度攻取蔡州，重質歸唐。後授爲太子少詹事、左神武軍將軍、夏綏銀宥節度使，加檢校工部尚書。傳見《舊唐書》卷一六一。

③上黨之叛：指澤潞劉稹於劉從諫死後，自稱留後，抗拒朝廷事。故《資治通鑑》於會昌三年五月載「辛丑，制削奪劉從諫及子稹官爵，以元逵爲澤潞北面招討使，與夷行、劉沔、茂元合力攻討」。

④懸瓠：指懸瓠城，亦名懸壺城。即今河南汝南縣治。《太平寰宇記》卷一一《汝陽縣》：「懸瓠城亦名懸壺城。」唐時爲蔡州治所，李希烈、吳元濟曾相繼割據於此。

⑤郳公抱真：即李抱真。字太玄，河西人。初爲汾州別駕，遷殿中少監、陳鄭澤潞節度留後。又歷任澤洲、懷州刺史。德宗初任檢校工部尚書，領昭義節度使。累官檢校左僕射、同中書門下平章事，封倪國公，進義陽郡王等。傳見《舊唐書》卷一三二、《新唐書》卷一三八。

⑥王司徒：指王元逵。元逵爲王庭湊之子，父卒，繼任成德軍節度使。屢立戰功，遷檢校左僕射。開成二年，尚壽安公主，加駙馬都尉。會昌中，劉稹叛，元逵爲北面招討使。累遷檢校司徒、同中

書門下平章事，以破劉稹功，加太傅、太原郡開國公。傳見《舊唐書》卷一四二、《新唐書》卷二一一。

⑦紫塞：泛指北方邊塞。晉崔豹《古今注》上《都邑》：「秦筑長城，土色皆紫，漢塞亦然，故稱紫塞焉。」

⑧白馬：指白馬津。又名黎陽津、鹿鳴津、白馬水。在河南滑縣北，舊爲河水分流處，今已堙没。

【集　評】

指畫詳明，伏波聚米時也。（鄭郲評本文）

上李太尉論江賊書①

伏以太尉持柄在上，當軸處中，未及五年，一齊四海，德振法束，貪廉懦立〔一〕，有司各敬其事，在位莫匪其任。雖九官事舜②，十人佐周③，校於太尉，未可爲比。

伏以江淮賦税，國用根本，今有大患，是劫江賊耳。某到任纔九月〔二〕，日尋窮詢訪，實知端倪。夫劫賊徒，上至三舩兩舩百人五十人，下不减三二十人，始肯行劫，劫殺商旅〔三〕，嬰孩不留。所劫商人，皆得異色財物，盡將南渡，入山博茶④。蓋以異色財物，不敢貨於城市，唯有茶山，可以銷受。蓋以茶熟之際，四遠商人，皆將錦繡繒纈、金釵銀釧，入山交易，婦人稚子，盡衣華服，吏見不問，人見不驚。是以賊徒得異色財物，亦來其間，便有店肆爲其囊橐，得茶之後，出爲平人，三二十人，挾持兵仗。凡是鎮戍，例皆單弱，止可供億漿茗，呼召指使而已。鎮戍所由，皆云「賒死易，就死難」。縱賊不捉，事敗抵法，謂之賒死；與賊相拒，立見殺害，謂之就死。若或人少被捉，罪抵止於私茶，故賊云：「以茶壓身，始能行得。言隨身有茶，即人不疑是賊。」凡千萬輩，盡販私茶。

亦有已聚徒黨，水劫不便，逢遇草市⑤，泊舟津口，便行陸劫，白晝入市，殺人取財，多亦縱火，唱棹徐去。去年十月十九日，劫池州青陽縣市，凡殺六人，内取一人屠刳心腹，仰天祭拜。自邇已來，頻於鄰州，大有劫殺，沉舟滅跡者，即莫知其數。凡江淮草市，盡近水際，富室大户，多居其間。自十五年來，江南、江北，凡名草市，劫殺皆徧，只有三年再劫者，無有五年獲安者。一劫之後，州縣糜費，所由尋捉，烽火四出。凡是平人〔四〕，多被恐脅，求取之外，恩讎並行，追逮證驗，窮根尋葉，狼虎滿路，狴牢充塞。四五月後，炎鬱烝濕，一夫有疾，染習多死，免之則蹤跡未白，殺之則贓狀不明。一獄之中，凡五十人，中二十人，悉是此輩，至於真賊，十人不得一。

濠、亳、徐、泗、汴、宋州賊，多劫江西、淮南、宣、潤等道，許、蔡、申、光州賊，多劫荆襄、鄂岳等道，劫得財物，皆是博茶，北歸本州貨賣，循環往來，終而復始。更有江南土人，相爲表裏，校其多少，十居其半。蓋以倚淮介江，兵戈之地，爲郡守者，罕得文吏，村鄉聚落，皆有兵仗〔五〕，公然作賊，十家九親，江淮所由，屹不敢入其間。所能捉獲，又是沿江架船之徒，村落負擔之類〔六〕，臨時脅去，分得涓毫，雄健聚嘯之徒，盡不能獲。爲江湖之公害，作鄉閭之大殘，未有革釐，實可痛恨。

今若令宣、潤、洪、鄂各一百人〔七〕，淮南四百人，每船以三十人爲率，一千二百人分爲四十船，擇少健者爲之主將。仍於本界江岸刱立營壁，置本判官專判其事，揀擇精鋭，牢爲舟棹，晝夜上下，分番巡檢，明立殿最，必行賞罰。江南北岸添置官渡，百里率一，盡絶私載，每一宗船上下交送。同阻風，風便同發，名爲一宗。是桴鼓之聲，千里相接〔八〕，私渡盡絶，江中有兵，安有烏合蟻聚之輩敢議攻劫。

或曰：「制置太大，不假如此。」答曰：今西北邊，禦未來之寇，備向化之戎，長傾東南物産，供百萬口。況長江五千里，來往百萬人，日殺不辜，水滿冤骨，至於嬰稚，曾不肯留。葛伯殺餉童子，湯征滅之，蓋以童子無知而殺之，王者不捨其罪⑥。今長江連海，群盜如麻，驟雨絶絃，不可尋逐，無關可閉，無要可防。今者自出五道兵士，不要朝廷添兵，活江湖賦稅之鄉，絶寇盜劫殺之本，政理之急，莫過於斯。若此制置，凡去三害，而有三利。人不寃死，去一害也；鄉閭獲安，無追逮證驗之苦，去二害也；每擒一私茶賊，皆稱買賣停泊，恣口點染，鹽鐵監院追擾平人，搜求財貨，今私茶盡黜，去三害也。商旅通流，萬貨不乏，獲一利也；鄉閭安堵，狴犴空虚，獲二利也；擷茶之饒，盡入公室，獲三利也。三害盡去，三利必滋，窮根尋源，在劫賊耳。

故江西觀察使裴誼召得賊帥陳璠⑦，署以軍中職名，委以江湖之任。陳璠健勇，分毫不私〔九〕，自後廉察，悉皆委任。至今陳璠每出彭蠡湖口⑧，領徒東下，商船百數，隨璠行止，璠去之後，惘然相弔。安有清朝盛時，太尉在位，反使萬里行旅依一陳璠？

某詳觀格律敕條百二十卷，其間制置無不該備，至於微細，亦或再三，唯有江寇，未嘗言及。今四夷九州，文化武伏，奉貢走職，罔不如法，言其功德，皆歸太尉。敢率愚衷，上干明慮，冀裨億萬之一〔一〇〕，無任戰汗惶懼之至。某謹再拜。

【校勘記】

〔一〕「貪廉懦立」，「懦」字原作「儒」，據《全唐文》卷七五一、文津閣本改。

〔二〕「某」，文津閣本作「牧」，下文同。

〔三〕「商旅」，原作「商袋」，據《全唐文》卷七五一、文津閣本改。

〔四〕「凡是」，文津閣本作「凡屬」。

〔五〕「兵仗」，文津閣本作「兵伏」。

〔六〕「負擔之類」，「擔」字原作「檐」，據《全唐文》卷七五一、文津閣本改。

〔七〕「一百人」，按上下文意似當作「二百人」。胡校：「楊守敬校語曰：『案上四州一軍只八百人，下言一千二百人，疑上有脱漏。又下云出五道兵，疑四州各一之「一」字係「二」字之訛。』」

〔八〕「相接」，文津閣本作「恒接」。

〔九〕「不私」，文津閣本作「不紊」。

〔一〇〕「冀裨億萬之一」，文津閣本作「冀裨萬一」。

【注釋】

①李太尉：即李德裕，字文饒，趙郡贊皇人。唐武宗會昌時任宰相，兼守太尉，進爵衛國公。傳見《舊唐書》卷一七四、《新唐書》卷一八〇。本文乃作於池州，而文中謂「某到任纔九月，日尋窮詢訪，實知端倪」。杜牧初任池州在會昌四年九月，文又謂「去年十月十九日，劫池州青陽縣市」，則本文當作於會昌五年（八四五）六七月中。

②九官：傳説虞舜置九官，即伯禹爲司空，棄爲后稷，契作司徒，皋陶作士，垂爲共工，益作朕虞，伯夷作秩宗，夔爲典樂，龍爲納言。舜，古帝名，即虞舜。

③十人佐周：十人即謂十亂，指周武王十位具有治國平亂才能之大臣，即周公旦、召公奭、太公望、畢公、榮公、太顛、閎夭、散宜生、南宫适及文王母。

④博茶：換取茶。博，換取、取得。《宋書·索虜傳·拓跋燾與劉裕書》：「若其區宇者，可來平城居；我往揚州住，且可博與土地。」注：「傖人謂換易爲博。」

⑤草市：城外之市集。

⑥葛伯四句：葛伯爲夏時諸侯。《孟子·滕文公下》載：「湯使亳衆往爲之耕，老弱饋食。葛伯率其民，要其有酒食黍稻者奪之，不授者殺之。有童子以黍肉餉，殺而奪之。《書》曰：『葛伯仇餉。』此之謂也。爲其殺是童子而征之。」

⑦裴誼：曾官金部郎中。唐文宗大和初任大理卿。其任江西觀察使在大和四年至七年。後遷宣歙觀察使。

⑧彭蠡湖：湖名。隋時因湖接鄱陽山，故又名鄱陽湖。《史記·夏本紀》：「彭蠡既都。」唐張守節《正義》引《括地志》：「彭蠡湖在今江西潯陽縣東南五十二里。」

上門下崔相公書①

天生相公輔仁聖天子，外齊武事，内治文教。被權衡稱量者，不失銖黍；受威烈懾怛者，蚓縮魚藏。百職率治，中外平一，伏惟相公功德，無與爲比。

往者彭城驕强②，頑卒數萬，聯三齊舊風③，振天下餉道。重弓束矢，大刀長矛，不受指揮，自有信誓。王侍中生於其間④，稱爲健黠，奔馬潛出，不敢迴顧。高僕射寬厚聞名⑤，不能治軍事〔一〕，舉動汗流，拜于堂下。及乎不受李司徒〔二〕，臠食其使者⑥，風波不廻，氣勢已去。自淮北渡，由洛東下，漕輓行役，出泗上者，稚長相賀⑦。藩鎮欲生事樹功者，横激旁搆，廟堂謀議，不知所出。相公殿一家僮，馳入萬衆，無不手垂目瞪，露刃弦弓，偶語腹非，或離或伍。相公氣壓其驕，文誘其順，指示叛臣賊子覆滅之蹤，鋪陳忠臣義士榮顯之效，皇威坌湧於言下，狼心頓革於目前。然後剔刮根節，銷磨頑礦，日教月化，水順雪釋。吐飯飽之，解衣暖之，威驅恩收，禮訓法束。一年人畏，二年人愛，三年化成，截成一邦〔三〕，俗同三輔。當此之時，遲廻之間，有勇力者一唱而起，徵兵數十萬，大小且百戰，然後傅其壘，鉤其垣，得其罪人，天下固已困矣。而天下議者必曰：「某名將也，某善用兵也，雖疏爵上公，裂土千里，其酬尚薄。」此必然之説也。故曰：見勝不過衆人之所知，非善之善者也；戰勝而天下曰善，非善者也；百戰百勝，非善之善者也；能不戰而屈人之兵，乃善之善者也。是相公手攜暴虎貪狼，化爲耕牛乘馬，退數十萬兵，解天下之縛，秖於談笑俯仰燕享筆硯之間耳。以此校之，斯過古人萬萬遠矣。

復自持統大相，開張教化，外制四夷，内循百度，長育人材，興起頽弛，心迎志釋，罔有怨嗟。是以天下帖泰，蝗死災去，饑人復飽，流人復安，内外遠近，率職奉法，不聞其他。如周有召穆公、仲山甫，漢有魏相、邴吉，國朝姚、宋二公，文事武事，居中處外，罔不是倚〔四〕。國家有天下二百三十餘年，盛溢兩漢，功侔三代，今復生相公，輔佐仁聖天子，天時人事，即自將來，福禄昌熾，卜之無窮，天下孰不幸甚！

某僻守荒郡⑧，亦被陶鈞，齒髮甚壯，志尚未衰，敢不自强，冀答天造，無任感激悃懇之至。某恐懼再拜。

【校勘記】

〔一〕「不能治軍事」，原作「能治軍事」。胡校：「按『能治軍事』，《通鑑》卷二四四《考異》引作『不能治軍事』，依上下文義推之，《通鑑》是。」今據改。

〔二〕「及乎」，文津閣本作「及其」。

〔三〕「截成一邦」，「截成」，《全唐文》卷七五一作「裁成」。

〔四〕「罔不是倚」，「罔」字原作「固」，據《全唐文》卷七五一、文津閣本改。

【注　釋】

①崔相公：即崔珙。博陵安平人。曾任泗州刺史，入爲太府卿。又拜廣州刺史、嶺南節度使，後累官京兆尹。會昌時，授户部侍郎，拜相。累遷刑部尚書、門下侍郎等。後被貶，曾爲安州長史等。傳見《舊唐書》卷一七七、《新唐書》卷一八二。本集卷十六《上安州崔相公啓》之崔相公即崔珙。此《啓》云：「至於會昌三年八月中所獻相公長啓，鋪陳功業，稱校短長，措於《史記》、兩《漢》之間，讀於文士才人之口，與二子並無愧容。」所言「會昌三年八月中所獻相公長啓」蓋即本文。據此而訂本文作於會昌三年（八四三）八月。

②彭城：郡名，唐時曾名徐州，乃武寧軍治所。治所即在今江蘇銅山縣。

③三齊：地名。《史記·項羽本紀》：「（田榮）並王三齊。」《集解》：「《漢書音義》曰：齊與濟北、膠東。」《正義》：「《三齊記》云：『右即墨，中臨淄，左平陸，謂之三齊。』」其地皆在山東東部。

④王侍中：即王智興。字匡諫，懷州温人。以戰功爲侍御史、進御史中丞。後加檢校左散騎常侍，

又任武寧軍節度使。冊拜太傅，封雁門郡王，進兼侍中。傳見《舊唐書》卷一五六、《新唐書》卷一七二。

⑤高僕射：即高瑀。冀州蓨人。累官陳、蔡二州刺史。入爲太僕卿。又任忠武節度使，徙節武寧軍。拜太子少傅，復節度忠武。傳見《舊唐書》卷一六二、《新唐書》卷一七一。

⑥及乎不受李司徒二句：李司徒，即李聽，傳見《舊唐書》卷一三三、《新唐書》卷一五四。據其本傳，聽曾任檢校司徒，卒後又贈司徒，故稱李司徒。據《舊》傳，「聽大和六年，轉武寧軍節度使。時聽有蒼頭爲徐州將，不欲聽至，聽先使親吏慰勞徐人，爲蒼頭所殺。聽不敢進，固以疾辭，用爲太子太保」。

⑦以上數句，《新唐書》卷一八二《崔珙傳》以下所記可參：「時徐州以王智興後，軍驕，數犯法，節度使高瑀未能制。天子思材望威烈者檢革其弊，見珙意慷慨，又知治泗得士心，即謂宰相曰：『欲武寧節度使者，無易珙才。』更詔王茂元帥嶺南，而以珙代瑀。居二歲，徐人戢畏。」

⑧某僻守荒郡：本文作於會昌三年八月，則所謂「僻守荒郡」，乃指其任黃州刺史。

上昭義劉司徒書〔一〕①

今日輕重，望于幾人，相位將權，長材厚德，與輕則輕，與重則重，將軍豈能讓焉。昔者齊盜坐父兄之舊②，將七十年來，海北河南泰山課賦三千里，料甲一百縣〔二〕，獨據一面，横挑天下。利則伸，鈍則滿，鏃而不發，約在子與孫，孫與子〔三〕，血絶而已。此雖使鐵偶人爲六軍，取不孔易，況席征蔡之弊，天下消耗，燕蟠趙伏，用齊卜我。當此之時，一年不能勝，則百姓半流；二年不能勝，則關東之國孰知其變化也。將軍一心仗忠，半夜興義，昧旦而已齊族矣〔四〕③。疆土籍口，探出僭物重寶，仰關輦上，是以趙一摇，燕一呼，爭來汗走，一日四海廓廓然無事矣。伏惟將軍之功德，今誰比哉！是以初守滑臺爲尚書，守潞爲僕射，乃作司空，乃作司徒，爰開丞相府，平章天下，越録躐等，驟得富貴。古今之人，亦以爲將軍止此而已矣〔五〕。將軍德於國家甚信大，國家復之於將軍，雅亦無與爲大矣。

今者上黨足馬足甲，馬極良，甲極精，後負燕，前觸魏，側肘趙。彼三虜屠囚天子耆老，刼良民使叛，銜尾交頸，各蟠千里，不貢不覲，私贍妻子，王者在上，此輩何也？今者上黨馳其精良，不三四日與魏決於漳水西，不五六日與趙合於泜水東④，縈太原，挑飛狐⑤，緩不二十日與燕遇於易水南。此天下之郡國，足以事區區於忠烈，無如上黨者。明智武健，忠寬信義，知機便，多算畫，攻必巧，戰不負，能使萬人樂死赴敵，足以事區區於忠烈，天下之人無如將軍者。爵號禄位，富貴休顯〔六〕，宜驅三族〔七〕，上校恩澤，宜出萬死，以副倚注，天下之人亦無如將軍者。是將軍負天下三無如之望也。

始者將軍賴齊，然後得禄仕，入卧内等子弟，一身聯齊，累世之逆，卒境上爭首，其恩甚厚，其勢甚不便。將軍以爲大仁可以殺身，大忠不顧細謹，終探懷而取之。今者將軍負三無如之望，上戴天子，四海之大，以爲緩急，所宜日夜具申喧請，今默而處者四五歲矣。負天下之三無如者，宜如是邪？不宜如是耶？是以天下之小人，以爲將軍始者取齊見利而動〔八〕，今者安潞見義而止。而若是，則天下利無窮，義有限，走無窮，背有限，則安可識之哉。其有識者則曰：不然，夫桓、文之霸也，先脩刑政，然後事事。近有山東士人來者〔九〕，咸道上黨之政，軍士兵吏之詳，男子畝，婦人桑，老者養，孤者庇，上下一切，罔有紕事。暨乎政庭，則將軍不知尊，布衣不知卑。諸侯之驕久矣，是以高才之人，不忍及門；仁政不施久矣，是以暴亂不止。若此者，將軍是行仁政，來高才，苟行仁政，來高才，若非止暴亂，尊九廟，峻中興，復何汲汲如是邪！

在漢伯通⑥，在晉牢之⑦，二人功力不寡，一旦誅死，人豈冤之？苻秦相猛，將終戒視後禍⑧，大唐太尉房公，忍死表止伐遼⑨。此二賢當時德業不左諸人〔一〇〕，尚死而不已，蓋以輔君活人爲事，非在矜伐邀引爲心也。伏惟將軍思伯通、牢之所以不終〔一一〕，仰相猛、房公之所以垂休，則天下之人，口祝將軍之福壽，目睹將軍盛德之形容，手足必不敢加不肖於將軍之草木，此乃上下萬世，烈丈夫口念心禱而求者，今將軍盡能有之，豈可容易而棄哉！

大唐二百年向外〔二〕，叛者三十餘種，大者三得其二，小者亦包裹千里，燕、趙、魏、潞、齊、蔡、吳、蜀，同歡共悲，手足相急，陣刺死、帳下死、圍悉死、伏劍死、斬死、絞死，大者三歲，小或一日〔三〕，已至于盡死。曰忠曰義，則有父子同壇，兄弟繼踵，論罪則曰有某功，論功則曰捨某罪〔四〕。伏惟十二聖之仁，一何汪汪焉，天之校惡滅逆，復何一切焉〔五〕。此乃盡將軍所識，復何云云，小人無位而謀，當死罪。某恐懼再拜。

【校勘記】

〔一〕「上昭義劉司徒書」，「昭義」，《唐文粹》卷八〇、《全唐文》卷七五一、文津閣本作「澤潞」。

〔二〕「料甲一百縣」，胡校：「按庫本『料甲』作『科甲』，是。」

〔三〕「約在子與孫孫與子」，《唐文粹》卷八〇作「約在子孫」，《全唐文》卷七五一、文津閣本作「約在子與孫」。

〔四〕「昧旦而已齊族矣」，《唐文粹》卷八〇、《全唐文》卷七五一無「已」字。

〔五〕「亦以爲將軍止此而已矣」，原作「亦將軍止已矣」，據《唐文粹》卷八〇、《全唐文》卷七五一、文津閣本改補。

〔六〕「休顯」，文津閣本作「榮顯」。

〔七〕「宜驅三族」，「族」字原作「旋」，據《唐文粹》卷八〇、《全唐文》卷七五一改。

〔八〕「取齊見利而動」，「取」，《唐文粹》卷八〇作「亡」。

〔九〕「近有山東士人來者」，「有」，《唐文粹》卷八〇作「者」。

〔一〇〕「不左諸人」，「左」字原作「在」，據《唐文粹》卷八〇、《全唐文》卷七五一改。文津閣本作「右」。

〔一一〕「牢之」，「牢」字原作「年」，據《唐文粹》卷八〇、《全唐文》卷七五一、文津閣本改。

〔一二〕「大唐二百年向外」，「向」，《唐文粹》卷八〇、《全唐文》卷七五一作「自」。文津閣本則作「二百年外」。

〔一三〕「小或一日」，「日」，《唐文粹》卷八〇、文津閣本作「月」。

〔一四〕「捨」，文津閣本作「赦」。

〔一五〕「復何一切焉」，「一切」，《全唐文》卷七五一、文津閣本作「切切」。

【注釋】

①昭義劉司徒：即昭義節度使劉悟。先爲鄆州李師道將，殺李師道歸朝廷，拜義成軍節度使，封彭城郡王。長慶元年，幽州大將朱克融叛，加檢校司空、平章事，充盧龍軍節度使。悟以幽州方亂，

未克進討，請授之節鉞，徐圖之，乃復以悟爲澤潞節度，拜檢校司徒，兼太子太傅，依前平章事。傳見《舊唐書》卷一六一、《新唐書》卷二一四。《杜牧年譜》於寶曆元年考本文作年云：「長慶元年，盧龍大將朱克融叛，朝廷調劉悟爲盧龍節度使，望其討朱克融，劉悟不從，反代朱克融求情，此後朝廷討伐朱克融與王庭湊，劉悟亦不出兵，且漸學河北三鎮之跋扈抗命，故杜牧作此書遺之，責以大義，並加規勸。按克融、王庭湊之叛在長慶元年（八二一）七月，而劉悟卒於本年九月，是書中責悟曰：『今默而處者，四、五歲矣。』故繫於本年。」據此，訂本文於寶曆元年（八二五）九月前。

②昔者齊盜坐父兄之舊：指平盧軍節度使李師道承其祖李正己，其父兄李納、李師古之舊，自稱齊王，割據齊地反叛。

③將軍一心仗忠三句：據《資治通鑑》卷二四一元和十四年二月所載，劉悟「使士皆飽食執兵，夜半聽鼓三聲絶即行，人銜枚，馬縛口，遇行人，執留之，人無知者。距城數里，天未明，……悟引大軍繼至，城中譟譁動地。比至，子城已洞開，惟牙城拒守，尋縱火斧其門而入。……悟勒兵升聽事，使捕索師道。師道與二子伏廁牀下，索得之，悟命置牙門外隙地，……尋皆斬之。自卯至午，悟乃命兩都虞候巡坊市，禁掠者，即時皆定。」

④泜水：水名。即今河北隆堯縣北泜河。《山海經》：敦輿山，「泜水出於其陰，而東流注於彭水」。

⑤飛狐：縣名，即今河北淶源。漢代爲廣昌縣地，屬代郡，後漢屬中山國，後周大象二年於五龍城復置廣昌縣。隋仁壽元年改名飛狐，因縣北有飛狐口而得名。

⑥伯通：即東漢彭寵，字伯通。少爲郡吏，累官安樂令。歸光武帝劉秀，封建忠侯，賜號大將軍。後因居功自傲，起兵反叛，自立爲燕王，被殺。傳見《後漢書》卷一二。

⑦牢之：字道堅，彭城人。初投苻堅，爲參軍，百戰百勝，號爲「北府兵」。遷鷹揚將軍、廣陵相。朝廷命其討伐桓玄，爲前鋒都督，征西將軍，領江州事。後胸怀二心，桓玄任其爲征東將軍、會稽太守。復欲反而不決，乃自縊而死。傳見《晉書》卷八四。

⑧苻秦相猛二句：猛，即晉王猛。字景略，北海劇人。博學好兵書，謹重嚴毅，氣度雄遠，爲苻堅所器重，爲中書侍郎。累官丞相、中書監、尚書令、太子太傅、司隸校尉等。其臨終，「堅親臨省病，問以後事。猛曰：『晉雖僻陋吳越，乃正朔相承。親仁善鄰，國之寶也。臣没之後，愿不以晉爲圖。鮮卑、羌虜，我之仇也，終爲人患，宜漸除之，以便社稷。』言終而死，時年五十一」。傳見《晉書》卷一一四。

⑨太尉房公二句：房公即唐太宗朝賢臣房玄齡，死後册贈太尉。其病重時「因謂諸子曰：『……當今天下清謐，咸得其宜，唯東討高麗不止，方爲國患。主上含怒意決，臣下莫敢犯顔；吾知而不言，則銜恨入地。』遂抗表諫曰：臣聞兵惡不戢，武止戈。……」傳見《舊唐書》卷六六、

《新唐書》卷九六。

【集　評】

頓放曲折，若雲煙自爲卷舒。（鄭郲評本文）

樊川文集卷第十二

上周相公書①

某再拜〔一〕。伏以大儒在位，而未有不知兵者，未有不能制兵而能止暴亂者，未有暴亂不止而能活生人、定國家者，自生人已來，可以屈指而數也。今兵之下者，莫若刺伐之法，《詩·大雅·維清》〔二〕，奏《象舞》之篇曰：「維清緝熙，文王之典。迄用有成，維周之禎。」《象》者，象武王伐紂刺伐之法，此乃文王受命，受殷王專征之命也〔三〕。七年五伐，留戰陣刺伐之法，遺之武王，武王用以伐紂而有天下〔四〕，致之清平，爲周家之禎祥。周公居攝，祀文、武於清廟，作此詩以歌舞文、武之德。其次兵之尤者，莫若鈎援衝壁，今之一卒之長，不肯親自爲之。《詩·大雅》周公《皇矣》，美周之詩，曰：「以爾鈎援，以爾臨衝〔五〕，以伐崇墉②。臨衝閑閑，崇墉言言。」此實文王伐崇墉，傅于其城，以臨車衝，鈎援其城，文王親自爲之。夫文王何人也，周公詩之，夫子删而取之，列于《大雅》，以美武王之功德，手絃而口歌之。不知後代之人〔六〕，何如此三聖人？安有謀人之國，有暴亂横起，戎狄乘其邊，坐於廟堂之上曰：「我儒者也，不能知兵。」不知儒者竟可知兵也〔七〕，竟不可知兵乎？長慶兵起③，自始至終，廟堂之上，指蹤非其人，不可一二悉數。高宗朝，薛仁貴攻吐蕃④，大敗於大非川。仁貴曰：「今年歲在庚午，不當有事于西方，此乃鍾、鄧伐蜀，身誅不返。」昨者誅討党羌，徵關東兵用於西方，是不知天道也。邊地無積粟，師無見粮，不先屯田，隨日隨餉，是不知地利也。兩漢伐虜，騎兵取於山東，所謂冀之北土〔八〕，馬之所生，馬良而多，人習騎戰，非山東兵不能伐虜。昨者以步戰騎〔九〕，百不當一，是謂不知人事也〔一〇〕。天時、地利、人事，此三者皆不先計量短長得失，故困竭天下〔一一〕，不能滅樸樕之虜，此乃不學之過也。不教人之戰，是謂棄之，則謀人之國，不能料敵，不曰棄國可乎！

某所注《孫武》十三篇〔一二〕，雖不能上窮天時，下極人事，然上至周、秦，下至長慶、寶曆之兵，形勢虛實，隨句解析，離爲三編，輒敢獻上〔一三〕，以備閲覽。少希鑑悉苦心，即爲至幸，伏增惶惕之至。某頓首再拜。

【校勘記】

〔一〕「某」，文津閣本作「牧」，下文同。

〔二〕「詩大雅維清」，「大雅」，《唐文粹》卷八〇作「周頌」，《文苑英華》卷六八四下校：「維清是頌非雅。」

〔三〕「殷王」，「殷」字原作「設」，據《唐文粹》卷八〇、《文苑英華》卷六八四、《全唐文》卷七五二、文津閣本改。

〔四〕「武王用以伐紂」，「武」字原無，據《唐文粹》卷八〇、《文苑英華》卷六八四、《全唐文》卷七五二、文津閣本補。

〔五〕「以爾臨衝」，「衝」字原作「衡」，據《唐文粹》卷八〇、《文苑英華》卷六八四、《全唐文》卷七五二、文津閣本改。

〔六〕「後代」，原作「後伐」，據景蘇園本、《唐文粹》卷八〇、《文苑英華》卷六八四、《全唐文》卷七五二、文津閣本改。

〔七〕「竟可知兵也」，「也」，《唐文粹》卷八〇、《全唐文》卷七五二、文津閣本作「乎」。

〔八〕「所謂冀之北土」，「所」，《唐文粹》卷八〇、《文苑英華》卷六八四作「乃」。

〔九〕「以步戰騎」，「戰」字原無，據《唐文粹》卷八〇、《文苑英華》卷六八四、《全唐文》卷七五二、文津閣本補。

〔一〇〕「是謂不知人事也」，《唐文粹》卷八〇、《全唐文》卷七五二無「謂」字。

〔一〕「困竭」，原作「困蝎」，據《唐文粹》卷八〇、《文苑英華》卷六八四、《全唐文》卷七五二、文津閣本改。

〔二〕「某所注」、「某」，《文苑英華》卷六八四、文津閣本作「牧」。

〔三〕「獻上」，文津閣本作「上獻」。

【注　釋】

①周相公：即周墀，字德升，汝南人。傳見《舊唐書》卷一七六、《新唐書》卷一八二。事跡見本集卷七《唐故東川節度使檢校右僕射兼御史大夫贈司徒周公墓誌銘》。據其《墓誌銘》，周墀任宰相在大中二年五月，又據《新唐書·宣宗紀》，周墀罷相在大中三年四月。又據《杜牧年譜》，杜牧於大中二年十二月由睦州抵京任司勳員外郎、史館脩撰，則此文當作於大中三年（八四九）四月之前。

②崇墉：崇國之城牆。崇，古國名。《國語·周下》：「其在有虞，有崇國鮌。」《注》：「崇，鮌國。伯，爵也。」《史記·周本紀》：「伐崇侯虎。」《正義》：「虞夏商周皆有崇國，崇國蓋在豐鎬之間。」

③長慶兵起：指唐穆宗長慶年間，盧龍軍、成德軍、魏博軍等藩鎮相繼反叛朝廷。《新唐書·穆宗紀》長慶元年七月記：「甲辰，幽州盧龍軍都知兵馬使朱克融囚其節度使張弘靖以反。……壬戌，成德軍大將王廷湊殺其節度使田弘正以反。」又同書長慶二年正月記：「魏博軍潰于南宮。癸卯，魏博節度使田布自殺，兵馬使史憲誠自稱留後。」

④高宗朝薛仁貴攻吐蕃數句：薛仁貴，傳見《舊唐書》卷八三、《新唐書》卷一一一。《舊》傳載「咸亨元年，吐蕃入寇，又以仁貴爲邏娑道行軍大總管，率將軍阿史那道真、郭待封等以擊之。……軍至大非川，將發赴烏海，仁貴謂待封曰：『烏海險遠，車行艱澀，若引輜重，將失事機，破賊即迴，又煩轉運。彼多瘴氣，無宜久留。大非嶺上足堪置柵，可留二萬人作兩柵，輜重等并留柵内。吾等輕鋭倍道，掩其未整，即撲滅之矣。』仁貴遂率先行至河口，遇賊擊破之，斬獲略盡，收其牛羊萬餘頭，迴至烏海城，以待後援。待封遂不從仁貴之命，領輜重繼進。比至烏海，吐蕃二十餘萬悉衆來救，邀擊，待封敗走趨山，軍糧及輜重并爲賊所掠。仁貴遂退軍屯於大非川。吐蕃又益衆四十餘萬來拒戰，官軍大敗，仁貴遂與吐蕃大將論欽陵約和。仁貴嘆曰：『今年歲在庚午，軍行逆歲，鄧艾所以死於蜀，吾知所以敗也。』仁貴坐除名。」《新》傳所記略同。大非川，水名，即今青海布喀河。庚午，即庚午年，亦即唐高宗咸亨元年。鍾、鄧，即三國時之鍾會、鄧艾。兩人傳均見《三國志》卷二八。

【集　評】

「大儒未有不知兵」，如陽明先生不愧此語。今膺督撫之任者，宜誦此。（鄭郟評本文）

上宣州高大夫書①

某頓首再拜〔一〕。自去歲前五年，執事者上言，云科第之選，宜與寒士，凡爲子弟，議不可進。熟於上耳，固於上心，上持下執，堅如金石，爲子弟者魚潛鼠遁，無入仕路，某竊惑之。科第之設，聖祖神宗所以選賢才也，豈計子弟與寒士也。古之急於士者，取盜取讎，取於夷狄，豈計其所由來？況國家設取士之科，而使子弟不得由之？若以科第之徒浮華輕薄，不可任以爲治，則國朝自房梁公已降②，有大功，立大節，率多科第人也。若以子弟生於膏粱〔二〕，不知理道，不可與美名，不令得美仕〔三〕，則自堯已降，聖人賢人，率多子弟。凡此數者，進退取捨，無所依據，某所以憤懣而不曉也。

堯，天子子也；禹，公子也；文王，諸侯孫與子也；武王，文王子也；周公，文王之子、武王之弟也；夫子，天子裔孫宋公六代大夫子也。春秋時，列國有其社稷各數百年，其良臣多出公族及卿大夫子孫也。魯之季友、季文子、叔孫穆子、叔孫昭子、孟獻子，皆出於三桓也。臧文仲、武仲出於公子彄，柳下惠出於公子無駭。諸侯之子稱公子，公子之子稱公孫，公孫之子稱公族，以王父字爲氏，展禽是也。宋之良臣，多出於戴、桓、武、莊之族也，舉其尤者，華元、子罕、向戍是也。衛之良臣，亦公族及卿大夫之裔也，舉其尤者，公子荆、公叔發、公子朝，皆公族也；子鮮，公子也；史狗、史魚、甯武子，卿大夫之裔也。齊之晏嬰，晏桓子子也。曹之子臧，公子也。吳之季札，王子也。鄭之良臣，皆公孫公族也。舉其尤者，子封、子良、子罕、子展、子皮、子産、子張、子太叔是也。楚之良臣，子囊、子西、子期，皆王子也，子庚王孫也。其卿大夫之裔，鬭氏生令尹子文，後有鬭辛、鬭巢、鬭懷；昭王返國皆有大功〔四〕。蔿氏生蔿賈、孫叔敖、蔿文狃〔五〕。薳啓彊、薳子憑、薳掩、薳罷；屈氏生屈蕩、屈到、屈建。子木。六國時，有昭奚恤，公族也；屈原，諸屈後也。皆其祖先於武王、文王時基楚國爲霸者，用其子孫，其社稷垂九百餘年。至於晉國最爲强，其賢臣尤多，有趙氏、魏氏、韓氏、狐氏、中行氏、范氏、荀氏、羊舌氏、欒氏、郤氏、祁氏，其先皆武公、獻公、文公勤勞臣也，用其子弟，召諸侯而盟之者，僅三百年〔六〕。在六國，齊之孟嘗、趙之平原、魏之信陵，皆王子王孫也。齊復有司馬穰苴，亦王族也。其在漢、魏已下，至於國朝，公族之子弟，卿大夫之胄裔，書於史氏爲偉人者，不可勝數，不知論聖賢才能〔七〕，於子弟中復何如也？

言科第浮華輕薄，不可任用，則國朝房梁公玄齡，進士也，相太宗凡二十一年，爲唐宗臣，比之伊、吕、周、召者〔八〕。郝公處俊，亦進士也，爲宰相時，高宗欲遜位與武后，處俊曰：「天下者，高祖、太宗之天下，非陛下之有，但可傳之子孫，不可私以與后。」高宗因止。來濟、上官儀、李玄義，皆進士也，後爲宰相，濟助長孫太尉、褚河南共摧武后者③，後突厥入塞，免胄戰死，儀草廢武后詔〔九〕，玄義助處俊言不可以位與武后。婁侍中師德，亦進士也，吐蕃强盛，爲監察御史，以紅抹額應猛士詔，躬衣皮袴，率士屯田，積穀八百萬石，二十四年西征，兵不乏食；薦狄公爲相④，取中宗於房陵，立爲太子。漢陽王張公柬之，亦進士也，年八十爲相，驅致四王，手提社稷，上還中宗。郭代公元振，亦進士也，鎮涼州僅十五年，北却突厥，西走吐蕃，制地一萬里，握兵三十萬，武氏惕息不敢移唐社稷。魏公知古，亦進士也，爲宰相，廢太平公主謀以佐玄宗，及卒也，宋開府哭之曰⑤：「叔向古之遺直，子産古之遺愛，兼而有者〔一〇〕，其魏公乎。」姚梁公元崇，登第下筆成章舉，首佐玄宗起中興業，凡三十年，天下幾無一人之獄。宋開府璟，亦進士也，與姚唱和，致開元太平者。劉幽求登制策科，與玄宗徒步誅韋氏，立睿宗者。蘇氏父子⑥，皆進士也。大許公爲相於武后朝酷吏中，不失其正，於中宗朝，誅反賊鄭普思於韋后黨中；小許公佐玄宗朝，號爲蘇、宋。張燕公説登制策科，排張易之兄弟，贊睿宗請玄宗監國，竟誅太平公主，招置文學士，開内學館；玄宗好書尚古，封中太山〔一一〕，祀后土，因燕公也。張曲江九齡，亦進士也，排李林甫、牛仙客，罵張守珪不斬安禄山，謫老南服〔一二〕，年未七十。張巡，亦進士也，凡三入判等，以兵九千守睢陽城，凡周歲，拒賊十三萬兵，出《天寶雜記》。使賊不能東進尺寸，以全江淮。元和中，宰相河東司空公⑦、中書令裴公⑧，皆進士也，裴公仍再得宏辭制策科。當貞元時，河北叛，齊、蔡亦叛，階此蜀亦叛，吳亦叛，其他未叛者，皆高下其目，熟視朝廷，希嚮强弱，而施其所爲。司空公始相憲宗，廢權倖之機牙，令不得張，收斂百職，歸於有司，命節度使出朝廷，不由兵士。始自撫州除袁相爲滑州〔一三〕⑨，滑州凡一月無帥〔一四〕，三軍無事，憲宗始信之，自此不用貞元故事以行軍副使大將軍爲節度使〔一五〕。拔取沉滯，各還其官。開州取唐舍人爲職方郎中〔一六〕⑩、知制誥，饒州取李趙公爲考功郎中、知制誥⑪，在貞元中皆十餘年遷逐，其他似謫者，亦皆當叙用也。然後西取蜀，東取吳，天下仰首，始見白日。裴公撫安魏博，使田氏盡歸六州〔一七〕⑫。元和中〔一八〕，剪蔡劇賊於洛師脅下，招來常山⑬，質其二子以累其心，取十三城使不得與齊交手爲寇，因誅師道，河南盡平。當是時，天下幾至於太平。凡此十九公，皆國家與之存亡安危治亂者也，不知科第之選，復何如也？

至於智效一官，忠立一節，德行文學，不可悉數。董生云：「《春秋》之義，變古則譏之。」傅說命高宗曰：「鑑于先王成憲，其以永無愆〔一九〕。」故殷道復興。《鴻雁》美周宣王能復先王之道。西漢魏相佐漢宣帝爲中興，但能奉行漢家故事。姚梁公佐玄宗〔二〇〕⑭，亦以務舉貞觀之法制耳〔二一〕。自古及今，未有背本棄古而能致治者。昨獲覽三郎秀才新文，凡十篇，數日在手，讀之不倦。其旨意所尚〔二二〕，皆本仁義而歸忠信，加以辭彩遒茂〔二三〕，皎無塵土，況有誠明長厚之譽於千人中，儻使前五六年得進士第，今可以出入諫官、御史，助明天子爲治矣〔二四〕。古人云「三月不仕，則相弔」，安有凡五六年來，選取進士，施設網罟，如防盜賊。言子弟者，噎啞抑鬱，思一解布衣，與下士齒，厥路無由，於古今未前聞也。某因覽三郎文章〔二五〕，不覺發憤，略言大概，干觸尊重，無任惶懼。某再拜〔二六〕。

【校勘記】

〔一〕「某」，文津閣本作「牧」，下文同。

〔二〕「膏粱」，「粱」字原作「梁」，據《唐文粹》卷八三、《全唐文》卷七五二、文津閣本改。

〔三〕「不令得美仕」，「不」字原作「而」，據《唐文粹》卷八三、《文苑英華》卷六九〇、《全唐文》卷七五二、文津閣本改。

〔四〕「昭王返國」，「返」字原作「之」，據《唐文粹》卷八三、《文苑英華》卷六九〇、《全唐文》卷七五二、文津閣本改。

〔五〕「蔿文狃」，《唐文粹》卷八三、《文苑英華》卷六九〇作「蔿艾也」。

〔六〕「僅」，文津閣本作「近」。

〔七〕「不知論聖賢才能」，《唐文粹》卷八三、《文苑英華》卷六九〇、文津閣本作「不可憚論，聖賢才能」，

《文苑英華》於「可憚」下校：「二字集作知。」

〔八〕「周召者」，「召」字原作「邵」，據《文苑英華》卷六九〇、《全唐文》卷七五二、文津閣本改。

〔九〕「儀草廢武后詔」，原作「儀革廢武后召」，據《唐文粹》卷八三、《文苑英華》卷六九〇、文津閣本改。

〔一〇〕「兼而有者」，「兼」原作「廉」，據《唐文粹》卷八三、《文苑英華》卷六九〇、《全唐文》卷七五二、文津閣本改。

〔一一〕「封中太山」，《文苑英華》卷六九〇無「中」字。

〔一二〕「謫老南服」，「謫」，《文苑英華》卷六九〇作「請」。

〔一三〕「除袁相爲滑州」，「除」字原作「徐」，據《唐文粹》卷八三、《文苑英華》卷六九〇、《全唐文》卷七五二、文津閣本改。

〔一四〕「二月」，文津閣本作「三月」。

〔一五〕「故事」，原作「故專」，據《唐文粹》卷八三、《文苑英華》卷六九〇、《全唐文》卷七五二、文津閣本改。

〔一六〕「唐舍人」，「舍」字原作「會」，據《唐文粹》卷八三、《文苑英華》卷六九〇、《全唐文》卷七五二改。

〔一七〕「使田氏盡歸六州」，原作「使田氏盡忠」，據《唐文粹》卷八三、《文苑英華》卷六九〇、《全唐文》卷七五二、文津閣本改。

〔一八〕「元和中」，三字原無，據《唐文粹》卷八三、《文苑英華》卷六九〇、《全唐文》卷七五二、文津閣本補。

〔一九〕「其以永無愆」，《唐文粹》卷八三、《全唐文》卷七五二無「以」字，《文苑英華》卷六九〇無「其」字。

〔二〇〕「姚梁公佐玄宗」，「姚梁公」，《唐文粹》卷八三作「姚崇」，文津閣本作「姚宋」。

〔二一〕「貞觀之法制」，「制」，《文苑英華》卷六九〇作「則」，下校：「集本、文粹作制。」

〔二二〕「所尚」，文津閣本作「所向」。

〔二三〕「辭彩遒茂」，「遒」字原作「酋」，據《唐文粹》卷八三、《文苑英華》卷六九〇、《全唐文》卷七五二、文津閣本改。

〔二四〕「天子」，原作「大子」，據《唐文粹》卷八三、《文苑英華》卷六九〇、《全唐文》卷七五二、文津閣本改。

〔二五〕「某因覽三郎文章」，「某」，《文苑英華》卷六九〇作「牧」。

〔二六〕「某再拜」，「某」，《文苑英華》卷六九〇作「牧」。

【注釋】

① 宣州高大夫：高大夫即高元裕。字景圭，渤海人。登進士第，累遷左司郎中、諫議大夫，改中書舍人。會昌五六年間，任宣歙觀察使，入爲吏部尚書，出爲山南東道觀察使。傳見《舊唐書》卷一七一、《新唐書》卷一七七。本文乃作於高元裕爲宣歙觀察使期間。據吴廷燮《唐方鎮年表》及其《考證》，高元裕鎮宣歙在會昌五年五月至大中元年（八四五—八四七），故本文即作於此期間。

郭文鎬《杜牧若干詩文繫年之再考證》（《西北師院學報》一九八七年第二期）謂文中「『去歲前五年』指開成五年，時德裕拜相曾向武宗進言爲政之要，其欲糾科場濫放子弟之弊而主張宜取寒士，即與之同時，史傳不載」。並認爲「此文唯作於會昌六年」。今即據此訂文作於會昌六年（八四六）。

②房梁公：即房玄齡。名喬，以字行。齊州臨淄人。年十八，舉進士第，授羽騎尉。唐初輔佐唐太宗，累官宰相，封梁國公。後加太子少師，進拜司空、監修國史等。傳見《舊唐書》卷六六、《新唐書》卷九六。

③長孫太尉褚河南：即長孫無忌、褚遂良。長孫無忌，字輔機，河南洛陽人。以輔佐唐太宗平定天下，累官左武候大將軍、吏部尚書，以功第一，進封齊國公。又拜尚書右僕射、司空、司徒。高宗即位，進拜太尉。後因反對武曌爲后，流放黔州。傳見《舊唐書》卷六五、《新唐書》卷一〇五。褚遂良，字登善。歷任起居郎、諫議大夫、太子賓客、尚書右僕射等，封河南郡公。後因反對武曌爲后，被貶潭州都督，徙桂州，復貶愛州刺史。傳見《舊唐書》卷八〇、《新唐書》卷一〇五。

④狄公：即狄仁傑。字懷英，并州太原人。明經及第，授汴州判佐。被薦爲并州都督法曹，儀鳳中爲大理丞。累官侍御史、度支郎中、寧州刺史、冬官侍郎，轉文昌右丞，出爲豫州刺史。後任地官侍郎、判尚書、丞相等。曾力勸武后立中宗爲嗣，中宗返正後，追贈司空，睿宗追封梁國公。傳見

《舊唐書》卷八九、《新唐書》卷一一五。

⑤宋開府：即宋璟，因曾授開府儀同三司，故稱。璟，邢州南和人。舉進士第，調上黨尉，轉監察御史，遷鳳閣舍人。後遷左臺御史中丞、吏部侍郎、尚書、丞相等職。玄宗時累遷御史大夫、吏部兼侍中，封廣平郡公。傳見《舊唐書》卷九六、《新唐書》卷一二四。

⑥蘇氏父子：指蘇瓌、蘇頲父子。瓌字昌容，京兆武功人。進士及第，曾任揚州大都督府長史，入爲尚書右丞。累遷户部尚書、吏部尚書，封淮陽縣侯。轉尚書右僕射，爲宰相，進封許國公。蘇頲，蘇瓌子，登進士第。神龍中，累遷給事中，加修文館學士，俄拜中書舍人。尋同父拜宰相。後襲父爵許國公。蘇瓌稱大許國公，蘇頲稱小許國公。兩人傳均見《舊唐書》卷八八、《新唐書》卷一二五。

⑦宰相河東司空公：即杜黄裳。字遵素，京兆杜陵人。登進士第、宏辭科。貞元末，爲太常卿。後檢校司空，同平章事，兼河中尹、河中晉絳等州節度使。卒於河中，贈司徒。傳見《舊唐書》卷一四七、《新唐書》卷一六九。

⑧中書令裴公：即裴度。字中立，河東聞喜人。登進士第，復登宏辭科。累遷御史中丞、刑部侍郎。元和十年爲門下侍郎、宰相。力主平定藩鎮，後以功封晉國公、司徒，進位中書令。傳見《舊唐書》卷一七〇、《新唐書》卷一七三。

⑨始自撫州除袁相爲滑州數句：袁相指袁滋。字德深，蔡州朗山人。建中初，授試校書郎。歷侍御史、工部員外郎。後擢爲諫議大夫。俄拜尚書右丞，知吏部選事。累官中書侍郎、平章事等。傳見《舊唐書》卷一八五下、《新唐書》卷一五一。又據《舊》傳：「上始監國，與杜黄裳俱爲相，拜中書侍郎、平章事。會韋皋歿，劉闢擁兵擅命，滋持節安撫。行及中路，拜檢校吏部尚書、平章事、劍南西川節度使，賊兵方熾，滋懼而不進，貶吉州刺史。俄拜義成軍節度使，……徵拜户部尚書，連爲荆襄二帥，改彰義軍節度、隨唐鄧申光等州觀察使。逆賊吳元濟與官軍對壘者數年，滋竟以淹留無功，貶撫州刺史。未幾，遷湖南觀察使卒，年七十，贈太子少保。」《新》傳略同。據此，則注謂「始自撫州除袁相爲滑州」，誤。

⑩開州取唐舍人爲職方郎中：唐舍人爲唐次，字文編，并州晉陽人。傳見《舊唐書》卷一九〇下、《新唐書》卷八九。據《舊》傳，次建中初進士及第，累辟使府。貞元初，歷侍御史，轉禮部員外郎。八年，竇參貶官，次坐出爲開州刺史。久之，「改夔州刺史。憲宗即位，與李吉甫同自峽内召還，授次禮部郎中。尋以本官知制誥，正拜中書舍人，卒」。《新》傳略同。據此，謂「開州取唐舍人爲職方郎中」，與兩《唐書》本傳所記不同。

⑪饒州取李趙公爲考功郎中知制誥：李趙公，指李吉甫，曾封趙國公，故稱。生平見本集卷九《唐故灞陵駱處士墓誌銘》注⑧。《舊唐書·憲宗紀上》：貞元二十一年八月「丙寅，以饒州刺史李吉甫

爲考功郎中」。《舊唐書》卷一四八本傳記其遷饒州，「憲宗嗣位，徵拜考功郎中、知制誥」。

⑫ 使田氏盡歸六州：田氏指田弘正，本名興。元和七年，魏博節度使田季安死，田弘正爲將士所擁，舉六州歸順朝廷，任檢校工部尚書、魏博節度使，賜名弘正。後領軍討伐吴元濟、李師道叛軍。以功授檢校司徒、兼中書令、鎮州大都督府長史，充成德軍節度、鎮冀、深、趙觀察等使。傳見《舊唐書》卷一四一、《新唐書》卷一四八。

⑬ 招來常山：常山，地名，即常山郡，又稱恒山郡、恒州、鎮州，地即今河北正定縣。唐時爲恒冀節度使治所。此代指恒冀節度使王承宗。據《舊唐書·王承宗傳》，元和「十二年十月，誅吴元濟，承宗始懼，求救於田弘正。十三年三月，弘正遣人送承宗男知感、知信及其牙將石汎等詣闕請命，……又獻德、棣二州圖印，兼請入管内租税，除補官吏」。王承宗傳見《舊唐書》卷一四二、《新唐書》卷二一一。

⑭ 姚梁公佐玄宗：姚梁公即姚崇，本名元崇，陝州硤石人。舉下筆成章，授濮州司倉參軍，累遷夏官郎中，爲武后所賞，拜侍郎。睿宗立，拜兵部尚書、宰相，進中書令。玄宗時，輔佐玄宗，拜兵部尚書、同中書門下三品，封梁國公，遷紫微令。開元八年，授太子少保，以疾不拜，明年卒。追贈太子太保。傳見《舊唐書》卷九六、《新唐書》卷一二四。

【集評】

杜牧《上宣州高大夫書》：「上官儀草廢武后詔，李玄義、郝處俊言不可以位與武后。」而集本、《文粹》並作「上官儀革廢武后詔，李玄義」云云。按《唐書》：「高宗欲廢武后，令上官儀草詔；又欲令武后攝政，郝處俊、李義炎固爭。」此云李玄義，未詳。然集、《粹》誤矣。又云：「宰相河東司空公、中書令裴公，皆進士。」《文粹》以「司空公、中書令」，作「司徒兼中書令」。按下文云「司空公始相憲宗」，又云「裴公元和中翦蔡」，是二人也。蓋司空公乃杜黄裳，與杜牧俱是京兆萬年人，爲檢校司空，河中慈隰節度使，故云河東司空公，既與杜牧同族，故不書姓名。而裴度則爲司徒，真拜中書令，亦非兼也。今杜牧云「皆進士」，又分别兩人事跡，則非一人矣。況總云「凡此十九公」，則是房玄齡、郝處俊、來濟、上官儀、李玄義、婁師德、張柬之、郭元振、魏知古、姚元崇、宋璟、劉幽求、蘇瓌、子頲、張説、張九齡、張巡，並杜黄裳、裴度，共十九人。《文粹》乃云「司徒兼中書令裴公」，則遺杜黄裳一人，與下文不應。當如集本作「司空公、中書令」爲是。（彭叔夏《文苑英華辯證》卷十「雜録」四）

文情層疊而清遥，春浪秋雲殆其似之。（鄭郲評本文）

詩者，温柔敦厚之善物也。……今乃小垢宿愆，動見抵巇，深辭巧詆，務盈篇牘，不印彼恤，蘄竭我才。約而數之，戾十有七。……造膝詭辭，避人焚草，事君之厚，交亦宜然。其或君居九重，友隔千里，則封事郵筒，不得不爾。至于明辯是非以祛群惑者，自當近著輿觀，遠存國憲，如劉歆之《移博士》，杜牧之《上宣州》是也。若其事本瑣尾，情非迫切，而又終朝覿面，永夕抒懷，何緣從容燕笑，則卷舌不談；别去題書，乃詞鋒互起。規誨不諄于口輔，姍笑徒弄于文辭。其戾九也。（毛先舒《詩辯坻》卷三）

上李中丞書①

某入仕十五年間〔一〕，凡四年在京，其間卧疾乞假，復居其半。嗜酒好睡，其癖已痼，往往閉户，便經旬日，弔慶參請，多亦廢闕。至於俯仰進趨，隨意所在，希時徇勢，不能逐人。是以官途之間，比之輩流，亦多困躓。自顧自念，守道不病，獨處思省，亦不自悔。然分于當路，必無知己，默默成戚，守日待月，冀得一官，以足衣食。一自拜謁門館，似蒙獎飾，敢以惡文連進几案〔二〕，特遇采録，更不因人，許可指教，實爲師資，接遇之禮過等〔三〕，詢問之辭悉纖。雖三千里僻守小郡②，上道之日，氣色濟濟，不知沉困之在己，不知昇騰之在人，都門帶酒，笑别親戚。斯乃大君子之遇難逢，世途之不偶常事，雖爲遠宦，適足自寬。

某世業儒學，自高、曾至於某身，家風不墜，少小孜孜，至今不怠。性顓固，不能通經。于治亂興亡之跡，財賦兵甲之事，地形之險易遠近，古人之長短得失。中丞即歸廊廟，宰制在手，或因時事召置堂下，坐之與語，此時廻顧諸生，必期不辱恩奬。今者志尚未泯，齒髮猶壯，敢希指顧，一罄肝膽，無任感激血誠之至。某恐懼再拜。

【校勘記】

〔一〕「某」，文津閣本作「牧」。下文同。

〔二〕「几案」，原作「机案」，文津閣本作「几案」，今據改。

〔三〕「接遇之禮」，「遇」字原作「過」，據《全唐文》卷七五二、文津閣本改。

【注釋】

①李中丞：即李讓夷。中丞，御史中丞之簡稱。讓夷，字達心，隴西人。累遷諫議大夫，進中書舍人。武宗時，三遷至尚書右丞，拜中書侍郎、同中書門下平章事。宣宗時，進司空、門下侍郎，爲大行山陵使。後拜淮南節度使，卒，贈司徒。傳見《舊唐書》卷一七六、《新唐書》卷一八一。本文云「某入仕十五年間，凡四年在京」，杜牧大和二年（八二八）登第入仕，至會昌二年（八四二）爲十五年。又據《新唐書·武宗紀》：會昌二年七月「尚書右丞兼御史中丞李讓夷爲中書侍郎、同中書門下平章事」。則李讓夷爲中丞在會昌二年七月前，故本文當作於會昌二年七月之前。

②小郡：指黄州，治所在今湖北黄岡。時杜牧任黄州刺史。

與人論諫書①

某疏愚怠惰〔一〕，不識機括，獨好讀書，讀之多矣。每見君臣治亂之間，興亡諫諍之道，遐想其人，舐筆和墨，則冀人君一悟而至于治平，不悟則烹身滅族，唯此二者，不思中道。自秦、漢已來，凡千百輩，不可悉數。然怒諫而激亂生禍者〔二〕，累累皆是；納諫而悔過行道者，不能百一。何者？皆以辭語迂險，指射醜惡，致使然也。夫迂險之言，近於誕妄；指射醜惡，足以激怒。夫以誕妄之説，激怒之辭，以卑凌尊，以下干上。是以諫殺人者，殺人愈多；諫畋獵者，畋獵愈甚；諫治宫室者，宫室愈崇；諫任小人者，小人愈寵。觀其旨意，且欲與諫者一鬭是非，一決怒氣耳，不論其他，是以每於本事之上，尤增飾之。今有兩人，道未相信，甲謂乙曰：「汝好食某物，慎勿食〔三〕，果更食之〔四〕，必死。」乙必曰：「我食之久矣〔五〕，汝爲我死〔六〕，必倍食之。」甲若謂乙曰：「汝好食某物，第一少食，苟多食〔七〕，必生病〔八〕。」乙必因而謝之減食。何者〔九〕？迂險之言，則欲反之，循常之説，則必信之，此乃常人之情，世多然也。是以因諫而生亂者，累累皆是也。

漢成帝欲御樓船過渭水，御史大夫薛廣德諫曰：「宜從橋，陛下不聽，臣自刎以血污車輪，陛下不廟矣〔一〇〕。不得入廟祠也。」上不説。張猛曰：「臣聞主聖臣直，乘船危，就橋安，聖主不乘危，御史大夫言可聽。」上曰：「曉人不當如是耶？謂諫諍之言當如猛之詳善。」乃從橋。近者寶曆中，敬宗皇帝欲幸驪山，時諫者至多，上意不決，拾遺張權輿伏紫宸殿下叩頭諫曰：「昔周幽王幸驪山，爲犬戎所殺；秦始皇葬驪山，國亡；玄宗皇帝宫驪山，而禄山亂；先皇帝幸驪山，而享年不長。」帝曰：「驪山若此之凶耶？我宜一往，以驗彼言。」後數日，自驪山廻，語親倖曰：「叩頭者之言，安足信哉。」漢文帝亦謂張釋之曰：「卑之，無甚高論，令可行也。」今人平居無事，友朋骨肉，切磋規誨之間，尚宜旁引曲釋，亹亹繹繹，使人樂去其不善，而樂行其善，況於君臣尊卑之間，欲因激切之言，而望道行事治者乎？故《禮》稱五諫②，而直諫爲下。

前數月見報，上披閤下諫疏，錫以幣帛，僻左且遠，莫知其故。近於遊客處一睹閤下諫草，明白辯婉，出入有據，吾君聖明，宜爲動心，數日在手，味之不足，且抃且喜且慰，三者交并，不能自止。吾君聞諫，既且行之，仍復寵錫，誘能諫者，斯乃堯、舜、禹、湯、文、武之心也，聞於遠地，宜爲吾君抃也。閤下以忠孝文章立於朝廷，勇於諫而且深於其道，果能動吾君而光世德〔一一〕。

某蒙閤下之厚愛〔一二〕，冀於異時資閤下知以進尺寸，能不爲閤下之喜，復自喜也？吾君今日披一疏而行之，明日聞一言而用之，賢才忠良之士，森列朝廷，是以奮起志慮〔一三〕，各盡所懷，則文祖武宗之業，窮天盡地，日出月入，皆可掃洒，以復厥初。某縱不得效用〔一四〕，但於一官一局，筐篋簿書之間，活妻子而老身命〔一五〕，作爲歌詩，稱道仁聖天子之所爲治，則爲有餘，能不自慰？故獲閤下之一疏，抃喜慰三者交并，真不虚也，宜如此也。無因面讚其事，書紙言誠，不覺繁多。某再拜。

【校勘記】

〔一〕「某踈愚怠惰」，原作「某踈愚於惰」，據《唐文粹》卷八三、《全唐文》卷七五二改。「某」，文津閣本作「牧」。下文同。

〔二〕「怒諫」，原作「惢諫」，據《唐文粹》卷八三、《文苑英華》卷六七六、《全唐文》卷七五二、文津閣本改。

〔三〕「慎勿食」，「食」字原無，據《唐文粹》卷八三、《文苑英華》卷六七六、《全唐文》卷七五二、文津閣本補。

〔四〕「果更食之」，「更」字原無，據《唐文粹》卷八三、《文苑英華》卷六七六補。

〔五〕「我食之久矣」，「我」上原衍一「食」字，據《唐文粹》卷八三、《文苑英華》卷六七六、《全唐文》卷七

五二、文津閣本删。

〔六〕「爲」，文津閣本作「謂」。

〔七〕「苟多食」，《文苑英華》卷六七六作「苟食多」。

〔八〕「必生病」，「病」，《文苑英華》卷六七六作「疾」，下校：「集作病。」

〔九〕「何者」，「者」，《文苑英華》卷六七六作「則」，下校：「集作者。」

〔一〇〕「陛下不廟矣」，《文苑英華》卷六七六、文津閣本作「陛下不得入廟矣」。

〔一一〕「動」，文津閣本作「輔」。

〔一二〕「某蒙閤下之厚愛」，「某蒙」，《唐文粹》卷八三作「某承」，《文苑英華》卷六七六作「牧承」，並於「承」字下校：「集作蒙。」

〔一三〕「是以奮起志慮」，「以」，《唐文粹》卷八三、《文苑英華》卷六七六作「必」，《文苑英華》下校：「集作以。」

〔一四〕「某縱不得效用」，「某」，《文苑英華》卷六七六作「牧」。

〔一五〕「活妻子而老身命」，《唐文粹》卷八三、《全唐文》卷七五二、文津閣本「命」字後有「焉」字。

【注釋】

① 本文之作年難以確定，然文中有「作爲歌詩，稱道仁聖天子之所爲治」語。據《新唐書·武宗紀》，

會昌二年四月丁亥，「群臣上尊號曰仁聖文武至神大孝皇帝」。則文乃作於武宗會昌二年四月後。又文中又有「前數月見報，上披閤下諫疏，錫以幣帛，僻左且遠，莫知其故」等語。其中「僻左且遠」乃指其所在之地。杜牧武宗間曾任黄州、池州刺史，則撰此文時必在兩地之一。考杜牧《上李中丞書》乃作於會昌二年在黄州任時，此文中稱黄州爲「三千里僻守小郡」，與本文「僻左且遠」同，則本文疑作於黄州時，亦即約作於會昌二年四月至會昌四年（八四二—八四四）九月間。

② 五諫：向君主進諫之五種方式。五諫之説法不一，其中有諷諫、順諫、闚諫、指諫、陷諫之説。《後漢書》卷五七《李雲傳・論》：「禮有五諫，諷爲上。」注引《大戴禮》：「五諫，謂諷諫、順諫、闚諫、指諫、陷諫也。」

【集　評】

【老蘇諫論】老蘇《諫論》二篇，指陳嚴切。《魏叔子書後》，更益其所未盡，世爭以爲奇作。按杜牧集中有《與人論諫書》云：「今人平居無事，朋友骨肉，切磋規誨之間，尚且旁引曲釋，亹亹繹繹，使人樂言其不善，而樂行其善。況於君臣尊卑之間，欲因激切之言，而望道行事治者乎？故《禮》稱五諫，而直諫爲下。」文氣淩厲，詞意婉和，實爲蘇、魏二家藍本。又《晉書》卷八十八孝友《劉殷傳》「殷恒戒子曰：事君之法，當務幾諫。凡人尚不可面斥其過，而況萬乘乎？夫犯顔之禍，將彰君過。宜

上思召公咨商之義，下念鮑勛觸鱗之誅也」一段，又爲牧之所本。（平步青《霞外捃屑》卷七上「縹錦廛文築」上論文）

與浙西盧大夫書①

某頓首再拜〔一〕。某年二十六，由校書郎入沈公幕府②。自應舉得官，凡半歲間，既非生知，復未涉人事，齒少意鋭，舉止動作，一無所據。至於報效施展，朋友與遊，吏事取捨之道，未知東西南北宜所趨向。此時郎中六官一顧憐之③，手攜指畫，一一誘教，丁寧纖悉。兩府六年，不嫌不怠〔二〕，使某無大過而粗知所以爲守者，實由郎中之力也。去歲乞假，路由漢上，員外七官以某嘗獲知於郎中④，惠然不疑，推置於肺肝間〔三〕。某恃郎中之知，亦敢自道其志，公私謀議，各悉所懷，一俯一仰，如久而深者。久欲資郎中、員外之爲階級，遠干尊重，欲望收卹，舐筆伸紙，以復踰於三四。因曰既階級矣，步欲升堂與排闥而入者〔四〕，事不同日。《式微》詩曰：「何其處也，必有與也。」言必有仁義與我，所以處而不去也。進退計忖，不宜得罪。今敢謹寫所爲文十四首，編爲一卷，繼進於後，愛之不倦，爲之不已，不至於工，今以爲獻，無任慚惶。然特爲進説之端，非敢因此求知，不勝攀戀惕懼之至。某再拜。

【校勘記】

〔一〕「某頓首再拜」，「某」，《文苑英華》卷六七二、文津閣本作「牧」。下文同。

〔二〕「不怠」，文津閣本作「不忌」。

〔三〕「肺肝間」，「肝」，《文苑英華》卷六七二作「腑」，下校：「集作肝。」

〔四〕「步欲升堂與排闥而入者」，「步」，《文苑英華》卷六七二作「爰」，並於「爰」字下校：「集作步。」「闥」字原作「闕」，《文苑英華》、《全唐文》卷七五二均作「闥」字，今據改。

【注釋】

①浙西盧大夫：即盧簡辭。字子策，詩人盧綸子。登進士第，三辟諸侯府。歷任考功員外郎、郎中。累官湖南、浙西觀察使。大中初，任兵部侍郎、檢校工部尚書、忠武軍節度使、山南東道節度使等。傳見《舊唐書》卷一六三、《新唐書》卷一七七。《杜牧年譜》繫本文於會昌元年（八四一），考云：「文中云：『去歲乞假，路由漢上。』指開成五年冬自饍部員外郎乞假往潯陽事，故知此書爲本年作。浙西盧大夫謂盧簡辭，乃弘止、簡求之兄。《新唐書》卷一百七十七《盧簡辭傳》謂簡辭曾爲

浙西觀察使，《舊唐書·盧簡辭傳》漏載，又盧簡辭任浙西觀察使在本年，吴廷燮《唐方鎮年表》繫於會昌二年，亦誤。」

② 沈公：即沈傳師，傳見《舊唐書》卷一四九、《新唐書》卷一三二。杜牧於大和二年應沈傳師之聘，由校書郎爲其江西觀察使幕團練巡官、試大理評事。

③ 郎中六官：即盧弘止，傳見《舊唐書》卷一六三、《新唐書》卷一七七。杜牧大和二年入沈傳師江西幕時，盧弘止爲江西團練副使。

④ 員外七官：即盧弘止之弟盧簡求，傳見《舊唐書》卷一六三、《新唐書》卷一七七。據《舊唐書·盧簡求傳》：「牛僧孺鎮襄漢，辟爲觀察判官，入爲水部、户部二員外郎。」牛僧孺於開成四年八月出鎮襄陽，會昌二年罷，則杜牧開成五年過襄陽，盧簡求正在襄陽（即漢上），兩人可相見。

樊川文集卷第十三

上宣州崔大夫書〔一〕①

某再拜〔二〕。閣下以德行文章，有位於明時，如望江、漢，見其去之沓天，洸汪澶漫〔三〕，不知其所爲終始也。復自開幕府已來，辟取當時之名士，禮接待遇，各盡其意，後進絜絜以節業自持者〔四〕，無不願受閣下廻首一顧，舒氣快意，自以滿足。今藩鎮之貴，土地兵甲，生殺與奪〔五〕，在一出口，終日矜高，與門下後進之士，權得失去就於分寸銖黍間〔六〕，多是其人也。獨閣下不自矜高，不設壍壘，曲垂情意，以盡待士之禮。然知後進絜絜以節業自持者〔七〕，願受閣下廻首一顧〔八〕，舒氣快意，自以滿足，此固然也，非敢苟佞其辭以取媚也。不知閣下俯仰延遇之去就，幣帛筐篚之多少〔九〕，飲食獻酬之和樂，各用何道？閑夜永日，三五相聚，危言峻論，知與不知，莫不願盡心於閣下，壽考福禄，祝之無窮。某雖不肖〔一〇〕，則亦千百間其一人數也。

《鹿鳴》，宴群臣詩，曰：「既飲食之，復實幣帛筐篚〔一一〕，以將其厚意，然後忠臣嘉賓得盡其心矣。」《吉日》詩，曰：「宣王能慎微接下，無不盡心以奉其上焉。」自古雖尊爲天子，未有不用此而能得多士盡心也；未有不得多士之盡心，而得樹功立業流於歌詩也，況於諸侯哉！夫子曰：「君子疾没世而名不稱。」司馬遷曰：「自古富貴，其名磨滅，不可勝紀。」静言思之〔一二〕，令人感動激發，當寐而寤，在饑而飽。伏希閣下濬之益深，築之益高，緘鐍之益固，使天下之人，異日捧閣下之德〔一三〕，不替今日，則爲宰相長育人材，興起教化，國朝房、杜、姚、宋不足過也②。某也於流輩無所知識〔一四〕，承風望光，徒有輸心效節之志。今謹録雜詩一卷獻上，非敢用此求知，蓋欲導其志，無以爲先也。往年應進士舉，曾投獻筆語，亦蒙亟稱於時。今十五年矣，於頑憒中爲之不已矣，於其事〔一五〕，能不稍工，不敢再録新述，恐煩尊重，無任惶懼。謹再拜。

【校勘記】

〔一〕「上宣州崔大夫書」，「上」，《文苑英華》卷六七二作「與」。

〔二〕「某」，文津閣本作「牧」。下同。

〔三〕「洸汪」，原作「沉汪」，據《文苑英華》卷六七二、《全唐文》卷七五一改。

〔四〕「以節業自持者」，「業」，《全唐文》卷七五一作「義」。
〔五〕「生殺與奪」，《文苑英華》卷六七二、《全唐文》卷七五一於「生」字前有「及」字。
〔六〕「分寸銖黍間」，《文苑英華》卷六七二於「黍」字下校：「一作兩。」
〔七〕「以節業自持者」，「業」原作「義」，上文與《文苑英華》卷六七二作「業」，今據改。
〔八〕「願受」，《文苑英華》卷六七二、《全唐文》卷七五一作「無不願受」。
〔九〕「筐篚」，原作「篚篚」，據《文苑英華》卷六七二、《全唐文》卷七五一、文津閣本改。
〔一〇〕「某雖不肖」，「某」，《文苑英華》卷六七二、文津閣本作「牧」。
〔一一〕「筐篚」，原作「筐筐」，據《文苑英華》卷六七二、《全唐文》卷七五一、文津閣本改。
〔一二〕「靜言思之」，「靜」字原作「而」，據《文苑英華》卷六七二、《仝唐文》卷七五一改。「靜言」，文津閣本作「兩言」。
〔一三〕「捧閣下之德」，「捧」，《文苑英華》卷六七二作「奉」。
〔一四〕「流輩」，原作「流輦」，據景蘇園本、《文苑英華》卷六七二、《仝唐文》卷七五一、文津閣本改。
〔一五〕「於頑懵中爲之不已矣於其事」，原作「於頑懵中爲之，不知矣於其事」，今據《文苑英華》卷六七二、《全唐文》卷七五一改。

【注　釋】

①宣州崔大夫：即崔龜從。字玄告，清河人。元和十二年登進士第，又登制科。曾任太常博士，累轉考功郎中、使館修撰、司勳郎中、知制誥、正拜中書舍人。歷户部侍郎、宰相等。傳見《舊唐書》卷一七六、《新唐書》卷一六〇。據胡可先《杜牧研究叢稿·〈杜牧年譜〉商榷》所考，崔龜從開成四年三月至會昌四年爲宣歙觀察使，而其《敬亭廟祭文》（《全唐文》卷七二八）題有「開成五年，歲次庚申，九月……宣歙池等州都團練觀察處置等使、朝散大夫、使持節宣州諸軍事、守宣州刺史、兼御史大夫、上柱國、賜紫金魚袋崔龜從」。則崔龜從曾以御史大夫鎮宣歙。與「宣州崔大夫」合。又據文中「往年應進士舉，曾投獻筆語，亦蒙亟稱於時。今十五年矣」語，考本文乃作於會昌元年（八四一）。今從之。

②房杜姚宋：即房玄齡、杜如晦、姚崇、宋璟。房玄齡，名喬，齊州人。登進士第，太宗時宰相。傳見《舊唐書》卷六六、《新唐書》卷九六。杜如晦，字克明，京兆杜陵人。累官兵部尚書，封蔡國公。太宗時，檢校侍中，攝吏部尚書，進位尚書右僕射。傳見《舊唐書》卷卷六六、《新唐書》卷九六。姚崇，本名元崇。陝州硤石人。累官夏官侍郎、兵部尚書、宰相、中書令，封梁國公。傳見《舊唐書》卷九六、《新唐書》卷一二四。宋璟，邢州南和人。累官鳳閣舍人、御史中丞，遷吏部侍郎、吏部尚書，宰相。開元時，累封廣平郡公。傳見《舊唐書》卷九六、《新唐書》卷一二四。

上池州李使君書〔一〕①

景業足下。僕與足下齒同而道不同，足下性俊達堅明，心正而氣和，飾以温慎，故處世顯明無罪悔；僕之所稟，闊略疎易，輕微而忽小。然其天與其心，知邪柔利己〔二〕，偷苟讒諂，可以進取，知之而不能行之。非不能行之，抑復見惡之，不能忍一同坐與之交語。故有知之者，有怒之者，怒不附己者，怒不恬言柔舌道其盛美者，怒守直道而違己者。知之者，皆齒少氣鋭，讀書以賢才自許，但見古人行事真當如此，未得官職，不睹形勢，絜絜少輩之徒也〔三〕②。怒僕者足以裂僕之腸，折僕之脛，知僕者不能持一飯與僕，僕之不死已幸，況爲刺史，聚骨肉妻子，衣食有餘，乃大幸也，敢望其他？然與足下之所受性，固不得伍列齊立，亦抵足下疆壠畦畔間耳，故足下憐僕之厚，僕仰足下之多。在京城間，家事人事，終日促束，不得日出所懷以自曉，自然不敢以輩流間期足下也。

去歲乞假，自江、漢間歸京，乃知足下出官之由，勇於爲義，向者僕之期足下之心，果爲不繆，私自喜賀，足下果不負天所付與、僕所期向，二者所以爲喜且自賀也，幸甚，幸甚。夫子曰：「吾少也賤，故多能鄙事。」復曰：「不試，故藝③。」聖人尚以少賤不試，乃能多能有藝，況他人哉。僕與足下年未三十爲諸侯幕府吏④，未四十爲天子廷臣⑤，不爲甚賤，不爲不試矣。今者齒各甚壯，爲刺史各得小郡，俱處僻左，幸天下無事，人安穀熟，無兵期軍須、逋負諍訴之勤，足以爲學，自强自勉於未聞未見之間。僕不足道，雖能爲學，亦無所益，如足下之才之時，真可惜也。向者所謂俊達堅明，心正而氣和，飾以温慎，此才可惜也。年四十爲刺史，得僻左小郡，有衣食，無爲吏之苦，此時之可惜也。僕以爲天資足下有異日名聲，跡業光于前後，正在今日，可不勉之。

僕常念百代之下，未必爲不幸，何者？以其書具而事多也。今之言者必曰：「使聖人微旨不傳，乃鄭玄輩爲注解之罪〔四〕。」僕觀其所解釋，明白完具，雖聖人復生，必挈置數子坐於游、夏之位。若使玄輩解釋不足爲師，要得聖人復生〔五〕，如周公、夫子親授微旨，然後爲學。是則聖人不生，終不爲學；假使聖人復生，即亦隨而猾之矣〔六〕。此則不學之徒，好出大言，欺亂常人耳。自漢已降，其有國者成敗廢興〔七〕，事業蹤跡，一二億萬，青黄白黑，據實控有〔八〕，皆可圖畫，考其來由，裁其短長，十得四五，足以應當時之務矣。不似古人窮天鑿玄⑥，躡於無蹤，算於忽微，然後能爲學也。故曰，生百代之下，未必爲不幸也。

夫子曰：「三人行，必有我師焉。」此乃隨所見聞，能不亡失而思念至也。楚王問萍實，對曰：「吾往年聞童謡而知之。」此乃以童子爲師耳⑦。參之於上古〔九〕，復酌於見聞，乃能爲聖人也。諸葛孔明曰：「諸公讀書，乃欲爲博士耳。」此乃蓋滯於所見〔一〇〕，不知適變，名爲腐儒，亦學者之一病。

僕自元和已來，以至今日，其所見聞名公才人之所論討，典刑制度，征伐叛亂，考其當時，參於前古，能不忘失而思念，亦可以爲一家事業矣。但隨見隨忘，隨聞隨廢，輕目重耳之過，此亦學者之一病也。如足下天與之性，萬萬與僕相遠。僕自知頑滯，不能苦心爲學，假使能學之，亦不能出而施之，懇懇欲成足下之美，異日既受足下之教，於一官一局而無過失而已。自古未有不學而能垂名於後代者，足下勉之。

大江之南，夏候鬱濕，易生百疾，足下氣俊，胸臆間不以悁忿是非貯之，邪氣不能侵，慎防是晚多食，大醉繼飲，其他無所道。某再拜〔一一〕。

【校勘記】

〔一〕「上池州李使君書」，「上」，《文苑英華》卷六七二、《全唐文》卷七五一作「與」。

〔二〕「邪柔利己」，「邪」字原作「耶」，據《文苑英華》卷六七二、《全唐文》卷七五一、文津閣本改。

〔三〕「絜絜少輩」，「少」，《文苑英華》卷六七二作「小」，下校：「集作少。」

〔四〕「爲注解之罪」，「解」，《文苑英華》卷六七二作「疏」，下校：「集作解。」文津閣本亦作「疏」。

〔五〕「要得聖人復生」，「要」，《全唐文》卷七五一作「安」。

〔六〕「隨而猾之矣」，「猾」，《文苑英華》卷六七二、《全唐文》卷七五一、文津閣本作「汩」。

〔七〕「成敗廢興」，「廢興」，《全唐文》卷七五一作「興廢」。

〔八〕「據實控有」，「控」字原作「空」，據《文苑英華》卷六七二改。

〔九〕「參之於上古」，《文苑英華》卷六七二、《全唐文》卷七五一於「參」字前有「既」字。

〔一〇〕「此乃蓋滯於所見」，《文苑英華》卷六七二、《全唐文》卷七五一、文津閣本無「乃」字。

〔一一〕「某再拜」，「某」，《文苑英華》卷六七二作「牧」。

【注釋】

①池州：地名，唐治所在今安徽貴池。李使君，即李方玄，字景業，登進士第，累遷左補闕、起居郎，出爲池州刺史，轉處州刺史，卒。傳見《新唐書》卷一六二，事跡參見本集卷八《唐故處州刺史李君墓誌銘并序》、卷一四《祭故處州李使君文》。本文云「去歲乞假，自江、漢間歸京，乃知足下出官之由」，據《杜牧年譜》，杜牧「去歲乞假，自江、漢間歸京」事乃在會昌元年，言「去歲」，則文作於會昌二年。文又云「年四十爲刺史，得僻左小郡」，杜牧年四十，乃會昌二年，此時任黄州刺史。據此訂本文爲會昌二年（八四二）作。

②絜絜：潔身自守，品行端正意。絜，同潔。

③不試故藝：試，意爲被任用，指當官。藝，技藝。

④幕府吏：指在幕府爲佐吏。杜牧大和二年，年二十六即受聘於沈傳師江西觀察使幕府。

⑤未四十爲天子廷臣：大和九年，杜牧年三十三，由淮南節度使幕府入京爲監察御史；開成三年冬，年三十六，又授爲左補闕、史館修撰，兩任均可謂天子廷臣，故所説如此。

⑥窮天鑿玄：指窮究探討深奥之道理。

⑦楚王四句：劉向《説苑·辨物》：「楚昭王渡江，有物大如斗，直觸王舟，止於舟中，昭王大怪之，使聘問孔子。孔子曰：『此名萍實。』……弟子請問，孔子曰：『異時小兒謡曰：楚王渡江得萍實，大如斗，赤如日，剖而食之美如蜜。』」

【集評】

《樊川集》中《上池州李使君書》有曰：今之言者，必曰使聖人微旨不傳，乃鄭玄輩爲注解之罪。僕觀其解釋明白完具，雖聖人復出，必挈置數子坐于游、夏之位。若使玄輩解釋，不足爲師，要得聖人復出，如周公、夫子，親授微旨，然後爲學，是則聖人不出，終不爲學。聖人復出，即亦隨而猾（《全唐文》作「汩」）之矣。此等議論，唐中葉以後，人所罕知，樊川文章風概，卓絶一代，其學問識力，亦復如是。

予向推爲晚唐第一人也，非虛誣也。宋子京深喜樊川之文，《新唐書》中傳論，多取其語；其自作文字，亦力倣之。故于啖助等傳論末學之弊，其識議亦與樊川同，非韓、歐文章家所知也。（李慈銘《越縵堂讀書記》八「文學」）

【杜牧之】牧之《與池州李使君書》云：「僕常念生百代之下，未必爲不幸。何者？以其書具而事多也。今之言者必曰，使聖人微旨不傳，乃鄭玄輩爲注解之罪。僕觀其所解釋，明白完具，雖聖人復生，必挈置數子坐於游、夏之位。若使玄輩解釋不足爲師，安得聖人復生，如周公、夫子親授微旨，然後爲學。是則聖人不生，終不爲學。假使聖人復生，即亦隨而汩之矣。此則不學之徒，好出大言，欺亂常人耳。自漢以降，其有國者，成敗興廢，事業蹤跡，一二億萬，青黄白黑，據實空有，皆可圖畫。考其來由，裁其短長，十得四五，足以應當時之務矣。不似古人窮天鑿元，蹑於無蹤，算於忽微，然後能爲學也。故曰，生百代之下，未必爲不幸也。」庸按：牧之才人，乃推崇北海如是，蓋唐人爲學，精注疏，守家法，不敢薄視漢儒。至宋而石守道、劉公是出，始議注疏，立新説，遂有集矢康成者矣。今之云康成解經而經晦，及以麟鼓郊天臆造病康成者，皆杜所謂不學之徒，好出大言，欺亂常人者也。至於以讖解經，信讖始於光武，乃東京一朝之制，爲下不倍，歐陽文忠議删之。宋時可耳，使生於炎劉，敢昌言排之如桓譚乎？（平步青《霞外攟屑》卷七上「縹錦廛文築」上論文）

投知己書①

夫子曰：「不怨天，不尤人，下學而上達，知我者其天乎？」復曰：「知我者《春秋》，罪我者亦以《春秋》。」此聖人操心，不顧世之人是非也〔一〕。柱厲叔事莒敖公，莒敖公不知，及莒敖公有難，柱厲叔死之。不知我則已，反以死報之，蓋怨不知之深也。豫讓謂趙襄子曰：「智伯以國士待我，我以國士報之。」此乃列士義夫〔二〕，有才感其知〔三〕，不顧其生也。行無堅明之異，材無尺寸之用〔四〕，泛泛然求知於人，知則不能有所報，不知則怒，此乃衆人之心也。聖賢義列之士，既不可到，小生有異於衆人者，審己切也〔五〕。審己之行，審己之才〔六〕，皆不出衆人，亦不求知於人，已或有知之者，則藏縮退避，唯恐知之深，蓋自度無可以爲報效也。或有因緣他事，不得已求知於人者，苟不知，未嘗退有懟言怨色，形於妻子之前，此乃比於衆人，唯審己求知也。

大和二年，小生應進士舉，當其時先進之士，以小生行可與進，業可益修，喧而譽之〔七〕，爭爲知己者不啻二十人。小生邇來十年江湖間，時時以家事一抵京師，事已即返，嘗所謂喧而譽之爲知己者，多已顯貴，未嘗一到其門。何者？自十年來，行不益進，業不益修，中夜忖量，自愧於心，欲持何説復於知己之前爲進拜之資乎！默默藏縮，苟免寒饑爲幸耳。昨李巡官至，忽傳閤下旨意，似知姓名，或欲異日必録在門下。閤下爲世之偉人鉅德，小生一獲進謁，一陪讌享，則亦榮矣，況欲異日終置之於榻席之上，齒於數子之列乎？無攀緣絲髮之因，出特達倜儻之知，小生自度宜爲何才〔八〕，可以塞閤下之求；宜爲何道，可以報閤下之德。是以自承命已來，審己愈切，撫心獨驚〔九〕，忽忽思之，而不自知其然也。若蒙待之以衆人之地，求之以衆人之才〔一〇〕，責之以衆人之報，亦庶幾異日受約束指顧於簿書之間，知無不爲，爲不及私，亦或能提筆伸紙，作詠歌以發盛德，止此而已。其他望於古人，責以不及，非小生之所堪任。伏恐閤下聽聞之過，求取之異，敢不特自發明，導説其衷〔一一〕，一開閤下視聽。其他感激發憤，懷愧思德，臨紙汗發，不知所裁。某恐懼再拜。

【校勘記】

〔一〕「不顧世之人是非也」，《全唐文》卷七五一作「不顧世人之是非也」。

〔二〕「列士」，文津閣本作「烈士」，下文「義列」亦同「義烈」。按「列」通「烈」。

〔三〕「有才感其知」，「才」，《文苑英華》卷六九二作「材」，下校：「集作才。」文津閣本此句作「有深感其知」。

〔四〕「材無尺寸之用」，「材」，《全唐文》卷七五一作「才」。

〔五〕「審己切也」，「切」字原作「功」，據《文苑英華》卷六九二、《全唐文》卷七五一、文津閣本改。

〔六〕「審己之才」，「才」，《文苑英華》卷六九二作「材」。

〔七〕「喧而譽之」，「譽」字原作「舉」，據本卷下文及《全唐文》卷七五一改。

〔八〕「宜爲何才」，「才」，《文苑英華》卷六九二作「材」。

〔九〕「撫心」，文津閣本作「拊心」。

〔一〇〕「衆人之才」，「才」，《文苑英華》卷六九二作「材」。

〔一一〕「導説其衷」，「導」，《文苑英華》卷六九二作「道」。「衷」字原作「哀」，據《文苑英華》卷六九二、《全唐文》卷七五一、文津閣本改。

【注釋】

① 知己：當爲崔鄲。鄲，清河武城人，崔郾之弟。登進士第，累遷考功郎中。大和三年，充翰林學士，轉中書舍人。歷兵部、吏部侍郎。開成二年，出爲宣歙觀察使。後任太常卿、宰相。傳見《舊唐書》卷一五五、《新唐書》卷一六三。文云：「大和二年，小生應進士舉」、「小生邇來十年江湖間」、「自十年來，行不益進，業不益修」，自大和二年來十年，乃開成二年，則本文當作於是年。又

據《舊唐書·文宗紀下》，開成二年正月，「以吏部侍郎崔鄲爲宣歙觀察使」。又觀文中「昨李巡官至，忽傳閤下旨意，似知姓名，或欲異日必録在門下」等語，知此時崔鄲有意延攬杜牧入幕，而杜牧此時正因乞假百日去職，正覓新職，故有「若蒙待之以衆人之地，求之以衆人之才，責之以衆人之報，亦庶幾異日受約束指顧於簿書之間，知無不爲，爲不及私」之言。據此訂本文於開成二年（八三七）。

【集評】

温和而介，不作牢騷語，類有道者言。（鄭郲評本文）

答莊充書

某白莊先輩足下〔一〕。凡爲文以意爲主，氣爲輔，以辭彩章句爲之兵衛，未有主强盛而輔不飄逸者，兵衛不華赫而莊整者。四者高下圓折，步驟隨主所指，如鳥隨鳳，魚隨龍，師衆隨湯、武，騰天潛泉，横裂天下，無不如意。苟意不先立，止以文彩辭句，繞前捧後，是言愈多而理愈亂〔二〕，如入闤闠①，紛紛然莫知其誰，暮散而已。是以意全勝者，辭愈樸而文愈高；意不勝者，辭愈華而文愈鄙。是意能遺辭，辭不能成意，大抵爲文之旨如此。觀足下所爲文百餘篇，實先意氣而後辭句，慕古而尚仁義者，苟爲之不已〔三〕，資以學問，則古作者不爲難到。今以某無可取，欲命以爲序，承當厚意，惕息不安。復觀自古序其文者，皆後世宗師其人而爲之，《詩》、《書》、《春秋左氏》以降，百家之説，皆是也。古者其身不遇於世，寄志於言，求言遇於後世也。自兩漢已來〔四〕，富貴者千百，自今觀之，聲勢光明，孰若馬遷、相如、賈誼、劉向、揚雄之徒，斯人也豈求知於當世哉？故親見揚子雲著書，欲取覆醬瓿，雄當其時，亦未嘗自有誇目。況今與足下並生今世，欲序足下未已之文，此固不可也。苟有志，古人不難到，勉之而已。某再拜。

【校勘記】

〔一〕「某」，文津閣本作「牧」。下文同。

〔二〕「是言愈多而理愈亂」，「言」，《唐文粹》卷八四作「辭」。

〔三〕「爲之」，文津閣本作「循之」。

〔四〕「自兩漢已來」，「已」，《文苑英華》卷六八一、《全唐文》卷七五一作「以」，《文苑英華》下校：「集作已。」

【注　釋】

①闤闠：闤，市闤；闠，市之外門。古代市道即在垣與門之間，故稱市肆爲闤闠。舊題漢甘公石申《星經·市樓》：「市樓六星，在市門中，主闤闠之司。今市曹官之職。」《文選》左太沖《魏都賦》：「班列肆以兼羅，設闤闠以襟帶。」

【集　評】

【上南城饒深道書】凡爲文之旨趣，命意之淺深，造詞之工拙，趨向之是非，皆别白而訓之。……抑嘗聞「本深而末茂，行峻而言厲」，是韓愈之訓尉遲生也。「激之欲其清，揚之欲其明」，是柳宗元之訓崔翦也。「以意爲主，以氣爲輔，以辭彩章句爲之兵衛」，是杜牧之訓莊充也。此三説亦粗得文之旨矣。（謝逸《溪堂集》卷八）

上河陽李尚書書①

伏以三城所治，兵精地要，北鑠太行，東塞黎陽，左京河南，指爲重輕。自艱難已來，儒生成名立功者，蓋寡於前代，是以壯健不學之徒，不知儒術，不識大體，取其微效，終敗大事，不可一二悉數。伏以尚書有才名德望，知經義儒術，加以儉克，好立功名。今橫據要津，重兵在手，朝廷搢紳之士，屈指延頸，佇觀政能〔一〕。況聖主掀擢豪俊，考校古今，退朝之後，急於觀書，已築七關②，取隴城，緝爲郡縣。今親誅虜〔二〕，收其土田，取其良馬，爲耕戰之具，西復涼州，東取河朔，平一天下，不使不貢不覲之徒〔三〕，敢自專擅。此實聖主之心，事業已彰，臣下明明，無不知之。

伏自尚書樹立鍛鍊，教訓揀拔，法術尺寸，取於古人。若受指顧，必立大功，使天下後學之徒，知成功立事，非大儒知今古成敗者而不能爲之〔四〕。復使儒生舒展胸臆，得以誨導壯健不學之徒，指蹤而使之，令其心服，正在今日。

某多病早衰〔五〕，志在耕釣〔六〕，得一二郡，資其退休，以活骨肉。亦能作爲歌詩，以稱道盛德，其餘息心亦已久矣。下情日增，瞻仰戀德之切。某恐懼再拜〔七〕。

【校勘記】

〔一〕「佇觀政能」，「政能」，《全唐文》卷七五一作「德政」。

〔二〕「今親誅虜」，《文苑英華》卷六七一作「命誅雜虜」，下校：「集作今親誅虜。」

〔三〕「不使不貢不覲之徒」，「不使」，原無「不」字，據《文苑英華》卷六七一、《全唐文》卷七五一、文津閣本補。

〔四〕「而不能爲之」，《全唐文》卷七五一、文津閣本無「而」字。

〔五〕「某」，文津閣本作「牧」。

〔六〕「志在耕釣」，「志」字原作「恚」，據《文苑英華》卷六七一、《全唐文》卷七五一、文津閣本改。

〔七〕「某恐懼再拜」，「某」，《文苑英華》卷六七一作「牧」。

【注釋】

①河陽李尚書：河陽，地名。地在今河南省孟州市。此指河陽三城。北朝時期曾在河陽建築中潬、南城、北城等三城。李拭當時所任乃河陽三城節度、懷孟澤觀察處置等使、孟州刺史，領懷、孟、澤三州。河陽李尚書即李拭。拭爲李鄘子，累仕宗正卿、京兆尹、陝虢觀察使、河東節度使，以祕書監卒。傳見《舊唐書》卷一五七及《新唐書》卷一四六《李鄘傳》附。本文之作年《杜牧年譜》大中四年譜考云：「《舊唐書・宣宗紀》：『大中四年九月，以朝請大夫、檢校禮部尚書、孟州刺史、河陽三城節度使李拭爲太原尹。』是李拭節度河陽，在大中四年九月以前。按文中有『已築七關，取隴城，緝爲郡縣』之語，取七關在大中三年六、七月間，則此書之作，必在大中三年七月之後，大中四年秋之前，故繫於本年。時杜牧方求外放，故書中曰：『某多病早衰，志在耕釣，得一二郡，資

其退休，以活骨肉。』」按，杜牧大中四年初秋出守湖州，據上所考，則本文乃作於大中三年七月至大中四年（八四九—八五〇）七月間。

② 已築七關等句：《資治通鑑》卷二四八大中三年六月載：「涇原節度使康季榮取原州及石門、驛藏、木峽、制勝、六磐、石峽六關。秋，七月，丁巳，靈武節度使朱叔明取長樂州。甲子，邠寧節度使張君緒取蕭關。甲戌，鳳翔節度使李玭取秦州。」又《舊唐書·宣宗紀》大中三年七月載：「三州七關軍人百姓，皆河、隴遺黎，數千人見於闕下。」

上鹽鐵裴侍郎書①

伏以鹽鐵重務，根本在於江淮，今諸監院，頗不得人，皆以權勢干求，固難悉議停替。其於利病，豈無中策？某自池州〔一〕、睦州，實見其弊。蓋以江淮自廢留後已來②，凡有冤人，無處告訴，每州皆有土豪百姓，情願把鹽每年納利，名曰「土鹽商」。如此之流〔二〕，兩稅之外③，州縣不敢差役。自罷江淮留後已來，破散將盡，以監院多是誅求，一年之中，追呼無已，至有身行不在，須得父母妻兒錮身驅將〔三〕，得錢即放〔四〕，不二年内，盡恐逃亡。今譬於常州百姓〔五〕，有屈身在蘇州，歸家未得，便可以蘇州下狀論理披訴。至如睦州百姓，食臨平監鹽④，其土鹽商被臨平監追呼求取，直是睦州刺史，亦與作主不得，非裏四千里粮直入城役使，即須破散奔走，更無他圖。其間搜求胥徒，針抽縷取〔六〕，千計百校〔七〕，唯恐不多，除非吞聲，别無赴訴。今有明長吏在上，旁縣百里，尚敢公爲不法，況諸監院皆是以貨得之〔八〕，恣爲奸欺，人無語路。況土鹽商皆是州縣大户，言之根本，實可痛心。比初停罷留後，衆皆以爲除煩去冗，不知其弊，及於疲羸，即是所利者至微，所害者至大。

今若蒙侍郎改革前非，於南省郎吏中擇一清慎⑤，依前使爲江淮留後，減其胥吏，不必一如向前多置人數〔九〕。即自嶺南至於汴宋，凡有冤人，有可控告，奸贓之輩，動而有畏，數十州土鹽商，免至破滅。除江淮之太殘〔一〇〕，爲侍郎之陰德，以某愚見，莫過於斯。若問於鹽鐵吏，即不欲江淮别有留後，若有留後，其間百事〔一一〕，自能申狀諮呈，安得貨財，表裏計會，分其權力，言之可知。伏惟俯察愚衷〔一二〕，不賜罪責。某再拜。

【校勘記】

〔一〕「某自池州」、「某」，《文苑英華》卷六七一、文津閣本作「牧」。下文同。

〔二〕「之流」，文津閣本作「之徒」。

〔三〕此句文津閣本作「則拘其父母妻兒」。

〔四〕「放」，文津閣本作「釋」。

〔五〕「今譬於常州百姓」，《文苑英華》卷六七一於「於」字下校：「一本作如。」

〔六〕「針抽縷取」，「縷」原作「鏤」，據《文苑英華》卷六七一、《全唐文》卷七五一改。

〔七〕「千計」，文津閣本作「千討」。

〔八〕「皆是以貨得之」，「皆」，《文苑英華》卷六七一作「多」，下校：「集作皆。」

〔九〕「多置」，文津閣本作「安置」。

〔一〇〕「除江淮之太殘」，「太」，《文苑英華》卷六七一、《全唐文》卷七五一、文津閣本作「大」。

〔一一〕「其間百事」，「百」，《文苑英華》卷六七一作「有」，下校：「集作百。」

〔一二〕「俯察愚衷」，「愚」，《文苑英華》卷六七一作「微」，下校：「集作愚。」

【注釋】

①鹽鐵裴侍郎：即裴休。休，字公美，河內濟源人。登進士第，又登賢良方正科。大中初，累官户部侍郎，充諸道鹽鐵轉運使，轉兵部侍郎，兼御史大夫，領使如故。六年八月，以本官同平章事，判使如故。後累遷中書侍郎，兼禮部尚書、户部、吏部尚書、太子少師等。傳見《舊唐書》卷一七七、《新唐書》卷一八二。據《舊唐書・宣宗紀》，大中五年二月，以「户部侍郎裴休充諸道鹽鐵轉運等

使」。又同書大中五年九月記：「以正議大夫、兵部侍郎、諸道鹽鐵轉運使、上柱國、河東縣開國子裴休守禮部尚書，進階金紫。」文稱鹽鐵裴侍郎，則本文作於大中五年（八五一）二月至九月間。鹽鐵轉運使掌收運鹽鐵之税，或兼兩税使、租庸使。

② 留後：官名。唐廣德元年，以梁崇義爲山南東道節度使留後，留後之名始此。中、晚唐時，藩鎮强大，皇帝力不能制，故節度使多有以子侄或親信爲留後者，亦有軍士、叛將自立爲留後者。

③ 兩税：夏秋兩税。唐初實行租庸調法，至德宗建中元年楊炎制兩税法，將租庸調合併爲一，規定用錢納税。夏税不超過六月，秋税不超過十一月，稱爲兩税。有兩税使以總其事。

④ 臨平監：唐所置管理鹽鐵事務機構之一，在今浙江餘杭西北臨平山下。

⑤ 南省：官署名，即唐尚書省。唐尚書省在大明宫以南，故稱南省。

與汴州從事書①

汴州境内，最弊最苦，是牽船夫，大寒虐暑，窮人奔走，斃踣不少。某數年前赴官入京〔一〕，至襄邑縣，見縣令李式甚年少，有吏才，條疏牽夫，甚有道理，云：「某當縣萬户已來，都置一板簿，每年輪檢自差，欲有使來，先行文帖，尅期令至，不揀貧富職掌，一切均同。計一年之中，一縣人户，不著兩度夫役，如有遠户不能來者，即任納錢，與於近河雇人〔二〕，對面分付價直，不令所由欺隱②，一縣之内，稍似蘇息。蓋以承前但有使來，即出帖差夫，所由得帖，富豪者終年閑坐，貧下者終日牽船。今即自以板簿在手，輪轉差遣〔三〕，雖有黠吏，不能用情。」

某每任刺史，應是役夫及竹木瓦磚工巧之類，並自置板簿，若要使役，即自檢自差，不下文帖付縣。若下縣後，縣令付案，案司出帖，分付里正，一鄉只要兩夫，事在一鄉偏着，赤帖懷中藏却，巡門掠斂一徧，貧者即被差來。若籍在手中，巡次差遣，不由里胥典正，無因更能用情。以此知襄邑李式之能，可以惠及夫役，更有良術，即不敢知。以某愚見，且可救急，因襄邑李生之績效，知先輩思報幕府之深誠，不覺亦及拙政，以爲證明，豈敢自述。今爲治，患於差役不平，《詩》云：「或栖遲偃仰，或王事鞅掌。」此蓋不平之故。長吏不置簿籍一一自檢，即奸胥貪冒求取，此最爲甚。某恐懼再拜。

【校勘記】

〔二〕「某」，文津閣本作「牧」。下文同。

〔三〕「與於近河雇人」，「人」，《全唐文》卷七五一、文津閣本作「夫」。

〔三〕「輪轉差遣」，「輪轉」，《全唐文》卷七五一作「輪流」。

【注　釋】

①汴州：地名。州治即今河南開封。從事，州從事爲州長官刺史之佐吏，如主簿、别駕、功曹等。本文云：「某每任刺史，應是役夫及竹木瓦磚工巧之類，並自置板簿」，則文應作於杜牧數任刺史之後。杜牧任黄州、池州、睦州三任刺史乃自會昌二年至大中二年八月。文又云：「某數年前赴官入京，至襄邑縣」。結合上述所言，考之杜牧任刺史後經歷，所謂「某數年前赴官入京」，乃指大中二年九月由睦州入任司勳員外郎、史館修撰事。此行其取道金陵、宋州，可途經襄邑縣（屬河南）。所謂數年，當指三或四年。則由大中二年後之三、四年，即大中五年或六年（八五一—八五二）。本文蓋約作於此兩年間。

②所由：即所由官，主管官吏。唐以來多指地方小吏或差役。

樊川文集卷第十四

黄州准赦祭百神文①

會昌二年，歲次壬戌，夏四月乙丑朔，二十三日丁亥，皇帝御宣政殿〔一〕，百辟卿士，稽首再拜，敢上「仁聖文武至神大孝」尊號于皇帝。受册禮畢，御丹鳳樓〔二〕，因大赦天下，咸告天下刺史〔三〕，宜祭境内神祇有益於人者，可抽常所上賦以備供具〔四〕。牧爲刺史，實守黄州。夏六月甲子朔，十八日辛巳，伏准赦書得祭諸神，因爲文稱讚皇帝功德，用饗神云。

皇帝嗣帝〔五〕，天飾天付〔六〕，前壬申年②，坐統大業，慈明寬恩〔七〕，聖明文武。或曰誅殛，曰：「我父母，譬彼嬰兒，豈不可恕。」或曰畋遊，苑大林深，嗜嘐跳突，千毛萬羽，豹裂鵰擒，其樂無伍。皇帝曰：「不，匪我不知，言豈假汝。未撫四夷，未考百度，天地宗廟，未陳簋簠。如寐未寤，如痒未愈。斥退狗馬，未可以御。」或曰酒飲，順氣完神〔八〕，奠樂工習〔九〕，自祖自父，瑶簪繡裾〔一〇〕，千萬侍女，酬以觥斝，助之歌舞，富貴四海，不樂何苦。皇帝曰：「不，如聞四海，蝗蔽田畝，或曰亢旱，或曰淫雨。稚老孤寡，未盡得所，聞一有是，首不能舉。」

乃拔俊良，乃登耆老，夕思朝議，依規約矩。詳刑定法，深刻不取，標揭典制〔一一〕，酌之中古。遠師太宗，近法憲宗〔一二〕，怵慄思惟，不治是懼，四國既平，六職攸序③。黍稷稻粱，嘔啞俯僂，父子供養，嬰兒撫乳〔一三〕。萬里齊俗，實皇帝力，緊眠而食，罔知其故。皇帝乃曰：「予見郊廟。」嚴法物，旃旐旗〔一四〕。五帝坐壇，百神立坫〔一五〕。嵬嶷肸蠁④，捧爵是醮。海外天內，戎狄蠻夷，奇服異貌〔一六〕，伏于除外，歡喜叫噪。迴御丹鳳，大赦四海，改元會昌，減論有罪，紹功嗣德，搜剔幽昧〔一七〕。寒暑合節，風輕雨碎，穀溢陳囷，畜繁腯大。東南西北，限岸畺紀。無有頓懼，不識災害。三事大夫⑤、邦伯諸侯，曰：「皇帝德，古不能侔，謳歌謠詠，安能可稱〔一八〕。」百工庶人，亦有聚謀，拜章口呼，願上大號，神聽天聞，欲揚宏休〔一九〕。皇帝曰：「無功，不可虛受。」懇請不已，出涕叩頭。皇帝不能止，曰：「予慚羞，曰因大赦，惟新九州。不窮不詐，不饑不偷，有窮有饑，實吏之尤。予實天吏，許之省修，約束教誡，纖悉丁寧，品類細偉，各當源流。」皇帝曰：「俞，股肱耳目，誠亦竭力〔二〇〕，寒暑風雨，宜神是酬。匪神之力，其誰能謀？凡爾守土，各報爾望，剝烹羹胾，無愛羊牛。」天下聞命，奔走承事。牧實遭遇，亦忝刺史。齋齋惕慄，臨谷臨墜〔二一〕。視牲啓毛，濯爵置羃，不委下吏，餙羞具潔，罔有不備。衣冠待曉，坐以假寐，步及神宇，蹐足屏氣。神實在前，敬恭跪起。《詩》不云乎：「皇天上帝，伊誰云憎。」天憎罪人，天可指視，止殃其身，豈可傍熾？刺史有罪，可病可死，其身未塞，可及妻子，無作水旱，以及閭里。皇帝仁聖，神祇聰明，唱和符同，相爲表裏。黄治雖遠，黄俗雖鄙，皇帝視之〔二二〕，近遠一致〔二三〕。洋洋在上，實提人紀，無負皇帝，自作羞愧。

月惟季夏，日惟辛巳〔二四〕，實神降祉。神如有言：「我答皇帝。寒暑風雨，其期必至，瘥癘水旱，永永止弭。爾爲官人，勉其爾治〔二五〕。」某敬再拜，流汗霑地。

【校勘記】

〔一〕「皇帝御宣政殿」，「殿」字原作「樓」，據《文苑英華》卷九九五、《全唐文》卷七五六改。

〔二〕「御丹鳳樓」，《文苑英華》卷九九五於「御」字前有「廻」字。

〔三〕「咸告天下刺史」，「咸告天下」四字原無，據《文苑英華》卷九九五、《全唐文》卷七五六補。

〔四〕「以備供具」，「供」字原無，據《文苑英華》卷九九五、《全唐文》卷七五六補。

〔五〕「皇帝」，原作「黄帝」，據《文苑英華》卷九九五、《全唐文》卷七五六、文津閣本改。

〔六〕「天飾」，「天」字原無，據《文苑英華》卷九九五、《全唐文》卷七五六補。

〔七〕「慈明寬恩」，「明」，《文苑英華》卷九九五、《全唐文》卷七五六作「仁」。

〔八〕「順氣完神」，「完」，《文苑英華》卷九九五作「貌」。

〔九〕「奠樂工習」，《全唐文》卷七五六作「奠習樂工」。

〔一〇〕「瑶簪繡裾」，「裾」，《文苑英華》卷九九五作「裙」。

〔一一〕「摽揭」，文津閣本作「操揭」。

〔一二〕「近法憲宗」，「宗」，《文苑英華》卷九九五作「祖」。

〔一三〕「父子供養嬰兒撫乳」，此二句《文苑英華》卷九九五作「父父子子，供養撫乳」，下校：「集作父子供養，嬰兒撫乳。」

〔一四〕「旐旗」，原作「旐旅」，《文苑英華》卷九九五作「旗旐」，下校「集作旐旗。」《全唐文》卷七五六、文津閣本作「旐旗」。今據《全唐文》等改。

〔一五〕「百神立坫」，「立」，《文苑英華》卷九九五作「位」，下校：「集作立。」

〔一六〕「異貌」，文津閣本作「夷貌」。

〔一七〕「搜剔幽昧」，「搜」，《文苑英華》卷九九五作「披」，下校：「集作搜。」

〔一八〕「安能可稱」，「能」，《文苑英華》卷九九五作「得」，下校：「集作能。」

〔一九〕「欲揚宏休」，「宏休」，《文苑英華》卷九九五作「皇帝之休」，下校：「四字集作宏休。」

〔二〇〕「誠示竭力」，「示」，《文苑英華》卷九九五作「爾」，下校：「集作示非。」

〔二一〕「臨谷臨墜」，《文苑英華》卷九九五作「臨谷將墜」，《全唐文》卷七五六作「淵谷臨墜」。

〔二二〕「皇帝視之」，「皇帝」原作「皇符」，據《文苑英華》卷九九五、《全唐文》卷七五六改。

〔二三〕「近遠一致」，《文苑英華》卷九九五、《全唐文》卷七五六作「遠近一致」。

〔二四〕「月惟季夏日惟辛巳」，「季夏」原作「孟夏」，《文苑英華》卷九九五作「季夏」。又按，本文前已有「夏六月甲子朔，十八日辛巳……用饗神云」句，則此處當爲「季夏」，今據改。又彭叔夏《文苑英華辯證》卷四《年月》謂「杜牧《黃州祭百神文》：『月維孟夏，日維辛巳。』集本同。詳上文云：『四月大赦，六月甲子朔，十八日辛巳，準赦得祭百神。』則『孟夏』當作『季夏』」。

〔二五〕「勉其爾治」，「其」，《文苑英華》卷九九五作「爲」，下校：「集作其。」

【注釋】

① 本文云會昌二年「夏六月甲子朔，十八日辛巳，伏准赦書得祭諸神，因爲文稱讚皇帝功德」，則文乃作於會昌二年（八四二）六月，時杜牧乃在黃州刺史任。

② 前壬申年：按此壬申年有誤，杜牧生活時代僅大中六年（八五二）爲壬申年，乃在作本文之會昌二年後，而前一壬申年乃唐德宗貞元八年（七九二），杜牧尚未出生。此文謂「皇帝嗣帝，天飾天付，前壬申年，坐統大業」，壬申乃謂武宗即位之年。據《舊唐書·武宗紀》，文宗崩於開成五年正

月四日，而武宗即位於同年正月十四日。開成五年乃庚申年，而非壬申年，故此壬申乃庚申之誤。

③六職：指官府之治、教、禮、政、刑、事六種職務。《周禮·天官·小宰》：「以官府之六職，辨邦治。」又，《周禮·考功記》又指王公、士大夫、百工、商旅、農夫、婦功六種職別爲六職。

④嵬嶷肸嚮：嵬嶷，高大雄偉貌。《文選》左太沖《吳都賦》：「爾其山澤則嵬嶷嶢屼，巊溟鬱岪。」肸嚮，又作肸蠁，意爲散布、彌漫，指聲響或氣體之傳播。此處指神靈感應。

⑤三事大夫：指三公。唐代以太尉、司徒、司空爲三公。《詩·小雅·雨無正》：「三事大夫，莫肯夙夜。」孔穎達疏：「三事大夫爲三公耳。」

祭城隍神祈雨文①

下土之人，天實有之〔一〕。五穀豐實〔二〕，寒暑合節，天實生之〔三〕。苗房甲而水湮之〔四〕，苗秀好而旱莠之，饑即必死，天實殺之也。天實有人，生之孰敢言天之仁，殺之孰言天之不仁〔五〕。刺史吏也，三歲一交〔六〕。如彼管庫，敢有其寶玉；如彼傳舍，敢治其居室〔七〕？東海孝婦②，吏冤殺之，天實冤之，殺吏可也。東海之人，於婦何辜，而三年旱之？刺史性愚，治或不至，厲其身可也，絶其命可也！吉福殃惡，止當其身。胡爲降旱，毒彼百姓？

謹書誠懇，本之於天，神能格天，爲我申聞。

【校勘記】

〔一〕「天實有之」，「天」字原作「云」，據《文苑英華》卷九九六、《全唐文》卷七五六、文津閣本改。

〔二〕「五穀」，原作「石穀」，據《文苑英華》卷九九六、《全唐文》卷七五六改。

〔三〕「天實生之」，《文苑英華》卷九九六、《全唐文》卷七五六「之」字後有「也」字。

〔四〕「苗房甲」，《文苑英華》卷九九六作「苗方甲」。

〔五〕「孰言」，文津閣本作「孰敢言」。

〔六〕「三歲」，原作「二歲」，據《文苑英華》卷九九六、《全唐文》卷七五六、文津閣本改。

〔七〕「敢治其居室」，「室」，《文苑英華》卷九九六作「屋」。

【注釋】

① 本文之城隍神據下文《第二文》乃指黄州之城隍神，故文乃杜牧在黄州任刺史時爲祭黄州城隍神所撰。《第二文》謂「牧爲刺史，凡十六月，未嘗爲吏，不知吏道。黄境鄰蔡，治出武夫，僅五十年」，則知《第二文》乃作於杜牧任黄州刺史十六個月時。杜牧出任黄州刺史約在會昌二年三四

月間，而當年四月已在黄州刺史任。今權以會昌二年三四月間始任黄州刺史計，歷十六月乃在會昌三年六七月間，《第二文》即約作於此時。本文之作蓋在《第二文》稍前，則約作於會昌三年（八四三）五六月間。

② 東海孝婦：東海爲漢代郡名，郡治在郯，即今山東郯城縣。相傳漢時，東海郡寡婦周青夫死，爲奉侍婆婆而不改嫁，婆婆爲使其改嫁而自縊。其小姑誣告周青殺婆婆，官府判處周青死刑。周青冤死後，東海郡因此而大旱三年。

第二文①

牧爲刺史，凡十六月，未嘗爲吏，不知吏道。黄境鄰蔡，治出武夫，僅五十年，令行一切〔一〕，後有文吏，未盡削除。伏臘節序，牲醪雜須，吏僅百輩，公取於民，里胥因緣，侵竊十倍，簡料民費，半於公租，刺史知之，悉皆除去。鄉正村長，强爲之名，豪者尸之，得縱强取，三萬户多五百人〔二〕，刺史知之，亦悉除去。繭絲之租，兩耗其二銖；税穀之賦，斗耗其一升〔三〕，刺史知之，亦悉除去。吏頑者笞而出之，吏良者勉而進之，民物吏錢，交手爲市〔四〕。小大之獄，面盡其詞，棄於市者，必守定令。人户非多〔五〕，風俗不雜，刺史年少，事得躬親，疽抉其根矣，苗去其莠矣，不侵不蠹，生活自如。公庭盡日〔六〕，不聞人聲，刺史雖愚，亦曰無過〔七〕，縱使有過，力短不及，恕亦可也，殺亦可也。稺老孤寡〔八〕，指苗燃鼎，將穗秀矣，忍令萎死，以絶民命？古先聖哲，一皆稱天，舉動行止，如天在旁。以爲天道，仁即福之，惡即殺之，孤窮即憐之，無過即遂之。今旱已久，恐無秋成。謹具刺史之所爲，下人之將絶，再告於神，神其如何？

【校勘記】

〔一〕「令行一切」，「令」字原作「今」，據《文苑英華》卷九九六、《全唐文》卷七五六、文津閣本改。

〔二〕「三萬户多五百人」，《文苑英華》卷九九六、《全唐文》卷七五六、文津閣本作「三萬户中多五百人」。

〔三〕「一升」，原作「一斗」，據《文苑英華》卷九九六、《全唐文》卷七五六、文津閣本改。

〔四〕「交手爲市」，「爲」，《全唐文》卷七五六作「於」。

〔五〕「人户非多」，「户」，《文苑英華》卷九九六作「口」，下校：「集作户。」文津閣本亦作「口」。

〔六〕「公庭盡日」，原作「公庭晝日」。胡校：「按庫本『晝日』作『盡日』，是。」文津閣本亦作「盡日」，今據改。

〔七〕「亦曰無過」，「亦」，《文苑英華》卷九九六作「可」。文津閣本此句作「日無縱過」。

〔八〕「稺老孤寡」，「寡」原作「窮」。《文苑英華》卷九九六、文津閣本作「寡」，今據改。

【注釋】

① 本文作於會昌三年（八四三）六、七月間，詳見上文注①。

祭木瓜神文①

維會昌六年，歲次景寅②，某月某日，某官敬告于木瓜山之神。惟神聰明格天，能降雲雨，郡有災旱，必能救之，前後刺史，祈無不應。去歲七月，苗將萎死，禱神之際，甘雨隨至，槁然凶歲，化爲豐年。仰神之靈，感神之德，願新祠宇，以崇祭祀。今易卑庳〔一〕，變爲華敞，正位南面，廟貌嚴整。風雷雲雨，師伯必備，侍衛旗戟，羅列森然。惟神繫雲在襟，貯雨在缶，視人如子，渴即與之。不容凶邪〔二〕，不降疾疫。千萬年間，使池之人，敬仰不怠。伏惟尚饗！

【校勘記】

〔一〕「今易卑庳」，「庳」，《文苑英華》卷九九七作「隘」。

〔二〕「不容凶邪」，「邪」，《文苑英華》卷九九七作「荒」，下校：「集作邪。」

【注　釋】

① 木瓜神爲唐池州木瓜山神。《江南通志》：「木瓜山，在池州府青陽木瓜鋪，杜牧求雨處，今尚有廟。」據本文「維會昌六年，歲次景寅，某月某日，某官敬告于木瓜山之神」，則文乃撰於會昌六年。本年九月，杜牧移刺睦州，則本文乃撰於會昌六年九月前。文乃爲天旱求雨以獲秋成，則蓋作於會昌六年（八四六）春夏間。

② 景寅：即丙寅，此處乃避唐諱改。

祭故處州李使君文①

維會昌五年，歲次乙丑，某月日，池州刺史杜牧謹遣軍事押衙王鏶，謹以清酌庶羞之奠，敬致祭于亡友李君起居之靈。

憶昔相遇，兩未生鬚，京師衆中，跡猶甚踈。一言道合，盡寫有無。我於宣城，忝跡賓吏〔一〕②；君隨幕府，東下繼至。復與友人，故薛子威，邂逅釋願〔二〕，如相爲期，放論劇談，各持是非。攻强討深，張矛彀機，怒或艴赫，終成笑嬉。於後七年，君拜左史③，來蜀西川，我官補闕。云愧我先，拜章請代，蓋私我焉。我有家事，乞假南來，循出里第，君出離杯。令弟在席，恣爲詼諧，耳熱膽張，觥聯相豗。我歸墜馬，一支幾摧，君來我坐，側倚旁隈。時聞酸吟〔三〕，戲口猶開，云君我殺，以酒相加，忌我之才。及我南去，君刺池陽，我守黄岡，葭葦之場。唯君書信，前後相望，辭意纖悉，勉我自强。律我性情〔四〕，補短裁長，一函每發，沉憂併忘。幸會交代，沿檝若飛，江山九月〔五〕，涼風滿衣。爲別幾時，多少歡悲，志業益廣，不可窺知。長人之術，酋爲吏師〔六〕，縱酒十日，舞袖僛垂。語公之餘，且及其私，許以季女，配我長兒。莫云稚齒，可以指期，各負少壯，輕後會時。寓居宣城，書札日馳，一疾不起，訃來猶疑。嗚呼哀哉！

惟先僕射④，儉德冠古，凡二十年，四領茅土，所至所治，曰人父母。官俸餘半，委庫不取，京師里第，蓬茅數畝。慶餘生君，曰天酬補。何聰明才智兮，不使施爲？何付與之多兮，折之何暴？天陽地陰，高厚相侔，上有河漢，𨱔普錯反天横流。百刻晝夜，平分不饒，皎不陰晦，一月幾朝。二男三女，俗率如此，三男二女，無有其地。君子小人，鼻目並列，與小人校，曾無百一〔七〕，於百一中，以秀奪實。凡稟陰陽〔八〕，生於其間，陽常不勝，賢者宜艱。自古皆然，欲復何言。撫孤一弔，拍棺一哭，咫尺不遂，涕下相續。期於没齒，盡力嗣子。嗚呼哀哉，伏惟尚饗！

【校勘記】

〔一〕「忝跡賓吏」，「忝」字原作「恭」，據《文苑英華》卷九八九、《全唐文》卷七五六、文津閣本改。

〔二〕「邂逅釋願」，「釋願」，《文苑英華》卷九八九、《全唐文》卷七五六作「適願」。

〔三〕「時聞酸吟」，原作「時閒酸吟」。「時閒」，《文苑英華》卷九八九、《全唐文》卷七五六作「持簡」，《文苑英華》下校：「集作時閒。」文津閣本作「時聞酸吟」，今據改。

〔四〕「律我性情」，「律」字原作「筆」，據《文苑英華》卷九八九、《全唐文》卷七五六改。

〔五〕「江山九月」，《文苑英華》卷九八九作「江上九月」。

〔六〕「酋爲吏師」，「酋」，《文苑英華》卷九八九、《全唐文》卷七五六作「首」，《文苑英華》下校：「集作酋。」

〔七〕「曾無百一」，原作「會無百一」。《文苑英華》卷九八九作「曾不百一」，並於「曾不」下校：「集作會無。」今據《文苑英華》改。

〔八〕「凡稟陰陽」，「凡」，《文苑英華》卷九八九作「人」，下校：「集作凡。」

【注　釋】

①池州李使君即李方玄。李方玄事跡見本集卷三《池州李使君没後十一日處州新命始到後見歸妓感而成詩》注①。李方玄卒於會昌五年四月，本文又云「維會昌五年，歲次乙丑，某月日，池州刺史杜牧謹遣軍事押衙王鏶，謹以清酌庶羞之奠，敬致祭于亡友李君起居之靈」，則祭文蓋作於會昌五年（八四五）四月稍後。

②杜牧爲宣城幕吏前後有兩次，此指杜牧首次爲沈傳師宣歙觀察使幕吏時，即大和四年九月至大和七年四月。

③左史：即起居郎。據本集卷八《唐故處州刺史李君墓誌銘并序》：「丞相固言以門下侍郎出鎮西蜀，奏景業以檢校禮部員外郎參節度軍謀事，仍賜緋魚袋。徵拜起居郎，出爲池州刺史。」李方玄任池州刺史前即在朝爲起居郎。

④先僕射：指李方玄之父李遜。字友道，登進士第，歷任池、濠、衢三州刺史，遷浙東觀察使，入爲給事中。後任山南東道、忠武、鳳翔等鎮節度使，改刑部尚書。傳見《舊唐書》卷一五五、《新唐書》卷一六二。

祭周相公文①

維大中五年，歲次辛未，七月辛未朔，八日戊寅，故吏朝議郎、知湖州諸軍事〔一〕、守湖州刺史杜牧，謹遣軍事押衙司馬素，謹以清酌庶羞之奠，敬祭于故相國僕射、贈司徒周公之靈。伏惟相公之道，徧於天下，至如牧者，受恩最深〔二〕。爰自稚齒，即蒙顧許，及在宦途，援挈益至。會昌之政〔三〕，柄者爲誰②？忿忍陰汙，多逐良善。牧實忝幸，亦在遣中〔四〕。黄岡大澤〔五〕，葭葦之場，繼來池陽，棲在孤島〔六〕。僻左五歲，遭逢聖明。收拾冤沈〔七〕，誅破罪惡〔八〕。牧於此際，更遷桐廬，東下京江③，南走千里。曲屈越嶂〔九〕，如入洞穴，驚濤觸舟，幾至傾没。萬山環合，才千餘家，夜有哭鳥，晝有毒霧，病無與醫，饑不兼食，抑喑偪塞〔一〇〕，行少卧多。逐者紛紛，歸軫相接④，唯牧遠棄，其道益艱。相公憐憫，極力掀拔，爰及作相，首取西歸，授之名曹，帖以重職。虢國太子⑤，絳市諜人⑥，死而復生，未足爲喻。旌旆西去，拜於都門，賢士大夫，無不攀惜。皆曰相公，事君盡忠，保道輕位，大張公室，盡閉私門，彼由徑者，跛倚不進，天下賢彦，明知所趣。重德壯年，衆期再入。

牧守吴興，繼奉手示，但思休退〔一一〕，不言疾恙。訃問忽至〔一二〕，慟哭問天。嗚呼！蒼生未濟，而喪吾相，爲蒼生慟，豈獨私恩。想像音容，思惟恩紀，期於令嗣，可以效死。吳、洛相遠⑦，踰於二千〔一三〕，無因拜柩，見歸九泉。哭送使者，致誠奠筵。伏惟尚饗！

【校勘記】

〔一〕「知湖州諸軍事」，「知」，《文苑英華》卷九八九作「持節」。

〔二〕「受恩最深」，「最」字原作「叢」，據《文苑英華》卷九八九、《全唐文》卷七五六改。

〔三〕「會昌之政」，「政」字原作「改」，據《文苑英華》卷九八九、《全唐文》卷七五六改。

〔四〕「亦在遺中」，「遺」，《文苑英華》卷九八九作「譴」。

〔五〕「黄岡大澤」，「岡」字原作「崗」，《文苑英華》卷九八九、《全唐文》卷七五六則均作「岡」。又據《元和郡縣圖志》卷二七，黄州有黄岡縣，「本漢西陵縣地，……隋開皇十八年改爲黄岡，因縣東黄岡爲名」。故地名應爲黄岡，今據改。

〔六〕「棲在孤島」，「棲」字原作「西」，據《文苑英華》卷九八九、《全唐文》卷七五六改。

〔七〕「收拾」，原作「牧拾」，據《文苑英華》卷九八九、《全唐文》卷七五六改。

〔八〕「誅破罪惡」，「破」，《文苑英華》卷九八九作「竄」。

〔九〕「曲屈越嶂」，《文苑英華》卷九八九作「屈曲越嶂」。

〔一〇〕「抑喑偪塞」，「抑喑」，《文苑英華》卷九八九、《全唐文》卷七五六作「抑暗」。

〔一一〕「但思休退」，「思」字原無，據《文苑英華》卷九八九、《全唐文》卷七五六補。

〔一二〕「訃問忽至」，「問」，《文苑英華》卷九八九作「音」，下校：「集作問。」文津閣本作「書」。

〔一三〕「踰於二千」，「二」，《文苑英華》卷九八九作「三」，下校：「集作二。」文津閣本亦作「三」。

【注　釋】

①　周相公：即周墀，字德升，汝南人。事跡見本集卷七《唐故東川節度檢校右僕射兼御史大夫贈司徒墓誌銘》注①。本文謂「維大中五年，歲次辛未，七月辛未朔，八日戊寅，故吏朝議郎、知湖州諸軍事、守湖州刺史杜牧，謹遣軍事押衙司馬素，謹以清酌庶羞之奠，敬祭于故相國僕射、贈司徒周公之靈」。則祭文當作於大中五年（八五一）七月。

②　柄者爲誰：按，武宗會昌年間，李德裕爲宰相主武宗朝政。杜牧於會昌二年出守黄州，會昌四年九月又徙爲池州刺史，自認爲乃受李德裕排擠而致。故下文謂「忿忍陰汙，多逐良善。牧實忝幸，亦在遣中。黄岡大澤，葭葦之場，繼來池陽，棲在孤島」。

③　京江：長江下游稱揚子江，又稱京江。因流經鎮江市，而鎮江古稱京口，故稱京江。

④　逐者紛紛歸軫相接：此指宣宗登位後，前在武宗朝被貶謫諸臣紛紛回歸。《資治通鑑》卷二四八

會昌六年八月即記載：「以循州司馬牛僧孺爲衡州長史，封州流人李宗閔爲郴州司馬，恩州司馬崔珙爲安州長史，潮州刺史楊嗣復爲江州刺史，昭州刺史李珏爲郴州刺史。僧孺等五相皆武宗所貶逐，至是，同日北遷。」此後不久，諸人又多有遷官者，如《舊唐書·宣宗紀》大中元年六月記「以義成軍節度使周墀爲兵部侍郎、判度支。……以金紫光祿大夫、守太子少保分司東都、上柱國、奇章郡開國公、食邑二千户牛僧孺守太子太師，……并依前分司」。

⑤虢國太子：據《史記》卷一〇五《扁鵲倉公列傳》，「虢太子死，扁鵲至虢宫門下」，扁鵲認爲「若太子病，所謂『尸蹷』者也。……故形靜如死狀。太子未死也」。後經扁鵲醫治，「太子起坐。更適陰陽，但服湯二旬而復故。故天下盡以扁鵲爲能生死人」。

⑥絳市諜人：絳乃地名，在今山西曲沃縣西南。諜人，偵探情報者。據《左傳》宣公八年記載，晉秦兩國交戰，晉國抓獲一名秦國間諜，將其處死於絳城鬧市中。但六天後，秦國間諜又死而復生。

⑦吴洛相遠：據杜牧《唐故東川節度使檢校右僕射兼御史大夫贈司徒周公墓誌銘》，周墀乃卒於洛陽，而其時（大中五年七月）「牧守吴興」，兩地相隔遼遠，故稱。

祭龔秀才文①

維大中五年，歲次辛未，五月朔，二日，湖州刺史杜牧謹遣軍事十將徐良，敬致祭于故龔秀才之靈。死者生之極，折脛而夭②，復死之極。言於前定，莫得而推；出於偶然，魂其冤哉。鄉里何在，骨肉何人？卞山之南③，可以栖魂。嗚呼哀哉，伏惟尚饗！

【注　釋】

①龔秀才：即龔軺。其生平事跡見本集卷九《唐故進士龔軺墓誌》。據本文「維大中五年，歲次辛未，五月朔，二日，湖州刺史杜牧謹遣軍事十將徐良，敬致祭于故龔秀才之靈」，此文乃大中五年（八五一）五月作。

②折脛而夭：《唐故進士龔軺墓誌》記龔軺之死云：「後四年，守吳興，因與進士嚴惲言及鬼神事，嚴生曰：『有進士龔軺，去歲來此，晝坐客館中，若有二人召軺者，軺命馬甚速，始跨鞍，馬驚墮地，折左脛，旬日卒。』」

③卞山：山名，一作弁山。在今浙江湖州市西北十八里。《方輿紀要》卷九一：卞山「山有石似玉，因名。亦曰弁山」。

唐故銀青光禄大夫檢校禮部尚書御史大夫充浙江西道都團練觀察處置等使上柱國清河郡開國公食邑二千户贈吏部尚書崔公行狀〔一〕①

曾祖某〔二〕，皇任醴泉縣令。祖某〔三〕，皇任太子中允，贈右散騎常侍。父某〔四〕，皇任檢校吏部侍郎〔五〕、兼御史中丞、袁州刺史，贈太師。公諱某〔六〕，字某〔七〕。威儀秀偉，神氣深厚〔八〕，即之如鑑，望之如春。既冠，識者知不容於風塵矣。貞元十二年，進士中第〔九〕。十六年，平判入等，授集賢殿校書郎。陝虢觀察使崔公淙願公爲賓〔一〇〕，而不樂之，挈辭載幣，使者數返。公徐爲起之，且曰：「不關上聞，攝職可也。」受署爲觀察巡官。後轉京兆府鄠縣尉，遷監察御史，殿中侍御史〔一一〕，刑部員外〔一二〕。丁邠國太夫人憂，杖而能起，人有聞焉。外除，拜吏部員外郎，判南曹事。千人百族，必應進而進，公親自挾格，肖法必留，戾程必黜。每懸榜舉牘，富室權家，汗而仰視，不敢出口。宿吏逡巡，縛手係舌，願措一奸，不能得之。凡二年遷左司郎中〔一三〕，吏部郎中，加朝散大夫，旋拜諫議大夫，兼知匭使。穆宗皇帝春秋富盛，稍以畋遊聲色爲事，公晨朝正殿，揮同列進而言曰：「十一聖之功德，四海之大，萬國之衆，之治之亂，懸於陛下。自山已東，百城千里，昨日得之，今日失之。西望戎壘，距宗廟十舍，百姓憔悴，蓄積無有。願陛下稍親政事，天下幸甚。」誠至氣直，天子爲之動容，斂袖慰而謝之。遷給事中。

敬宗皇帝始即位，旁求師臣。今相國奇章公上言②，曰非公不可，遂以本官充翰林侍講學士，命服金紫。旋拜中書舍人，仍兼舊職。侍帝郊天，加銀青光禄大夫。高承簡罷鄭滑節度使，滑人叩闕，乞爲承簡樹德政碑〔一四〕。内官進曰：「翰林故事，職由掌詔學士。」上曰：「承簡功臣胤也，治吾咽喉地，克有善政，罷而請紀，入人深矣。吾以師臣之辭，且寵異焉。」居數月，魏博節度使史憲誠拜章爲故帥田季安樹神道碑〔一五〕，内官執請亦如前辭。上曰：「魏北燕、趙，南控成皋，天下形勝地也〔一六〕。吾以師臣之辭，且慰安焉。」居數月，陳許節度使王沛拜章乞爲亡父樹神道碑，内官執請如前辭〔一七〕。上曰：「許昌天下精兵處也，俗忠風厚，沛能撫之，吾視如臂。吾以師臣之辭，而彰其忠孝焉。」是三者，皆御札命公，令刻其辭，恩禮親重，無與爲比。歷歲，願出守本官，辭懇而遂。禮部缺侍郎，上曰「公可也」，遂以命之。二年選士七十餘人，大抵後浮華，先材實〔一八〕。轉兵部侍郎。

今上即位四年③，公亟請於丞相閣曰：「願得一方疲人而治之。」除陜虢觀察使、兼御史大夫。先是陜之官人，人必月尅俸錢五千助輸貢于京師者，歲至八十萬。公曰：「官人不能贍私，安能卹民。吾不能獨治，安可自封。」即以常給廉使雜費，下至于鹽酪膏薪之品，十去其九，可得八十萬，歲爲代之。官人感悦，隨治短長，不忍爲欺。萬國西走，陝實其衝，復有江淮、梁、徐、許、蔡之戍兵，北出朔方、上郡、回中、汧隴間，踐更往來，不虚一時。民之供億，吏須必應，生活之具，至于鉼缶匕匙，常碎於四方之手。公曰：「此猶束炬以焚民也。」於是節宴賞，截浮費，凡金漆陶木絲枲之用，悉爲具之，可饗數千人，民一不知。

復有詔旨支税粟輸太倉者，歲數萬斛。始斂民也，遠遠近近，就積佛寺，終輸于河，復藉民而載之〔一九〕，民之巨牛大車，半頓于路，前政咸知，計不能出。公曰：「管仲曰，粟行五百里，民有饑色。斯言粟重物也，不可推遷，民受其弊。況今迂直之計，有不翅五百里乎〔二〇〕！」公乃大索有無，親執籌而計之〔二一〕。北臨黄河，樹倉四十間，穴倉爲槽〔二二〕，下注于舟。因隙賞直〔二三〕，不敗時務。自此壯者斛，幼者斗，負挈囊裹，委倉而去，不知有輸。他境之民，越逸奔走，騈騈爭鬬〔二四〕，願爲陝民。政成化行，上國下國，更口讚頌。

凡二年，改岳、鄂、安、黄、蘄、申等州觀察使〔二五〕，囊山帶江，三十餘城，繚繞數千里，洞庭百越、巴蜀荆漢而會注焉。五十餘年，北有蔡盜〔二六〕，於是安鏁三關，鄂練萬卒，皆傖楚善戰，寖有戰風，稱爲難治，有自往矣〔二七〕。公始臨之，簡服伍旅，脩理械用，親之以文，齊之以武，大創廳事，以張威容。造蒙衝小艦，上下千里，武士用命，盡得群盜。公曰：「劫于水者，以盡殺爲習，雖值童耇而無捨焉。比附他盜，刑不可等。」於是一死之内，必累加之，盜相誡曰：「公之未去〔二八〕，勿觸其境。」然後黜棄奸冒，用公法也；升陟廉能，用公舉也；撫獲窮約，用公惠也。豪商大賈，不得輕役，不得隱田，父子兄弟，不得同販於闔境之内，有餘不足，自公而均。復建立儒宫，置博士，設生徒，廪餼必具，頑惰必遷，敬讓之風，人知家習。八年秋④，江水漲溢。公曰：「安得長堤而禦之。」言訖，軍士齊民〔二九〕，雲鍤雨杵，一揮立就，令行恩結，有如此者。千里之内，如視堂廡，雖僻左下里，歲臘男子必以雞黍賀饋，女子能以簪瑱相問遺，富樂歡康，肩於治古。

凡五年，遷浙西觀察使，加禮部尚書。公曰：「三吳者，國用半在焉。因高爲旱，因下爲水者，六歲矣。經賦兵役〔三〇〕，不減於民，上田沃土，多歸豪強。荀悦所謂公家之惠優於三代⑤，豪強之酷甚於亡秦，今其是也。」於是料民等第，籍地沃瘠，均其征賦，一其傜役。經費宴賞，約事裁節。民有宿逋不可減於上供者，必代而輸之。誠禱山川，歲獲大稔。復曰：「衣冠者，民之主也。自艱難已來，軍士得以氣加之，商賈得以財侮之，不能自奮者多栖於吴土〔三一〕。」遂立延賓館以待之，苟有一善，必接盡禮。因訪里閭，益知民之疾苦〔三二〕，隨以治之。纔逾朞歲，而吴民復振。

開成元年十月二十日，薨於治所。多士相弔曰：「使公相天子，貞觀、開元之俗，可期而見也。豈公不幸，實生民之不幸也。」主上痛悼，輟朝一日，贈吏部尚書。

公生得靈和〔三三〕，自干名立朝，爲公卿，爲侯伯，未嘗須臾間汲汲牽率欲顯名合朝〔三四〕，而仁義忠信，明智恭儉，鬱積發溢，自然相隨。不立約結而善人自親〔三五〕，不設溝壘而不肖自遠，不志於榮達而官位自及。公內外閥閲，源派清顯〔三六〕，拔於甲族，而復甲焉。親昆仲六人〔三七〕，皆至達官，公與伯兄季弟，五司禮闈，再入吏部，自國朝已來，未之有也。上至公相方伯，下及再命一命，幕府部吏之屬〔三八〕，徧滿內外，皆公門生。公俯首益恭，如孤臣客卿，惕惕而多畏也〔三九〕。自爲重鎮，苞苴金幣之貨，不至權門。親戚故舊〔四〇〕，周給衣食，畢其婚喪，悉出俸錢，不以家爲。在家怡然，未嘗訓勉，子弟自化，皆爲名人。居室卑庳，不設步廊，賓至值雨，則張蓋躡屐而就于外位。

初鎮于陝，或束梃經月，不鞭一人。至于驛馬，令五歲幸全，則爲代之，著爲定制，曰致一物於必窮之地，君子不爲。其爲仁愛，而臻於此。及還鎮鄂渚，嚴峻刑法，至於誅戮，未嘗貰一等，後一刻。或問於公曰：「陝、鄂之政不一，俱臻於治，何也？」公曰：「陝之土瘠民勞，吾撫之不暇，尚恐其驚。鄂之土沃民剽，雜以夷俗，非用威刑，莫能致理。政貴知變，蓋爲此也。」聞者服焉。

嗚呼！公之德行材器，真哲人君子，没而不朽者也。易名定謚，爲國常典，敢書先烈，達于執事，附于史氏云爾。謹狀。

【校勘記】

〔一〕《文苑英華》卷九七七題無「唐故」二字。

〔二〕「曾祖某」，《文苑英華》卷九七七、文津閣本作「曾祖綜」，《全唐文》卷七五六作「公曾祖綜」。

〔三〕「祖某」，《文苑英華》卷九七七、《全唐文》卷七五六作「祖佶」。按，據《舊唐書》卷一五五，崔鄲之祖爲「結」。

〔四〕「父某」，《文苑英華》卷九七七、文津閣本作「父倕」，《全唐文》卷七五六作「父陲」。按，據《舊唐書》卷一五五，《新唐書》卷一六三，崔鄲之父爲「倕」。

〔五〕「皇任檢校吏部侍郎」，「侍郎」原作「郎中」。《文苑英華》卷九七七作「侍郎」，下校：「集作郎中」。文津閣本作「侍郎」。按，《新唐書》卷一六三載崔倕「至德初，獻賦行在，肅宗異其文，位吏部侍郎」。今據改。

〔六〕「公諱某」，「某」，《文苑英華》卷九七七、《全唐文》卷七五六、文津閣本作「鄲」。

〔七〕「字某」，《文苑英華》卷九七七、《全唐文》卷七五六、文津閣本作「字廣略」。

〔八〕「神氣深厚」，《文苑英華》卷九七七、文津閣本作「神深氣厚」。

〔九〕「進士中第」，「進士」二字原無，據《文苑英華》卷九七七補。

〔一〇〕「崔公淙願公爲賓」，「崔公淙」原作「崔公琮」。岑仲勉《金石論叢·貞石證史·韋縱所書三碑》云：「考《金石録》九：『《唐同州刺史崔淙遺愛碑》，楊憑撰，韋縱正書。』《舊唐書》紀一三、貞元十四年九月，以同州刺史崔宗爲陝、虢觀察，字作宗，《唐方鎮年表》四引作『崔琮』，《新唐書》七二下『淙字君濟，同州刺史』，均與兩碑目同，然則作『琮』者當誤。」今即據改。

〔一一〕「殿中侍御史」，「殿中」二字原無，據《文苑英華》卷九七七、《全唐文》卷七五六、文津閣本補。

〔一二〕「刑部員外」，《文苑英華》卷九七七作「刑部員外郎」。

〔一三〕「凡二年」，文津閣本作「凡三年」。

〔一四〕「德政碑」，原作「政德碑」，據《文苑英華》卷九七七、《全唐文》卷七五六、文津閣本互乙。

〔一五〕「爲故帥田季安樹神道碑」，《文苑英華》卷九七七於「爲」字前有「請」字。

〔一六〕「天下形勝地也」，「形勝」，《文苑英華》卷九七七作「形勢」。

〔一七〕「内官執請如前辭」，《文苑英華》卷九七七、《全唐文》卷七五六於「如」字前有「亦」字。

〔一八〕「先材實」，《文苑英華》卷九七七作「先行實」。

〔一九〕「復藉民而載之」，「藉」，《文苑英華》卷九七七、《全唐文》卷七五六作「籍」，《文苑英華》下校：「集作藉。」

〔二〇〕「有不翅」，此下原有「習試」二字。胡校：「按庫本無『習試』二字。此句有『習試』則不可通，疑『習試』爲『翅』之音注。翅，習試切。」又，文津閣本無「習試」二字。今據刪。

〔二一〕「親執籌而計之」，原無「執」字。《文苑英華》卷九七七、《全唐文》卷七五六、文津閣本作「親執籌而計之」。今據補。

〔二二〕「穴倉爲槽」，「槽」字原作「糟」，據《文苑英華》卷九七七改。又《全唐文》卷七五六作「漕」。

〔二三〕「因隙賞直」，「賞」，《文苑英華》卷九七七作「償」，下校：「集作賞非。」

〔二四〕「軿軿爭鬬」，「軿軿」，《文苑英華》卷九七七作「駢軫」，《全唐文》卷七五六作「軿軫」。文津閣本作「軫駢」。

〔二五〕「改岳、鄂、安、黄、蘄、申等州」，「岳、鄂」原作「岳、愕」，《文苑英華》卷九七七作「鄂、岳」。按，「愕」字誤，今據改。

〔二六〕「北有蔡盜」，「北」，《文苑英華》卷九七七作「比」，下校：「集作比非。」文津閣本亦作「比」。

〔二七〕「有自往矣」，《全唐文》卷七五六作「有自來矣」。

〔二八〕「公之未去」，文津閣本作「公之威嚴」。

〔二九〕「軍士齊民」，「軍」，《文苑英華》卷九七七作「兵」，下校：「集作軍。」

〔三〇〕「經賦兵役」，「經」原作「輕」，據《文苑英華》卷九七七改。

〔三一〕「多栖於吳土」，「吳」，《文苑英華》卷九七七作「吾」，下校：「集作吳。」

〔三二〕「益知民之疾苦」，「益」，《文苑英華》卷九七七作「必」，下校：「集作益。」

〔三三〕「公生得靈和」，「得」，《文苑英華》卷九七七作「知」，下校：「集作得。」文津閣本此句作「公知生靈和」。

〔三四〕「欲顯名合朝」，《文苑英華》卷九七七、《全唐文》卷七五六作「欲顯名於合道」。文津閣本作「欲顯名欲合道」。

〔三五〕「不立約結」，「約結」，《文苑英華》卷九七七作「結約」，下校：「集作約結。」

〔三六〕「源派清顯」，「源派」，《文苑英華》卷九七七、文津閣本作「源流」。

〔三七〕「親昆仲六人」，「親」字原作「觀」，據《文苑英華》卷九七七、《全唐文》卷七五六、文津閣本改。

〔三八〕「幕府部吏之屬」，「部吏」原作「陪吏」。又「陪」字上原有「附」字，據《文苑英華》卷九七七、《全唐文》卷七五六删。胡校：「按庫本『陪吏』作『部吏』，是。」文津閣本亦作「部吏」，然無「之」字。今據改。

〔三九〕「惕惕」，文津閣本作「自惕」。

〔四〇〕「親戚故舊」，「故舊」，《文苑英華》卷九七七、文津閣本作「舊故」。

【注釋】

①崔公：即崔鄲。字廣略，進士及第，累官吏部郎中、諫議大夫、給事中、中書舍人。大和二年爲禮部侍郎主持科舉考試，杜牧即於是年進士及第。後爲陝虢、鄂岳、浙江西道等鎮觀察使。開成元年卒，贈吏部尚書。傳見《舊唐書》卷一五五、《新唐書》卷一八三。本文作年難於考詳，然文中記崔鄲卒於開成元年十月二十日。其行狀當作於此後不久。又崔鄲乃崔鄲弟，杜牧曾於開成二年（八三七）秋末應崔鄲之請爲其宣歙觀察使幕任團練判官。杜牧乃崔鄲門生，則本行狀之作，或即在此時前後應崔鄲之囑而撰歟？

②奇章公：即牛僧孺。傳見《舊唐書》卷一七二、《新唐書》卷一七四，生平見本集卷七《唐故太子少師奇章郡開國公贈太尉牛公墓誌銘》。

③今上即位四年：指唐文宗大和四年。《舊唐書·文宗紀》下：大和四年正月「壬辰，以兵部侍郎崔鄲爲陝虢觀察使」。

④八年秋：指唐文宗大和八年秋。

⑤荀悦：後漢人，字仲豫。年十二，能説《春秋》。初辟鎮東將軍曹操府，遷黄門侍郎。累遷祕書監、侍中。撰有《申鑒》五篇、《漢紀》、《崇德》、《正論》等。傳見《後漢書》卷六二。

唐故尚書吏部侍郎贈吏部尚書沈公行狀①

曾祖某，皇任泉州司户參軍。祖某，皇任婺州武義縣主簿，贈屯田員外郎。父某〔一〕②，皇任尚書禮部員外郎，贈太子少保。公諱某〔二〕，字某〔三〕。明《春秋》，能文攻書〔四〕，未冠知名。我烈祖司徒岐公，與公先少保友善，一見公喜曰：「沈氏有子，吾無恨矣。」因以馮氏表生女妻之。

貞元末，舉進士。時許公孟容爲給事中③，權文公爲禮部侍郎④，時稱權、許。進士中否，二公未嘗不相聞於其間者。其年，禮部畢事，文公詣許曰：「亦有遺恨。」曰：「爲誰？」曰：「沈某一人耳。」許曰：「誰家子？某不之知。」文公因具言先少保名字，許曰：「若如此，我故人子。」後數日，徑詣公，且責不相見。公謝曰：「聞於丈人，或援致中第，是累丈人公舉，違某孤進〔五〕，故不敢自達。」許曰：「如公者〔六〕，可使我急賢詣公，不可使公因舊造我。」

明年中第。文公門生七十人，時人比公爲顔子。聯中制策科，授太子校書〔七〕，鄠縣尉，直史館，左拾遺，左補闕，史館修撰，翰林學士。歷尚書司門員外郎，司勳、兵部郎中，中書舍人，命服朱紫。時穆宗皇帝親任學士，時事機祕，多考決在內，必取其長，循爲宰相。公密補弘多〔八〕，同列每欲面陳拜章，互來告公〔九〕，必取規議，用爲進退。歲久，當爲其長者凡再，公皆逡巡不就。上欲面授之，公奏曰：「學士院長，參議大政，出爲宰相，臣自知必不能爲。凡宰相之任，非能盡知天下物情，苟爲之必致敗撓。況今百姓甚困，燕、趙適亂，臣以死不敢當，願得治人一方，爲陛下長養之。」因出稱疾〔一〇〕，特降中使劉泰倫起之，公稱益篤。故相國李公德裕與公同列友善，亦欲公之起，辭説甚切，公終不出。因詔以本官兼史職，出歸綸閣。久處密近，思效用於外，懇請於丞相不已。由是出爲湖南觀察使、兼御史大夫。凡二歲轉爲〔一一〕。人困事繁，惡易滋長，官人調授，少得防冤〔一二〕，疎通蹊徑，人情物理，無不曲盡。吏欲爲欺於此，照驗之端，必明於彼；民有未伸於彼，開張之路，必在於此。亹亹循環，皆極根本。尤重刑罰，杖十五至死者，每有一犯，必具獄斷刑之後，徧示幕府吏，雖十人有一人以爲小未可者，必再詳究。經費遊宴，約事裁節，歲有水旱，不可減于常貢者，必爲代之。江西宣州聯歲水災，所貸萬計。

公善養情性〔一三〕，自居方伯生殺之任，喜怒好惡，是四者閉覆渾然，雖終歲伺之，不見毫髮。故黠吏欲賊公之所向，高下其事，終不可得。每處一事，未嘗不從容盡理，故所至之處，富庶歡康，理行第一。每去任，人吏泣送出境不絶。自宣城入爲吏部侍郎，二年考覈搜舉〔一四〕，品第倫比，時稱精能，宰物之望，屬於僉議。公每願用所長，復理於外。及薨於位，知與不知，莫不相弔。上悼惜，輟朝一日，贈吏部尚書。

公與先少保俱掌國史，撰《憲宗實録》，未竟，出鎮湖南，詔以隨之，成於理所，時論榮之。

公生得靈粹〔一五〕，沛然而仁，自幼及長，未嘗須臾間汲汲牽率欲及於道。温良恭儉，明智忠信，内積外溢，自然相隨。自布衣至於達宦，凡所交友，皆當時名公，獎美所長，復救所不及〔一六〕，三十年間，無有攜間者。

公常居中，雖有重名，每苦於飢寒，兩求廉鎮。時宰許之，皆先要公曰：「欲用某爲從事，可乎？」公必拒之。至有怒者，公曰：「誠如此，願息所請。」故二鎮幕府，皆取孤進之士，未嘗有吏一人因權勢入。嘗擇邸吏尹倫，戇滯闕事〔一七〕，寮佐皆患之〔一八〕，因請易之，公曰：「某出京師，面誡倫曰：止可闕事〔一九〕，不可多事。是倫適能如此，受不虚矣。」故二鎮號爲富饒，凡十年間，權勢貴倖之風，不及於公耳，苞苴寶玉之賂，亦不至權門〔二〇〕，雖有怒者，亦不敢以言議公，公然侵公。其爲守道自得，皆如此類。在家無杖笞呵責，家人自化，兄弟甥侄〔二一〕，雖絶服者，入門飲食衣服，指使其奴婢，無二等。親戚故舊，周給所得，皆出俸錢，不以家爲。於京師開化里致第〔二二〕，價錢三百萬，訖二鎮牽率滿之，及在床之日，周身之飾，易以任器⑤。京師士人，雜然言議，以爲非今之有〔二三〕，指爲異事。

嗚呼！公之德行，可以稱古君子矣〔二四〕。牧分實通家，義推先執，復以孱昧，叨在賓席，幼熟懿行，長奉指教，泣涕撰記，以備遺闕，以附于史氏云爾。謹狀。

【校勘記】

〔一〕「父某」，「某」，《文苑英華》卷九七七作「濟」。

〔二〕「公諱某」，《文苑英華》卷九七七作「公諱傳師」。

〔三〕「字某」，《文苑英華》卷九七七作「字子言」。

〔四〕「能文攻書」，「攻」，《文苑英華》卷九七七作「工」，下校：「集作攻。」

〔五〕「違某孤進」，《全唐文》卷七五六無「違」字。

〔六〕「如公者」，《文苑英華》卷九七七於「如」字前有「至」字，下校：「集無此字。」

〔七〕「授太子校書」，《文苑英华》卷九七七作「授太子校書郎」。

〔八〕「公密補弘多」，《文苑英华》卷九七七作「公之密補弘多」。

〔九〕「互來告公」，《文苑英華》卷九七七於「互」字前有「皆」字。

〔一〇〕「因出稱疾」，「疾」，《文苑英華》卷九七七作「病」，下校：「集作疾。」

〔一一〕「凡二歲轉爲」，「二」，《文苑英華》卷九七七作「三」，下校：「集作二。」又此處句意中斷，當有脱誤。

《舊唐書》卷一四九《沈傳師傳》云其「出爲潭州刺史、湖南觀察使，入爲尚書右丞，出爲洪州刺史、江南西道觀察使，轉宣州刺史、宣歙池觀察使」。

〔一二〕「少得防冤」，「冤」，《文苑英華》卷九七七作「寬遠」，下校：「二字集作冤。」

〔一三〕「公善養情性」，「情性」，《文苑英華》卷九七七、文津閣本作「性情」。

〔一四〕「二年考覈搜舉」，「覈」字原作「覆」，據《文苑英華》卷九七七、《全唐文》卷七五六改。

〔一五〕「生得靈粹」，「生」字原作「出」，據《文苑英華》卷九七七、《全唐文》卷七五六、文津閣本改。

〔一六〕「獎美所長復救所不及」，原作「將美所長，覆救所不及」，今據《文苑英華》卷九七七、《全唐文》卷七五六改。

〔一七〕「戆滯闕事」，《文苑英華》卷九七七於「戆」前有「倫」字。

〔一八〕「寮佐皆患之」，《文苑英華》卷九七七作「寮佐多言之」。

〔一九〕「闕事」，原作「關事」，據《文苑英華》卷九七七、《全唐文》卷七五六、文津閣本改。

〔二〇〕「亦不至權門」，《文苑英華》卷九七七、《全唐文》卷七五六作「亦不至於權門」。

〔二一〕「兄弟甥侄」，「甥」字原作「生」，據《全唐文》卷七五六改。

〔二二〕「於京師開化里致第」，「致」字，《文苑英華》卷九七七校云：「疑作置。」

〔二三〕「以爲非今之有」，《文苑英華》卷九七七、《全唐文》卷七五六「今」字後有「日」字。

〔二四〕「可以稱古君子矣」，「古君子」，《文苑英華》卷九七七作「古之君子」。

【注　釋】

①吏部尚書沈公：即沈傳師，生平見本集卷一《張好好詩并序》注②。本文作年難考詳。據《舊唐書·文宗紀》，沈傳師卒於大和九年四月，約此時前後杜牧在朝爲監察御史。此文之撰或在此時稍後歟？

②父某：按，沈傳師之父爲沈既濟。歷任左拾遺、史館修撰，貶處州司户參軍，位終禮部員外郎。撰有《建中實録》及傳奇《枕中記》、《任氏傳》等。傳見《舊唐書》卷一四九、《新唐書》卷一三二。

③許公孟容：孟容，字公範，京兆長安人。進士甲科及第，授秘書省校書郎。累官禮部員外郎、郎中、兵部郎中，遷給事中、尚書右丞、京兆尹等職。後遷吏部侍郎、尚書左丞、東都留守。卒贈太子少保。傳見《舊唐書》卷一五四、《新唐書》卷一六二。

④權文公：即權德輿。字載之，天水略陽人。未冠，以文章稱諸儒間。杜佑、裴胄交辟之。曾任太常博士、左補闕。遷起居舍人、中書舍人。後爲禮部侍郎、兵部侍郎，以禮部尚書爲宰相等職。卒，贈尚書左僕射，謚文。傳見《舊唐書》卷一四八、《新唐書》卷一六五。

⑤ 任器：可以負載之雜用器具。《周禮·地官·牛人》：「掌養國之公牛，……凡會同軍行役，共其兵車之牛，與其牽徬，以載公任器。」《注》：「任，猶用也。」《晏子春秋·内篇·諫上一》：「遂分家粟于氓，致任器于陌。」

樊川文集卷第十五

黄州刺史謝上表①

臣某言。臣奉某月日敕旨，自某官授臣黄州刺史，以某月日到任上訖。誠惶誠恐〔一〕，頓首頓首。臣某自出身已來〔二〕，任職使府，雖有官業，不親治人。及登朝一任〔三〕，皆參臺閣，優游無事，止奉朝謁。今者蒙恩擢授刺史，專斷刑罰，施行詔條，政之善惡，唯臣所繫。素不更練，兼之昧愚〔四〕，一自到任，憂惕不勝，動作舉止，唯恐罪悔。

伏以黄州在大江之側〔五〕，雲夢澤南，古有夷風，今盡華俗，户不滿二萬，税錢才三萬貫。風俗謹樸，法令明具，久無水旱疾疫，人業不耗，謹奉貢賦，不爲罪惡，臣雖不肖〔六〕，亦能守之。然臣觀東漢光武〔七〕、明帝，稱爲明主，不信德教，專任刑名，二主相繼聯五十年〔八〕，當時以深刻刺舉，號爲稱職，治古之風廢，俗吏之課高。於此時，循吏衛颯、任延、王景、魯恭、劉寬、陳寵之徒，止一縣宰〔九〕，獨能不徇時俗，自行教化，唯德是務，愛人如子〔一〇〕，廢鞭笞責削之文，用忠恕撫字之道②。百里之内，勃生古風。凡違衆背時，徇古非今，王者公侯尚難其事，豈一縣宰能移其俗。此蓋人爲治古之人，法爲一時之法，以治古之教教之〔一一〕，即治古之人；以一時之法齊之，即一時之人〔一二〕。國家自有天下已來，二百三十餘年間，專用仁恕，每後刑罰。是以内難外難，作者相繼，土地甲兵，權柄號令，盡非我有。終能擒之，此實恩澤慈愛，入人骨髓，俗厚風古，不可摇動〔一三〕。今自陛下即位已來，重罪不殺，小過不問，普天之下，蠻貊之邦，有罹艱凶，一皆存卹。聖明睿哲，廣大慈恕，遠僻隱阨，無不歡戴。十四聖之生育，張二百四十年之基宇。臣於此際，爲吏長人〔一四〕，敢不遵行國風，彰揚至化。小大之獄，必以情恕；孤獨鰥寡，必躬問撫。庶使一州之人，知上有仁聖天子，所遣刺史，不爲虚受。忝其和風〔一五〕，感其歡心，庶爲瑞爲祥，爲歌爲詠，以裨盛業，流乎無窮。在臣之心則然〔一六〕，豈材術之能及，無任感激悃懇血誠之至。謹奏〔一七〕。

【校勘記】

〔一〕「誠惶誠恐」，《文苑英華》卷五八七、《全唐文》卷七五〇此句上有「臣某」二字。

〔二〕「臣某」，《文苑英華》卷五八七無「某」字。

〔三〕「二任」，《文苑英華》卷五八七作「四任」。

〔四〕「昧愚」，《文苑英華》卷五八七作「愚昧」，下校：「集作昧愚」。

〔五〕「側」，《文苑英華》卷五八七校：「集作北。」

〔六〕「不肖」，《文苑英華》卷五八七作「不行」。

〔七〕「東漢光武」，《文苑英華》卷五八七作「東漢漢光武」。

〔八〕原無「不信德教，專任刑名，二主」十字，據《文苑英華》卷五八七、《全唐文》卷七五〇補。《文苑英華》於「信」字下校：「集作任。」

〔九〕「止一縣宰」，「止」字原作「上」，據《文苑英華》卷五八七、《全唐文》卷七五〇、文津閣本改。

〔一〇〕「愛人如子」，《文苑英華》卷五八七作「愛民如愛子」。

〔一一〕「以治古之教教之」，原作「治以之教教之」，據《文苑英華》卷五八七、《全唐文》卷七五〇、文津閣本改。

〔一二〕「即一時之人」，「人」下原衍一「正」字，據《文苑英華》卷五八七、《全唐文》卷七五〇、文津閣本删。

〔一三〕「摇動」，《文苑英華》卷五八七作「動摇」。

〔一四〕「爲吏長人」，「人」字原作「之」，據《文苑英華》卷五八七、《全唐文》卷七五〇、文津閣本改。

〔一五〕「和風」，《文苑英華》卷五八七作「和氣」。

〔一六〕「在臣之心則然」，此句原作「在臣心之則然」，據《全唐文》卷七五〇、文津閣本改。

〔一七〕「謹奏」，《文苑英華》卷五八七無此二字。

【注　釋】

①杜牧由朝中出任黄州刺史在會昌二年春，抵黄州任所約在當年三四月間。按唐時制度，官員抵州任後不久即得上表朝廷謝恩，故此文蓋作於會昌二年三四月間稍後。又本文有「庶使一州之人，知上有仁聖天子，所遣刺史，不爲虚受」語，其中「仁聖天子」乃稱武宗。考《舊唐書·武宗紀》、《新唐書·武宗紀》等書，「群臣上尊號曰仁聖文武至神大孝皇帝」稱武宗在會昌二年（八四二）四月丁亥。故此文當作於此時稍後。

②撫字：即撫育。字，乳育、養育。《詩·大雅·生民》：「誕之隘巷，牛羊腓字之。」《逸周書·本典》：「字民之道，禮樂所生。」

【集　評】

以文通之芳蕤，發敬輿之剴摯。（鄭郲評本文）

賀平党項表①

臣某言。伏奉三月二十七日敕〔一〕，党項剪除，北邊寧靜，華夏同慶，道路歡呼，臣誠慶誠抃，頓首頓首。伏以上天有震耀殺戮，王者有攻討誅夷，是以不暫討者不久寧〔二〕，不一勞者不永逸。伏以自古夷狄處中華〔三〕，未有不爲患者。春秋時長狄攻魯，北戎病齊，破衛陵燕，侵秦撓晉。西漢趙充國納先零於内地②，東朝馬文泉置當煎於三輔③，自後熾大，侵亂關中，戰爭十年，騷擾四海，陵逼京邑，發掘園陵，段熲不生，終不能滅。後至曹公，因匈奴衰弱，分爲五部，處在汾、晉，散而居之。元海傑然，首亂華夏，中原喪没，凡數百年。國朝貞觀之初，突厥破滅，太宗惑彦博之利口④，忽文貞之成算⑤，處其降衆，置於河南，不數十年，果殘燕、趙，興師命將，輸穀饋財，天下騷然，始能殄滅。是知今古夷狄，處在中土，未有不爲亂者。

伏以党羌雜種，本在河外，生西北之勁俗，稟天地之戾氣，爲西戎所蹙，舉種來降，國家納之，置於内地。爰受冠帶，兼伏征徭，角觡既成，觝觸是務。天寶、至德之際，北燕偏重，去聲中原一掀。大曆、建中之際〔四〕，逆胡餘波，巨盜再起。党羌因此，亦恣猖狂。兔伏鳥飛，爲戎虜之耳目；狼心梟響，作郊畿之殘賊。比以回鶻未殄，吐蕃正强，且須羈縻，未可重撅。於是邊疆日駭，種類歲繁，每至勁弓折膠，重馬免乳〔五〕，以魁健之質，張忿鷙之兇，劫饋穀以焚舟，殺輻車而閉道。衆虺盤結，群犬吽牙，依據深山，出没險徑，近在宇下，游於轂中，艱難已來，不能剷削。

伏惟聖敬文思和武光孝皇帝⑥，皇天縱聖，赫日資明，威極風霆，謀先造化，潛運睿算，獨決神機。箕宿禡牙⑦，狼星斂角，戊日禱馬，太白揚眉，按瑣而邊事無遺〔六〕，聚米而兵形盡見⑧。披其要地，擣以奇兵，獸窮搏人，鹿急走隘〔七〕。囊封赤白，雜沓繼來；雉走檄書，遠近同至。蘇、辛、李、蔡、傅、鄭、甘、陳，十萬齊呼，四面同入。行軍於枕席之上〔八〕，敗虜於險阻之中。或以利戈舂喉，或以長矛挾脅。僵屍積疊，千山之草木飛腥〔九〕；霆雹轟喧，萬里之威稜大震〔一〇〕。

《詩》曰：「不弔昊天，亂靡有定。」此言中國不振，蠻夷入伐，下人號天，以告亂也。復曰：「宣王薄伐，《小雅》中興。」是知武功不成，文德不洽。皋陶無遺之誡⑨，史佚非類之言⑩，若不殄除，何爲家國？自此兵爲農器，革作軒車，泥紫金於常山⑪，沉殘戎於青海。天覆盡得，禹畫無遺，統華夏爲一家，用夷狄爲四守。萬物由道，百度皆貞，遠超三代之風，使無一人之獄〔一一〕。

臣僻左小郡，樸樕散材，空過流年，徒生聖代，尚能爲詩見志，作歌極情，上詠神功，庶垂後代。限以守土，不獲稱慶〔一二〕，無任踴躍款懇之至〔一三〕，謹奉表陳賀以聞〔一四〕。臣誠惶誠恐，頓首頓首。謹言。

【校勘記】

〔一〕「三月二十七日」，《文苑英華》卷五六八作「二月二十七日」。

〔二〕「不暫討者」，《文苑英華》卷五六八、《全唐文》卷七五〇作「不暫費者」。

〔三〕「夷狄處中華」，《文苑英華》卷五六八作「處夷狄於中華」。

〔四〕「際」，《文苑英華》卷五六八作「時」。

〔五〕「重馬」，《全唐文》卷七五〇作「童馬」。

〔六〕「按瑣」，《文苑英華》卷五六八作「按鎖」。

〔七〕「走隘」，《文苑英華》卷五六八、《全唐文》卷七五〇作「走險」。

〔八〕「於枕席」，《文苑英華》卷五六八作「猶枕席」。

〔九〕「飛腥」，《文苑英華》卷五六八作「盡腥」。

〔一〇〕「威稜」，《文苑英華》卷五六八作「威靈」。

〔二〕「獄」，《文苑英華》卷五六八作「虐」。

〔三〕「不獲稱慶」，《文苑英華》卷五六八作「不獲稱慶闕庭」。

〔三〕「款懇」，《文苑英華》卷五六八作「屏營」。

〔四〕《文苑英華》卷五六八文至此，無以下文字。

【注釋】

① 党項爲我國古民族名。漢西羌之一支。初居今青海甘肅四川邊區一帶。南北朝後期漸趨强大。唐貞觀三年，以其地置軌州。晚唐時，党項向東北遷移至今甘肅、寧夏、陝北一帶。其時唐軍將貪暴，奪取其牛馬，妄爲誅殺，故與之多有衝突戰爭。《資治通鑑》卷二四九大中五年正月記云：「上頗知党項之反由邊帥利其羊馬，數欺奪之，或妄誅殺，党項不勝憤怒，故反，乃以右諫議大夫李福爲夏綏節度使。自是繼選儒臣以代邊帥之貪暴者，行日復面加戒勵，党項由是遂安。」又同書大中五年四月記：白「敏中軍於寧州，壬子，定遠城使史元破党項九千餘帳於三交谷，敏中奏党項平」。本文謂「伏奉三月二十七日，党項剪除，北邊寧靜，華夏同慶，道路歡呼」、「臣僻左小郡，樸樕散材，空過流年」，則此時杜牧仍在湖州刺史任。其大中五年八月離湖州任，則文蓋作於大中五年（八五一）四月或稍後。

②先零：漢代羌之一支，又稱先寧羌。最初居於今甘肅、青海湟水流域。漢武帝伐匈奴，始置護羌校尉。後即離開湟中至西海鹽池一帶。宣帝時，復渡湟水，爲趙充國所破。後漸與西北各族融合。

③東朝馬文泉置當煎於三輔：東朝，即東漢。馬文泉，即馬援，字文淵，因避唐高祖李淵名諱而稱。馬援，傳見《後漢書》卷二四。當煎，古民族名，西羌之一支，東漢初年被馬援所擊敗。三輔，地名，即長安地區，三輔所轄地區稱三輔。

④彦博：即温彦博。字大臨，太原祁人。通書記，警悟而辯。累官中書舍人，中書侍郎。遷中書令，封虞國公。後遷尚書右僕射。傳見《舊唐書》卷六一、《新唐書》卷九一。據《新唐書》本傳載：「貞觀四年，遷中書令，封虞國公。突厥降，詔議所以安邊者，彦博請如漢置降匈奴五原塞，以爲捍蔽，與魏徵廷爭，徵不勝其辯，天子卒從之。其後突利可汗弟結社率謀反，帝始悔云。」

⑤文貞：即魏徵。字玄成，魏州曲城人。入唐後，累官拜尚書右丞，諫議大夫，秘書監、檢校侍中，進爵郡公。拜特進，知門下省事，詔朝章國典，參議得失。後謚文貞。傳見《舊唐書》卷七一、《新唐書》卷九七。

⑥聖敬文思和武光孝皇帝：指唐宣宗。大中二年正月，群臣向唐宣宗上「聖敬文思和武光孝皇帝」尊號。

⑦箕宿禡牙：箕宿，星宿名。古人將星宿與地上各地區相對應，箕宿即與當時唐軍所在之幽州相對應，故用以代表幽州。禡牙，古時出師行祭牙旗之禮。唐封演《封氏聞見記》卷五：「軍前大旗，謂之牙旗。出師則有建牙、禡牙之事。」

⑧聚米：比喻指畫軍事形勢，運籌決策。《後漢書·馬援傳》：「援因説隗囂將帥有土崩之埶，兵進有必破之狀。又於帝前聚米爲山谷，指畫形埶，開示衆軍所從道徑往來，分析曲折，昭然可曉。帝曰：『虜在吾目中矣。』明旦，遂進軍至第一，囂衆大潰。」

⑨皋陶無遺之誡：皋陶曾告誡務必消滅凶殘之異族叛亂者。皋陶，又作咎陶。舜之大臣，傳説乃掌管刑獄之事。事跡見《史記》卷二《夏本紀》。

⑩史佚非類之言：史佚曾謂異族非我同類，不可親近。史佚，人名，或作史逸，亦稱册逸、尹逸、尹佚。周初史官。周武王伐紂後，立於社，佚爲策祝。周成王削桐葉爲圭，戲封弟叔虞，史佚以天子無戲言而書記之，成王乃封叔虞於唐。

⑪泥紫金於常山：泥紫金，拌和紫泥金泥，用來封印詔書。此指朝廷祭天告捷。常山，即恒山，乃五嶽之一。其主峰在今河北曲陽縣西北。歷代王朝皆祀北嶽於曲陽。

進撰故江西韋大夫遺愛碑文表〔一〕①

右。臣奉某月日敕牒〔二〕，令撰故江西觀察使韋丹遺愛碑文。臣官卑人微，素無文學，恩生望外，事出非常，承命震驚，以榮爲懼。伏以洪爲州府，逾於千年〔三〕，言念疲羸，常患水火，風俗如此，改革無因。韋丹受朝廷分憂，爲百姓去弊，不踐舊跡，特建宏謀。凡三年苦心，去千歲大患，兼之灌溉種蒔，豐其衣食。渤海、潁川之治②，邵父、杜母之恩③，校之於丹〔四〕，未足爲比。

伏惟皇帝陛下陟降順帝，施設如神，納諫若轉丸，去惡如反掌。是以兵刑措寢，年穀豐登，而猶念切疲人，及於循吏。緬韋丹已效之績〔五〕，慰江西去思之心，特與彰揚，創爲碑紀〔六〕。是宜使内直學士，西掖辭臣，振發雄文，流傳後代。至於臣者，最爲鄙陋〔七〕，明命忽臨，牢讓無路，俯仰慚懼，神魂驚飛。

臣不敢深引古文，廣徵樸學，但首叙元和中興得人之盛，次述韋丹在任爲治之功。事必直書，辭無華飾，所冀通衢一建，百姓皆觀，事事彰明〔八〕，人人曉會。但率誠樸，不近文章。受曲被之恩私，如生羽翼；報非次之拔擢，宜裂肝腸。無任感激懇悃血誠之至。其碑文本，謹隨狀封進以聞〔九〕。謹奏。

【校勘記】

〔一〕「故」，《文苑英華》卷六一一無此字。

〔二〕「臣奉」，《文苑英華》卷六一一作「臣某言奉」。

〔三〕「千年」，「年」，《文苑英華》卷六一一作「載」，下校：「集作年。」

〔四〕「校之於丹」，「校」字原作「授」，據《文苑英華》卷六一一、《全唐文》卷七五〇、文津閣本改。

〔五〕「已效」，「已」，《文苑英華》卷六一一作「所」，下校：「集作已。」

〔六〕「碑紀」，《全唐文》卷七五〇作「碑記」。

〔七〕「鄙陋」，「陋」，《文苑英華》卷六一一作「蕪」，下校：「集作陋。」

〔八〕「事事」，《文苑英華》卷六一一於後一「事」下校：「一作勳。」

〔九〕《文苑英華》卷六一一文至此，無以下「謹奏」二字。

【注釋】

① 江西韋大夫爲韋丹，字文明，京兆萬年人。早孤，從顔真卿學，明經及第，復舉五經，歷咸陽尉。累

官司封郎中、容州刺史、諫議大夫、劍南東川節度使，封武陽公，徙爲江南西道觀察使等。傳見《新唐書》卷一九七。本集卷七《唐故江西觀察使武陽公韋公遺愛碑》乃杜牧所草韋丹碑，其中記此碑之撰緣起事云：「皇帝召丞相延英便殿講議政事，及於循吏，且稱元和中興之盛，言理人者誰居第一？丞相墀言：『臣嘗守土江西，目睹觀察使韋丹有大功德被于八州，殁四十年，稚老歌思，如丹尚存。』……乃命守臣紇干臮上丹之功狀，聯大中三年正月二十日詔書，授史臣尚書司勳員外郎杜牧，曰：『汝爲丹序而銘之，以美大其事。』」《資治通鑑》卷二四八大中三年正月亦載「乙亥，詔史館修撰杜牧撰（韋）丹遺愛碑以記之」。則杜牧受命撰寫韋丹碑在大中三年（八四九）正月乙亥，其撰寫畢進獻碑文及本文，蓋在此時後不久春中。

②渤海潁川之治：渤海之治，指龔遂治理渤海郡事。龔遂，漢代人，字少卿，山陽南平陽人。傳見《漢書》卷八九。據其本傳，漢「宣帝即位，久之，渤海左右郡歲飢，盜賊並起」，龔遂奉命往治。經其治理，「盜賊於是悉平，民安土樂業」、「郡中皆有畜積，吏民皆富實，獄訟止息」。潁川之治，指漢代黄霸治理潁川之事。黄霸，淮陽人。以讀書爲吏，官至潁川太守。傳見《史記》卷九六。據其本傳，黄霸「治潁川，以禮義條教喻告化之。犯法者，風曉令自殺。化大行，名聲聞。孝宣帝下制曰：『潁川太守霸，以宣布詔令治民，道不拾遺，男女異路，獄中無重囚，賜爵關内侯，黄金百斤。』」

③邵父杜母之恩：邵父，指漢代召信臣。字翁卿，九江壽春人。累官零陵、南陽、河南太守、少府，列爲九卿。傳見《漢書》卷八九。據其本傳，「其治視民如子，所居見稱述」，「爲人勤力有方略，好爲民興利，務在富之」，「其化大行，郡中莫不耕稼力田，百姓歸之，户口增倍，盜賊獄訟衰止。吏民親愛信臣，號之曰召父。荆州刺史奏信臣爲百姓興利，郡以殷富，……遷河南太守，治行常爲第一」。杜母，指東漢杜詩。字君公，河内汲人。傳見《後漢書》卷三一。據其本傳，「拜成皋令，視事三歲，舉政尤異。再遷爲沛郡都尉，轉汝南都尉，所在稱治。七年，遷南陽太守。性節儉而政治清平，……省愛民役。造作水排，鑄爲農器，用力少，見功多，百姓便之。……時人方於召信臣，故南陽爲之語曰：『前有召父，後有杜母。』」

爲中書門下請追尊號表①

臣某等言。伏以收復河湟，廓開土宇，北絶梓嶺，西過榆溪，壯中夏起塞之雄，奪西戎理弓之地，至使强虜，不敢觸鋒。山鏁七關，地闢千里，歌《狸首》而息射②，詠《杕杜》以勞旋③，聖德神功，超今越古。某月日，臣某等於延英殿面奉德音，陛下以尅定舊疆，獲成先志，歸功祖考，追尊鴻名。

臣等伏念國家之爲治也，溢三皇之軌躅，奮百代之上下。天寶之末，天下泰寧〔一〕，恃富庶而醉飽無虞〔二〕，韜干戈而兇逆潛作。大曆、貞元之際，河北、河南之地，朝廷行姑息之政，郡國皆叛亂之臣。苟且之令行，畫一之法廢，月增日長，雄唱雌和。李錡宗子，劉闢書生，東據石頭，西斷劍閣，朝廷所有，唯止兩京。伏惟憲宗皇帝順上帝之心，酌列聖之法，爵不踰等〔三〕，舉不失賢，親莊正之人〔四〕，去側媚之士〔五〕。然後提挈綱紀，震疊雷霆，誅夷群兇，洒掃四海。百度如律，九功可歌，天業益張，聖統無極。《詩》曰：「惠我無疆，子孫保之。」復曰：「周雖舊邦，其命惟新。」伏惟元和之功〔六〕，實開中興之業。

伏惟聖敬文思和武光孝皇帝陛下，脩先王之大道，行天下之達德，廣問延諫，褒直盡下，首雪冤獄，常對法官。是則虞舜恤刑，文王慎罰，無以過也。開張聰明，延納諫諍，守職業者，無職不舉，被言責者，無事不言，皆獲甄升，豈唯假借。夫仲尼以三人有我師，大禹以愚夫能勝予，是仲尼之好問，大禹之拜言，無以過也。是以百姓手足，皆安於措置；四海風俗，益臻於和平。尚猶午夜觀書〔七〕，日昃聽政，下採人病〔八〕，上求天瑞〔九〕。《帝典》曰「聖敬日躋」④，《湯銘》曰「日日新」⑤。是陛下之德〔一〇〕，有以過之〔一一〕。仲尼曰：「禹立三年，百姓以仁。」仰陛下之至理〔一二〕，知孔聖之可驗。

夫西戎强盛，自古無之，包有引弓之人，盡爲跨馬之國〔一三〕。天下獻力，備邊不充；四海輸賦，養兵不足。廣川薦草，盡爲所有；健兵猝馬〔一四〕，不可當鋒。雖李廣材能，充國沉勇，但能閉壘〔一五〕，豈敢交綏。伏惟聖敬文思和武光孝皇帝陛下，畜睿算於霄漢之表〔一六〕，盡聖謨於造化之先〔一七〕。捕虜將軍，射聲校尉，羽林突陣之騎，酒泉校射之兵〔一八〕，親自指蹤，同時受命。信星效祉，靈旗呈祥，壁壘言言而洞開〔一九〕，渠魁纍纍而自縛〔二〇〕。解辮削衽，投戈委弓，懾怛威靈，歡呼冠帶。破種徙域，空漠靜邊，指北海而封燕然，中西域而立幕府。鄭吉之理烏壘⑥，班超之鎮他乾⑦，大庇生人，一寬天下。昔漢武帝之逐北虜，四海耗半，殷高宗之伐鬼方，三年乃克。《尚書》、《班史》，稱德詠功。今陛下用仁義爲干戈，以恩信爲疆場，所求必至，有鬬必先〔二一〕，不遺一矢，不頓一刃，洗八聖旰食之恨〔二二〕，刷百年亡地之羞〔二三〕。《小雅》盡興，大業無極，爲而不有，歸功先帝。《禮》曰：「天子有善，上讓於天。」仲尼曰：「武王、周公，其達孝乎。」蓋以善於繼述，能光祖考。今者陛下謙讓之道，符於《禮經》，繼述之孝，稱於孔聖。臣等待罪宰相，日睹昇平，謹具太常追尊順宗皇帝、憲宗皇帝謚號如前，伏聽敕旨〔二四〕。

【校勘記】

〔一〕「泰寧」，「泰」，《文苑英華》卷六〇八作「大」，下校：「集作泰。」

〔二〕「富庶」，「庶」，《文苑英華》卷六〇八作「貴」，下校：「集作庶。」「無虞」，「無」，《文苑英華》卷六〇八作「非」，下校：「集作無。」

〔三〕「踰等」，「等」，《文苑英華》卷六〇八作「德」，下校：「集作等。」

〔四〕「親莊正之人」，《文苑英華》卷六〇八作「親端莊之正人」。

〔五〕「去側媚之士」，《文苑英華》卷六〇八作「去側媚之邪士」，下校：「集作親莊正之人，去側媚之士。」

〔六〕「功」，《文苑英華》卷六〇八、《全唐文》卷七五〇、文津閣本作「初」，《文苑英華》下校：「集作功。」

〔七〕「午夜」，《文苑英華》卷六〇八、《全唐文》卷七五〇作「子夜」，《文苑英華》於「子」字下校：「集作午。」

〔八〕「病」，《全唐文》卷七五〇作「瘼」。

〔九〕「上求天瑞」，原作「上求天端」，據《全唐文》卷七五〇、文津閣本改。

〔一〇〕「是陛下」，《文苑英華》卷六〇八作「是誠陛下」，並於「誠」下校：「集無誠字。」

〔一一〕「過」，《文苑英華》卷六〇八作「方」，下校：「集作過。」

〔一二〕「仰陛下之至理」，《文苑英華》卷六〇八於「仰」字前有「遂」字。

〔一三〕「盡爲」，「爲」，《文苑英華》卷六〇八作「臣」，下校：「集作爲。」

〔一四〕「健兵猝馬」，「猝馬」原作「倅馬」。胡校：「楊守敬校曰：『倅，《說文》：「副也。」疑是「猝」。《說文》：「猝，犬从草暴出逐人也。」《玉篇》：「言倉卒暴疾也，突也。」』」今據改。

〔一五〕「閉壘」，「壘」，《文苑英華》卷六〇八作「壁」，下校：「集作壘。」

〔一六〕「霄漢」，「霄」，《文苑英華》卷六〇八作「雲」，下校：「集作霄。」

〔一七〕「盡」，《文苑英華》卷六〇八、《全唐文》卷七五〇作「晝」。

〔一八〕「校射」，「射」，《文苑英華》卷六〇八作「尉」，下校：「集作射。」

〔一九〕「言言」，《全唐文》卷七五〇作「巖巖」。

〔二〇〕「而」，《文苑英華》卷六〇八作「以」，下校：「集作而。」

〔二一〕「闘」，《文苑英華》卷六〇八、文津閣本作「開」。

〔二二〕「洗八聖旰食之恨」，「旰食」，《文苑英華》卷六〇八作「廻首」，下校：「集作旰食。」

〔二三〕「刷百年亡地之羞」，「刷」字原爲缺文，據《文苑英華》卷六〇八補。《全唐文》卷七五〇、文津閣本作「雪」字。

〔二四〕「聽」，《文苑英華》卷六〇八作「候」，下校：「集作聽。」

【注　釋】

①　據文末「臣等待罪宰相，目睹昇平，謹具太常追尊順宗皇帝、憲宗皇帝謚號如前，伏聽敕旨」，此文

乃杜牧代群臣所撰追尊順宗、憲宗謚號奏表。《舊唐書·宣宗紀》大中三年十二月記：「追謚順宗曰至德大聖大安孝皇帝，憲宗曰昭文章武大聖孝皇帝。初以河、湟收復，百僚請加徽號，帝曰：『河、湟收復，繼成先志，朕欲追尊祖宗，以昭功烈。』白敏中等對曰：『非臣愚昧所能及。』」按，《資治通鑑》卷二四八大中三年閏十一月丁酉記「宰相以克復河、湟請上尊號，上曰：『憲宗常有志復河、湟，……其議加順、憲二廟尊謚以昭功烈。』」並記加追順宗、憲宗尊號事於同月甲戌日。據此本文乃代白敏中諸臣所撰，約撰於大中三年（八四九）十一、十二月間。

② 貍首：古代逸詩篇名。諸侯行射禮時歌《貍首》以爲發矢之節度。《儀禮·大射》：「上射揖，司射退，反位。樂正命太師曰：『奏《貍首》，閒若一。』」鄭玄注：「《貍首》，逸詩《曾孫》也。貍之言不來也。其詩有『射諸侯首不朝者』之言，因以名篇。」

③ 杕杜：《詩經·小雅》篇名。其序曰「勞還役也」。後多用爲慶凱旋之典故。

④ 帝典：指《尚書》中之《堯典》。

⑤ 湯銘：指商湯所刻銘文，亦稱《盤銘》。

⑥ 鄭吉之理烏壘：鄭吉，西漢會稽人，傳見《漢書》卷七〇。據其本傳，鄭吉數出西域，「自張騫通西域，李廣利征伐之後，初置校尉，屯田渠黎。至宣帝時，吉以侍郎田渠黎，積穀，因發諸國兵攻破車師，遷衛司馬，使護鄯善以西南道。」「吉既破車師，降日逐，威震西域，遂並護車師以西道，故號都

護。都護之置自吉始焉。……吉於是中西域而立莫府，治烏壘城，鎮撫諸國，誅伐懷集之。漢之號令班西域矣，始自張騫而成於鄭吉。」烏壘，地名。在今新疆輪臺縣東。鄭吉任西域都護時之治所。

⑦班超之鎮他乾：班超，字仲升，東漢扶風平陵人。傳見《後漢書》卷四七。班超曾出使西域，西域五十餘國以此獲得安寧。班超以此官至西域都護，封定遠侯。他乾，地名，亦名它乾。地在今新疆。本傳謂「明年，龜兹、姑墨、温宿皆降，乃以超爲都護，徐幹爲長史。……超居龜兹它乾城，徐幹屯疏勒。西域唯焉耆、危須、尉犁以前没都護，懷二心，其餘悉定。」後班超皆平定之，「因縱兵鈔掠，斬首五千餘級，獲生口萬五千人，馬畜牛羊三十餘萬頭，更立元孟爲焉耆王。超留焉耆半歲，慰撫之。於是西域五十餘國悉皆納質内屬焉。明年，下詔曰：往者匈奴獨擅西域，寇河西，……超遂踰葱領，迄縣度，出入二十二年，莫不賓從。改立其王，而綏其人。不動中國，不煩戎士，得遠夷之和，同異俗之心，而致天誅，蠲宿耻，以報將士之讎。……其封超爲定遠侯，邑千户」。

【集評】

杜牧《請追尊號表》：「武帝之逐北虜，四海耗半；高宗之伐鬼方，三年乃克。《尚書》、班史稱德詠功。」按「鬼方」事，見《周易》既濟、未濟二卦，今云《尚書》，疑誤。（彭叔夏《文苑英華辯證》卷二「事疑」）

賀生擒衡州草賊鄧裴表①

臣某等言。伏見湖南團練使奏，生擒衡州草賊鄧裴及徒黨等。伏以湖湘旱耗，百姓飢荒，遂有奸兇，敢圖嘯聚。今承擒滅，已盡根株。臣等誠歡誠抃，頓首頓首。臣聞三代之英，兩漢之盛，姦宄亂常之類〔一〕，挻災構逆之黨〔二〕，乘間即有，遇隙便生。伏惟聖敬文思和武光孝皇帝陛下〔三〕，威極風霆，德滋雨露，正開壽域，盡納群生，永戢干戈，將臻富庶。逆賊鄧裴，蕞爾小孽〔四〕，敢因艱食，漸誘飢人，剥亂鄉閭，陵驚郡邑，徒堅黨合，事鉅寇牢。或據深山，或閉官道，遂使湖、嶺之外，人不聊生。慎由指揮義徒②，總齊武士，仰憑睿算，遠仗皇威，不經歲時，盡翦豺虺。党項已寧於朔北〔五〕，妖黨復殄於巴西③，今擒鄧裴，一清湖、嶺。用夷狄爲四守，統華夏爲一家。言念秋毫，無非帝力。臣等備位台鼎，日奉聖謨，無任抃舞慶快歡呼踴躍之至〔六〕。

【校勘記】

〔一〕「姦宄」，文津閣本作「姦兇」。

〔二〕「災」，《文苑英華》卷五六八作「兇」。

〔三〕「伏惟」，《文苑英華》卷五六八作「伏以」。

〔四〕「蕞爾」，原作「䰂爾」，據《文苑英華》卷五六八、《全唐文》卷七五〇改。

〔五〕「党項」，「項」，《文苑英華》卷五六八作「羌」，下校：「一作項。」

〔六〕「無任抃舞慶快歡呼踴躍之至」，《文苑英華》卷五六八作「無任慶抃快歡呼之至」。

【注　釋】

①本文云：「伏見湖南團練使奏，生擒衡州草賊鄧裴及徒黨等。」按《資治通鑑》卷二四九大中六年四月記：「湖南奏，團練副使馮少端討衡州賊帥鄧裴，平之。」則討平鄧裴在大中六年（八五二）四月，此文當作於此時稍後。

②慎由：指崔慎由。字敬止，齊州全節人。進士及第，復登賢良方正科。曾任右拾遺、翰林學士。授湖南觀察使，又歷刑部侍郎領浙西。後任工部尚書、宰相，授太子太保等。傳見《舊唐書》卷一七七、《新唐書》卷一一四。據吴廷燮《唐方鎮年表》卷六所考，崔慎由大中五年至大中七年在湖

南觀察使任。

③妖黨復殄於巴西：指平定蓬州、果州群盜事。《資治通鑑》卷二四九大中五年十月記：「蓬、果群盜依阻鷄山，寇掠三川，以果州刺史王贄弘充三川行營都知兵馬使以討之。」同書大中六年二月又記：「是時，山南西道節度使封敖奏巴南妖賊言辭悖慢，上怒甚。……乃遣京兆少尹劉潼詣果州招諭之。……潼歸館，而王贄弘與中使似先義逸引兵已至山下，竟擊滅之。」

謝賜御札提舉邊將表①

伏奉宸翰，以邊塞未靜，將帥乏才，唯務誅求，不謀兵食者。伏以陛下自即位已來，正朝廷而舉典法，肥天下而壽群生，故能不血刃以收河湟，用文誥而降羌寇，干戈偃戢，遠邇安寧。今者尚以戍邊，未得高枕，深憂將帥，不副憂勤。或但恣於侵貪，或不事其兵食，須有戒勵，形於詔書。此乃周文小心克勤，大禹不自滿假，比於聖德，無以過焉。臣等備位鼎司，親奉睿旨，銘鏤肝鬲，專令防虞。無任抃躍屏營之至。

【注釋】

①本文乃作於「不血刃以收河湟，用文誥而降羌寇」之後。收河湟在大中五年十月，而「用文誥降羌寇」事《資治通鑑》卷二四九大中五年八月記：「白敏中奏南山党項亦請降。時用兵歲久，國用頗乏，詔并赦南山党項，使之安業。」蓋即指此，文乃作於大中五年十月後。又文云「以邊塞未静，將帥乏才，唯務誅求，不謀兵食」，「今者尚以戍邊，未得高枕，深憂將帥，不副憂勤」，故皇上令諸臣提舉邊將。按，邊將貪暴事《資治通鑑》大中五、六年時有記載，而六年四月記「上欲擇可爲邠寧帥者而難其人，從容與翰林學士、中書舍人須昌畢諴論邊事，……上悦曰：『吾方擇帥，不意頗、牧近在禁廷。卿其爲朕行乎！』」據此可知擇選邊將事蓋在此時前後。又大中六年，杜牧在朝，多有代群臣撰表事，故本文蓋約作於大中六年（八五二）。

謝賜新絲表

右。中使某至，奉宣聖旨，賜臣等新絲者。伏以繭蠶所繫，在於纂組，言功之大，與食爭先。陛下仁德動天，雨澤順序，柔桑沃若，蠶女功勤，皛比凝霜，縈如委霧。繭税不逋於鄉井，被覆皆徧於華夷，盡荷皇慈，同歌帝力。臣等備位台席，親逢盛時，無任踴躍歡抃感恩之至。

壽昌節宴謝賜音樂狀①

右。臣某言。伏以降誕之辰，生靈同慶，合鈞天之廣樂，九奏諧和；令錫宴於仙祠，百辟歡抃。臣等幸生聖代，獲備台階，雖欲殺身，豈酬大造，無任感恩踴躍之至。

【注釋】

① 壽昌節：指唐宣宗生日。據《舊唐書·宣宗紀》，宣宗生於唐憲宗元和五年六月二十二日。

又謝賜茶酒狀〔一〕

右。臣某等言。伏以大慶吉辰，榮霑錫宴，鴻恩繼至，王人薦臨。旨酒名茶〔二〕，玉食仙果，來於御府，莫匪天慈。適口忘憂，已滿小人之腹；殺身粉骨，難酬聖主之恩。臣無任感恩抃躍之至。

【校勘記】

〔一〕《文苑英華》卷六三一題作《壽昌節謝酒食狀》，並於「酒食」下校：「集作茶酒。」

〔二〕「茶」，《文苑英華》卷六三一作「肴」，下校：「集作茶。」

代裴相公讓平章事表①

臣某言。伏奉今月日制書〔一〕，除臣某官同中書門下平章事。祇奉成命，進退失圖〔二〕，捧詔兢惶，銜恩戰慄。臣誠惶誠恐，頓首頓首。

臣本書生，仕逢聖代，掌綸言於西掖②，作藩守於名邦，自顧才能，已是踰越。陛下獎遇不次，拔擢過分，春闈典貢，地官掌財③，咸無政能，粗免僁闕。及擢爲筦榷④，累受寵榮，雖竭盡疲駑，欲裨萬一，而才智踈拙〔三〕，不效涓塵。夫宰相之任，前賢有言，如涉川有舟，如幽室有燭，代天理物，爲人具瞻。豈伊小臣，而膺大任？今朝廷髦俊並作〔四〕，名德森然，或多歷庶官，或皆有功實〔五〕，或四方屏翰，已著勳勞，舉而用之，無不可者。如臣凡淺，豈宜委任？伏乞俯廻天鑑，更擇時賢，必能丹青帝圖，金玉王度，使微臣無尸禄之誚〔六〕，聖主有得賢之名。非唯微臣獲安，實亦天下幸甚。無任惘懇血誠之至。

【校勘記】

〔一〕「伏奉」，《文苑英華》卷五七四作「臣伏奉」。

〔二〕「進退失圖」，「失」字原作「夫」，據《文苑英華》卷五七四、《全唐文》卷七五〇、文津閣本改。

〔三〕「才智疎拙」，《文苑英華》卷五七四作「才疎智拙」。

〔四〕「髦俊並作」，《文苑英華》卷五七四作「髦雋並集」，下校：「集作髦俊並作。」

〔五〕「或皆有功實」，《全唐文》卷七五〇此句無「或」字。

〔六〕「尸禄」，「禄」，《文苑英華》卷五七四作「位」，下校：「集作禄。」

【注　釋】

①裴相公：即裴休。傳見《舊唐書》卷一七七、《新唐書》卷一八二。裴休以禮部尚書同平章事（即宰相）事，《新唐書·宣宗紀》、《新唐書·宰相表》、《資治通鑑》卷二四九均記在大中六年（八五二）八月。本文即作於是時。

②西掖：指中書省。裴休曾在中書省任職，並代皇帝掌草詔令。

③地官：指户部。裴休大中初爲户部侍郎。

④筦榷：此指鹽鐵轉運使。筦，主管。榷，專利、專賣。唐代對鹽、酒、茶等收税或專賣。據《舊唐

書》本傳，裴休「大中初，累官户部侍郎，充諸道鹽鐵轉運使」。

代裴相公謝賜批答表〔一〕①

臣某言。臣伏奉今月日批答，令臣宜斷來表，不許牢讓者。仰承鴻澤，跪捧芝緘，戰越失圖，啓處無地。臣某誠惶誠恐，頓首頓首。

臣昨奉詔書〔二〕，付以魁柄，自顧斗筲之器，樸樕之才，乘恩寵時，竊棟梁任，只合效蔡謨堅卧②，孔霸懇辭③。尚猶拜謝天顔，進見卿士，榮忝既積，憂惶實深〔三〕。是以拜章上陳，懇辭自叙，冀廻聖鑑，更擇時賢。豈意睿旨重臨，綸言再下，不令徇志，且遣守官。大君之成命已行，微臣之丹懇不遂。誓當戮力盡瘁，粉骨捐軀，知無不爲，見死寧避〔四〕，冀答君親生成之德，用酬乾坤覆育之恩〔五〕。無任感激血誠慚惶戰越之至，謹奉陳謝以聞〔六〕。

【校勘記】

〔一〕題原作《又代謝賜批答表》，今據《文苑英華》卷五九八改。

〔二〕「詔書」，「詔」，《文苑英華》卷五九八作「制」，下校：「集作詔。」

〔三〕「憂惶」，「惶」，《文苑英華》卷五九八作「慚」，下校：「集作惶。」

〔四〕「見」，《文苑英華》卷五九八作「有」，下校：「集作見。」

〔五〕「育」，《文苑英華》卷五九八作「載」，下校：「集作育。」

〔六〕此句原無，據《文苑英華》卷五九八、《全唐文》卷七五〇補。

【注釋】

①本文乃接上文後之作。裴休上表讓平章事後，宣宗下批答表不許，故杜牧又代裴休有此文之作。文蓋亦大中六年（八五二）八月所作。

②蔡謨堅卧：蔡謨，晉人。字道明，陳留考城人。累官左光禄大夫、開府儀同三司，領司徒。傳見《晉書》卷七七。據本傳，晉康帝時，將任命謨爲侍中、司徒，蔡謨上書固讓，「詔書屢下，謨固守所執。六年，復上疏，以疾病乞骸骨」。

③孔霸懇辭：孔霸，漢代人，傳見《漢書》卷八一。據本傳，孔「霸亦治《尚書》，事太傅夏侯勝，昭帝末年爲博士，宣帝時爲太中大夫，以選授皇太子經，遷詹事、高密相。……元帝即位，徵霸，以師賜爵關内侯，食邑八百户，號褒成君，給事中，加賜黄金二百斤，第一區，徙名數于長安。霸爲人謙退，不好權勢，常稱爵位泰過，何德以堪之！上欲致霸相位，自御史大夫貢禹卒，及薛廣德免，輒

欲拜霸。霸讓位，自陳至三，上深知其至誠，乃弗用。以是敬之，賞賜甚厚。」

代裴相公謝告身鞍馬狀〔一〕①

右。中使某奉宣聖旨〔二〕，賜臣告身一通、馬一匹，並鞍轡。臣生逢聖代，竊位巖廊。奉告令之詔書，丹霄之雨露猶濕；錫代勞之駿馬，内棧之風雲尚隨。寶軸焕絲綸之言，逸足騁拳奇之態。螢光爝火，何裨日月之明；弱質孤根，但荷乾坤之德。殺身寧報，撫己知慚。無任感恩抃躍懇悃之至。

【校勘記】

〔一〕題原作《又謝賜告身鞍馬狀》，據《文苑英華》卷六二八改。《全唐文》卷七五〇題同《文苑英華》，然「代」字前有「又」字。

〔二〕「中使某奉」，《文苑英華》卷六二八、《全唐文》卷七五〇作「中使某至奉」。

【注釋】

①此文乃代裴休之作。裴休任相後，宣宗賜「告身一通、馬一匹，並鞍轡」，故裴休復委托杜牧草此文以謝。文蓋作於大中六年（八五二）八月裴休任相後。

論閤内延英奏對書時政記狀①

右。舊例宰臣每於閤内及延英奏論政事，及退歸中書，知印宰臣盡書其日德音及宰臣奏事，送付史館，名時政記，史官憑此編入簡策。伏以敷陳時政，承奉聖旨，事非一端，時移數刻，退朝循省，執筆讚論，但記出己之辭，或忘同列之對，若獻替之説或闕，則史册之書不詳。臣今商量，每閤内奏事及延英對廻，陛下所降德音，宰臣所奏公事，人自爲記，共成一篇。既得精詳，必無遺漏，付與史氏，便得直書。伏乞天恩，永爲常式。

【注釋】

①此文亦代裴休所撰。據《新唐書》卷一八二《裴休傳》，大中「六年，進同中書門下平章事，即奏言：『宰相論政上前，知印者次爲時政記，所論非一，詳己辭，略它議，事有所缺，史氏莫得詳。請

宰相人自爲記，合付史官。』」即杜牧所撰此文。據此，訂本文於大中六年（八五二）八月。

謝許受江西送撰韋丹碑彩絹等狀〔一〕①

右。今月十八日〔二〕，中使某至，奉宣聖旨，令臣領江西觀察使紇干衆所寄撰《韋丹遺愛碑文》人事彩絹三百匹者〔三〕。恩隨幸至，榮與利并，抃躍慚惶，罔知所措。伏惟皇帝陛下皇天縱聖，赫日資明，大獎功勞，不計存没，舉韋丹江西之績，特令微臣撰碑〔四〕。墮淚之思，豈慚羊祜②；黄絹之妙，實愧蔡邕③。今者更蒙恩私，廣受絲帛〔五〕，捧戴兢惕，無地容身。不勝感恩慚惶之至〔六〕。

【校勘記】

〔一〕題原作《謝許受江西送彩絹等狀》，今據《文苑英華》卷六三四、《全唐文》卷七五〇改。

〔二〕「十八」，「八」，《文苑英華》卷六三四作「六」，下校：「集作八。」

〔三〕「領江西觀察使」，《文苑英華》卷六三四作「領受江西觀察使」。「三百匹者」，《文苑英華》作「共三百匹」。

〔四〕「特令」，原作「時令」，據《文苑英華》卷六三四、文津閣本改。

〔五〕「絲帛」，《文苑英華》卷六三四作「彩帛」。

〔六〕「慚惶」，《全唐文》卷七五〇作「慚悚」。

【注釋】

①按，此文乃杜牧受命撰寫韋丹遺愛碑文後，宣宗許其接受江西觀察使紇干衆所寄人事彩絹三百匹所上謝表。杜牧《進撰故江西韋大夫遺愛碑文表》乃約在大中三年（八四九）春，本文當作於此後不久。

②墮淚之思豈慚羊祜：羊祜，晉人。字叔子，泰山南城人。傳見《晉書》卷三四。據其本傳，羊祜曾都督荆州諸軍事十年，頗有政績，深得民心。死後，「襄陽百姓於峴山祜平生游憩之所建碑立廟，歲時饗祭焉。望其碑者莫不流涕，杜預因名墮淚碑」。

③黄絹之妙實愧蔡邕：《後漢書·列女傳·孝女曹娥傳》：「孝女曹娥者，會稽上虞人也。父盱，能絃歌，爲巫祝。」後迎神溺死，不得屍骸。「娥年十四，乃沿江號哭，晝夜不絶聲，旬有七日，遂投江而死。至元嘉元年，縣長度尚改葬娥於江南道傍，爲立碑焉。」李賢注引《會稽典録》：「上虞長度尚弟子邯鄲淳，字子禮。時甫弱冠，而有異才。尚先使魏朗作《曹娥碑》，文成未出」，後「因試使

子禮爲之，操筆而成，無所點定。朗嗟歎不暇，遂毀其草。其後蔡邕又題八字曰：『黄絹幼婦，外孫齏臼。』」《世説新語·捷悟》記曹娥碑背有「黄絹幼婦，外孫齏臼」八字，楊修釋云：「黄絹，色絲也，於字爲絶；幼婦，少女也，於字爲妙。外孫，女子也，於字爲好。齏臼，受辛也，於字爲辭。所謂絶妙好辭也。」

内宴請上壽酒①

具官臣某等言。伏惟聖敬文思和武光孝皇帝陛下，天覆地容，堯仁舜孝，四海波静，三春物華，故於彤庭，大開錫宴。竊以三事大僚②，百司庶府，願持玉巵，上千萬壽。未敢專擅，伏俟德音，輕瀆宸嚴，無任戰越之至。

【注釋】

① 聖敬文思和武光孝皇帝乃唐宣宗之尊號，故本文乃作於宣宗時。文有「三春物華」語，知乃作於春日。杜牧大中年間春日在京，唯大中四年、大中六年。故本文乃作於此兩年之一春日。杜牧大中六年任考功郎中、知制誥，後又爲中書舍人，其時多有代群臣撰表事，故此文蓋約作於大中六年

（八五二）春。

② 三事大僚：亦稱三事大夫。指三公。唐代三公爲太尉、司徒、司空。

宴畢殿前謝辭①

具官臣某等言。遲日正麗，廣場洞開，張仙樂者三千餘人，列正羞者二十六豆。酒傾瑶甕，食置雕盤，列圭組以成行，酌金罍以爲勞。屬饜而止，飽德以歸，既醉太平之風，共樂仁壽之域。千年一遇，百辟同歡，臣等備位台司，親逢聖日〔一〕，歡呼抃躍，不能自勝。

【校勘記】

〔一〕「親逢」，文津閣本作「親同」。

【注釋】

① 觀此文意，乃與上文作於同時，蓋約作於大中六年（八五二）春。

謝賜物狀①

具官臣某等言。叨陪錫宴，竊睹鈞天，百品並陳，三酒皆具，微臣所志，已極滿盈，豈意鴻澤重霑，錫賚殊等。朱緑玄黄之繒綵，精金文錦之珍奇，捧戴自天，啓處無地。不勝抃躍感恩之至。

【注　釋】

① 此文所謂「叨陪錫宴」，或即指上兩文之賜宴，其作年蓋同在大中六年（八五二）春。

代人舉周敬復自代狀①

前件官執德以進，嚮道而行，藹有令名，備歷清貫。掌綸言於西掖，才稱發揮；參密命於内庭，衆推忠慎。自珥貂近侍〔一〕，主鑰東門，聲實益重於搢紳，磨涅始彰其堅白。伏以南省實天下根本②，兩丞爲百司管轄，苟非其選，必致敗官〔二〕。今若以臣所任迴授敬復，庶能肅清臺閣，提舉紀綱，既曰陟明，實不虚受。伏乞天恩允臣所請。

【校勘記】

〔一〕「珥貂」，原作「弭貂」，據《文苑英華》卷六三八、《全唐文》卷七五〇、文津閣本改。

〔二〕「敗官」，「敗」，《文苑英華》卷六三八作「曠」，下校：「集作敗。」

【注釋】

① 周敬復：唐文宗開成中，官起居郎、皇太子侍讀。授吏部員外郎，旋以兵部員外郎知制誥。五年，召充翰林學士，轉職方郎中知制誥、中書舍人。後於大中四年檢校左散騎常侍、江西觀察使。七年，入爲尚書右丞。事跡見《重修承旨學士壁記》、《唐郎官石柱題名考》、《唐方鎮年表》卷五等。本文記周敬復曾「自珥貂近侍，主鑰東門」，即謂其已任左散騎常侍，而文中「兩丞」，指尚書左右丞，乃欲推薦周敬復擔任者。故本文當作於周敬復任散騎常侍與尚書右丞之間，亦即大中四年至七年之間。考楊紹復有《授周敬復尚書右丞制》（《全唐文》卷七三三）：「江南西道都團練使、觀察處置等使、檢校右散騎常侍周敬復……可尚書右丞。」又吴廷燮《唐方鎮年表考證》卷下云：「楊紹復文有《授江西觀察使周敬復右丞制》，《樊南文集補·四證禪院碑》有『江西廉帥周公』，

即敬復。……碑作於大中七年。此是年敬復猶鎮洪州之證。」杜牧代人舉周敬復爲尚書丞，則所代之人必在朝爲尚書丞，則杜牧此時當亦任職朝中。核之於杜牧仕歷，且周敬復大中七年任尚書右丞，則代人草本文舉薦周敬復事蓋約在大中六年（八五二）。

② 南省：官署名。唐尚書省在大明宫以南，因稱爲南省。尚書右丞爲尚書省官員。

代人舉蔣係自代狀〔一〕①

伏准某年月日敕，内外文武常參官上後三日，宜舉一人自代者。伏以前件官仁義素彰，文學早著，揚歷臺閣，宣昭令名。嘗爲諫官，無所避忌；及領藩鎮，實惠疲羸。頃者不附權臣，例遭左官〔二〕，今逢明代，猶典小州。伏以封還詔書，駁正時事，職業實重，選擇宜精。今若以臣此官廻與蔣係，既不虚受，實爲陟明〔三〕。伏乞聖慈，允臣所請。謹狀〔四〕。

【校勘記】

〔一〕題原作《代人舉蔣係》，今據《文苑英華》卷六三八、《全唐文》卷七五〇改。

〔二〕「例遭左官」，《文苑英華》卷六三八作「例遷佐官」，下校：「集作例遭左官。」

〔三〕「實爲」，「爲」，《文苑英華》卷六三八作「曰」，下校：「集作爲。」

〔四〕「謹狀」，《文苑英華》卷六三八無此二字。

【注　釋】

①蔣係：常州義興人。累官右拾遺、史館修撰，轉工部員外郎、郎中。開成末任諫議大夫。武宗朝，爲李德裕所排，出爲桂管觀察使，復貶唐州刺史。宣宗立，召爲給事中、集賢院學士判院事。後仕至山南東道節度使、東都留守。傳見《舊唐書》卷一四九、《新唐書》卷一三二。本文云「今逢明代，猶典小州」。則撰此狀時必在宣宗時，其時蔣係仍在唐州刺史任。文又云「伏以封還詔書，駁正時事，職業實重，選擇宜精」，則所舉薦官乃給事中，蓋此職「凡百司奏鈔，侍中審定，則先讀而署之，以駁正違失」（《舊唐書·職官二·給事中》），與文中所云合。胡可先《杜牧研究叢考·杜牧詩文編年》考此詩爲會昌六年作，謂「據《唐方鎮年表》卷七，蔣係會昌元年至二年鎮桂管，《考證》云：『孫樵《康公墓誌》：「會昌元年登上第。明年臨桂元公辟觀風支使。」此晦會昌二年爲桂管之證。』知元晦即代蔣係，則蔣係會昌二年由桂管觀察使貶爲唐州刺史，至會昌六年任期已滿，又值改換君主不久，因人推薦而内遷爲給事中是理所當然的」。據此訂本文爲會昌六年（八四六）作。

樊川文集卷第十六

上李太尉論北邊事啓①

某啓。伏以聖主垂衣，太尉當軸，威德上顯，和澤下流。諸侯無異心，百姓無怨氣，星辰順靜，日月光明，天業益昌，聖統無極。既功成而理定，實道尊而名垂。今則未聞縱東山之遊②，樂後園之醉，愓愓若不足，兢兢而如無。豈不以邊障尚驚〔一〕，殊虜未殄，防其入寇，猶須徵兵。

伏以迴鶻種落，人素非多〔二〕，校於突厥，絶爲小弱。今者國破衆叛，逃來漠南，爲羈旅之魂，食草萊之實。白黿驪騂之騎〔三〕，凋耗已無；湩酪皮毳之資，飢寒皆盡。寄命雜種〔四〕，藏跡陰山，取之及時，可以一戰。今者度虜之計，不出二者〔五〕，時去時來，徊翔不決，必有所在。西戎已得要約，同其氣勢〔六〕，同爲侵擾，此其一也。心膽破壞，馬畜殘少，且於美水薦草〔七〕，暖日廣川，牧馬養習，以俟强大，此其二也。今者徵中國之兵與之首尾，久戍則有師老費財之憂，深入則有大寒瘃墜之苦，示戎狄之弱，生奸傑之心。今者不取，恐貽後患，敢以管見，上干尊重。

自兩漢伐虜〔八〕，皆是秋冬，不過百日，驅中國之人，入苦寒之地。此時匈奴勁弓折膠，童馬免乳〔九〕，畜肥草壯，力全氣盛，與之相校，勝少敗多。故匈奴云：「漢實大國也，但其人不能辛苦爾。」此所謂避虛而擊實，逃短而攻長。至於後魏崔浩，因見其理，蠕蠕强盛③，屢犯北邊，浩請討之曰：「蠕蠕恃其地遠，自寬來久，故夏則散衆放畜，秋肥乃聚，背寒向暄，南來寇鈔〔一〇〕。今出其慮表，掩其不備，大兵卒至，必驚駭星分，向塵奔走，牡馬護牧，牝馬戀駒，驅馳難制，不得水草，未過數日，則聚而困斃，可一舉而滅矣〔一一〕。」武帝從之，及軍入境〔一二〕，蠕蠕先不設備，民畜布野，驚怖四奔，莫相收攝。於是分軍撲討，東西五千里，南北三千里，凡所俘虜，及獲畜産，彌漫山澤。高車因殺蠕蠕種類④，歸降者三十餘萬落，虜遂散亂。帝沿弱水西行至涿邪山，諸大將慮深入有伏兵〔一三〕，勸帝停止不追。浩先勸窮追之不從，後聞涼州賈胡言，若更前行三日，則盡滅之矣，帝深恨之。

以某所見，今若以幽、并突陣之騎，酒泉教射之兵，整飭誡誓，仲夏潛發。計陰山與涿邪之遠近，十不一二〔一四〕，校蠕蠕、廻鶻之强弱，猶如虎鼠。五月節氣，在中夏則熱，到陰山尚寒，中國之兵，足以施展。行軍於枕席之上，翫寇於掌股之中，軏輻懸瓶，湯沃晛雪，一舉無頻〔一五〕，必然之策。今冰合防秋，冰銷解戍，行之已久，虜爲長然，出其意外，實爲上策。議者或云，北取黠戛，令討廻鶻〔一六〕。伏以黠戛，起於別種，超爲可汗，必是英傑，天時必助，賢材必用，法令必明，滅廻鶻之後，便是勍敵，況示之以弱，必爲所輕。今者四海九州，同風共貫，諸侯用命，年穀豐熟，可以瘞玄玉於常山，孑遺人於河壠。顧兹疲虜，豈遺子孫？伏惟太尉相公文德素昭〔一七〕，武功復著，畫地而兵形盡見，按璪而邊事無遺，唯一指蹤，即可掃跡。昔漢武帝之求賢也，有上書不足採者，輒報罷去，未嘗罪之，故能羈越臣胡，大興禮樂。今太尉與仁聖天子同德，有志之士，無不願死。伏惟特寬狂狷，不賜誅責，生死榮幸〔一八〕，無任感恩攀戀惶懼汗慄之至。謹啓。

【校勘記】

〔一〕「邊障」，文津閣本作「邊陲」。

〔二〕「人素非多」，「素」，《全唐文》卷七五二、文津閣本作「數」。

〔三〕「白鬣驪騂之騎」，「白鬣」，原作「白髮」，《唐文粹》卷八〇同。今據《全唐文》卷七五二改。

〔四〕「雜種」，文津閣本作「雜部」。

〔五〕「今者度虜之計不出二者」，《唐文粹》卷八〇作「今者度虜之不出二者有二」。

〔六〕「同」，文津閣本作「伺」。

〔七〕「且於美水薦草」，「薦」，《唐文粹》卷八〇作「豐」，文津閣本作「茂」。

〔八〕「兩漢伐虜」，「伐」字原作「代」，據《唐文粹》卷八〇、《全唐文》卷七五二、文津閣本改。

〔九〕「童馬免乳」，「童」字原作「重」，據《唐文粹》卷八〇、《全唐文》卷七五二改。

〔一〇〕「鈔」，文津閣本作「抄」。

〔一一〕「可一舉而滅矣」，「矣」字原作「太」，據《唐文粹》卷八〇、《全唐文》卷七五二、文津閣本改。

〔一二〕「及軍入境」，《唐文粹》卷八〇作「及全軍入境」。

〔一三〕「慮深入有伏兵」，《唐文粹》卷八〇、《全唐文》卷七五二於「有」字前有「恐」字。

〔一四〕「十不一二」，「二」字原作「一」，據《唐文粹》卷八〇、《全唐文》卷七五二、文津閣本改。

〔一五〕「無頻」，文津閣本作「無類」。

〔一六〕「令討迴鶻」，「令」字原作「今」，據《唐文粹》卷八〇、《全唐文》卷七五二改。

〔一七〕「文德素昭」，「文德」原作「大德」，據《唐文粹》卷八〇、《全唐文》卷七五二、文津閣本改。

〔一八〕「生死榮幸」，「幸」，《全唐文》卷七五二、文津閣本作「荷」。

【注釋】

① 李太尉：即李德裕，見本集卷十一《上李太尉論江賊書》注①。《杜牧年譜》會昌四年譜考此文作

年云：「按李德裕爲太尉在會昌四年八月（《舊唐書·武宗紀》、《新唐書·宰相表》），此啓中既稱德裕爲太尉，則必作於會昌四年八月之後。啓中有『諸侯無異心，百姓無怨氣』，及『今者四海九州，同風共貫，諸侯用命，年穀丰殖』之語，亦必在平澤潞之後。」又引《資治通鑑》會昌四年九月李德裕「望遣識事中使賜仲武詔，諭以鎮、魏已平昭義，惟回鶻未滅，仲武猶帶北面招討使，宜早思立功」奏語，謂「可見平澤潞之後，李德裕惟以回鶻未滅爲念。杜牧此書，蓋作於會昌四年八月之後，會昌五年五月之前，望李德裕仲夏出師擊回鶻也，故繫於本年」。今即據此訂本文於會昌四年（八四四）。

② 東山之遊：此指山水之遊樂。東山，指東晉謝安等曾隱居遊樂之東山，即在今浙江上虞縣西南。

③ 蠕蠕：生活於我國北方之民族名。又稱柔然、茹茹、芮芮等。

④ 高車：北朝時民族名。敕勒族之別稱。其先爲匈奴，元魏時號高車部，以其所用車車輪高大，輻數至多而名。後爲突厥所併。

【集評】

籌時苦心，萇弘血迸紙矣。（鄭郲評本文）

賀中書門下平澤潞啓①

某啓。伏以上黨之地，肘京洛而履蒲津，倚太原而跨河朔。戰國時，張儀以爲天下之脊；建中日，田悦名曰腹中之眼。帶甲十萬，籍土五州，太行、夷儀爲其扃關，健馬强弓爲其羽翼。自逆黨專有，僅及一世，頗聞教育，實曰精强。昨者凶豎專地之請初陳〔一〕②，聖主整旅之詔將下，中外遠邇，皆疑難攻；蜂蠆螗蜋，頗亦自負。伏惟相公上符神斷③，潛運廟謨，仗宗社威靈，驅風雲雷電。掌上必取，彀中難逃，纔逾周星，果梟逆首。周公東征之役④，捷至三年；憲皇淮夷之師⑤，尅聞四歲。校虜寇之强弱，曾不等倫；考攻取之敗亡，何至容易。若非睿算英略，借筯深謀，比之前修，一何遠出！自此鞭笞反側，灑掃河湟，大開明堂，再振儒校。窮天盡地，皆爲壽域之人；赤子秀眉，共老止戈之代。某謬分符竹⑥，實由恩知〔二〕，慶快歡抃之誠，倍百常品，不宣。謹啓。

【校勘記】

〔一〕「凶豎」，原作「凶竪」，據《文苑英華》卷六五二、《全唐文》卷七五二、文津閣本改。

〔二〕「恩知」，原作「思知」，據《文苑英華》卷六五二、《全唐文》卷七五二、文津閣本改。

【注釋】

①據《資治通鑑》卷二四八，澤潞平在會昌四年（八四四）八月。本文即作於此時稍後，時杜牧在黃州刺史任。

②昨者句：按，此指澤潞劉從諫卒，劉稹秘不發喪，請朝廷命其爲留後事。據《資治通鑑》卷二四七，此事在會昌三年四月。

③相公：指李德裕。其時李德裕爲吏部尚書、同中書門下平章事，兼門下侍郎。

④周公東征之役：周成王時，周公輔政，管叔與蔡叔懷疑周公將篡位，乃與商紂王之子武庚相勾結而叛，故周公出兵東征，三年而平息叛亂。

⑤憲皇淮夷之師：指唐憲宗元和間平定淮西吳元濟與齊地李師道之叛亂。

⑥某謬分符竹：指任黃州刺史。符竹，漢代郡守受竹使符，後因以符竹爲郡守之典故。

上白相公啓①

某啓。伏惟相公上佐聖主，獨專魁柄，封殖良善，修整紀綱。練群臣，謹百職，考功績，覈名實，大張公室，盡閉私門。盛德大功，直筆實光於簡策；清節細行，祝史不愧於神明。天下望之爲準繩，朝廷倚之爲依據。畢公克勤小物②，周公焕發大猷，邴吉陋案吏於公庭③，袁安不錮人於聖代④。衛將軍有長揖之客⑤，張子孺無謝恩之人⑥，吉甫率由舊章⑦，魏相能明故事⑧。房、杜不以求備取人⑨，不以己長格物；姚梁公先有司⑩，修舊法，下位各得言其志，百司各得盡其才。求於古人之賢，皆集相公之德，如以尺量刀解，粉布墨畫，小大銖黍〔一〕，丸角尖缺，各盡其分，皆當其任。是以庶人不議，鄉校無言，天下欣欣，若更生者。自此黄髮之老，待哺之子，不見兵戈，不離抱撫。清廟之祭，四夷來助，蒼生之願，百志皆成，顒顒萬方，實懸斯望。某遠守僻左，無因起居，但採風謡，亦能歌詠。無任攀戀激切之至。謹啓。

【校勘記】

〔一〕「小大銖黍」，「小大」，《全唐文》卷七五二作「大小」。「黍」字原作「參」，據《文苑英華》卷六六五、《全唐文》卷七五二改。

【注　釋】

①白相公：即白敏中。字用晦，白居易從父弟。登進士第，累官户部員外郎、翰林學士、中書舍人、兵部侍郎、學士承旨。後任宰相。仕至中書令、太子太師。傳見《舊唐書》卷一六六、《新唐書》卷一一九。據《舊唐書·宣宗紀》，白敏中拜相在會昌六年（八四六）四月，本文即約在此時稍後所上，時杜牧在池州刺史任。

②畢公：周文王第十五子姬高。周武王滅商後，封姬高於畢，故稱。

③邴吉陋案吏於公庭：邴吉，又作丙吉。字少卿，漢代魯國人。傳見《史記》卷九六、《漢書》卷七四。據《漢書》本傳，「吉本起獄法小吏，後學《詩》、《禮》，皆通大義。及居相位，上寬大，好禮讓。掾史有罪臧，不稱職，輒予長休告，終無所案驗。客或謂吉曰：『君侯爲漢相，姦吏成其私，然無所懲艾。』吉曰：『夫以三公之府有案吏之名，吾竊陋焉。』後人代吉，因以爲故事，公府不案吏，自吉始。」

④袁安不錮人於聖代：袁安，字邵公，東漢汝南汝陽人。傳見《後漢書》卷四五。據其本傳，袁安爲河南尹，「政號嚴明，然未曾以臧罪鞠人。常稱曰：『凡學仕者，高則望宰相，下則希牧守。錮人於聖世，尹所不忍爲也。』聞之者皆感激自勵。在職十年，京師肅然，名重朝廷。」

⑤衛將軍有長揖之客：衛將軍即漢代衛青。字仲卿，河東平陽人。以戰功仕至大將軍。傳見《史

記》卷一一一、《漢書》卷五五。《史記》本傳謂衛青「爲人仁善退讓，以和柔自媚於上」。客，指其門客。

⑥張子孺無謝恩之人：張子孺即漢代張安世，字子孺，杜陵人。累官尚書令、光禄大夫、右將軍等。又封富平侯，拜大司馬。傳見《漢書》卷五九。本傳云：「嘗有所薦，其人來謝，安世大恨，以爲舉賢達能，豈有私謝邪？絶忽復爲通。」

⑦吉甫：即尹吉甫。姓兮，名甲，亦稱兮伯吉父。尹爲官名。尹吉甫爲周宣王時重臣，宣王中興時，曾率師北伐玁狁至太原。

⑧魏相能明故事：魏相，字弱翁，濟陰定陶人，以文吏至丞相。傳見《史記》卷九六、《漢書》卷七四。《漢書》本傳云：「相明《易經》，有師法，好觀漢故事及便宜章奏，以爲古今異制，方今務在奉行故事而已。數條漢興已來國家便宜行事，及賢臣賈誼、鼂錯、董仲舒等所言，奏請施行之，曰：『臣聞明主在上，……』上施行其策。」

⑨房杜：指房玄齡、杜如晦。兩人生平見本集卷一三《上宣州崔大夫書》注②。

⑩姚梁公：即姚崇。生平見本集卷一二《上宣州高大夫書》注⑫。

上周相公啓〔一〕①

某啓。伏奉八月三日敕〔二〕②，除尚書司勳員外郎、史館修撰，承命榮懼，啓處無地。伏以聖主順上帝之則，率四海以仁，神化風行，家至日見。古先哲王之德也〔三〕，有求必至，有開必先，是以傅、吕得於夢卜，申、甫降於山嶽③。伏惟相公待主乃用，爲時而生，當考室構廈之時，膺篤繩削墨之任。贊傑俊，遂賢良，調陰陽，提紀律，類能而使，度材授官〔四〕，常切如家之憂，每懷撻市之耻。是以朝廷禮樂，天下清明，人不凋傷，神不怨悵，萬物由道，百度皆貞。雖周獲仁人，商得元哲，夢卜降嶽之得，豈能逾焉。

某樸樕之才，糞朽之賤，遭逢盛業〔五〕，三帶郡符，自審事宜，實以逾忝。伏以睦州治所，在萬山之中，終日昏氛，侵染衰病〔六〕，自量忝官已過，不敢率然請告，唯念滿歲，得保生還。不意相公拔自污泥〔七〕，昇於霄漢，却收斥錮，令廁班行，仍授名曹，帖以重職。當受震駭，神魂飛揚，撫己自驚，喜過成泣，藥肉白骨，香返遊魂④，言於重恩，無以過此。雖買臣懷紱郡邸⑤，蕭育召拜扶風⑥，楊僕三組垂腰⑦，蘇秦六印在手，校於榮忝，無以爲喻〔八〕，言念微生，難酬殊造。伏以相公自數載已來〔九〕，朝廷篤老〔一〇〕，四海俊賢，皆因挈維〔一一〕，盡在門館。毗輔聖主，巍爲元勳，自有明神，以相百禄。顧唯賤末〔一二〕，報效無門，感激血誠，涕淚迸溢，無任攀戀懇款之至〔一三〕。謹啓。

【校勘記】

〔一〕「上」，《文苑英華》卷六五三作「謝」。

〔二〕「八月三日」，原作「三月八日」，據《文苑英華》卷六五三、繆鉞《杜牧年譜》所考改。《文苑英華》下校：「集作三月八日。」

〔三〕「古先哲王」，「古」字原作「吉」，據《文苑英華》卷六五三、《全唐文》卷七五二、文津閣本改。

〔四〕「授」，原作「受」，據《文苑英華》卷六五三、《全唐文》卷七五二改。

〔五〕「盛業」，「盛」，《文苑英華》卷六五三作「聖」，下校：「集作盛。」

〔六〕「侵」，《文苑英華》卷六五三作「浸」，下校：「集作侵。」

〔七〕「泥」，《文苑英華》卷六五三作「塗」，下校：「集作泥。」

〔八〕「喻」，《文苑英華》卷六五三作「踰」，下校：「集作喻。」

〔九〕「載」，《文苑英華》卷六五三作「年」。

〔一〇〕「篤老」，《文苑英華》卷六五三、《全唐文》卷七五二作「舊老」。

〔一一〕「挈維」，《文苑英華》卷六五三、《全唐文》卷七五二作「提挈」，《文苑英華》下校：「集作挈維。」

〔一二〕「顧」，原作「固」，據《文苑英華》卷六五三、《全唐文》卷七五二改。

〔一三〕「攀戀懇款」，《文苑英華》卷六五三、《全唐文》卷七五二作「攀戀激切懇款」。

【注釋】

①周相公：即周墀。據杜牧《唐故東川節度使檢校右僕射兼御史大夫贈司徒周公墓誌銘》及《新唐書·宣宗紀》、《資治通鑑》所載，周墀任相乃在大中二年五月，本文乃作於周墀任相後提携杜牧入朝爲尚書司勳員外郎、史館修撰，杜牧接到任命後所上感謝周墀啓。據文中「八月三日」語，則文當作於大中二年（八四八）八月。

②八月三日：按，原作「三月八日」，誤。《杜牧年譜》考云：此「與《上宰相求杭州啓》所云『八月』者不合。周相公即周墀，周墀爲相《舊唐書·宣宗紀》記於大中二年三月己酉，《新唐書·宣宗紀》記於大中二年五月己未，《新唐書·宰相表》則又繫於大中二年正月己卯，三處記載不同。本集卷七《唐故東川節度使檢校右僕射兼御史大夫贈司徒周公墓誌銘》則云：『二年五月，以本官平章事。』《通鑑》亦作『五月』，蓋以『五月』爲是。杜牧内擢，周墀之力，若周墀五月始爲相，則無由於三月中援引杜牧，故《上周相公啓》中『三月八日』蓋本作『八月三日』，而後人傳鈔，日月誤

倒也。」

③申甫：據《詩經·大雅·嵩高》及其注，申爲申伯，乃周宣王之母舅；甫爲甫侯，兩人均是周宣王賢臣，其具體姓名生平不詳。

④香返遊魂：東方朔《海内十洲記》：「聚窟洲在西海中，……洲上有大山，……山多大樹，與楓木相類，而花葉香聞數百里，名爲反魂樹。……伐其木根心，於玉釜中煮，取汁，更微火煎，如黑餳狀，令可丸之。名曰驚精香，或名之爲震靈丸，或名之爲反生香，或名之爲震檀香，或名之爲人鳥精，或名之爲却死香。……香氣聞數百里，死者在地，聞香氣乃却活，不復亡也。以香薰死人，更加神驗。征和三年，武帝幸安定。西胡月支國王遣使獻香四兩，大如雀卵，黑如桑椹。……後元元年，長安城内病者數百，亡者太半。帝試取月支神香燒之於城内，其死未三月者，皆活。芳氣經三月不歇，於是信知其神物也。」

⑤買臣懷紱郡邸：買臣即漢代朱買臣。字翁子，吴人。傳見《漢書》卷六四上。本傳謂買臣初「家貧，好讀書，不治産業，常艾薪樵，賣以給食」，其妻不能忍受而離去。後「上拜買臣會稽太守。上謂買臣曰：『富貴不歸故鄉，如衣繡夜行，今子何如？』買臣頓首辭謝。詔買臣到郡，治樓船，備糧食、水戰具，須詔書到，軍與俱進。初，買臣免，待詔，常從會稽守邸者寄居飯食。拜爲太守，買臣衣故衣，懷其印綬，步歸郡邸。……守邸與共食，食且飽，少見其綬。守邸怪之，前引其綬，視其

印，會稽太守章也。……其故人素輕買臣者入内視之，還走，疾呼曰：『實然！』坐中驚駭，白守丞，相推排陳列中庭拜謁。有頃，長安厩吏乘駟馬車來迎，買臣遂乘傳去。會稽聞太守且至，發民除道，縣吏并送迎，車百餘乘。入吳界，見其故妻、妻夫治道。買臣駐車，呼令後車載其夫妻，到太守舍，置園中，給食之。居一月，妻自經死，買臣乞其夫錢，令葬。悉召見故人與飲食諸嘗有恩者，皆報復焉。」

⑥蕭育召拜扶風：蕭育，字次君，西漢東海蘭陵人。傳見《漢書》卷七八。據本傳，蕭育「後爲茂陵令，會課，育第六。而漆令郭舜殿，見責問，育爲之請，扶風怒曰：『君課第六，裁自脱，何暇欲爲左右言？』及罷出，傳召茂陵令詣後曹，當以職事對。育徑出曹，書佐隨牽育，育案佩刀曰：『蕭育杜陵男子，何詣曹也！』遂趨出，欲去官。明旦，詔召入，拜爲司隸校尉。育過扶風府門，官屬掾史數百人拜謁車下。……歷冀州、青州兩郡刺史，長水校尉，泰山太守，入爲大鴻臚。以鄠名賊梁子政阻山爲害，久不伏辜，育爲右扶風數月，盡誅子政等。」

⑦楊僕三組垂腰：楊僕，漢代宜陽人，傳見《史記》卷一二二、《漢書》卷九〇。據《漢書》本傳，楊僕以功曾任主爵都尉、樓船將軍，封將梁侯。後伐功驕人，佩三印還鄉，漢武帝責之有云：「將軍之功，獨有先破石門、尋陿，非有斬將騫旗之實也，烏足以驕人哉！……因用歸家，懷銀黃，垂三組，夸鄉里……」。

【集　評】

杜牧之自睦州刺史入爲司勳郎、史館修撰，以書謝宰相云：「伏以睦州治所，在萬山之中，終日昏氛，漸染衰病，自量忝官已過，不敢率然請告，唯念滿歲，得保生還。不意相公援自污泥，昇於霄漢，却收斥錮，令廁班行，仍授名曹，帖以重職。當受震駭，神魂飛揚，撫己自驚，喜過成泣，藥肉白骨，香返遊魂，言於重恩，無以過此。」又《除官歸京》詩有云：「豈意籠飛鳥，還爲錦帳郎。」嚴固上游名郡，山水之鄉，素非惡地，而牧之又以疏直，乃怏怏不平如此，豈不過甚矣哉？（商輅《蔗山筆麈》）

上鄭相公狀①

某啓。伏以相公自專魁柄，一闡大猷，鎮撫四夷，訓導百吏，無不信順，皆有程品。猶尚不遺微賤〔一〕，特降慰誨，重疊滿幅，榮耀閭門，捧戴生光，啓處無地。聞於白屋之輩，皆願殺身；詢於黄耇之徒，以爲異事。慰示天下，長育人材，魚頡鴻冥之潛，丘中島上之隱，皆可以結戀隨指，效用盡心，接地際天，日出月入，盡得臣妾，無不謳歌。蒼生顒顒，實有所望。某一門骨肉，皆受恩知，效命之誠，瀝血自誓，無任攀戀感激懇悃之至。謹狀。

【校勘記】

〔一〕此句文津閣本作「尚且不遺微賤」。

【注　釋】

①鄭相公：按大和至大中年間鄭姓宰相有二人：鄭覃，大和九年十一月至開成四年五月爲相；鄭肅，會昌四年七月至六年九月爲相。鄭覃，傳見《舊唐書》卷一七三、《新唐書》卷一六五。鄭肅，傳見《舊唐書》卷一七六、《新唐書》卷一八二。本文云「猶尚不遺微賤，特降慰誨」，又有「某一門骨肉，皆受恩知，效命之誠，瀝血自誓」語，與會昌間杜牧已爲刺史不合，而與開成二年至三年間杜牧因病假百日去官後在揚州、宣州幕較爲相合，故姑繫本文於開成二至三年（八三七—八三八）間。

上淮南李相公狀①

某啓。伏以近日當州人吏往來，及諸道賓客行過，皆傳相公以淮海之地災旱累年，仁憫之心，憂念深切，廣求人瘼，大革土風，卹養疲羸，抑挫豪猾。備職者思勵其己，業官者得用其能，鰥寡孤惸，飛沉動植，仁煦必及，惠愛無遺。吏不敢欺，法能必束，上行下效，家至户到，閭里安泰，史册未聞。竊以聖上倚注既深，相公勳業愈重，況兹異政，即達宸聰。伏料窮邊絶塞，將議息兵，宣室明庭，必思舊德，重秉鈞軸，固在旬時。某忝跡門牆，不勝抃躍，攀望棨戟，下情無任戀結之至。謹狀。

【注　釋】

① 淮南李相公：即李德裕。據《舊唐書》卷一七四《李德裕傳》，李德裕開成二年五月爲淮南節度使，至開成五年内召回朝，而此前曾任宰相，故稱。《杜牧年譜》訂本文於開成三年（八三八），謂「蓋本年在宣州幕中所作，狀中所謂『當州人吏往來』，指宣州也」。杜牧本年仍在宣歙幕，至開成四年春方離幕赴京任左補闕、史館修撰。

上吏部高尚書狀①

某啓。人惟樸樕，材實朽下，三守僻左，七换星霜，拘攣莫伸，抑鬱誰訴。每遇時移節换〔一〕，家遠身孤，弔影自傷，向隅獨泣。將欲漁釣一壑，栖遲一丘，無易仕之田園，有仰食之骨肉。當道每歎，末路難循，進退唯艱，憤悱無告。今者大君繼統，賢相秉鈞，遺墜必舉，髦雋並作。伏惟尚書秩高天爵，德冠人倫，爲搢紳之紀綱，作朝廷之標表。凡遊門館，莫非雋賢，至於小人，最爲凡器。頃者幸以屬郡，祗事廉車②，奉約束而雖嚴，滌昏蒙而無術，實多愆闕，每賴恩容。敢望尊嚴，特自褒舉，手示遠降，羈魂震驚，感激彷徨，涕淚迸落。便無跛倚，如生羽翰，全忘鼠循，忽欲鳥舉。雖闕下一召，歲中四遷，校其光榮，不能踰越。《禮》曰：「君子愛其死，有以待也〔二〕；養其身，有以爲也〔三〕。」是小人忘生殺身之地，刳腸奉首之報，今得之矣，復何求焉？江山絶域，登臨已秋，猿吟鳥思，草衰木墜。黎侯寓衛，有《式微》之詩③；趙王遷房，創「山木」之詠④。流落多戚，今古同塵，廻望門牆，涕戀唯積。起居未由，無任血誠懇悃之至。謹狀。

【校勘記】

〔一〕「節换」，文津閣本作「節近」。

〔二〕「君子愛其死有以待也」，「有以」，《全唐文》卷七五〇、文津閣本作「以有」。

〔三〕「養其身有以爲也」，「有以」，《全唐文》卷七五〇作「以有」。

【注釋】

① 高尚書：即高元裕，字景圭。貞元十二年進士，宣宗時累官吏部尚書。傳見《舊唐書》卷一七一、《新唐書》卷一七七。本文云「三守僻左，七換星霜」，乃指杜牧已任黄、池、睦三州刺史，時已七年。杜牧會昌二年始任黄州刺史，至大中二年爲七年。文又有「江山絶域，登臨已秋，猿吟鳥思，草衰木墜」語，乃是初秋時。故本文即作於大中二年（八四八）初秋，時杜牧仍在睦州刺史任，至當年九月即離睦州赴京任司勳員外郎、史館修撰。

② 祗事廉車：廉車，此指高元裕曾任宣歙觀察使。池州屬宣歙管轄，杜牧任池州刺史時，高元裕正爲宣歙觀察使，故有此句。

③ 黎侯二句：據《左傳》魯宣公十五年，狄人潞氏侵奪黎氏地，晉滅潞，立黎侯於黎城。又《詩經·邶風》有《式微》篇，其《小序》謂黎侯被逐而寓於衛，衛處之以二邑，因安之不歸，故其臣賦詩勸之。

④ 趙王二句：《文選·江淹·恨賦》：「若乃趙王既虜，遷於房陵。」李善注引《淮南子》：「趙王遷流房陵，思故鄉，作「山木」之嘔，聞者莫不隕涕。」房，房陵，縣名，秦置。治所在今湖北房縣。秦始皇徙嫪毐、吕不韋黨萬四千餘家於此。趙王，指漢高祖第七子劉恢，先爲梁王，吕后時，徙爲趙王。

上刑部崔尚書狀①

某啓。某比於流輩，疎闊慵怠，不知趨嚮，唯好讀書，多忘，爲文格卑。十年爲幕府吏，每促束於簿書宴遊間。刺史七年，病弟孀妹，百口之家，經營衣食，復有一州賦訟，私以貧苦焦慮，公以愚恐敗悔。仍有嗜酒多睡，厠於其間。是數者，相遭於多忘格卑之中，書不得日讀，文不得專心，百不逮人。所尚業，復不能尺寸銖兩自强自進，乃庸人輩也，復何言哉！今者，欲求爲贄於大君子門下，尚可以爲文而爲其禮，《詩》所謂「有靦面目，視人罔極」者也。謹敢繕寫所爲文凡二十首，伏地汗赧，不知所云。謹狀。

【注　釋】

① 刑部崔尚書：即崔元式。累官湖南觀察使。會昌中先後任河中、河東、義成三鎮節度使。會昌六年，入爲刑部尚書。宣宗初，以刑部尚書判度支，後拜宰相。贈司空。傳見《舊唐書》卷一六三、《新唐書》卷一六〇。本狀云「十年爲幕府吏，……刺史七年，……復有一州賦訟，……今本欲求爲贄於大君子門下」。據此知杜牧此時爲州刺史，並已外任七年。杜牧自會昌二年出任黄州刺

史，後徙池州、睦州，經七年乃大中二年，時在睦州任。是年八月，杜牧已接内任命，九月遂離開睦州入任。據《新唐書》卷六三《宰相表》，大中二年正月，崔元式罷爲刑部尚書，則此文乃作於大中二年（八四八）八月前，此時稱崔元式爲刑部崔尚書，正合。

上安州崔相公啓①

某啓。某比於流輩，一不及人。至於讀書爲文，日夜不倦，凡諸所爲，亦未有以過人。至於會昌三年八月中所獻相公長啓②，鋪陳功業，稱校短長，措於《史記》、兩《漢》之間，讀於文士才人之口，與二子並無愧容。伏恐機務殷繁，不暇省覽，今者竊敢再録啓本，重干尊嚴。付於史官而不誣〔一〕，懸於後代而不泯，其於取重，豈在小人？復敢别録所爲新舊文兩卷，凡一十九首，上塵視聽〔二〕，一希鐫琢。重疊過越，惶懼彌深〔三〕，伏惟照察。謹啓。

【校勘記】

〔一〕「付於史官而不誣」，「史官」，《全唐文》卷七五一作「史館」。

〔二〕「上塵」，原作「上陳」，文津閣本作「上塵」，據改。

〔三〕「彌深」，原作「伏深」，文津閣本作「彌深」，據改。

【注釋】

①安州崔相公：即崔珙。崔珙生平見本集卷一一《上門下崔相公書》注①。據《新唐書·武宗紀》，崔珙開成五年至會昌三年任宰相。又據《資治通鑑》卷二四八，崔珙由恩州司馬遷爲安州長史在會昌六年八月。然郭文鎬《杜牧詩文繫年小札》（《人文雜誌》一九八九年第五期）辨《資治通鑑》此處所記不确，認爲所記「五相同日北遷」，「所載五相之一『昭州刺史李珏爲郴州刺史』即爲會昌五年五月事，詳《八瓊室金石補正》卷七四『李珏華景洞題名』及錢大昕題跋。崔珙爲安州長史事，兩《唐書》漏書。《新唐書·崔珙傳》：『宣宗立，徙商州刺史，以太子賓客分司東都，起爲鳳翔節度使』後，崔珙由鳳翔節度使復貶太子少師分司，《貶崔珙太子少師制》（《全唐文》卷七九）云『及我嗣守，頗聞嘉名，由是剖竹近關，揚旍右輔』，『揚旍右輔』指鎮鳳翔，『剖竹近關』指徙商州，商州在藍田關南，故稱『近關』。崔珙徙商州刺史即在宣宗會昌六年三月即位後不久，其自恩州司馬北遷安州長史則斷不在《通鑑》所書之會昌六年八月，而在刺商州之前，蓋與上年李珏移郴州同時。牧上啓投崔珙，當於聞崔珙移安州長史之初得其實，此文以繫於會昌五年爲宜」。今從之，訂本文於會昌五年（八四五）。

② 此處所言「至於會昌三年八月中所獻相公長啓」，乃指本集卷十一《上門下崔相公書》。

薦韓乂啓①

某啓〔一〕。昨日所啓，言韓拾遺事，非與韓求衣食、救饑寒也，御史亦豈爲救饑寒之官乎？中丞必曰：「大梁奏取，韓以饑寒何不去？」〔二〕夫幕吏乃古之陪臣，以人爲北面〔三〕，雖布衣無恥之士，亦宜訪其樂與不樂，況有道之君子乎〔四〕。韓以旅寓洛中，非不樂梁也〔五〕，不甘不告之請耳。韓及第後，歸越中，佐沈公江西②、宣城。府罷，唐扶中丞辟於閩中，罷府歸，路由建州。妻與元晦同高祖〔六〕③，扶惡晦爲人，不省之。及晦得越，乃棄産避之，居常州。殷儼者④，仰韓之道，自閩寄百縑遺之，及門，不開書緘而斥去之〔七〕。

某比兩府同院〔八〕，但見其廉慎高潔，亦未知其道。大和八年，自淮南有事至越，見韓君於鏡上〔九〕，三畝宅，兩頃田，樹蔬釣魚，唯召名僧爲侶，餘力究《易》，嬉嬉然無日不自得也。未嘗及身名出處之語，未嘗入公府造請與幕吏宴遊，因此不爲搢紳相所見禮〔一〇〕。蕭、高二連帥至〔一一〕⑤，即日造其廬，詢以政事〔一二〕，稱先人梓材，有文學高名，没於越之府幕，故不願復爲越賓。及高至許下，厚禮辟之。其爲人也，貞潔芳茂，非其人不與遊，非其食不敢食。

蕭舍人、考功崔員外是趨於韓交者⑥，某復趨於蕭、崔二君子者，即韓之去某〔一三〕，其間不啻容數十人矣，亦安得知其賢而言之〔一四〕，復不僭乎？ 伏恐中丞謂韓求官，以衣食干交朋者。中丞初在憲府，固宜慎選御史，御史固非救饑寒之官。 某久承恩知，但欲薦賢於盛時，雖至淺陋，亦知不可以交友饑寒求清秩，以干大君子者。 伏慮未審誠懇〔一五〕，故此具陳本末，伏惟照察。 謹啓。

【校勘記】

〔一〕「某啓」，原無此二字，據《文苑英華》卷六五二補。

〔二〕「韓以饑寒」，《全唐文》卷七五二作「韓以救饑寒」。

〔三〕「爲」，原作「焉」，據《文苑英華》卷六五二、《全唐文》卷七五二改。

〔四〕「道」，《文苑英華》卷六五二、《全唐文》卷七五二作「耻」，《文苑英華》下校：「集作道。」

〔五〕「粱」，《文苑英華》卷六五二、《全唐文》卷七五二作「汴」，《文苑英華》下校：「集作粱。」

〔六〕「妻與元晦同高祖」，《文苑英華》卷六五二作「妻爲元晦同高祖妹」。

〔七〕「書緘」，《全唐文》卷七五二作「書函」。

〔八〕「某」，《文苑英華》卷六五二作「牧」。

〔九〕「君於鏡上」，「君」，《文苑英華》卷六五二、《全唐文》卷七五二作「居」。《文苑英華》下校：「集作君。」「鏡」，《全唐文》卷七五二、文津閣本作「境」。

〔一〇〕「相所見禮」，《全唐文》卷七五二作「所相見禮」。

〔一一〕「蕭高二連帥至」，「至」字原無，據《文苑英華》卷六五二、《全唐文》卷七五二、文津閣本補。

〔一二〕「以」，《全唐文》卷七五二作「其」。

〔一三〕「某」，《文苑英華》卷六五二作「牧」。

〔一四〕「亦安得」，文津閣本作「某安得」。

〔一五〕「慮」，《文苑英華》卷六五二、《全唐文》卷七五二作「恐」，《文苑英華》下校：「集作慮。」

【注　釋】

①韓乂：兩《唐書》無傳，據本啓等，韓乂乃京兆人。文宗大和初進士，曾爲沈傳師江西、宣城兩幕府吏，又佐唐扶福建幕，官大理評事。宣宗大中初，任拾遺、主客員外郎，出爲隨州刺史。據郭文鎬《杜牧詩文繫年小札》（《人文雜誌》一九八四年第六期）所考，蕭寘大中六年五月十九日拜中書舍人，文中蕭舍人即此人。「大中六年春韋有翼新遷御史中丞」，「杜牧向初入憲府之中丞薦韓乂即在是時。《薦韓乂啓》應繫於大中六年（八五二）」。今即從之。

②沈公：即沈傳師。生平見本集卷一《張好好詩并序》注②。

③元晦：饒州刺史元洪子。寶曆元年登賢良方正、能直言極諫科。累官殿中侍御史。大和八年，充翰林學士。次年，加庫部員外郎。會昌時，遷吏部郎中，拜右諫議大夫，出爲桂管觀察使，徙浙東。大中元年五月，内授衛尉卿、分司東都。生平見李德裕《授元晦諫議大夫制》、《唐會要》卷七六、岑仲勉《翰林學士壁記注補》、《嘉泰會稽志》卷二等。

④殷儼：兩《唐書》無傳。據《唐會要》卷二九、《唐方鎮年表》卷五，殷儼會昌六年至大中二年在福建觀察使任。

⑤蕭高二連帥：指蕭俶、高銖。蕭俶，大和中累遷至河南少尹。九年五月，拜諫議大夫。開成四年三月，遷越州刺史、御史中丞、浙東都團練觀察使。會昌中，入爲左散騎常侍。後仕至太子太保分司東都。傳見《舊唐書》卷一七二。高銖，字權仲。登進士第，累遷員外郎、吏部郎中、拜給事中，出爲越州刺史、御史中丞、浙東都團練觀察使。後入朝任刑部侍郎。大中初，遷禮部尚書判户部，徙太常卿。傳見《舊唐書》卷一六八、《新唐書》卷一七七。據《唐方鎮年表》卷五，高銖大和九年至開成四年閏正月鎮浙東；蕭俶開成四年至會昌二年鎮浙東。

⑥蕭舍人考功崔員外：蕭舍人爲蕭寘；考功崔員外爲崔壽。蕭寘，蘭陵人。大中中爲兵部員外郎，充翰林學士、加知制誥，進中書舍人。咸通中爲宰相。傳見《舊唐書》卷一七九《蕭遘傳》附、《新

唐書》卷一〇一《蕭瑀傳》附。崔壽，兩《唐書》無傳。博陵人。據本文，曾爲考功員外郎。

【集　評】

年來蝗旱，炊粒如珠，儒流支生無策，御史固救饑寒官。不自求而爲知友求，足深古處。（鄭郟評本文）

上知己文章啓①

某啓。某少小好爲文章，伏以侍郎文師也②，是敢謹貢七篇，以爲視聽之汙。伏以元和功德，凡人盡當歌詠紀叙之〔一〕，故作《燕將録》。往年弔伐之道未甚得所，故作《罪言》。自艱難來始〔二〕，卒伍傭役輩〔三〕，多據兵爲天子諸侯，故作《原十六衛》。諸侯或恃功不識古道，以至于反側叛亂，故作《與劉司徒書》。處士之名，即古之巢、由、伊、呂輩③，近者往往自名之，故作《送薛處士序》。寶曆大起宫室，廣聲色，故作《阿房宫賦》。有廬終南山下④，嘗有耕田著書志，故作《望故園賦》。雖未能深窺古人〔四〕，得與揖讓笑言，亦或的的分其狀貌矣。自四年來，在大君子門下，恭承指顧，約束於政理簿書間，永不執卷。上都有舊第，唯書萬卷；終南山下有舊廬，頗有水樹，當以耒耜筆硯歸其間〔五〕。及齒髮甚壯〔六〕，間冀有成立〔七〕，他日捧持，一遊門下，爲拜謁之先，或希一奬。今者所獻，但有輕黷尊嚴之罪，亦何所取。伏希少假誅責，生死幸甚。謹啓。

【校勘記】

〔一〕「歌詠」，《文苑英華》卷六五七、《全唐文》卷七五二作「詠歌」，《文苑英華》下校：「文粹作歌詠。」

〔二〕「來始」，《唐文粹》卷八五、文津閣本作「以來」，《全唐文》卷七五二作「來」。

〔三〕「卒伍傭役輩」，《全唐文》卷七五二於此句前有「以」字。

〔四〕「深」，《文苑英華》卷六五七、《全唐文》卷七五二作「盡」，《文苑英華》下校：「集作深。」

〔五〕「當以耒耜筆硯歸其間」，原作「當以耒耜筆硯聞」，據《唐文粹》卷八五、《文苑英華》卷六五七改。《全唐文》卷七五二「當以」作「當有」。文津閣本「歸」作「居」字。

〔六〕「及齒髮」，原無「及」字，據《唐文粹》卷八五、《文苑英華》卷六五七、《全唐文》卷七五二、文津閣本補。「齒髮」，《文苑英華》卷六五七、《全唐文》卷七五二作「髮齒」。

〔七〕「間冀有成立」，「冀」字原作「糞」，據《唐文粹》卷八五、《文苑英華》卷六五七、《全唐文》卷七五二、文津閣本改。「間」，《唐文粹》、《文苑英華》、《全唐文》、文津閣本均無此字。

【注　釋】

①本文所謂知己，《杜牧年譜》謂指沈傳師。杜牧自大和二年十月即爲沈傳師辟爲江西團練巡官，後又隨沈傳師轉宣州幕府，凡六年，頗受賞識，以此杜牧視沈爲知己。故繆鉞《杜牧年譜》繫本文作於大和八年（八三四），杜牧時在牛僧孺淮南節度使幕中。本文編年，《杜牧年譜》於大和八年考云：「按啓中云：『伏以侍郎，文師也，是敢謹貢七篇，以爲視聽之汙。』又云：『自四年來，在大君子門下，恭承指顧，約束於政理簿書間。』則杜牧所上書之『知己』，蓋即沈傳師。沈傳師於大和七年四月内擢爲吏部侍郎，大和九年四月卒，而此啓中所獻之文有《罪言》、《原十六衛》等，故此啓之作，必在本年已撰諸文之後，而啓中又云：『上都有舊宅第，唯書萬卷，終南山下有舊廬，頗有水樹。（中略）他日捧持一遊門下，爲拜謁之先，或希一獎。』又可知此啓之作，必在杜牧大和九年進京之前，故定爲本年之作。」然其作年，郭文鎬《杜牧詩文繫年小札》（《人文雜誌》一九八九年第五期）以爲繆鉞繫於大和八年誤，云：「《年譜》謂『知己』爲吏部侍郎沈傳師，繫文於大和八年（八三四），誤。牧大和二年冬至七年夏佐沈傳師江西、宣城幕，凡六年，非四年。牧《與浙西盧大夫書》即言已在沈傳師幕『兩府六年』，《李府君（戡）墓誌》亦云『事故吏部沈公於鍾陵、宣城爲幕吏，兩府凡五年間』，此舉成數。故《上知己文章啓》不作於大和八年，『知己』亦非沈傳師。考牧一生在朝、佐幕、出守，能四年『在大君子門下，恭承指顧者』，唯開成四年（八三九）入爲補闕至

會昌二年牧刺黄州之當年。時牧四十歲，與文中言己『齒髮甚壯』合。本年牧作《上門下崔相公書》云『某僻守荒郡……齒髮甚壯，志尚未衰，敢不自强，冀答天造』，亦謂己『齒髮甚壯』，而『志尚未衰』云云又與《上知己文章啓》『間冀有成立』意同，俱可印證《上知己文章啓》作於會昌二年守黄州時，牧不甘守郡，希求汲引也。『知己』者不詳，俟考。」所辨能解決「自四年來，在大君子門下」之疑，然未能釋「侍郎文師」爲何人；且此文既作於會昌二年，杜牧此文所提及上侍郎之文如《燕將録》、《罪言》、《與劉司徒書》、《原十六衛》、《阿房宫賦》等等，何又多爲早年之作，此又不免啓人疑竇，疑不能明。此文究作於何年尚難遽定，故詳引兩説如上，俟博雅君子再考。

②侍郎：《杜牧年譜》謂爲沈傳師，其時沈傳師在朝任吏部侍郎，故稱。

③巢由伊吕輩：巢，巢父，唐堯時隱士，築巢樹上而居，故稱。由，許由，上古隱於箕山之高士。相傳堯曾想讓天下給他，不受。伊，伊尹，商湯臣，名摯，曾爲湯妻陪嫁奴隸，後佐湯伐夏桀，被尊爲阿衡（宰相）。吕，吕尚，亦稱姜太公。曾釣於渭濱，後爲周文王所重，立爲師，並輔周武王滅紂王。

④廬：指杜家在終南山下之樊川别墅。終南山，又名南山，秦嶺山峰之一，在今陝西西安市南。

獻詩啓

某啓。某苦心爲詩，本求高絶〔一〕，不務奇麗，不涉習俗，不今不古，處於中間。既無其才，徒有其奇〔二〕，篇成在紙，多自焚之。今謹録一百五十篇，編爲一軸，封留獻上。握風捕影，鑄木鏤冰，敢求恩知，但希鐫琢。冒黷尊重〔三〕，下情無任惶懼〔四〕。謹啓。

【校勘記】

〔一〕「本求」，《全唐文》卷七五二作「惟求」。

〔二〕「奇」，《文苑英華》卷六五七、《全唐文》卷七五二作「意」。

〔三〕「冒黷」，《文苑英華》卷六五七作「干黷」。

〔四〕「無任惶懼」，《文苑英華》卷六五七作「無任惶懼之至」。

薦王寧啓①

前渭南縣令王寧。前件官實有吏才，稱於衆口，年少强力，一也。遇事必能裁割，二也。既藴智能，無頭角誇誕，三也。廉直可保，四也。處於驕將内臣之間，必能和同，五也。今者邊將生事，雜虜起戎，不憂兵甲，唯在饋運。某過承恩獎，故敢薦才〔一〕，伏惟取捨之間，特賜恕察。謹啓。

【校勘記】

〔一〕「故敢薦才」，「故」字原作「敢」，據景蘇園本改。《文苑英華》卷六五二、《全唐文》卷七五二、文津閣本作「輒」。

【注　釋】

① 此啓云：「今者邊將生事，雜虜起戎，不憂兵甲，唯在饋運。某過承恩獎，故敢薦才。」按，邊將生事激起「雜虜起戎」事，《資治通鑑》卷二四九大中六年六月記述云：「河東節度使李業縱吏民侵

掠雜虜，又妄殺降者，由是北邊擾動。閏月，庚子，以太子少師盧鈞爲河東節度使。業内有所恃，人莫敢言，魏謩獨請貶黜，上不許，但徙義成節度使。盧鈞奏度支郎中韋宙爲副使。宙遍詣塞下，悉召酋長，諭以禍福，禁唐民毋得入虜境侵掠，犯者必死，雜虜由是遂安。」此即邊將生事，「雜虜起戎」事。杜牧之薦王寧，當約在雜虜由是遂安前之大中六年（八五二）六七月間。

上宰相求湖州第一啓①

某啓。人有愛某者，言於某曰：「吏部員外郎例不爲郡，子不可求，假使已求，慎勿堅懇。」至于再三。答曰：「某雖不學，按《六典》令式及諸故事②，多無此例〔一〕，國史復無賢相名卿懸之以爲格言，此乃急於進趨之徒〔二〕，自爲其説。若以言例〔三〕，貞元初故相國盧公邁由吏部員外郎出爲滁州③，近者澶王傅李凝爲鹽鐵使江淮留後〔四〕④，豈曰無例。」人曰：「盧事太遠，李爲擢用，此不足徵。」某曰：「不知今者，視之古事在書，取爲今證。遠自三代、兩漢，近至隋氏、國初，尚可援引，況前十五年名相故事，反不足爲例乎？況盧公邁止以骨肉寒餓，求守滁陽〔五〕，非如某以親弟廢痼，寒餓仍之。是盧公有一，某有二，與盧公所切，復爲不同。仲尼曰：『雍也可使南面。』⑤今刺史古之南面諸侯，行天子教化刑罰者，江淮鹽鐵留後，求利小臣，校量輕重，與刺史相懸。求利小臣乃可吏部員外郎爲之〔六〕，十萬户州，天下根本之地，曰吏部員外郎不可爲其刺史，即是本末重輕，顛倒乖戾，莫過於此。」

某弟顗⑥，世胄子孫，二十六一舉進士及第，嘗爲《上裴相公書》〔七〕，遒壯温潤，詞理傑逸，賈生、司馬遷能爲之，非班固、劉向輩亹亹之詞，流於後輩，人皆藏之。朱崖李太尉迫以世舊⑦，取爲浙西團練使巡官，李太尉貴驕多過，凡有毫髮，顗必疏而言之。後謫袁州，於蒼惶中言於親吏曹居實曰〔八〕：「如杜巡官愛我之言，若門下人盡能出之，吾無今日。」李太尉在袁州，顗客居淮南，牛公欲辟爲吏，顗謝曰：「荀爽爲李膺御⑧，以此顯名，今受命爲幕府下執事，御李膺矣。然李公困謫遠地，未願仕宦。」牛公歎美之。聰明儁傑，非尋常人也。

某自省事已來，未聞有後進名士，喪明廢棄，窮居海上，如顗比者。今有一兄，仰以爲命，復不得一郡以飽其衣食，盡其醫藥，非今日海内無也，言於所傳聞，亦未有也。自古喜莫若虢國太子⑨，以其死而復生，言懇莫若申包胥，求救於秦⑩，七日七夜，哭聲不絶。某今懇如包胥，但未哭爾。若蒙恩憫，特遂血懇，其喜也不下虢太子。詞語煩碎，頻干尊重，足及軒闥⑪，神驚汗流，不勝憂恐懇悃之至。謹啓。

【校勘記】

〔一〕「多」，《文苑英華》卷六六〇作「全」，下校：「集作多。」

〔二〕「進趨」，《全唐文》卷七五三作「趨進」。

〔三〕「言例」，《文苑英華》卷六六〇、《全唐文》卷七五三作「例言」。

〔四〕「澶王傅李凝」，原作「澶王傅李疑」，據《文苑英華》卷六六〇、《全唐文》卷七五三改。

〔五〕「求守滁陽」，「求」字原作「來」，據《文苑英華》卷六六〇、《全唐文》卷七五三改。

〔六〕「求利小臣」，原無「小」字，據文津閣本補。

〔七〕「裴相公」，「裴」原作「斐」，據《文苑英華》卷六六〇、《全唐文》卷七五三改。

〔八〕「惶」，《文苑英華》卷六六〇、《全唐文》卷七五三作「黄」，《文苑英華》下校：「集作惶。」

【注　釋】

① 宰相：此處即指周墀。湖州，又名吳興郡，唐治所在烏程，即今浙江湖州。本文云：「人有愛某者，言於某曰：『吏部員外郎例不爲郡，子不可求』」，據此，作此文時，杜牧爲吏部員外郎。又本集卷三《新轉南曹，未叙朝散，初秋暑退，出守吳興，書此篇以自見志》詩。新轉南曹指杜牧方任吏部員外郎不久。據此，杜牧新轉南曹當在初秋出守吳興之前。杜牧出守吳興在大中四年初秋，

則其任吏部員外郎當在大中四年夏。此亦即謂杜牧此文乃作於大中四年（八五〇）夏。

②六典：唐玄宗時官修有關唐代官職及其品秩等制度之書。故事：指先前之典章制度及施行前例。

③盧公邁：盧邁，《新唐書·盧邁傳》：「盧邁字子玄，河南河南人。……舉明經入第，補太子正字。以拔萃調河南主簿、集賢校理。……三遷吏部員外郎。以族屬客江介，出爲滁州刺史。召還，再遷諫議大夫。」後任宰相。傳見《舊唐書》卷一三六、《新唐書》卷一五〇。滁州，州名，唐治所在今安徽滁州。

④澶王：指李唐宗室李憕。鹽鐵使，掌收運鹽鐵之税，或兼兩税使、租庸使。留後，官名。唐廣德元年，以梁崇義爲山南東道節度使留後，留後之名始此。

⑤仲尼句：仲尼即孔子。雍，冉雍，字仲弓，孔子學生。《論語·雍也》之《正義》曰：「南面，謂諸侯也，言冉雍有德行，堪任爲諸侯，治理一國者也。」

⑥顗：杜顗，杜牧之弟。字勝之，登進士第，任試秘書正字、匭使判官。後李德裕爲鎮海軍節度使，辟爲試協律郎，巡官。患眼疾，遂廢，大中五年卒。生平詳見本集卷九《唐故淮南支使試大理評事兼監察御史杜君墓誌銘》。

⑦朱崖李太尉：即李德裕。唐武宗時曾爲太尉，宣宗時屢貶至崖州卒，故稱。生平見本集卷十一《上李太尉論江賊書》注①。

⑧荀爽句：《後漢書·李膺傳》：「膺性簡亢，無所交接，唯以同郡荀淑、陳寔爲師友。……南陽樊陵求爲門徒，膺謝不受。……荀爽嘗就謁膺，因爲其御，既還，喜曰：『今日乃得御李君矣。』其見慕如此。」

⑨虢國太子句：據《史記·扁鵲列傳》：虢國太子窒息，扁鵲至虢宫門下，認爲太子「尸蹷」未死。經扁鵲醫治後：「太子起坐。更適陰陽，但服湯二旬而復故。」

⑩申包胥二句：《史記·秦本紀》：「哀公三十一年，吴王闔閭與伍子胥伐楚，楚王亡奔隨，吴遂入郢。楚大夫申包胥來告急，七日不食，日夜哭泣。於是秦乃發五百乘救楚，敗吴師。吴師歸，楚昭王乃得復入郢。」

⑪軒闥：小室之門。軒，小室。闥，宫中小門。

上宰相求湖州第二啓〔一〕①

某啓。某幼孤貧，安仁舊第②，置於開元末，某有屋三十間〔二〕。去元和末，酬償息錢，爲他人有，因此移去。八年中，凡十徙其居，奴婢寒餓，衰老者死，少壯者當面逃去，不能呵制。有一豎〔三〕，戀戀憫歎，挈百卷書，隨而養之。奔走困苦，無所容庇〔四〕，歸死延福私廟〔五〕，支拄攲壞而處之。長兄以驢遊丐于親舊〔六〕，某與弟顗食野蒿藿，寒無夜燭，默所記者〔七〕，凡三周歲，遭遇知己，各及第得官。

文宗皇帝改號初年，某爲御史分察東都，顗爲鎮海軍幕府吏。至二年間，顗疾眼，暗無所睹，故殿中侍御史韋楚老曰③：「同州有眼醫石公集，劍南少尹姜沔喪明，親見石生針之，不一刻而愈，其神醫也。」某迎石生至洛，告滿百日④，與石生俱東下〔八〕，見病弟于揚州禪智寺。石曰：「是狀也，腦積毒熱，脂融流下，蓋塞瞳子，名曰内障。法以針旁入白睛穴上〔九〕，斜撥去之，如蠟塞管，蠟去管明，然今未可也。後一周歲，脂當老硬，如白玉色，始可攻之。某世攻此疾，自祖及父，某所愈者，不下二百人，此不足憂。」其年秋末，某載病弟與石生自揚州南渡，入宣州幕。至三年冬，某除補闕，石牛自曰明年春眼可針矣，視瞳子中〔一〇〕，脂色玉白，果符初言。堂兄慥守潯陽，泝流不遠，刺史之力也，復可以飽石生所欲，令其盡心，此即家也，京中無一畝田，豈可同歸，遂如潯陽。四年二月，某於潯陽北渡赴官，與弟顗決，執手哭曰〔一一〕：「我家世德，汝復無罪，其疾也豈遂痼乎〔一二〕，然有石生，慎無自撓。」其年四月，石生施針，九月，再施針，俱不效。五年冬，某爲膳部員外郎，乞假往潯陽取顗西歸，顗固曰：「歸不可議，俟兄慥所之而隨之。」

會昌元年四月，兄慥自江守蘄，某與顗同舟至蘄。某其年七月却歸京師〔一三〕。明年七月〔一四〕⑤，出守黄州，在京時詣今虢州庾使君⑥，問庾使君眼狀〔一五〕，庾云：「同州有二眼醫，石公集是一也。復有周師達者，即石之姑子，所得當同。周老石少，有術甚妙〔一六〕，似石不及。某常病内障，愈于周手，豈少老間工拙有異。」某至黄州，以重幣卑詞，致周至蘄。周見弟眼曰：「嗟乎！眼有赤脈。凡内障脂凝有赤脈綴之者，針撥不能去赤脈，赤脈不除，針不可施，除赤脈必有良藥，某未知之。」是石生業淺，不達此理，妄再施針，周不針而去。時西川相國兄始鎮揚州⑦，弟兄謀曰：「揚州大郡，爲天下通衢，世稱異人術士多遊其間，今去值有勢力，可爲久安之計，冀有所遇。」其年秋，顗遂東下，因家揚州。與顗一相見，别八年矣，坐一室中，不復有再生意。住三十日而西，臨歧與決，曰：「此行也必祈大郡，東來謀汝醫藥衣食，庶幾如志。」近聞九疑山南有隱士綦毋弘者⑧，人言異人，能愈異疾〔一七〕。忠州豐都縣有仙都觀，後漢時仙人陰長生於此白日昇天⑨，今聞道士龔法義年逾八十，精嚴其法。人之所謂有前世負累，今世還以痼疾者，奏章於上帝，能爲解之。刺史之力，二人或可致〔一八〕，是以去歲閏十一月十四日，輒獻長啓，乞守錢塘，蓋以私懇有素，非敢率然言。念病弟喪明，坐廢十五年矣，但能識某聲音，不復知某髮已半白，顔面衰改〔一九〕。是某今生可以見顗，而顗不能復見某矣〔二〇〕，此天也，無可奈何。某能見顗而不得去，此豈天乎！而懸在相公〔二一〕。若小人微懇終不能上動相公，相公恩憫終不下及小人，是日月下親兄弟終無相見期。況去歲淮南小旱，衣食益困，目無所睹〔二二〕，復困於衣食，即海内言窮苦人，無如顗者。今敢以情事，再書懇迫，上干尊重，伏料仁者必爲憫惻。然某早衰多病，今春耳聾，積四十日，四月復落一牙。耳聾牙落，年七八十人將謝之候也〔二三〕。今未五十，而有七八十人將謝之候，蓋人生受氣，堅强脆弱，品第各異也。堅强者七八十而衰，脆弱者四五十而衰，其不同也，亦與草木中蒲柳松柏同也。某今生四十八矣〔二四〕，自今年來，非唯耳聾牙落，兼以意氣錯寞，在群衆歡笑之中，常如登高四望，但見莽蒼大野，荒墟廢壠，悵望寂默，不能自解。此無他也，氣衰而志散，真老人態也。自省人事已來，見親舊交遊，年未五十尚壯健而死者衆矣，況某早衰，敢望六七十而後死乎〔二五〕。願未死前〔二六〕，一見病弟，異人術士，求其所未求，以甘其心，厚其衣食之地。某若先死，使病弟無所不足，死而有知〔二七〕，不恨死早。湖州三歲，可遂此心。伏惟仁憫，念病弟望某東來之心，察某欲見病弟之志，一加哀憐，特遂血懇，披剔肝膽，重此告訴。當盛暑時，敢以私事及政事堂啓干丞相，治其罪可也。伏紙流涕，俯候嚴命〔二八〕，不勝憂惶激切之至。謹啓。

【校勘記】

〔一〕題原作《第二啓》，今據其文義改。

〔二〕「某有屋三十間」，《文苑英華》卷六六〇、《全唐文》卷七五三句末有「而已」二字。

〔三〕「有一豎」，《文苑英華》卷六六〇、《全唐文》卷七五三作「止有一豎」。

〔四〕「無所容庇」，「庇」字原無，據《文苑英華》卷六六〇補。

〔五〕「歸死延福私廟」，《文苑英華》卷六六〇、《全唐文》卷七五三於「死」字後有「於」字。

〔六〕「長兄以驢」，「以驢」，《文苑英華》卷六六〇、《全唐文》卷七五三作「以一驢」。

〔七〕「默所記者」，《文苑英華》卷六六〇、《全唐文》卷七五三作「默念所記者」。

〔八〕「石生」，原作「王生」，據《文苑英華》卷六六〇、《全唐文》卷七五三、文津閣本改。

〔九〕「法以針旁入白睛穴上」，「法以針」，《文苑英華》卷六六〇作「法以金針」。

〔一〇〕「瞳子」，原作「童子」，據《文苑英華》卷六六〇、《全唐文》卷七五三改。

〔一一〕「執手哭曰」，「執」字原無，據《文苑英華》卷六六〇補。

〔一二〕「其疾也」，《文苑英華》卷六六〇、《全唐文》卷七五三作「斯疾也」。

〔一三〕「却歸」，文津閣本作「即歸」。

〔一四〕「明年七月」，「七」，《文苑英華》卷六六〇作「正」，下校：「集作七。」

〔一五〕「問庾使君眼狀」，《文苑英華》卷六六〇、《全唐文》卷七五三無「使君」二字，《文苑英華》下校：「集有使君二字。」

〔一六〕「有術甚妙」，「有」，《文苑英華》卷六六〇、《全唐文》卷七五三作「其」，《文苑英華》下校：「集作有。」「甚」，《文苑英華》、《全唐文》作「深」，《文苑英華》下校：「集作甚。」

〔一七〕「能愈異疾」，「異」，《文苑英華》卷六六〇作「斯」，下校：「集作異。」

〔一八〕「二人」，文津閣本作「異人」。

〔一九〕「顔面哀改」，「面」，《文苑英華》卷六六〇、《全唐文》卷七五三作「貌」。

〔二〇〕「不能復見某矣」，「能復」，《文苑英華》卷六六〇作「復能」，下校：「集作能復。」

〔二一〕「懸在相公」，「懸」字原作「懇」，據《文苑英華》卷六六〇、《全唐文》卷七五三改。

〔二二〕「所睹」，文津閣本作「所見」。

〔二三〕「年七八十人」，《文苑英華》卷六六〇作「年如七八十人」，《全唐文》卷七五三作「兼年如七八十人」。

〔二四〕「某今生四十八矣」，《文苑英華》卷六六〇作「某今生四十八年矣」，《全唐文》卷七五三作「某今年四十八矣」。

〔二五〕「敢望六七十」，《文苑英華》卷六六〇於「望」字後有「至」字。

〔二六〕「願未死前」，「願」字原作「聞」，據《全唐文》卷七五三、文津閣本改。

〔二七〕「死而有知」，《全唐文》卷七五三於「死」前有「然」字。

〔二八〕「俯候嚴命」，「候」，《文苑英華》卷六六〇作「俟」。

【注　釋】

①本啓云「某今生四十八年矣」，則文乃作於杜牧四十八歲，亦即大中四年。又云「當盛暑時，敢以私事及政事堂啓干丞相」，則乃大中四年（八五〇）夏之作。

②安仁舊第：杜牧家在長安安仁坊之府第。《長安志》：「萬年縣所領朱雀門街之東安仁門，太保致仕岐國公杜佑宅。」

③韋楚老：名壽朋，字楚老，杜牧友人。爲人風韻高致，雅好山水。曾任拾遺、殿中侍御史。

④告滿百日：請滿百日假期。據《唐會要》卷八二元和元年四月規定「職事官假滿百日，即合停解」。

⑤按，此處記杜牧出守黄州時間有誤。據本集卷一四《黄州準赦祭百神文》：「會昌二年，歲次壬戌，夏四月乙丑朔，二十三日丁亥，……大赦天下。……牧爲刺史，實守黄州。夏六月甲子朔，十八日辛巳，伏準赦書，得祭諸神。」則會昌二年四月杜牧已在黄州刺史任。推其出守黄州，約在是年三、四月間。

⑥虢州庾使君：即庾簡休。庾敬休弟，鄧州新野人，官至工部侍郎。傳見《新唐書》卷一六一《庾敬

休傳》附。《舊唐書・宣宗紀》：大中元年六月，「以左諫議大夫庾簡休爲虢州刺史」。

⑦西川相國兄：即杜悰，杜牧堂兄。字永裕，尚岐陽公主。曾任劍南西川節度使，武宗會昌四年曾爲宰相。傳見《舊唐書》卷一四七、《新唐書》卷一六六。鎮揚州，指任淮南節度使，州治所在揚州。杜悰鎮淮南在會昌二年至四年。

⑧九疑山：山名。在今湖南寧遠南。《水經注・湘水》：「蟠基蒼梧之野，峰秀數郡之間；羅巖九舉，各導一溪；岫壑負阻，異嶺同勢；遊者疑焉，故曰九疑山。」

⑨陰長生：道教神仙。東漢南陽新野人，相傳乃和帝陰皇后之親屬。喜道術，聞馬鳴生得神仙之道，乃入泰和山中求見，師事之。二十年後，馬鳴生攜之入青城山，授《太清神丹經》。乃入武當山石室中合丹，並作黃金十數萬斤，施濟貧乏。相傳後於平都山白日飛升。著有《丹經》九篇。事見《太平廣記》卷八引《神仙傳》。

上宰相求湖州第三啓〔一〕①

某啓。某去歲閏十一月十四日，輒書微懇，列在長啓，干黷尊重，乞守錢塘，以便家事。自歎精誠不能上動相公，不遂於便〔二〕。伏以病弟孀妹，因緣事故，寓居淮南，京中無業，今者不復西歸，遂於淮南客矣〔三〕。病孤之家，假使旁有强近，救接庇借，歲供衣，月供食〔四〕，日問其所欠闕，尚猶戚戚多感，無樂生意。況乎爲客於大藩喧囂雜沓之中，無俸禄之氣勢〔五〕，食不繼月，用不給日，閉門於荒僻之地，取容於里胥遊徼之輩。部曲臧獲，可以氣凌鼠侵，又不能制止，所可仰以爲命者，在三千里外一郎吏爾〔六〕②。復有衣食生生之所須〔七〕，悉多欠闕，欲其安活，而無歎吒悲恨，不可得也。

去歲伏蒙恩念出於私曲，語今青州鄭常侍云③：「更與一官，必任東去。」某承受仁旨，不敢不重以錢塘更塵視聽。今自勳曹擢爲廢置④，在某更授一官已榮過矣〔八〕，在相公必任東去之言鏘然在耳。近者累得書，告以羈旅困乏，聞於他人，可爲酸鼻，況於某心，豈易排遣。今年七月，湖州月滿，敢輒重書血誠，再干尊重，伏希憐憫，特賜比擬。

某伏念骨肉悉皆早衰多病，常不敢以壽考自期，今更得錢三百萬〔九〕，資弟妹衣食之地，假使身死，死亦無恨，湖州三考，可遂此心。湖州名郡也，私誠難遂也，不遇知己，豈得如志。瀝血披肝，伏紙迸淚，伏希殊造，或賜濟活，下情無任懇悃惶懼之至。謹啓。

【校勘記】

〔一〕題原作《第三啓》，今據其文義改。

〔二〕「不遂於便」，《文苑英華》卷六六〇、《全唐文》卷七五三、文津閣本作「不遂私便」。

〔三〕「遂於淮南客矣」，「於」，《文苑英華》卷六六〇、《全唐文》卷七五三作「爲」。

〔四〕「月供食」，「供」，《文苑英華》卷六六〇、《全唐文》卷七五三作「給」。

〔五〕「無俸禄之氣勢」，「之」，《文苑英華》卷六六〇、《全唐文》卷七五三作「乏」。

〔六〕「爾」，《文苑英華》卷六六〇作「耳」。

〔七〕「生生」，文津閣本作「資生」。

〔八〕「已榮過矣」，「過」，《文苑英華》卷六六〇、《全唐文》卷七五三、文津閣本作「遇」。

〔九〕「今更得錢三百萬」，「三」，《文苑英華》卷六六〇、《全唐文》卷七五三作「二」，《文苑英華》下校：「集作三。」

【注釋】

①此爲《上宰相求湖州第三啓》，前二啓作於大中四年夏（參上文），而本啓云「某去歲閏十一月十四日，輒書微懇，列在長啓，干黷尊重，乞守錢塘」，杜牧乞守錢塘文《上宰相求杭州啓》即本文所云「某去歲閏十一月十四日」所上之「長啓」，乃作於大中三年閏十一月（詳參下文），則本文必作於大中四年夏第二啓之後。本文又云「今年七月，湖州月滿，敢輒重書血誠，再干尊重」，則文乃大

中四年（八五〇）七月前作，亦即作於夏日。

②三千里外一郎吏：此杜牧自指。此時杜牧在朝任吏部員外郎。

③青州鄭常侍：即鄭涓。《全唐文》卷七八八蔣伸《授鄭涓徐州節度使制》稱「平盧軍節度使、檢校左散騎常侍鄭涓」。據郁賢皓《唐刺史考全編》卷七六所考，此鄭涓即杜牧文中之青州鄭常侍。鄭涓，滎陽人，字道一。歷御史臺、尚書省，宣宗大中初，爲京兆尹。三年，檢校左散騎常侍、平盧軍節度使。遷徐州節度使。七年，改檢校禮部尚書、昭義節度使。九年，檢校刑部尚書，充河東節度使。生平尚見《新唐書·宰相世系表五上》、《唐方鎮年表》卷三、卷四。

④自勳曹擢爲廢置：指大中四年杜牧自司勳員外郎改爲吏部員外郎。

上宰相求杭州啓①

某啓。某於京中，惟安仁舊第三十間支屋而已。長兄慥②，罷三原縣令，閑居京城。弟顗③，一舉進士及第，有文章時名，不幸得痼疾，坐廢十三年矣。今與李氏孀妹，寓居淮南，並仰某微官以爲餱命。某前任刺史七年，給弟妹衣食，有餘兼及長兄，亦救不足。是某一身作刺史，一家骨肉，四處安活。自去年八月，特蒙獎擢〔一〕，授以名曹郎官，史氏重職。七年棄逐，再復官榮，歸還故里，重見親戚，言於鄙微〔二〕，已滿素志。自去年十二月至京，以舊第無屋，與長兄異居。今秋已來，弟妹頻以寒餒來告。某一院家累，亦四十口，狗爲朱馬④，緼作由袍⑤，其於妻兒，固宜窮餓。是作刺史，則一家骨肉，四處皆泰；爲京官，則一家骨肉，四處皆困。謀於知友曰：「杭州大郡，今月滿可求，欲干告吾相，以活家命〔三〕，以爲如何？」皆曰：「子七年三郡，今始歸復，相國知子，必欲次第叙用。子今復求刺史，得不生相國疑怪乎？」某答曰：「是何言歟〔四〕！某唯恃吾相之知，始敢干求。今天下以江淮爲國命，杭州户十萬，税錢五十萬，刺史之重，可以殺生，而有厚禄，朝廷多用名曹正郎有名望而老於爲政者而爲之，某今官爲外郎，是官位未至也。前三任刺史，無異政聞於吾相，是爲政無取也〔五〕。今若得遂所求，非唯超顯，兼活私家〔六〕，某若不恃吾相之知而求之，是狂躁妄庸人也。」墜井者求出，執熱者願濯，古人以此二者，譬喻所切也。某今所切，是墜於絶壑，而衣掛于樹杪，覆在鼎中，下有熱火，而水將沸，與古所喻，則復過之。輒敢具疏血誠，上干尊重，冀垂恩憐，或賜援拯。悽悽丹懇，不勝惶懼懇悃之至。謹啓。

【校勘記】

〔一〕「特蒙奬擢」，「特」原作「時」字，據《文苑英華》卷六六〇、《全唐文》卷七五三改。

〔二〕「鄙微」，「微」字原作「誠」，據《文苑英華》卷六六〇、《全唐文》卷七五三改。《文苑英華》下校：「集作誠。」

〔三〕「以」，原作「次」字，據《文苑英華》卷六六〇、《全唐文》卷七五三、文津閣本改。

〔四〕「歟」，原作「與」字，據《文苑英華》卷六六〇改。

〔五〕「無取也」，《全唐文》卷七五三作「無所取也」。

〔六〕「私家」，《全唐文》卷七五三作「家私」。

【注　釋】

① 宰相：指周墀。本文云「自去年八月，特蒙奬擢，授以名曹郎官，史氏重職」。按此指大中二年八月朝廷授杜牧司勳員外郎、史館修撰。則文乃作於大中三年。又杜牧《上宰相求湖州第三啓》云「某去歲閏十一月十四日，輒書微懇，列在長啓，干黷尊重，乞守錢塘」，此文所謂「長啓」即爲《上宰相求杭州啓》。據此知本文乃大中三年（八四九）閏十一月作。

② 長兄慥：杜牧堂兄杜慥。唐京兆杜陵人。文宗大和末，爲金部員外郎。開成二年，爲長安令。出

爲江州刺史。武宗會昌元年，轉鄭州刺史。大中中，自少府監出爲池州刺史。生平見本文、本集卷一六《上宰相求湖州第二啓》、《雲溪友議》卷下、《唐尚書省郎官石柱題名考》卷一六。

③弟顗：即杜顗。生平見本集卷十六《上宰相求湖州第一啓》注⑥。

④狗爲朱馬：《後漢書·陳蕃傳附朱震傳》：「震字伯厚，初爲州從事，奏濟陰太守單匡臧罪，並連匡兄中常侍車騎將軍超。桓帝收匡下廷尉，以譴超，超詣獄謝。三府諺曰：『車如雞栖馬如狗，疾惡如風朱伯厚。』」

⑤縕作由袍：《論語·子罕》：「衣敝縕袍，與衣狐貉者立，而不恥者，其由也與。」由，孔子弟子子由。

爲堂兄慥求澧州啓①

某啓。庫部家兄昨者特蒙獎拔②，却忝班行，實以聽聞稍難，不敢更求榮進。今在郢州汨口草市③，絶俸已是累年。孤外甥及侄女堪嫁者三人〔一〕，仰食待衣者不啻百口，脱粟藿〔二〕，才及一飡。伏蒙仁恩，頻賜顧問，必許援拯，授以涔陽④，活於闔門，無不感涕。伏以相公上佐聖主，蔚爲元勳，恩隨風翔，德與氣游，雖一物之微〔三〕，四海之大，鎔造所及，罔不得宜。伏念庫部家兄承一顧之恩，二紀不替，伏恐機務繁重，不時記憶〔四〕，心迫情切，輒敢重干尊嚴，戰汗憂惶，伏地待罪。謹啓。

【校勘記】

〔一〕「外甥」，原作「外生」，據《全唐文》卷七五三改。

〔二〕「蒿藿」，原作「蒿霍」，據《文苑英華》卷六六〇、《全唐文》卷七五三改。

〔三〕「雖」，原作「唯」，據《文苑英華》卷六六〇改。

〔四〕「記憶」，原作「記億」，據《文苑英華》卷六六〇、《全唐文》卷七五三、文津閣本改。

【注釋】

①堂兄慥：即杜牧堂兄杜慥。生平見本集卷十六《上宰相求杭州啓》注②。

②庫部家兄：指曾在庫部任職之杜慥。庫部，官署名。即庫部司。掌管軍器裝備及儀仗等事務。

③郢州：州名，唐治所在今湖北鍾祥縣。汨口草市，在唐郢州汨口城外的市集。

④涔陽：地名。又稱涔陽浦。地在唐澧州境内。此處代指澧州。

樊川文集卷第十七

高元裕除吏部尚書制①

敕〔一〕。昔有虞氏貴德尚齒，言於四代，其道最優。今吾卿老，富有道德，以大冢宰表率群寮，顧予敢專〔二〕，得於僉議。前山南東道節度管内觀察處置等使、銀青光禄大夫、檢校尚書、使持節襄州諸軍事、兼襄州刺史、御史大夫、上柱國、渤海縣開國男、食邑三百户高元裕，始以御史諫官，在長慶、寶曆之際，匡拂時病，磨切貴近〔三〕，罔有顧慮，知無不爲。復以諫議、舍人在大和末詞摧凶魁，坐以左宦〔四〕。繼爲中丞、京兆，公卿藩服。朕始在位，徵歸朝廷，爰自尚書，裂分茅土。爲政以德，行己惟仁，信而履之〔五〕，服而樂之，餘三十年，道益昭著。夫中外之任，迭有重輕，今者干戈藴藏，戎狄信順，將欲詳考典禮，開張教化，使吾丞相已降，有所咨稟，非爾元裕，其誰膺之。至於官業，豈勞倚任，祇聽出納，無忘教戒。可守吏部尚書，散官勳封如故。

【校勘記】

〔一〕「敕」，原作「初」，據景蘇園本、《文苑英華》卷三八六、《全唐文》七四八改。

〔二〕「予」，原作「子」，據《文苑英華》卷三八六、《全唐文》卷七四八、文津閣本改。

〔三〕「磨切」，文津閣本作「切責」。

〔四〕「以」，《全唐文》卷七四八作「折」。

〔五〕「信」，《文苑英華》卷三八六作「言」，下校：「集作信。」

【注釋】

① 高元裕除吏部尚書事《舊唐書》卷一七一本傳記云：「大中初，爲刑部尚書。二年檢校吏部尚書、襄州刺史，加銀青光禄大夫、渤海郡公、山南東道節度使。入爲吏部尚書，卒。」《新唐書》卷一七七本傳亦記云：「出爲宣歙觀察使，入授吏部尚書。拜山南東道節度使，封渤海郡公……在鎮五年，復以吏部尚書召，卒於道。」此記其兩次入任吏部尚書。本文云：「前山南東道節度管内觀察處置等使、銀青光禄大夫、檢校尚書、使持節襄州諸軍事、兼襄州刺史、御史大夫、上柱國、渤海縣開國男、食邑三百户高元裕」，則此次高元裕入任吏部尚書乃在鎮山南東道五年之後。其初鎮山南在大中二年，五年後入任吏部尚書，則當在大中六年（八五二）。此即本文之作年。

崔璪除刑部尚書蘇滌除左丞崔璵除兵部侍郎等制①

敕。喉舌百官之本，綱轄天下之要，戎政國之大事。三人爲衆，一舉得之，唯君知臣，予不敢讓。正議大夫、尚書左丞、上柱國、賜紫金魚袋崔璪，德可標準，言成文章，揚歷中外，道益光顯。左省駁議，不畏强禦，分憂陝服，尹兹東郊，政既安人，化能被俗。擢任藻鑒，旋職牢籠，材皆適宜，官無逋事。分鎮股肱之郡，遂成功實之臣，陟處綱曹，副以中憲。每師蘧瑗〔一〕，常慕史魚，抨彈之勇〔二〕，正當時病。翰林學士承旨、銀青光禄大夫、行尚書兵部侍郎、知制誥、武功縣開國男、食邑三百户蘇滌，行冠人倫，爵高天秩，仁義禮樂之是務，克伐怨欲之不行，翺翔禁闈〔三〕，出入諷議。汲黯爲郡，嘗聞卧理；下惠去國，皆以直道。洎宣室思賢〔四〕，甘泉召雄，造膝盡忠，代言稽古。近以微恙，懇請自便，君子之道，進退可觀。正議大夫、前權知尚書户部侍郎、上柱國、博陵縣開國子、食邑五百户、賜紫金魚袋崔璵，上知自得，不器難名，既擅高文，兼通樸學〔五〕，掌言綸閣，典貢春闈。詞同三代之風，士掇一時之秀，振舉職業，昭宣令名。《詩》曰多士，文王以寧；《禮》曰官備，天子爲樂。咨爾璪等，實瑞清時，予爲爾之德鄰，爾膺予之慎選。典刑不忘於哀敬，提綱唯在於公勤，舉

《司馬法》，勿踵近習。各膺重任，企佇上酬〔六〕，宜於夙夜，無孤官業。璪可守刑部尚書，散官勳賜如故。滌可行尚書左丞，散官封如故。璵可權知尚書兵部侍郎，散官勳封賜如故。

【校勘記】

〔一〕「師」，《文苑英華》卷三八七作「非」。

〔二〕「抨」，原作「枰」，據《文苑英華》卷三八七、《全唐文》卷七四八、文津閣本改。

〔三〕「禁闈」，文津閣本作「禁闥」。

〔四〕「思賢」，《文苑英華》卷三八七、《全唐文》卷七四八、文津閣本作「思賈」。

〔五〕「樸學」，《文苑英華》卷三八七作「博學」，《全唐文》卷七四八作「古學」。

〔六〕「企佇」，文津閣本作「企伸」。

【注釋】

① 此制之作年，郭文鎬《杜牧詩文繫年小札》（《人文雜誌》一九八四年第六期）考云：「蘇滌的職事官由尚書兵部侍郎（正四品下）遷爲尚書左丞（正四品上），……翰林學士承旨及知制誥均未保

留，即被免。考《重修承旨學士壁記》，載：『蘇滌，大中四年十二月十四日自右丞入，其月十八日加知制誥，五年六月五日遷兵部侍郎、知制誥并依前充，六年六月九日上表病免。』又載：『蕭鄴，大中六年七月二十七日加承旨。』翰林學士承旨，乃翰林學士長，由學士『内擇年深德重者一人爲承旨』（《舊唐書·職官志》）。蕭鄴任翰林學士承旨即代蘇滌，蘇滌授尚書左丞而去翰林學士承旨職當在蕭鄴加承旨之時，即大中六年七月。杜牧制文曰『近以微恙，懇請自便，君子之道，進退可觀』，與蘇滌在前一個月即六月上表請病免事也相符。……杜牧此制應繫於大中六年（八五二）。」所考可從，今即據此訂於大中六年七月。

裴休除禮部尚書裴諗除兵部侍郎等制①

敕。冉有、仲由，孔氏門人之高弟也，尚曰處於小國，可爲具臣。況今照臨百官，撫御四海，綰牢籠漕輓之職，掌五兵六師之重，次第超擢，爲吾大寮，若非僉諧，豈敢輕授。正議大夫、守尚書兵部侍郎、兼御史大夫、充諸道鹽鐵轉運使、上柱國、河東縣開國子、食邑五百户、賜紫金魚袋裴休，仁義禮樂，文行忠信，積此八者，以爲成人。前宣歙池等州都團練觀察處置等使、太中大夫、檢校左散騎常侍、兼御史大夫、上柱國、河東縣開國男、食邑三百户，賜紫金魚袋裴諗，在元和代〔一〕，唯帝念功，四夷九州，文化武伏。咨爾先父，實著大勳〔二〕，天必祚仁，門有令嗣。道直才富，行備名高，文學而浹洽專精，率履而清淨恭儉。而皆周歷華顯，踐更臺閣，處事可法，出言成章。咸輟自綸闈，任寄方伯，教訓以禮，生聚以仁〔三〕，千里封疆，一口歌詠。休乃命以取士，時稱得人，用其公方，委之管摧，事爲之制，曲爲之防，鉤校奸贓，末減賦取，公財不耗，疲人樂生。望爲準繩，立作據仗〔四〕，名實兼備，德位兩高。《漢史》曰：「理行尤異者就加。」《禮》曰：「有功於人者進律。」秩崇八座，官副夏卿，舉以授之，予亦何悋〔五〕。夫宰相佐天子，公卿助宰相，股肱指臂，任同一身，有事必言，未爲越局，無由愛惜，勉答寵榮。休可禮部尚書〔六〕，依前充諸道鹽鐵轉運等使〔七〕；諗可權知尚書兵部侍郎，散官勳封賜如故。

【校勘記】

〔一〕「在元和代」，《全唐文》卷七四八於此四字下有「理」字。

〔二〕「實著」，原作「貴者」，據《文苑英華》卷三八七改。

〔三〕「仁」，《文苑英華》卷三八七作「康」，下校：「集作仁。」

〔四〕「據仗」，《全唐文》卷七四八作「據依」。

〔五〕「何悋」，「悋」字原作「恡」，據《文苑英華》卷三八七、《全唐文》卷七四八改。
〔六〕「休可禮部尚書」，《文苑英華》卷三八七於「可」字下有「守」字。
〔七〕「依前充」，《全唐文》卷七四八作「依前統」。

【注　釋】

① 此制《杜牧年譜》「據《舊唐書·宣宗紀》，裴休除禮部尚書，裴諗除兵部侍郎，均在大中五年九月」，而繫於是時。今從之訂本文於大中五年（八五一）九月。

畢諴除刑部侍郎制①

敕。士師皋陶之恤刑，司寇蘇公之用獄，既盡哀敬，能致治平。擢爲大寮，膺茲慎選，出於予志，委以誠臣〔一〕。翰林學士、朝散大夫、守中書舍人、上柱國、平陰縣開國男、食邑三百户、賜紫金魚袋畢諴，學臻壼奥〔二〕，文越拘攣，常以忠信，用爲前後。爰自郎署，擢居内庭，謀議有同於壽王，奇異輒委於嚴助。竭盡心力，裨補機要，既久歲序，須議遷昇。今者耕夫服田，戎馬不駕，欲使凡一手足，皆獲措置，是故用汝典予刑罰，汝其往哉！吾今告汝，吾聞孔子曰："古之聽獄，求所以生之；今之聽獄，求所以殺之。"宜念格言，深思倫要〔三〕，勉服休命〔四〕，以稱朕意。可權知尚書刑部侍郎〔五〕，散官勳封賜如故。

【校勘記】

〔一〕"委以誠臣"，原作"□以緘臣"，據《文苑英華》卷三八八補改。《全唐文》卷七四八作"命以誠臣"。

〔二〕"壼奥"，《文苑英華》卷三八八作"閫奥"。

〔三〕"倫要"，《文苑英華》卷三八八作"論要"。

〔四〕"勉服休命"，"勉"字原作"九"，據《文苑英華》卷三八八、《全唐文》卷七四八改。

〔五〕"侍郎"，原作"寺郎"，據《文苑英華》卷三八八、景蘇園本、《全唐文》卷七四八、文津閣本改。

【注釋】

① 此制乃畢諴授刑部侍郎制。據《資治通鑑》卷二四九，畢諴爲刑部侍郎在大中六年（八五二）六月。今據此而訂此制於是時。

韋有翼除御史中丞制①

敕。昔貞觀、開元之爲理也，遠隱必見，情僞必知，天下如一家，兆庶如一人，無他道也，綱目皆振，法令必行。祖宗在天，方册在地，人存政舉，行之非艱〔一〕，故用正臣，委之邦憲。朝請大夫、守尚書刑部侍郎、上柱國、賜紫金魚袋韋有翼，戴仁而行，抱義以處，牆仞裏峻〔二〕，壇宇外寬。介特守君子之强，文學盡儒者之業，周歷華貫，擢爲諍臣。攻予其專，言事頗切，願試佐輔〔三〕，移理陝郊。馮翊之恐失倪寬，潁川之意得黄霸〔四〕，壺漿迎路，襁屬攀車。徵爲公卿，愈見風彩〔五〕，恤刑慎罰，守法當官，巍然立朝，爲時準直。今者跡其率理〔六〕，委之糾繩，爾其念惠文彈理之言，思立秋授署之旨〔七〕，三尺律令，四海紀綱，所宜公共，無節上意〔八〕。古人有言曰：「凡爲虎鼠，計於用捨。」〔九〕今者倚任，佇觀爾能，唯君知臣，無累所舉。可守御史中丞，散官勳封賜如故。

【校勘記】

〔一〕「艱」，《文苑英華》卷三九三作「難」，下校：「集作艱。」

〔二〕「裹」，《文苑英華》卷三九三作「中」，下校：「集作裹。」

〔三〕「佐輔」，《文苑英華》卷三九三作「左輔」。

〔四〕「意得」，《文苑英華》卷三九三作「喜得」。

〔五〕「風彩」，《文苑英華》卷三九三、《全唐文》卷七四八作「風采」。

〔六〕「率理」，《文苑英華》卷三九三、《全唐文》卷七四八作「率履」。

〔七〕「授」，《文苑英華》卷三九三作「受」，下校：「集作授。」

〔八〕「節」，《文苑英華》卷三九三作「鄉」，下校：「集作即。」《全唐文》卷七四八亦作「鄉」。文津閣本作「即」。

〔九〕「計於用捨」，「捨」字原作「揜」，據《文苑英華》卷三九三、《全唐文》卷七四八改。

【注　釋】

①韋有翼除御史中丞之時間，吴廷燮《唐方鎮年表考證》卷上考云：「按《唐會要》，大中五年，劉瑑爲刑侍；《通鑑》，大中六年四月（慶按，應爲六月，此引誤），畢諴爲刑侍。有翼爲刑侍在瑑後、諴前，當在六年春。有翼制，杜牧草，牧大中五年爲中書舍人。又司空圖《王凝行狀》，有翼爲中丞在孔温業鎮宣後，温業鎮宣在大中五年，此有翼遷中丞在大中六年後之證，……按《有翼中丞制》

在《畢諴刑侍制》後，大中六年也。」今按，吴廷燮所考可信。又，本文云「爾其念惠文彈理之言，思立秋授署之旨」，則有翼授中丞當在大中六年（八五二）立秋時。

趙真齡除右散騎常侍制①

敕。仲尼曰：「愼擇爾臣〔一〕，爲人之導〔二〕。」夫語言應對之選〔三〕，爲顧問耳目之官，若非善良，必致壅害。朝散大夫、守太子賓客、上柱國、漢中郡開國公、食邑二千户、賜紫金魚袋趙真齡，其先君子，祗事祖宗，出入屏毗，餘四十載〔四〕。爾爲令嗣，克肖素風，好學頗專〔五〕，樹善不倦。凡曰賢彦，無不與遊，雲水登臨，多聞放志，風塵趨競，殊不縈心。是以長人有慈惠之名，處官無纖介之失，其爲行己，斯亦多矣。丹墀文陛之内，貂羽金蟬之榮，超以授之，無忝所舉。可守右散騎常侍，散官勳封賜如故。

【校勘記】

〔一〕「爾」，《文苑英華》卷三八〇作「邇」。

〔二〕「導」，《文苑英華》卷三八〇、《全唐文》卷七四八作「道」，《文苑英華》下校：「集作導。」

〔三〕「語言」，《文苑英華》卷三八〇作「言語」。
〔四〕「餘四十載」，「四」字原作「曰」，據《文苑英華》卷三八〇、《全唐文》卷七四八改。
〔五〕「頗專」，原作「煩專」，據《文苑英華》卷三八〇、《全唐文》卷七四八改。

【注　釋】

① 據杜牧《自撰墓誌銘》：「出守黄、池、睦三州，遷司勳員外郎、史館修撰，轉吏部員外郎。以弟病，乞守湖州，入拜考功郎中、知制誥，周歲，拜中書舍人。……去年七月十日，在吴興，……今歲九月十九日歸，夜困，……十一月十日，夢書片紙『皎皎白駒，在彼空谷』，……年五十，斯壽矣。某月某日，終于安仁里。」《舊唐書》本傳云：「授湖州刺史，入拜考功郎中，知制誥。歲中，遷中書舍人。……其年以疾終於安仁里，年五十。」《新唐書》本傳亦云：「復乞爲湖州刺史。逾年，以考功郎中知制誥，遷中書舍人。……卒年五十。」據上引資料及《杜牧年譜》所考，杜牧大中五年秋自湖州刺史拜考功郎中、知制誥。然其在湖州有《八月十二日得替後，移居霅館，因題長句四韻》詩（本集卷三），則大中五年八月十二日杜牧尚寓居於湖州。如此，其抵朝中就考功郎中、知制誥任蓋在是年九月，其草制誥最早時間亦即在是時。又杜牧大中六年中轉中書舍人，其年五十卒，則卒於大中六年。五代劉崇遠《金華子雜編》卷上載：「杜紫薇牧，位終中書舍人，自作墓誌云：……

又夜寢不寐，有人即告曰：『爾改名畢。』又夢書片紙：『皎皎白駒，在彼空谷。』傍有人曰：『非空也，過隙也。』逾月而卒。」據此，杜牧於大中六年十一月夢「傍有人曰：『非空也，過隙也。』」，而「逾月而卒」，則其卒當在大中六年十二月。如是，則其草制誥之時間蓋在大中五年九月至大中六年底。故其文集中之制誥，均爲此期間所撰。本書杜牧所草之制誥，其撰寫時間除另有所具體考證外，餘均爲此期間所撰，下不一一說明。本文未能考其準確作年，當在大中五年九月至大中六年（八五一至八五二）底間所撰。

韓賓除户部郎中裴處權除禮部郎中孟璲除工部郎中等制①

敕。朝散大夫、守尚書水部郎中、上柱國韓賓等。尚書天下之本，郎官皆爲清秩，非科名文學之士，罕與其選。以賓端貞有守，以處權俊乂出群，以璲才能適用，皆茂鄉里之稱，咸爲名實之士，各服休命，勉於官業。可依前件。

【注　釋】

① 本文撰於大中五年九月至大中六年（八五一至八五二）底之間，詳見本集卷一七《趙真齡除右散

騎常侍制》注①。

鄭處晦守職方員外郎兼侍御史知雜事制①

敕。朝議郎、行尚書職方員外郎、上柱國、賜緋魚袋鄭處晦。御史中丞韋有翼上言曰：「御史府其屬三十人，例以中臺郎官一人稽參其事，以重風憲。如曰處晦，族清冑貴，能文博學，人倫義理，無不講求，朝廷典章，飽於聞見，乞爲副貳，以佐紀綱。」以爾處晦，常居内庭，草具密命，自以疾去，于今惜之，頗俞其言，如我自得。有翼爲爾之知己，余爲有翼之德鄰〔一〕，上下交舉，豈有私愛。勉修職業，所報非一。可守本官，兼御史知雜事，散官勳賜如故。

【校勘記】

〔一〕「余」，《文苑英華》卷三九四作「予」。

【注　釋】

①鄭處晦之名，《舊唐書》卷一五八、《新唐書》卷一六五本傳、《新唐書》卷七五上《宰相世系表》等均作鄭處誨，故鄭處晦即爲鄭處誨。本文云「御史中丞韋有翼上言」，則此時韋有翼已任御史中丞。據本集前《韋有翼除御史中丞制》，韋有翼除御史中丞在大中六年立秋，則本文當作於大中六年（八五二）秋後。

庾道蔚守起居舍人李汶儒守禮部員外郎充翰林學士等制①

敕。天下爲公，選賢與能也。況乎拔出流輩〔一〕，超侍帷幄，豈唯獨以文學，止於代言，亦乃密參機要，得執所見，若非賢彥，豈膺選擢。將仕郎、守起居舍人庾道蔚，善行必備，重價無對，嘗自侯府，升爲諫臣，每直言而盡誠，不違忠而偶意。朝議郎、行尚書禮部員外郎、賜緋魚袋李汶儒，才行冠時，名聲華衆〔二〕，揚歷臺閣，宣昭職業，無入而不得其道，守正而莫混其源。並爲儒者之英，咸藴賢人之操，久遊安在，相見何晚〔三〕。《禮》曰：「君子稱人之美，則必爵之。」我既言矣，亦能縶維，宜盡忠讜，以酬寵遇。並可守本官，充翰林學士。餘各如故〔四〕。

【校勘記】

〔一〕「拔出」，原作「伎出」，據《文苑英華》卷三八四、《全唐文》卷七四八改。

〔二〕「華」，《文苑英華》卷三八四、《全唐文》卷七四八、文津閣本作「嘩」。

〔三〕「相見何晚」，《文苑英華》卷三八四於此四字下校：「一作何相見晚。」

〔四〕「餘各如故」，文津閣本作「餘皆如故」。

【注釋】

①據此制，庾道蔚乃自起居舍人，李汶儒自禮部員外郎充翰林學士。《翰苑群書》上《重修承旨學士壁記》：「庾道蔚，大中六年七月十五日自起居舍人充。」又記李汶儒「大中七年七月十五日自禮部員外郎充。」據此，則杜牧此制當草於大中六年（八五二）七月。

李朋除刑部員外郎李從誨除都官員外郎等制①

敕。《書》曰：「庶獄庶事，予敢罔知。」此乃周文王之所理天下也。惟獄惟事，會於南宫，求郎之難，豈敢輕易。將仕郎、侍御史、内供奉李朋，能積行實，發其詞華，勁正端慎，官業克舉。天平軍節度副使、朝議郎、檢校尚書祠部員外郎〔一〕、兼侍御史、賜緋魚袋李從誨，宗室子弟，美秀而文，嘗經磨涅，不改堅白。今者取自憲府，擢於幕吏，各有所授，皆爲清秩。當自宣室受讞之際，思滿堂飲酒之言，至於刑章，尤繫念慮。予曰罪，爾勿罪；予曰寬，爾勿寬。問法何如，無節上意〔二〕。各宜勉勵，勿自輕怠。朋可守尚書刑部員外郎，散官如故。從誨可守尚書都官員外郎，散官如故。

【校勘記】

〔一〕「檢校」，原作「校檢」，據《文苑英華》卷三九二、《全唐文》卷七四八、文津閣本改。

〔二〕「節」，《文苑英華》卷三九二、文津閣本作「即」，《全唐文》卷七四八作「鄉」。

【注　釋】

① 本文撰於大中五年九月至大中六年（八五一至八五二）底之間，詳見本集卷一七《趙真齡除右散騎常侍制》注①。

權審除户部員外郎制①

敕。文林郎、守尚書水部員外郎權審，湖嶺旱暵，百姓枵耗，老弱死道上，强壯入賊中。爰求使臣，以救其弊。執事者上言，爾審學古有文，通知理道，遂使乘驛〔一〕，視吾飢人。果能臨事知權，受命達旨，慰撫流散，宣導恩澤，蠲貸逋逸，能裁闊狹，大小輕重，各合事宜。雖古所謂直指繡衣，美俗使者，言之於爾，無以過焉。用超名曹，以酬往效，無曠官業，勉服休命。可守尚書户部員外郎，散官如故。

【校勘記】

〔一〕「乘驛」，文津閣本作「馳驛」。

【注　釋】

① 本文云「湖嶺旱暵，百姓枵耗，老弱死道上，强壯入賊中。爰求使臣，以救其弊」，則其時「湖嶺旱暵」。考兩《唐書·宣宗紀》大中五年均記「是歲湖南大饑」。又本集卷一七《令狐定贈禮部尚書

制》云「去載桂陽，雖云旱秏，聞其風俗，芬若椒蘭」。此制乃大中六年撰（詳其文注），則「湖嶺旱暵」事乃在大中五年，此亦即杜牧撰除權審制之時間。杜牧大中五年九月後方能草制，則此文乃撰於大中五年（八五一）九月後。

皇甫鉟除右司員外郎鄭濛除侍御史内供奉等制①

敕。夫聖人之理，百代同道，無他術也，綱紀盡舉，而關轄不寬。故提綱主轄之司，爲邦立理之本，言於其屬，豈敢輕取。浙西道都團練副使、朝議郎、檢校尚書刑部員外郎、兼侍御史、賜緋魚袋皇甫鉟，鄉里秀人，臺閣名士，能以文學，發爲官業。朝議大夫、前守河南縣令、上柱國鄭濛，生於清族，克肖素風，凡守郡邑，皆著理行。會府藂委之任，憲司抨彈之職，委之授汝，得不戒之。夫爲政也，日夜思之，勤而行之，此乃子産之言也。剛亦不吐，柔亦不茹，此乃詩人之所稱也。四海百司之條目，舉之在勤；破制壞法之奸蠹，糾之在敢。率是二者，可曰當官，各服寵榮，無忝遷擢。鉟可尚書右司員外郎，散官賜如故。濛可侍御史、内供奉，散官封勳如故〔一〕。

【校勘記】

〔一〕「散官封勳如故」，「封勳」，《全唐文》卷七四八作「勳封」。

【注　釋】

① 本文撰於大中五年九月至大中六年（八五一至八五二）底之間，詳見本集卷一七《趙真齡除右散騎常侍制》注①。

韋退之除户部員外郎裴德融除殿中侍御史盧潁除監察御史等制①

敕。仲尼見負版者，則必式之，此言爲國根本，不敢不敬。況其官屬，豈可輕用。漢家授署御史，多於立秋，蓋以風霜始嚴，鷹隼初擊，古人垂旨，可以知之。朝議郎、行殿中侍御史韋退之等，皆章甫高危，逢掖褒博，表裏文行，師法典常。退之嘗歷憲臺，久居官次，性既安靜，事皆達練。德融典校延閣，服膺群書，美價廣譽，旁溢遠暢。潁佐賢侯，名聲籍甚，留滯在外，而非所宜。地官爲郎，南臺持斧，皆有職業，佇見風彩，各思率勵，以副甄昇。並可依前件。

【注　釋】

① 此制云「漢家授署御史，多於立秋，蓋以風霜始嚴，鷹隼初擊，古人垂旨，可以知之」。按，兩人均授御史臺官，故有「漢家授署御史，多於立秋」之詞。然此亦指兩人授官之時間乃在立秋之時。杜牧大中五年九月後方能草制，故此制當草於大中六年（八五二）秋。

李蔚除侍御史盧潘除殿中侍御史等制①

敕。將仕郎、守殿中侍御史李蔚，劍南西川節度判官、朝議郎、檢校尚書禮部員外郎、兼侍御史、上柱國、賜緋魚袋盧潘等。夫法不立而化行，惡不去而善進，雖使堯、舜在上，未之有也。故御史之舉職者，前代有埋輪都亭之奏，國朝亦有戴豸正殿之劾，若非端勁知名之士，不在斯選。蔚以文行進用，已著勞效；潘以儒雅流聞，今膺拔擢。有司列狀，詞旨頗公。使吾綱目盡張，堤防不壞，不在法吏，其在他乎？朕闢衹官之門，開天下之口，企以待理，無有厚薄。爾等吐茹侮畏之道，能不愧於詩人，斯塞職矣，可不勉之。蔚可侍御史，散官如故。潘可殿中侍御史，散官勳如故。

【注 釋】

① 本文作年郭文鎬《杜牧詩文繫年小札》(《人文雜誌》一九八九年第五期)云:「考《唐會要》卷三十四『雜録』有『大中六年十二月，右巡使盧潘等奏』語，右巡使由新拜殿中侍御史者兼充，《因話録》卷五:『殿中侍御史……最新入知右巡，已次知左巡，號兩巡使。』又，知右巡一季替，《唐會要》卷六十二『雜録』:『開元十九年正月二十八日敕: 左右巡御史，亦各定一人，一季一替，并不得改换及差使。』故盧潘大中六年冬新拜殿中侍御使、充右巡使，此制撰於本年。」今即據此定本文於大中六年(八五二)。

盧告除左拾遺等制〔一〕①

敕。承奉郎、行京兆府長安縣尉、直史館盧告。朕觀不理之代，無他道也，取唯諾之士爲耳目之官。是以太宗皇帝之理天下也，德爲聖人，尊爲聖帝〔二〕，三日不諫，必責侍臣。況予寡昧，固多遺闕，不官才彦，安能知之。告是吾賢卿老之令子弟也，以甲科成名，以家行稱著，取自史閣，拔居諫垣。夫朕之不德，吏之不平〔三〕，政之失中，人之不寧，四者之闕，悉陳其志，此乃漢文帝開諫諍之詔也。忠告不倦，爾當奉職；自用則小，予不吝過。勉思有犯，無事遜言〔四〕。景宣與揚，皆有才幹，糾繩大府，贊佐兵郡，各宜勉力，以讐知己。可依前件。

【校勘記】

〔一〕《文苑英華》卷三八三題作《授盧告除左拾遺等制》。今即據於原題補一「等」字。

〔二〕「聖帝」，《文苑英華》卷三八三作「皇帝」。

〔三〕「吏」，原作「史」，據《文苑英華》卷三八三、《全唐文》卷七四八、文津閣本改。

〔四〕《文苑英華》卷三八三於「無事遜言」下多「景宣與揚，皆有才幹，糾繩大府，贊佐兵郡，各宜勉力，以讐知己」。今據補。

【注　釋】

① 本文撰於大中五年九月至大中六年（八五一至八五二）底之間，詳見本集卷一七《趙真齡除右散騎常侍制》注①。

蕭峴除太常博士制①

敕。禮至則無怨，樂至則不爭，揖讓而理天下者，禮樂是也。今國家上法三代，下採兩漢，質文隆殺，皆有舊章。今命博士，非欲革其儀法〔一〕，但使提舉考習而已〔二〕。登仕郎、守秘書省著作佐郎蕭峴，聞爾昆弟之間，著友愛之稱，復能於知己依投之地，竭力報效。況乎富有文學，默守恬退，執心處己〔三〕，不亦多乎。爾其爲吾折中輕重，詳校疑似，使祝宗卜史之徒，不敢以近習欺爾，斯則可矣，勉於自强。可守太常博士，散官如故。

【校勘記】

〔一〕「革其」，《文苑英華》卷四〇〇作「草具」，下校：「集作革其。」

〔二〕「但使」，文津閣本作「但欲」。

〔三〕「執」，《文苑英華》卷四〇〇校：「一作操。」

【注　釋】

①本文撰於大中五年九月至大中六年（八五一至八五二）底之間，詳見本集卷一七《趙真齡除右散騎常侍制》注①。

杜濛除太常博士制①

敕。守左拾遺杜濛。爾五廟祖嘗佐太宗，同安生人，共爲天下者也。爾能自以文學策名清時，升爲諫臣，豈曰虚授。如聞同列牆進，而不爾容；爾亦拜章自陳，極辭貢憤〔一〕。乃令徵辨〔二〕，盡知其由。僉曰爾以齒少有才，不能韜晦，或處衆矜己，或遇事褊衷。言於慎微，則亦乖矣；仕於清貫，斯豈廢乎。考衆惡必察之言，徵怨不在大之説〔三〕，官移禮寺，跡去掖垣〔四〕，屈既伸眉，事亦存體，酌此二者，頗得中道。況乎職業至重，藴蓄可施〔五〕，無使衆多，復有窺測。可太常博士。

【校勘記】

〔一〕「憤」，《文苑英華》卷四〇〇作「情」。

〔二〕「徵辨」，原作「微辨」，據《文苑英華》卷四〇〇、文津閣本改。

〔三〕「徵怨」，《全唐文》卷七四八作「懲怨」。

〔四〕「跡去掖垣」，「去」字原作「云」，據《文苑英華》卷四〇〇、《全唐文》卷七四八、文津閣本改。

〔五〕「藴蓄」，原作「藴畜」，據《文苑英華》卷四〇〇、《全唐文》卷七四八、文津閣本改。

【注釋】

① 本文撰於大中五年九月至大中六年（八五一至八五二）底之間，詳見本集卷一七《趙真齡除右散騎常侍制》注①。

馬曙除右庶子王固除太僕少卿王球除太府少卿等制〔一〕①

敕。前度支河東振武天德等道營田供軍使、檢校太僕卿、兼御史中丞馬曙等。或以文學策名，或以吏才進用，久更官次，皆著勞效。西漢趙充國八十老將，通知四夷，以爲排折羌虜，非穀不可。今浚稽山南，遮虜障北，坐甲待食，不下十萬。曙以文學之暇，頗好論邊，果能峙糧，飽吾戰士。固比爲郡〔二〕，亦報善政。球倅賓席，得專留事，兵於其郊，所命皆具。東朝崇秩，列等貳卿，各服官榮，以俟昇擢。可依前件。

【校勘記】

〔一〕「等制」，原無「等」字，據《全唐文》卷七四八補。

〔二〕「固比爲郡」，「比」字原作「此」，據《全唐文》卷七四八改。

【注釋】

① 本文撰於大中五年九月至大中六年（八五一至八五二）底之間，詳見本集卷一七《趙真齡除右散騎常侍制》注①。

李叔玫除太僕卿高證除均州刺史萬汾除施州刺史等制①

敕。壯武將軍、檢校太子賓客、前兼右金吾衛將軍、監察御史、上柱國、襲岐國公，食邑三千户、食實三百七十户，賜紫金魚袋李叔玫等。夫伊、吕之爲將也，每以救扶爲心，故其苗裔，福隨殷、周。我西平王功存社稷，慶流後嗣，子孫多賢，裂土分茅。玫弘毅知書，洵美且武，儒士多譽，將才頗高。慶忌一門，盡有爪牙之用；金敞舉族，皆著忠厚之名。置將軍之符，列卿寺之任，曰文曰武，唯上所命，尊爲才士〔一〕，實曰寶臣。證之與汾，爲吏歲久，文學績效，皆有可觀。清江、武當，有人有賦，豈自薄小〔二〕，宜遵詔條，無忝寵榮，以稱朕意。可依前件。

【校勘記】

〔一〕「尊爲」，原作「酋爲」，今據文津閣本改。

〔二〕「豈自薄小」，「自」字原作「目」，據《全唐文》卷七四八改。

【注　釋】

① 本文撰於大中五年九月至大中六年（八五一至八五二）底之間，詳見本集卷一七《趙真齡除右散騎常侍制》注①。

李珏册贈司空制①

維大中六年，歲次壬申，五月丁卯朔，十六日壬午。皇帝若曰：國有元老，道可咨稟，天命不助，倏然去我，宜加褒命，以慰重泉。咨爾故淮南節度副大使知節度事、管内營田觀察處置等使、金紫光禄大夫、檢校尚書右僕射、兼揚州大都督府長史、御史大夫、上柱國、贊皇縣開國公、食邑一千五百户李珏，立德行道，繼長增高，貴而益修，老而彌篤。在文宗朝，偏歷清近。内備顧問，嘗摧奸兇；外領事權，善提故典。爰付魁柄，實肖象求，鎮撫四夷，莫不信順，訓導百吏，皆有程品。左官荒服，衆冤非罪，事君以道，知我其天，李固之確論無私，周公之金縢終啓。自朕統御，尊敬舊老，分委戎輅，作鎮孟津，訓兵令行，治人化洽，飽聞聲譽〔一〕，渴見風彩。以大冢宰徵歸朝廷，讜直忠貞，骨鯁魁壘，凡所陳啓，無非法誠。遂乃裂授東夏，表率諸侯，能救饑艱，克爲康泰。初陳微恙，請捐重寄，驛騎奔問，侍醫臨理。旋聞大病，却食涕流，命也奈何，痛悼不及。今遣使某官某〔二〕，副使某官某，持節册贈爾爲司空，魂而有知，鑑兹誠意。嗚呼哀哉！

【校勘記】

〔一〕「飽聞聲譽」，「聲譽」原作「聲聞」，《全唐文》卷七四八、文津閣本作「聲譽」，今據改。

〔二〕「某官某」，「官」下原無「某」字，據《全唐文》卷七四八補。

【注　釋】

① 本文云「維大中六年，歲次壬申，五月丁卯朔，十六日壬午。皇帝若曰：國有元老，……今遣使某官某，副使某官某，持節册贈爾爲司空」，據此文即作於大中六年（八五二）五月。

歸融册贈左僕射制①

敕。有禄位而享富貴，啓手足而歸壤樹，身歿名著，生榮死哀，蔚爲大臣，宜遵贈典。故金紫光禄大夫、守太子少傅分司東都、上柱國、晉陵郡開國公、食邑二千户歸融，發於文華，揚歷清近，業冠前輩，才高當時。總領屬官，預聞政事，凡曰繁劇，無不踐更，刃皆有餘，施無不可。偏處重位，内修典法；三乘戎輅，外作屏毗。富而不驕，貴而愈謹，曾參三省，太叔九言，服以行之，終身不倦，實士林之君子，爲朝廷之表臣，未究高年，遽聞長夜，爰舒痛悼，用加顯位，命之寮長，以慰重泉。可贈尚書僕射。

【注釋】

① 本文撰於大中五年九月至大中六年（八五一至八五二）底之間，詳見本集卷一七《趙真齡除右散騎常侍制》注①。

令狐定贈禮部尚書制①

敕。朕有表臣，作鎮南服，天不我助〔一〕，遽此殲奪，用崇飾終之典，以舒痛悼之誠。故桂州本管都防禦觀察處置等使、銀青光禄大夫、檢校左散騎常侍、持節都督桂州諸軍事、兼桂州刺史、御史大夫、上柱國令狐定，始自結髮，至於壽考，直道而行，靡有悔德。初以友愛，藹閨門之風〔二〕；中以文學，膺鄉里之選；終以德業，爲名實之臣。爰自郎吏，至於藩翰，事蘗必理，刃皆有餘。去載桂陽，雖云早耗，聞其風俗，芬若椒蘭。昔爾元昆，輔我聖考，今汝猶子，相予冲人。公忠貞正，衡鏡法式，焕乎當代，萃於一門。上有佽助急難之名，下有慈愛教誨之道，聞於論者，爾其得之。跡去難留，川逝不捨，追命宗伯，以慰重泉，往而有知，鑑我厚意。可贈禮部尚書。

【校勘記】

〔一〕「天不我助」，「我助」，《全唐文》卷七四八作「助我」。

〔二〕「藹閭門之風」，「藹」字原作「謁」，據《全唐文》卷七四八改。

【注　釋】

① 本文云「去載桂陽，雖云旱耗，聞其風俗，芬若椒蘭」。本集卷一五杜牧《賀生擒衡州草賊鄧裴表》亦云「伏以湖湘旱耗，百姓飢荒，……遂使湖、岭之外，人不聊生」。據《資治通鑑》卷二四六大中六年四月載：「湖南奏，團練副使馮少端討衡州賊帥鄧裴，平之。」又按，本集卷一七《權審除户部員外郎制》亦云「湖嶺旱暵，百姓枵耗，老弱死道上，强壯入賊中」。前已考權審制乃大中五年之作，且兩《唐書·宣宗紀》大中五年均記「是歲湖南大饑」，故桂陽旱耗事乃在大中五年。文既云「去載桂陽，雖云旱耗」，則文當撰於大中六年（八五二）。

樊川文集卷第十八

李訥除浙東觀察使兼御史大夫制①

敕。仲尼以舉賢才則理，大禹以能官人則安。況西界潕河，東奄左海，機杼耕稼，提封七州，其間繭税魚鹽，衣食半天下，不有可仗，豈宜委之。正議大夫、使持節華州諸軍事、守華州刺史、兼御史中丞、充潼關防禦鎮國軍等使、上柱國、隴西縣開國男、食邑三百户、賜紫金魚袋李訥，温良恭儉，齊莊中正，實以君子之德，華以才人之辭〔一〕。揚歷清顯〔二〕，昭彰令聞，輟自掌言，式是近輔。子貢爲清廟之器，仲弓有南面之才，智莫能欺，剛亦不吐，表率教化，皆有法度。今者兵爲農器，革作軒車〔三〕，言於共理，在擇循吏。是故用已效之績，託分寄之任，擁旆而服玄玉，化千里而有三軍，儒者之榮，莫過於此。孔子曰：「仁者愛人，智者知人。」愛人則疲羸可蘇，知人則才幹不棄。土宇既廣，殺生在我，考此二者，可以報政。榮加副相，用壓大邦，爾其勉之，無忝所舉。可使持節都督越州諸軍事、守越州刺史、兼御史大夫、充浙江東道都團練觀察處置等使，散官勳封賜如故。

【校勘記】

〔一〕「人」，《文苑英華》卷四〇八作「士」，下校：「集作人。」

〔二〕「揚」，《文苑英華》卷四〇八作「踐」，下校：「集作揚。」

〔三〕「革作軒車」，「革」字原作「草」，據《文苑英華》卷四〇八、《全唐文》卷七四八、文津閣本改。

【注　釋】

① 李訥除浙東觀察使之事，《舊唐書·宣宗紀》記在大中十年正月。按所記誤。《杜牧年譜》考此事云：「吴廷燮《唐方鎮年表考證》引《紹興志》：唐浙東觀察使李訥，大中六年任；又引《嘉泰會稽志》：大中六年八月，李訥自華州刺史授浙東，九年九月，貶潮州；而《通鑑》亦記，大中九年七月，浙東軍亂，逐李訥；因此推斷李訥除浙東觀察使應在大中六年八月，而《舊唐書·宣宗紀》所載者非是。按，吴廷燮之説甚确，李訥除浙東觀察使在大中六年八月，時杜牧爲中書舍人，故能撰李訥除官制。」今即據此訂本文於大中六年（八五二）八月。

盧摶除廬州刺史制①

敕。夫立人伯長，此周文王所以敬事上帝也。況廬江五城，環地千里，口衆賦重〔一〕，豈可輕授。朝議郎、守尚書刑部郎中、柱國、賜緋魚袋盧摶，以文學策名，才能入仕，周歷臺閣，嘗宰繁劇，鬱有佳譽，兼報善政。今者出郎官之帳，懸太守之章，言於清時，不爲不遇。上有命則違之，上有好則效之，此乃成王命君陳之言也。故行令不如行化，律人不如律身，念兹二者，可長人矣，無忝分寄，爾其勉之。可使持節廬州諸軍事、守廬州刺史，散官勳賜如故。

【校勘記】

〔一〕「口衆賦重」，「賦」字原作「賊」，據《全唐文》卷七四八、文津閣本改。

【注　釋】

① 本文撰於大中五年九月至大中六年（八五一至八五二）底之間，詳見本集卷一七《趙真齡除右散

騎常侍制》注①。

李文舉除睦州刺史制①

敕。夫三尺律令，人情出於其中耳〔一〕，苟情有不可，亦法無本條。正議大夫、權知宗正卿、上柱國、隴西縣開國伯、食邑七百户、賜紫金魚袋李文舉，宗室子孫，初以地進，累居官次，皆著能名，是以取自遠藩，擢爲宗正。大則提舉群吏，灑掃守奉；次則整訓屬族，次第昭穆。唯此二者，爾之職焉。今則狂盜公然侵犯陵寢，毀櫝之罪，已坐首令；責師之義，固難矜寬。勉於分憂，足以補過。可使持節睦州諸軍事、守睦州刺史，散官勳封賜如故。仍馳驛赴任。

【校勘記】

〔一〕「人情出於其中耳」，「其」字原無，據《全唐文》卷七四八補。

【注釋】

① 此制云「今則狂盜公然侵犯陵寢，毁櫝之罪，已坐首令；責師之義，固難矜寬」，故貶李文舉睦州刺史。考《唐會要》卷一七《廟災變》：「大中五年十二月，景陵有賊驚動，斫損門戟架等。至六年四月，下詔曰：景陵神門，盜傷法物，其賊既抵極法，官吏等須有懲責……其日，貶宗正卿李文舉爲睦州刺史。」又《嚴州圖經》卷一牧守題名，亦記李文舉大中六年四月十三日自宗正卿拜睦州刺史。故本文乃撰於大中六年（八五二）四月。

竇弘餘加官依前台州刺史蘇莊除鄧州刺史等制①

敕。朝散大夫、使持節台州諸軍事、守台州刺史、上柱國竇弘餘，朝議郎、前使持節虔州諸軍事、守虔州刺史、上柱國、賜緋魚袋蘇莊等。南郡盜作而蕭育拜〔一〕，河内政美而寇恂留〔二〕，爲人擇官，因重而撫〔三〕，考於兩漢，行古道也。弘餘廉使上言，父老有請，其爲政也，長育多方，惠訓不倦，凡設教令，皆有科指〔四〕。莊任南康，悉心爲理，謹身律下，節用愛人。南陽古都，近者小擾，臨海越俗，尤惜良吏。就加超拜〔五〕，各叶所宜，仕至二千石，可庇人矣〔六〕，無異文律，不自貴重。副疲羸之望者，須念始終；坐狂愚之罪者，勿理深汚。

各膺寵禄，無忝分寄。弘餘可檢校太子右庶子，餘如故；莊可使持節鄧州諸軍事、守鄧州刺史，散官勳賜如故。

【校勘記】

〔一〕「而」，《文苑英華》卷四一一校：「一作時。」

〔二〕「河内」，《文苑英華》卷四一一作「河南」。

〔三〕「因重而撫」，《文苑英華》卷四一一於此四字下校：「集作因撫重之。」

〔四〕「科指」，《文苑英華》卷四一一作「科旨」。

〔五〕「超拜」，《文苑英華》卷四一一作「起拜」。

〔六〕「可庇人矣」，「庇」字原作「比」，據《文苑英華》卷四一一、《全唐文》卷七四八改。

【注釋】

① 此爲竇弘餘任台州刺史後，因有政績而下制加官。檢《赤城志》卷八牧守題名有「大中五年，竇（宣祖御諱上一字）餘」。此即大中五年竇弘餘任台州刺史，所記乃初任之時間。本文云「弘餘廉使上言，父老有請，其爲政也，長育多方，惠訓不倦，凡設教令，皆有科指」。以此知竇弘餘之加官

乃因有惠政之故。其大中五年始任台州，因惠政而「父老有請」加官事，大中六年較大中五年有可能，故訂本文於大中六年（八五二）。

李暨除絳州刺史魏中庸除亳州刺史曹慶除威遠營使等制①

敕。中散大夫、使持節亳州諸軍事、守亳州刺史、充本州團練鎮遏使、雲騎尉、賜紫金魚袋李暨等。昔貞觀末遺孫伏伽等二十二人各以六條巡察郡縣，以能進者止二十人〔一〕，獲死者七人，流竄黜免僅千百輩。以太宗皇帝上聖憂勤之切，百執事奉法公謹之心，守臣爲奸，如此之衆。況今黜陟久廢，仕進多門，緬思疲人，每渴良吏，牧守之念，予常軫懷。暨實文士，出典兵郡，不薄爲吏，愛我百姓，盜賊奸宄，寢而不作，鰥寡孤獨，皆有所養。中庸再分符竹，聞立善政，凡爲理者，皆高仰之。今用已效之才，各委共理之任。簿書刀筆，俗吏事耳〔二〕，慈惠教化，君子宜之，二者較然，爾欲何取。慶乃身帶兩綬，兵分禁營，得佩牛刀，立於交戟〔三〕。或有鄉里之譽〔四〕，克肖友悌之風，百里長人，在王畿內，各思答效，無忝寵榮。可依前件。

【校勘記】

〔一〕「二十人」，《文苑英華》卷四一一作「二十八人」。

〔二〕「事」，《文苑英華》卷四一一作「云」，下校：「集作事。」

〔三〕「立於交戟」，「戟」字原作「戰」，據《文苑英華》卷四一一、《全唐文》卷七四八改。

〔四〕「或」，《文苑英華》卷四一一作「歲」。

【注釋】

① 本文撰於大中五年九月至大中六年（八五一至八五二）底之間，詳見本集卷一七《趙真齡除右散騎常侍制》注①。

李誠元除朔州刺史制①

敕。銀青光禄大夫、檢校國子祭酒、前使持節都督勝州諸軍事、兼勝州刺史、御史中丞、充本州押蕃落及義勇軍等使、上柱國李誠元。開元時，吐蕃上書，悖慢無禮，皆邊將造僞，交鬭華夷，冀立功勳，以求爵賞。自長慶已降，怠於制置，西北守帥，多非其人，侵虐種落，厚自封殖。至使忿鷙之性，不甘欺奪之苦，近者聚爲内寇，至乃騷動天下。因令循撫，果效信順，是以屢詔執事，慎於選求。僉曰誠元家本北邊，志氣慷慨，將軍之子，頗傳父業，學萬人敵，知四夷事。跡榆林之前政，寄馬邑之名邦，仍留兼官，用震殊俗。夫車馬甲兵，戰之器也；禮樂慈愛，戰所蓄也。然後要之誠信，禦以堅明，雖曰戎夷，豈不畏服。深期國士，無頽家聲。可檢校國子祭酒、使持節朔州諸軍事、兼朔州刺史、御史中丞，散官勳如故。

【注釋】

① 本文撰於大中五年九月至大中六年（八五一至八五二）底之間，詳見本集卷一七《趙真齡除右散騎常侍制》注①。

薛逵除秦州刺史制①

敕。兵者凶器也，將者死官也，若不擇才，必有陷敗。銀青光禄大夫、檢校右散騎常侍、使持節隴州諸軍事、隴州刺史〔一〕、御史大夫、充本州防禦使、上柱國薛逵。匈奴犯塞，李廣逢時，爪牙甚堅，翅翼頗健。任以汧隴，倚戎一本作盡節守封，當賜輒分，軍租不入，士爭爲死，虜不敢犯。今以天水名郡，號爲「新都」，用汝守之，期於鎮靜，無召戎生事，無玩兵邀功〔二〕，正封疆，守禮信，險走集，嚴候伍，邊將之道，莫過於斯。金印貂冠〔三〕，皆爲榮秩，壯爾軍旅，惟恐不多，勉礪鋒鋩，以期報效。可檢校左散騎常侍、使持節秦州諸軍事、兼秦州刺史、御史大夫、充天雄軍使、兼秦成兩州經略及義寧軍行營鎮遏都知兵馬使、本道營田等使，散官勳如故。

【校勘記】

〔一〕「隴州」，原作「除州」，據《全唐文》卷七四九、文津閣本改。

〔二〕「玩兵」，「兵」，文津閣本作「戎」。

〔三〕「金印」，原作「弄印」，《全唐文》卷七四九作「玉印」，文津閣本作「金印」，今據文津閣本改。

【注　釋】

① 本文乃除薛逵爲「檢校左散騎常侍、使持節秦州諸軍事、兼秦州刺史、御史大夫、充天雄軍使、兼秦成兩州經略及義寧軍行營鎮遏都知兵馬使、本道營田等使」。考《舊唐書·宣宗紀》：「（大中）六

年春正月戊辰，以隴州防禦使薛逵爲秦州刺史、天雄軍使，兼秦、成兩州經略使。」則文乃撰於大中六年（八五二）正月。

田克加檢校國子祭酒依前宥州刺史制①

敕。銀青光禄大夫、檢校太子賓客、使持節宥州諸軍事、兼宥州刺史、御史中丞、充經略軍使、押蕃落副使、左神策軍宥州行營都知兵馬使、上柱國、雁門郡開國侯、食邑一千户田克。梟俊無敵，感激輕生，李信之氣蓋關中，陳安之勇聞隴上。委以邊郡，能得士心，寇圍陰河，守陴甚寡，爾乃萬死不顧，一奮無前，奇兵徑衝，驍騎横挑，圍開孤壘，戰敗豪羌。言念忠勞，豈愛爵賞，帖以崇秩，用酬奇功。畢萬匹夫也，百戰皆獲，有馬百乘，死於牖下；死不在寇，此乃趙鞅誓衆之辭也。宜念古人之言，勉作萬夫之特。可檢校國子祭酒，餘並如故。

【注　釋】

① 本文撰於大中五年九月至大中六年（八五一至八五二）底之間，詳見本集卷一七《趙真齡除右散

騎常侍制》注①。

薛淙除鄧州任如愚除信州虞藏玘除邛州刺史等制〔一〕①

敕。朝議郎、前使持節坊州諸軍事、守坊州刺史薛淙等。仲尼對魯哀公曰：「人道之大，莫先爲政。」漢宣帝曰：「與我共治者，其唯良二千石乎。」念先師賢帝之言，思疲人良吏之選，夙興夜寐，不忘於此。淙以文科入仕，命守邊郡，屬當伐叛，兵於其郊，處劇不繁，事叢皆辦。如愚進以門子，屢爲長吏，其有政化〔二〕，可差古人。藏玘與逢，閲官簿而頗多，言理名而亦著。紹元嘗聞謹慎，可宰百里。己所不欲，勿施於人，無忘格言，副我優寄。可依前件。

【校勘記】

〔一〕「薛淙」，原作「薛宗」，然下文又作「薛淙」。又《文苑英華》卷四一一、《全唐文》卷七四九均作「薛淙」，今據改。「鄧」，《文苑英華》卷四一一作「登」，下校：「集作鄧。」

〔二〕「有」，《文苑英華》卷四一一、《全唐文》卷七四九作「爲」。

【注　釋】

① 本文撰於大中五年九月至大中六年（八五一至八五二）底之間，詳見本集卷一七《趙真齡除右散騎常侍制》注①。

鄭液除通州刺史李蒙除陳州刺史等制〔一〕①

敕。朝議郎、前守太原府晉陽縣令、上柱國鄭液等。今之郡守，爲人師帥，宣上教化者也。以液久在官途，嘗宰大邑，聞其爲治，人歌舞之。以蒙執殳前驅，予之雄也，光禄護塞，居延視胡，虜不敢窺，士爭爲死。各委分寄，實曰遷升。通州雜以華夷，淮南兩有兵賦，爾其往哉。今用誡爾，爲天子之守臣，作百姓之長吏，言於仕進，可曰顯榮。夫君子之道，先有諸己，後求於人，苟能律身，始可檢下，勉詳詔令，用謹理行。從規始於門子入仕〔二〕，恭謹無尤，自州佐而升在朝班，列五尚而職三服〔三〕，亦爲良遇，無忝官常。可依前件。

【校勘記】

〔一〕「李蒙」，「蒙」字，《文苑英華》卷四一一均作「象」，然下校：「集作蒙。」

〔二〕「仕」，《文苑英華》卷四一一作「進」。

〔三〕「而」，《文苑英華》卷四一一作「以」，下校：「集作而。」《文苑英華》卷四一一、《全唐文》卷七四九於「職」字下有「於」字。

【注釋】

① 本文撰於大中五年九月至大中六年（八五一至八五二）底之間，詳見本集卷一七《趙真齡除右散騎常侍制》注①。

王晏實除齊州吴初本巴州陳侹渝州刺史等制〔一〕①

敕。正議大夫、前使持節淄州諸軍事、守淄州刺史、上柱國、太原縣開國男、食邑五百户、賜紫金魚袋王晏實等。俟善政而後用，或蔑無所聞〔二〕；滯序進之常途，則怨生於下。古今政柄，患斯二者。晏實、初本、侹等三人，入仕年多，亦嘗爲郡，聞無悔吝〔三〕，是熟詔條。濟南跨河，有兵有賦，巴渝夷俗，慷慨豪健，形於樂曲〔四〕，爾其往哉。古之人有言曰：子苟爲善，誰敢不勉。身率以正，孰敢不正，欲謹於行〔五〕，在於廉平。弘宗溫慎有餘，王屬咸爲清秩〔六〕。銖以文學，嘗佐賢侯，作掾京兆，亦曰美仕。皆有官業，慎無自薄。可依前件。

【校勘記】

〔一〕「吳初本」，《文苑英華》卷四一一作「吳本初」，下文「初本」亦作「本初」。「侹」，《文苑英華》卷四一一作「珽」，下校：「集作侹，下同。」

〔二〕「蔑」，《文苑英華》卷四一一作「懵」，下校：「集作蔑。」

〔三〕「吝」，《文苑英華》卷四一一作「咎」，下校：「集作吝。」

〔四〕「形」，原作「刑」，據《文苑英華》卷四一一、《全唐文》卷七四儿改。「樂曲」，原作「樂典」，據《文苑英華》卷四一一、《全唐文》卷七四九改。

〔五〕「於」，《文苑英華》卷四一一作「理」。

〔六〕「清秩」，原作「清秋」，據《全唐文》卷七四九、文津閣本改。《文苑英華》卷四一一作「美秩」。

【注釋】

① 本文撰於大中五年九月至大中六年（八五一至八五二）底之間，詳見本集卷一七《趙真齡除右散騎常侍制》注①。

郭瓊除渠州郭宗元除興州等刺史王雅康除建陵臺令等制[一]①

敕。太中大夫、前使持節文州諸軍事、守文州刺史、兼侍御史、充本州鎮遏使、上柱國郭瓊等。鄰山、順政[二]，僻處山谷，罕知文律，易爲欺奪。瓊與宗元守郡宰邑，聞無悔吝，爾其往哉。仲尼曰：「正身而人正，欲善而人善。」撫我疲俗，宜遵格言，苟或不臧，貽爾之戚。雅康入仕[三]，嘗在班列，青宮贊導，陵邑守奉，若非謹慎，不膺斯任。可依前件。

【校勘記】

〔一〕「雅康」，「雅」字原無，據《文苑英華》卷四一一、《全唐文》卷七四九補。

〔二〕「鄰山」，《文苑英華》卷四一一作「潾山」。

〔三〕「雅康」，原作「惟康」，據《文苑英華》卷四一一、《全唐文》卷七四九、文津閣本改。

【注釋】

① 本文撰於大中五年九月至大中六年（八五一至八五二）底之間，詳見本集卷一七《趙真齡除右散

騎常侍制》注①。

吳從除蓬州賈師由除瓊州蕭蕃除羅州刺史等制①

敕。中散大夫、前使持節柳州諸軍事、守柳州刺史、上柱國、賜紫金魚袋吳從等。地遠京邑，俗雜蠻夷，不知文律，易爲欺奪。朝廷選置，多無名人，小則抑鬱不伸，大則聚以爲寇。蓬緣巴徼，其風忿勁；瓊處海外，在兩漢時往往小反；羅居百越，磎洞深阻。咨爾三吏，比嘗爲郡〔一〕，亦執有政〔二〕，勿以荒服，侮我疲人。或異詔條，必置厥辟〔三〕，稍當叙進〔四〕，優以上佐，苟有聞見，無忘裨助。可依前件。

【校勘記】

〔一〕「比嘗」，《文苑英華》卷四一一作「比者」。

〔二〕「亦執有政」，《文苑英華》卷四一一作「亦報有功」，《全唐文》卷七四九作「亦報有政」。

〔三〕「必置厥辟」，「置」字原作「寡」，據《文苑英華》卷四一一、《全唐文》卷七四九改。

〔四〕「稍當」，原作「涓當」，據《文苑英華》卷四一一、《全唐文》卷七四九改。

【注　釋】

①本文撰於大中五年九月至大中六年(八五一至八五二)底之間,詳見本集卷一七《趙真齡除右散騎常侍制》注①。

裴閱除温州刺史伊實除獻陵臺令等制①

敕。正議大夫、前使持節忠州諸軍事、守忠州刺史、上柱國裴閱等。江峽之間,其俗剽悍,聞爾爲理,人惜其去,若不遷陟,豈酬政能。洎師素等,久居官常,皆無悔吝,半刺列郡,人所咨稟。衣冠弓劍之地,霜露感思之心,尤藉謹良,以顯守奉。各服休命,勉於始終。可依前件。

【注　釋】

①本文撰於大中五年九月至大中六年(八五一至八五二)底之間,詳見本集卷一七《趙真齡除右散騎常侍制》注①。

陸紹除信州刺史封載除遂州刺史鄭宗道除南鄭縣令等制①

敕。中大夫、前使持節申州諸軍事、守申州刺史、上柱國、賜紫金魚袋陸紹等。夫以冉求之才，方六七十，爲之三年，然後可使足人。今者一州之地，五六於此。況上饒參以越俗，遂寧旁緣巴徼，號爲沃野，皆有厚賦，委之分寄，實難其人。以紹其先君子仍代作相，能以儒學緣飾吏理。以載頗有長者之舉，聞於士林之間。夫二千石所繫，朕常留念，舉以授爾，能不誨乎。卹孤獨，逮不足，修其教，徇其宜，凡此四者，著於《王制》，勉循古道，以活疲民。宗道宰邑，卓然善政，廉使上課，書爲第一，列於遷陟，得以不時。無易初心，以失前效。可依前件。

【注　釋】

① 本文撰於大中五年九月至大中六年（八五一至八五二）底之間，詳見本集卷一七《趙真齡除右散騎常侍制》注①。

張德翁除歸州刺史李承訓除福昌縣令盧審矩除陽翟縣令等制①

敕。朝議郎、前京兆府渭南縣令、上柱國張德翁等。德翁、承訓、審矩，爲天子之守臣，作百姓之長吏，仕而至此，斯亦達矣。匹夫爲善，人猶則之，守令所爲，誰敢不化？《詩》曰：「爾之教矣，人胥效矣。」可不勉之。量助奉陵邑，以謹慎選。執臨、師景、參諒等，各以序進，亦爲良遇。可依前件。

【注釋】

① 本文撰於大中五年九月至大中六年（八五一至八五二）底之間，詳見本集卷一七《趙真齡除右散騎常侍制》注①。

王樟除雅州刺史郭鏞除右諭德等制①

敕。朝議郎、前守成都縣令、上柱國、賜緋魚袋王樟等。盧山江關扼束，控西南夷，置吏不善，所虞非細。以樟嘗宰劇縣，在會府中，條令和平，吏人嘉美。跡爾前政，撫予遠人。《禮》曰：「人之所好，己亦好之；人之所惡，己亦惡之。」以此用心，何憂不理？暨鎖與綬，門子清族，閱其官簿，入仕已久。東朝諭導，名藩上寮，頗爲優閑，宜服休命。可依前件。

【注釋】

① 本文撰於大中五年九月至大中六年（八五一至八五二）底之間，詳見本集卷一七《趙真齡除右散騎常侍制》注①。

傅孟恭除威州刺史宣敏加祭酒兼侍御史依前宣歙道兵馬使知防秋事等制①

敕。開府儀同三司、檢校國子祭酒、前使持節都督銀州諸軍事、兼銀州刺史、御史中丞、充本州押蕃落及監牧副使、兼度支銀川營田使、上柱國、清河郡開國公、食邑二千户傅孟恭等。孟恭山西將門，并州壯士，雖長鉦都尉，黑稍將軍，校其忠勇，無以過也。左宦非罪，志氣益堅，守邦有聞，官業克奉。今以威州新造，虵豕之衛，非爾材力，不能控壓。遂以武健，佐助戎臣，觀其列狀，頗著勤效。敏於窮塞，提挈孤軍，樹立和門，繕完械用，翬飛虹亘者三百間，耀雪吹毛者數萬事，言其勞績，亦少比倫。各兼憲班，或伏熊軾，可曰榮遇，無自懈怠。可依前件。

【注　釋】

① 本文撰於大中五年九月至大中六年（八五一至八五二）底之間，詳見本集卷一七《趙真齡除右散騎常侍制》注①。

姚克柔除鳳州刺史韋承鼎除櫟陽縣令王仲連贊善大夫等制①

敕。中散大夫、前使持節利州諸軍事、守利州刺史、上柱國姚克柔等。仲尼曰：「人道之大，莫先爲政之功者，其長人乎。」克柔嘗典一邦，愈知爲理。承鼎、增宙等，開敏有材，幹能堪事。河池名郡，畿内小倈，仕於清時，皆爲良遇。大凡爲理之要，先事孤弱，譬諸草木，無倦栽培。仲連荏苒宦途，歲月滋久，東朝贊導，亦曰升遷。各慎厥官，無忝榮命。可依前件。

【注釋】

① 本文撰於大中五年九月至大中六年（八五一至八五二）底之間，詳見本集卷一七《趙真齡除右散騎常侍制》注①。

朱載言除循州刺史袁循除渭南縣令張公及除獻陵令韋幼章除京兆府倉曹等制①

敕。前靈鹽節度掌書記、朝請郎、試大理司直、兼殿中侍御史朱載言等。刺史縣令，皆古之五等諸侯，行詔條紀綱，專教化殺生者也。得其才則疲人蘇息，非其任則百姓愁怨。載言、循、省問、遠等，或以吏理進官，或以科名入仕，當此選擇，聞無悔尤。海豐越俗，王畿名邑，夫邪正表前之影，教令如草上之風，若非律身，不能爲理。公及以勤謹膺陵邑慎選，幼章以才敏坐京兆劇曹，各有官業，無自廢怠。可依前件。

【注　釋】

① 本文撰於大中五年九月至大中六年（八五一至八五二）底之間，詳見本集卷一七《趙真齡除右散騎常侍制》注①。

【集　評】

于守令諄諄告誡，想見愛民切至。今日所宜申命。（鄭郲評本文）

支某除鄆王傅盧賓除融州刺史趙全素除福陵令等制①

敕。銀青光禄大夫、前使持節邢州諸軍事、守邢州刺史、兼侍御史、充本州團練使、上柱國支某等。近者控名責實，事不苟且，量材適用，咸當所宜。咨爾某等，各於進官，亦以勞久。王門爲傅，越徼分憂，洎守奉園陵，毗佐列郡，皆曰美秩，盡獲優安。各務清勤，無掇悔吝。可依前件。

【注　釋】

① 本文撰於大中五年九月至大中六年（八五一至八五二）底之間，詳見本集卷一七《趙真齡除右散

騎常侍制》注①。

鄭倰除大理少卿致仕制①

敕。朝散大夫、檢校太僕少卿、前兼江陵少尹、上柱國鄭倰。四代所貴，事皆不同，至於尚齒，其道一也。聞爾久居官次，年踰月制，家唯四壁，身無一簪。今者致政里居，亞列半俸，足得安枕几而就頤養，敬老之道，亦爲優異。可守大理少卿致仕，散官勳如故。

【注釋】

① 本文撰於大中五年九月至大中六年（八五一至八五二）底之間，詳見本集卷一七《趙真齡除右散騎常侍制》注①。

樊川文集卷第十九

王釗除皇城留守制①

敕。銀青光禄大夫、檢校刑部尚書、前兼左金吾衛大將軍、御史大夫、充左街使、太原郡開國公、食邑二千户王釗。常侍文陛，召見武臺，願以五千，獨當一隊，思長策久安之術，避必戰敢死之虜，頗嗤免胄，獨能全師。洎繁纓趨朝，執金入侍，夷險一貫，忠勞兩兼，子尾之疾雖平，郄克之步尚蹇。官崇環衛，職實司武，入座副相，不失舊榮，且務優安，勉於遵養。可檢校刑部尚書、兼右領軍衛上將軍、御史大夫、充大内皇城留守，散官如故。

【注釋】

① 本文撰於大中五年九月至大中六年（八五一至八五二）底之間，詳見本集卷一七《趙真齡除右散騎常侍制》注①。

王知信除左衛將軍史寰除右監門衛將軍等制①

敕。昭武軍校尉、前守右驍衛將軍、上柱國、賜緋魚袋王知信等。古人之爲理也，不以一眚而掩大功，克廣紹子文之宗〔一〕，霍陽繼博陸之後。知信烈祖，貝丘之戰，可庇十代，豈止曾孫。寰父伯仲，亦效忠懇，提挈全魏，歸於朝廷。今者寵以將軍，旌其舊德，豈唯獨舉賞延之典，亦欲使列士諸將〔二〕，自爲孫謀。彝、鎬、明誼，入仕已久，皆無悔吝〔三〕，故有序遷，臨封遠邦，蔡亳兵部〔四〕，分憂佐理，無忘謹廉。可依前件。

【校勘記】

〔一〕「克廣」，《文苑英華》卷四〇二、《全唐文》卷七四九均作「克黄」。

〔二〕「列士」，《文苑英華》卷四〇二作「裂土」，下校：「集作列士。」

〔三〕「吝」，《文苑英華》卷四〇二作「咎」，下校：「集作吝。」

〔四〕「部」，《文苑英華》卷四〇二校：「一作郡。」

【注釋】

① 本文撰於大中五年九月至大中六年（八五一至八五二）底之間，詳見本集卷一七《趙真齡除右散騎常侍制》注①。

張直方授左驍衛將軍制〔一〕①

敕。朕據南面之尊，制一代之命，先講百官之法〔二〕，後行四方之政〔三〕。若有罪不問，是倒持太阿；有頑不磨，是廢去砥石，則拱視天下，何以爲理？雲麾將軍、起復檢校刑部尚書、兼右羽林統軍將軍、御史大夫張直方，席其先人，任爲邊將，披誠向闕，執玉來朝。近臣勞郊，大匠理第，典兵於禁門之內，立侍於交戟之中，校其寵榮，無與等比。而乃每輕法檢，恣爲遨遊，擅去宿衛，潛遊異縣。有司問狀，持舌不言，以至再三，始引愆闕。古人有云：「語人必於其倫，觀過必於其黨。」〔四〕念其生自戎旅〔五〕，素不鐫琢，既觸法網，亦可矜容。加膝墜泉，予常自慎，小懲大誡，爾宜知恩。不失將軍之榮，仍有兼官之重〔六〕，足得湔洗，以俟甄升。可銀青光禄大夫、檢校刑部尚書、兼左驍衛將軍、御史大夫〔七〕。

【校勘記】

〔一〕「左驍衛將軍」，《文苑英華》卷四〇一作「左驍衛大將軍」。

〔二〕「講」，《文苑英華》卷四〇一作「謹」，下校：「集作講。」

〔三〕「行」，《文苑英華》卷四〇一作「理」，下校：「集作行。」

〔四〕「必於」，《文苑英華》卷四〇一作「各於」。「語人」，文津閣本作「擬人」。

〔五〕「戎旅」，《文苑英華》卷四〇一作「戎族」。

〔六〕「仍有」，《文苑英華》卷四〇一作「仍存」。

〔七〕「左驍衛將軍」，《文苑英華》卷四〇一作「左驍衛大將軍」。「左」，原作「右」，據《文苑英華》卷四〇一、《全唐文》卷七四九改。

【注釋】

① 本文云「雲麾將軍、起復檢校刑部尚書、兼右羽林統軍將軍、御史大夫張直方，……乃每輕法檢，恣爲遨遊，擅去宿衛，潛遊異縣，……可銀青光禄大夫、檢校刑部尚書、兼左驍衛將軍、御史大夫」。檢《資治通鑑》卷二四九載：「（大中五年十一月）右羽林統軍張直方坐出獵累日不還宿衛，貶左驍衛將軍。」據此，本文乃撰於大中五年（八五一）十一月。

朱叔明授右武衛大將軍制①

敕。金紫光禄大夫、檢校工部尚書、兼左武衛上將軍、御史大夫、上柱國、吴興郡開國公、食邑二千户朱叔明。司馬軍令，黄帝理法〔一〕，兵家尚嚴，始可尅敵。邊將破虜，詐增首級，亦罪之小者。漢文時魏尚囚繫，漢宣時田順自殺。開元中，幽州長史趙含章大破奚虜，旋坐贓賄，放流瀼州，縱有功勞，不贖罪犯，是以拓土萬里，垂功中興。自長慶已還，益輕邊事，選拔將帥，多非賢良，豪奪種落蹄角之畜，割削士卒衣食之賜。見利則往，見弱則欺，罔酬恩榮，不顧廉耻，積帛藏鏹，丘累陵聚。是以戰士離落，兵甲鈍弊，積三十年，擲之不問。近者伐叛，益知其由，屢下詔書，誥誡深切，豈知頑昧，不可鐫琢。嗟爾叔明，材惟樸樕，性命淺狹。其兄叔夜，以贓抵刑，不出私門，可視覆轍。忝據藩翰，已積歲時，料甲峙粮，既乏素效，事虜接戰，不報寸功。而乃公欺降戎，乾没戰馬，歸充伏櫪，告以弊帷，人之無良，一至於此。昔曹劌請戰，卜式輸財〔二〕，俱是匹夫，不與公食。爾乃貴擁旄鉞，任倚邊陲，何其用心，與古相萬。諫臣拜疏，前罰未塞，尚爲恩貸，不失將軍，分務洛師，可以循省。可右武衛大將軍，分司東都，散官勳封如故。

【校勘記】

〔一〕「黄帝理法」，「理」字原作「李」，據《全唐文》卷七四九改。

〔二〕「卜式輸財」，「財」字原作「射」，據《全唐文》卷七四九、文津閣本改。

【注　釋】

① 此制云：「自長慶已還，益輕邊事，選拔將帥，多非賢良，豪奪種落蹄角之畜，割削士卒衣食之賜。見利則往，見弱則欺，罔酬恩榮，不顧廉耻，積帛藏鏹，丘累陵聚。是以戰士離落，兵甲鈍弊，積三十年，擲之不問。近者伐叛，益知其由，屢下詔書，誥誡深切，豈知頑昧，不可鐫琢。」據此可知一、是時邊將多有「豪奪種落蹄角之畜」和「見利則往，見弱則欺」之事。考《資治通鑑》卷二四九大中五年正月載：「上頗知党項之反由邊將利其羊馬，數欺奪之，或妄誅殺，党項不勝憤怒，故反。……自是繼選儒臣以代邊將之貪暴者，行日復面加戒勵，党項由是遂安。」則此制當作於此時前後。二、文云自長慶以來「積三十年」，則乃大中四年（八五〇），然三十年或乃取整數，至大中五年已三十一年，亦可謂取整數謂三十年。杜牧大中五年九月後方可草制，故此文約大中五年（八五一）九月後所撰。

梁榮幹除檢校國子祭酒兼右神策軍將軍制①

敕。北落親軍，夾峙宫省，選忠勇者爲吾爪牙。右神策軍奉天鎮都知兵馬使、銀青光禄大夫、檢校國子祭酒、兼右威衛將軍、御史大夫、上柱國、安定郡開國公、食邑二千户梁榮幹，射必落鵰，力能扼虎〔一〕，自晦雄毅，益守謙恭。故能蹇護長榆，兵分細柳，恩加士卒，名著勤勞。今日擢掌五兵，榮懸三綬，勉礪鋒鍔，上答寵光。可檢校國子祭酒、兼右神策軍將軍知軍事、御史大夫、充馬軍都虞候，散官勳封如故。

【校勘記】

〔一〕「力能扼虎」，「虎」字原作「武」，據《全唐文》卷七四九改。按，「武」乃避唐諱改。

【注　釋】

① 本文撰於大中五年九月至大中六年（八五一至八五二）底之間，詳見本集卷一七《趙真齡除右散騎常侍制》注①。

吕衛除左衛將軍李銖除右威衛將軍令狐朗除滑州别駕等制①

敕。忠武將軍、前左武衛將軍、兼澧州長史、合川郡公、賜紫金魚袋吕衛等。衛爲天驕之魁，來就諸臣之位，誠敬忠信，不失其常。銖、朗入仕歲久，閱官頗多，聞無尤違，是率理道。將軍上佐，半刺之任，言於清時，皆爲美仕。帖以禄秩之綬，用嘉慕義之心，慎無自輕，勉於敬畏。可依前件。

【注釋】

① 本文撰於大中五年九月至大中六年（八五一至八五二）底之間，詳見本集卷一七《趙真齡除右散騎常侍制》注①。

張幼彰程脩己除諸衛將軍翰林待詔等制①

敕。翰林待詔、昭武校尉、前守左驍衛將軍、上柱國、賜紫金魚袋張幼彰等。幼彰、脩己，鴻都奏伎，攻於丹青，用志不分，與古爭品。審以武進，晚能知書，屢以辭章，上干丞相。知實以謹良綰務，師儒以詳練守職，或藝或勞，或遷或拔。將軍佐寮，皆爲寵擢，各守職秩，無忘專慎。可依前件。

【注　釋】

① 本文撰於大中五年九月至大中六年（八五一至八五二）底之間，詳見本集卷一七《趙真齡除右散騎常侍制》注①。

一品孫李明遠授左千牛備身等制①

敕。一品孫李明遠、三品孫韓鍔等，立侍交戟，纔能勝冠，出入見君父之尊，師資益忠孝之道。流離少好，騏驥老成，宜念聿脩，慎無欲速。明遠可致果副尉守左千牛備身，鍔可翊麾校尉守左千牛備身。

【注　釋】

①本文撰於大中五年九月至大中六年（八五一至八五二）底之間，詳見本集卷一七《趙真齡除右散騎常侍制》注①。

李郢除檢校刑部員外郎充鹽鐵嶺南留後鄭蕃除義武軍推官等制①

敕。前鳳翔節度副使、朝議郎、侍御史、内供奉、賜緋魚袋李郢等。五嶺之表，地遠京邑，吏以法制奉公，下以文律自持，蓋亦寡矣。而鹽鐵榷束之籍，延袤萬里，若當其才，非唯山澤之饒歸於公上，亦得以遠人利病聞於朝廷。今吾丞相揣摩新規，改易舊制，以郢文學廉慎，當官挺然，嘗倅賢侯，號爲名士，以此委任，必有可觀。蕃、瑾、嗣閔咸有才能，佐藩評刑，知己所請。各進官秩，皆爲榮遇，宜思報效，無累薦延。可依前件。

【注　釋】

①本文云「鹽鐵榷束之籍，延袤萬里，若當其才，非唯山澤之饒歸於公上，亦得以遠人利病聞於朝廷。

今吾丞相揣摩新規，改易舊制」。所謂丞相揣摩新規，改易舊制事，乃指裴休改易漕運之事。《舊唐書·裴休傳》：「（大中）六年八月，以本官同平章事，判使如故。自大和已來重臣領使者，歲漕江、淮米不過四十萬石，能至渭河倉者十不三四。漕吏狡蠹，敗溺百端。……洎休領使，分命僚佐深按其弊，因是所過地里，悉令縣令兼董漕事，能者獎之。……舉新法凡十條，奏行之。又立稅茶法十二條奏行之，物議是之。」《新唐書·裴休傳》同。據上所考，裴休大中六年八月任相，則文當作於大中六年（八五二）八月後。

韋宗立授檢校倉部員外郎知鹽鐵盧壽院等制①

敕。權知鹽鐵廬壽院事、朝請郎、侍御史、内供奉韋宗立等。近者恢復河湟，訓定羌虜，江湖之間，人安而不擾。供饋之費，財有餘而力不蹷，實由管榷，委之名臣。今者尚書休以爾宗立等上言，咸曰清白處己，勤謹奉公，予安能知，無不可者。暨頡與濳，皆稱名士，自有丞相爲爾己知。守職佐藩，無忝新命。可依前件。

【注　釋】

① 本制云「今者尚書休以爾宗立等上言，咸曰清白處己，勤謹奉公，……自有丞相爲爾己知」。按，所云「尚書休」、「丞相」即指裴休。裴休以禮部尚書、諸道鹽鐵轉運使入相之時間，《舊唐書·裴休傳》、《新唐書·宣宗紀》、《新唐書·宰相表》三、《資治通鑑》卷二四九均記於大中六年（八五二）八月，則此制乃作於是時稍後。

房次玄除檢校員外郎充度支靈鹽供軍使等制①

敕。前知度支河南院事、朝散大夫、試太子司議郎、兼侍御史、上柱國、賜緋魚袋房次玄等。有司臣各言爾等，或以科名文學，或以清白才用，列於薦籍，其辭甚美。分金穀榷運之務，無忘謹廉；佐諸侯將軍之府，宜竭裨助。報知苟盡，能不達乎？爾其勉之。可依前件。

【注　釋】

① 本文撰於大中五年九月至大中六年（八五一至八五二）底之間，詳見本集卷一七《趙真齡除右散

騎常侍制》注①。

李知讓加御史中丞依前邠州刺史韋瓊加侍御史充振武軍掌書記等制〔一〕①

敕。大中大夫、使持節邠州諸軍事、守邠州刺史、充兵馬留後、上柱國、賜紫金魚袋李知讓等。以知讓所理〔二〕，雜以華夷，宜假霜臺，用壓戎落。瓊、璹、覿等，皆吾卿大夫之令子弟也，戎臣知之，請爲佐理。夫幕吏之道，有事必言，知無不爲，考於職分，亦無本局，各思報效，勿事依違。可依前件。

【校勘記】

〔一〕「振武軍掌書記」，「軍」字原無，據《全唐文》卷七四九、文津閣本補。

〔二〕「知讓」，「讓」字原作「議」，據《全唐文》卷七四九、文津閣本改。

【注　釋】

① 本文撰於大中五年九月至大中六年（八五一至八五二）底之間，詳見本集卷一七《趙真齡除右散騎常侍制》注①。

崔彦曾除山南西道副使李詵山東道推官楊元汶京兆府法曹等制〔一〕①

敕。朝議郎、行鄭州管城縣令、上柱國、賜緋魚袋崔彦曾等。戎臣請士，京兆求賢，披其薦籍，皆曰才能。彦曾左官非罪，理人異等。詵張王賢客，梁苑辭人；元汶官決平之司，無舞文之過。移爲典獄，陟在賓階，不累己知，唯有直道。可依前件。

【校勘記】

〔一〕「李詵」，文津閣本作「季詵」。

【注　釋】

①本文撰於大中五年九月至大中六年（八五一至八五二）底之間，詳見本集卷一七《趙真齡除右散騎常侍制》注①。

李承慶除鳳翔節度副使馮軒除義成軍推官等制①

敕。朝議郎、前守太常丞、上柱國李承慶等。以文學升名於有司，以才能入仕於官次。諸侯辟之，以佐於賓席；天子用之，升於朝廷。次第等級，大小高下，亦與古之鄉舉里選，考德試言〔一〕，無以異也。爾等皆吾卿大夫之令子弟也，清風素範，克肖家聲，屬辭彫章，能取科第。既有知己〔二〕，皆爲才人，賢觀與遊，達視所舉。今爾賓主，兩皆得之，義則進，否則退，無爲美疢〔三〕，以求苟容。可依前件。

【校勘記】

〔一〕「考德」，《文苑英華》卷四一三作「考功」。

〔二〕「既有」，《文苑英華》卷四一三作「既爲」。

〔三〕「疚」，《文苑英華》卷四一三作「疹」，下校：「疑作疚。」

【注釋】

①本文撰於大中五年九月至大中六年（八五一至八五二）底之間，詳見本集卷一七《趙真齡除右散騎常侍制》注①。

夏侯曈除忠武軍節度副使薛途除涇陽尉充集賢校理等制①

敕。前昭義軍節度判官、朝議郎、殿中御史〔一〕、内供奉夏侯曈等。曈以科名辭學，開敏多才，久遊諸侯，常藴令聞，周知吏理，兼能潔身。戎臣上言，願爲毗贊，既諾仕以委質，宜直道以酬知。途以文行策名，節趣清遠〔二〕，言於後進，實爲秀人。延閣典校，丞相所請，勉循階級，以至堂奥。可依前件。

【校勘記】

〔一〕「殿中御史」，《文苑英華》卷四〇〇、《全唐文》卷七四九作「殿中侍御史」。

〔三〕「節趣」，《文苑英華》卷四〇〇校：「一作趣尚。」

【注　釋】

① 本文撰於大中五年九月至大中六年（八五一至八五二）底之間，詳見本集卷一七《趙真齡除右散騎常侍制》注①。

蕭孜除著作佐郎裴祐之陝府巡官崔滔櫟陽縣尉集賢校理等制①

敕。在春秋時，晉爲諸侯國也，尚立公族大夫，教育諸卿之子，富有賢哲，不假搜聘，召同列而會者，三百餘年。況今天覆盡得，而禹畫無遺，名卿賢相之家，清風素範之教〔一〕，子孫森羅，髦俊並作，次第敘用，豈歎乏才。匭使判官、將仕郎、守國子監太學博士蕭孜等，或以秀異得舉，文學決科；或以行實立身，遭逢知己，皆後生可畏之士，爲當時有才之人。東觀著述，殿閣典校〔二〕，參畫幕府，開導獻納，清秩美職，二者兼之。不由階級，安至堂奧，勉於脩慎，以俟超升。可依前件。

【校勘記】

〔一〕「之教」，文津閣本作「之族」。

〔二〕「殿」，《文苑英華》卷四〇〇作「延」，下校：「集作殿。」

【注釋】

① 本文撰於大中五年九月至大中六年（八五一至八五二）底之間，詳見本集卷一七《趙真齡除右散騎常侍制》注①。

楊知退除鄆州判官薛廷望除美原尉直弘文館等制①

敕。將仕郎、前守京兆府藍田縣主簿楊知退等。國家盪定濟魯，餘三十年，多用名儒鎮之，以還古俗〔一〕，其議賓吏，皆爲秀彥。弘文館四部群書，十八學士，詳考理亂，鋪陳王道，此乃貞觀之故事也，若非名士，固不與焉。知退與途，文行溫雅，副幕府之求；廷望才學聲華，膺丞相之選。當戰伐之後，切於供饋，庠、績自以謹幹，稱於有司。予非能知，咸徇其請，各宜率勵，無累所舉，可依前件。

【校勘記】

〔一〕「以還古俗」，「還」字原作「選」，據《全唐文》卷七四九、文津閣本改。

【注　釋】

① 本文撰於大中五年九月至大中六年（八五一至八五二）底之間，詳見本集卷一七《趙真齡除右散騎常侍制》注①。

白從道除東渭橋巡官陶祥除福建支使劉蜕壽州巡官等制〔一〕①

敕。度支東渭橋給納使巡官、將仕郎、試大理評事、兼監察御史白從道等。朕以國計出入，委於表臣〔二〕，尚書郎當戰伐之餘，財穀殫蹶，斷長補短〔三〕，以無爲有。今者上言三吏，皆曰周才〔四〕，校其智能，足應事役。暨守臣貽孫等，亦曰祥、蜕文學温慎〔五〕，可在賓階〔六〕。才者得失之端，士者功名之本，勉於自勵，無負己知。可依前件。

【校勘記】

〔一〕「支使」，原作「支後」，據《文苑英華》卷四一三、《全唐文》卷七四九、文津閣本改。

〔二〕「委於」，原作「委以」，據《文苑英華》卷四一三、《全唐文》卷七四九改。

〔三〕「斷長補短」，「短」字原作「矩」，據《文苑英華》卷四一三、《全唐文》卷七四九、文津閣本改。

〔四〕「周才」，《全唐文》卷七四九作「國才」。

〔五〕「文學溫慎」，「文」字原作「之」，據《文苑英華》卷四一三、《全唐文》卷七四九、文津閣本改。

〔六〕「可在」，原作「而在」，據《文苑英華》卷四一三、《全唐文》卷七四九、文津閣本改。

【注釋】

① 本文撰於大中五年九月至大中六年（八五一至八五二）底之間，詳見本集卷一七《趙真齡除右散騎常侍制》注①。

盧籍除河東副使李推賢殿中丞高湜除湖南推官薛廷傑桂管支使等制①

敕。河東節度副使、朝散大夫、檢校大理少卿、攝御史中丞、上柱國盧籍等。夫諸侯之任重矣，其行道也，得以阜俗變俗〔一〕；其行法也，得以刑人賞人，若張政化〔二〕，得以助業〔三〕。某等上言，咸舉可用。籍等或負才器〔四〕，倜儻不群；或以文章，策名俊秀；或有幹局，可佐囹圄，皆徇所請〔五〕，予安能知。并州近胡，王業兹始，艱難已來，何戰不會。長沙、始安，頗聞旱秏，各宜良士，以佐賢侯。夫直道枉道，無他故也，取容盡節而已，勿慮後患，宜竭報知。暨殿省佐僚，縣道爲郡，豈曰虚授，亦當爾才。正霜臺之舊名〔六〕，班芸閣之初命，各服寵禄，勉於自强。可依前件。

【校勘記】

〔一〕「變俗」二字原缺，據文津閣本增補。
〔二〕「政化」，原作「攻化」，據《文苑英華》卷四一三、《全唐文》卷七四九、文津閣本改。
〔三〕「得以助業」，《文苑英華》卷四一三校：「一作宜得所助。」
〔四〕「才器」，《文苑英華》卷四一三作「才氣」。
〔五〕「皆徇所請」，「請」字原無，據《文苑英華》卷四一三、《全唐文》卷七四九、文津閣本補。
〔六〕「舊名」，《文苑英華》卷四一三作「高名」。

【注　釋】

① 本文云：「長沙、始安，頗聞旱秏，各宜良士，以佐賢侯。」按，始安爲桂州始安郡。「長沙、始安，頗聞旱秏」乃大中五年事，此本集卷一七《權審除户部員外郎制》即云「湖嶺旱暵，百姓枵秏，老弱死道上」；又本集卷一七《令狐定贈禮部尚書制》亦云「去載桂陽，雖云旱秏，聞其風俗，芬若椒蘭」。據兩《唐書·宣宗紀》大中五年均記「是歲湖南大饑」事，故此制乃作於大中五年九月後。此亦可參《權審除户部員外郎制》注①。

鄭碣除江西判官李仁範除東川推官裴虔餘除山南東道推官處士陳威除西川安撫巡官等制①

敕。浙江西道都團練判官、將仕郎、監察御史裏行鄭碣、李仁範暨虔餘等，咸以文行，策名清時，諸侯知之，命爲幕吏。少微四星，處士毗輔之宿也。天之布列，在軒轅前，此乃天意親近賢良，先於妃后。威者吾能言之，耕延陵之皋，荷石門之篠，沉如魚潛〔一〕，冥若鴻翔，非吾賢相，爾不肯起。勉酬知己〔二〕，以壯在野。並可依前件。

【校勘記】

〔一〕「潛」，《文苑英華》卷四一三作「頎」，下校：「集作潛。」

〔二〕「勉酬」，原作「徇酬」，據《文苑英華》卷四一三、《全唐文》卷七四九改。

【注　釋】

① 本文撰於大中五年九月至大中六年（八五一至八五二）底之間，詳見本集卷一七《趙真齡除右散騎常侍制》注①。

裴詒除監察御史裏行桂管支使等制①

敕。前鄆曹濮等州觀察支使、朝散大夫〔一〕、試大理評事裴詒等。守臣有司，上言請士〔二〕，皆曰詒等士族之中有政事科名，清廉公謹，嘗經職守，稱有才能〔三〕。古人於一飯之恩，尚有殺身以報，況於知己，得不勉之。可依前件。

【校勘記】

〔一〕「朝散大夫」，《文苑英華》卷四一二作「朝散郎」。

〔二〕「上言請士」，《文苑英華》卷四一二、《全唐文》卷七四九作「上請諸士」。

〔三〕「稱有才能」，《文苑英華》卷四一二作「衆稱有才」。

【注　釋】

① 本文撰於大中五年九月至大中六年（八五一至八五二）底之間，詳見本集卷一七《趙真齡除右散騎常侍制》注①。

石賀除義武軍書記崔涓除東川推官等制①

敕。朝議郎、行秘書省著作佐郎石賀等。朕寄諸侯之事重矣，大者教化風俗，小者惠養黎衆〔一〕，環千里之疆，綰三軍之衆，講求倚用，不五六人。守臣公度、仲郢所請，賀等各以文學決科，愷悌干禄，觀其褎舉，皆是才名〔二〕。能報所知，能用可用〔三〕，在爾賓主，予不與焉。暨鑲與鈞，亦稱智敏，神州作掾，五庫掌財，足展幹能，無惰官守。可依前件。

【校勘記】

〔一〕「黎衆」，《文苑英華》卷四一三、《全唐文》卷七四九作「黎庶」。

〔二〕「是」，《文苑英華》卷四一三校：「一作有。」

〔三〕「能用可用」，此四字原無，據《文苑英華》卷四一三、《全唐文》卷七四九補。

【注釋】

① 本文撰於大中五年九月至大中六年（八五一至八五二）底之間，詳見本集卷一七《趙真齡除右散騎常侍制》注①。

顧湘除涇原營田判官夏侯覺除鹽鐵巡官等制①

敕。前振武軍節度判官、文林郎、監察御史裏行顧湘等。近者循名責實〔一〕，科指稍峻，諸侯有司，亦各搜選才良，以佐物務。湘、覺本以文進，兼通吏理；從周暨魯，皆稱幹能；于以聲韻上獻，律呂精工〔二〕，雖曰小道，亦有可觀。徇請酬勞，咸加新命，各守職分，無忘用心。可依前件。

【校勘記】

〔一〕「循名責實」，「實」字原作「貴」，據《全唐文》卷七四九、文津閣本改。

〔二〕「精工」，原作「精功」。文津閣本作「精工」，據改。

【注釋】

① 本文撰於大中五年九月至大中六年（八五一至八五二）底之間，詳見本集卷一七《趙真齡除右散騎常侍制》注①。

趙元方除户部和糴巡官陳洙除長安縣尉王巖除右金吾使判官等制①

敕。攝户部巡官、宣德郎、試秘書省校書郎、兼殿中侍御史趙元方等，各爲長才，自有知己。地官平糴，專豐耗發斂之任；京尉坐曹，決事得操豪猾。交戟之内，贊佐衛臣，言於仕進，皆曰得路，勉思報效，無累所舉。並可依前件。

【注　釋】

①本文撰於大中五年九月至大中六年（八五一至八五二）底之間，詳見本集卷一七《趙真齡除右散騎常侍制》注①。

韋承鼎除左贊善大夫韋謂除尚食奉御柳謙除壽安縣令韋選除義昌軍推官錢琦除滄景支使等制①

敕。前度支東渭橋給納使巡官、徵仕郎、試大理司直、兼殿中侍御史、柱國韋承鼎等，持身謹潔，美才周通，奉公當官，先勞後禄，端雅守道，俊秀升名，久遊賢侯，衆稱君子。參東朝之贊諭，分五尚之職秩，糾大府群吏之失，提王畿生齒之籍，方六七十，長億萬夫，金臺嘉招，武幄與食。法官憲秩，以壯藩垣，進於清時，皆爲美仕。近者屢譴幕吏，予豈無意，蓋欲廓賓階敢言之路，誡諸侯自是之尊。惟滄新造，控制兩河，付之誠臣，尤藉良畫。若免後患，慎勿苟容，各脩官業，無自媮薄。可依前件。

【注　釋】

① 本文撰於大中五年九月至大中六年（八五一至八五二）底之間，詳見本集卷一七《趙真齡除右散騎常侍制》注①。

康從固除翼王府司馬制①

敕。新授銀青光禄大夫、檢校國子祭酒、兼濮州長史、殿中侍御史、上柱國康從固。其父秀榮，實爲名將。李廣多爭死之士，竇嬰無入家之金。一收七關，易如拾芥。念爾跨馬事敵，執戈同仇〔一〕，壯比文鴦，勇同李敢。子之能仕，父教之忠。古人之言，信不虛設。今者願留闕下，以奉朝請。念其垂誨，可見至誠。曳裾憲寮，用爾恩寵，宜思終始，上報君親。可檢校國子祭酒、兼翼王府司馬、殿中侍御史，散官勳如故。

【校勘記】

〔一〕「執戈」，原作「執戎」，據《文苑英華》卷四〇五、《全唐文》卷七四九改。《文苑英華》於「戈」字下校：「集作戎。」

【注　釋】

①本文撰於大中五年九月至大中六年（八五一至八五二）底之間，詳見本集卷一七《趙真齡除右散騎常侍制》注①。

張正度除汾州别駕等制①

敕。中散大夫、前守青州别駕、上柱國張正度等，各以才能仕進，謹慎脩身，積日累時，咸有知己。或以序進，或徇所請，皆佐列郡，無怠官常〔二〕。可依前件。

【校勘記】

〔一〕「官常」，原作「官當」，據《文苑英華》卷四一四、《全唐文》卷七四九、文津閣本改。

【注　釋】

①本文撰於大中五年九月至大中六年（八五一至八五二）底之間，詳見本集卷一七《趙真齡除右散騎常侍制》注①。

馬迥除蜀州别駕等制①

敕。中散大夫、前守彭王府司馬、上柱國馬迥等。以爾入仕歲久，愈知爲理，半剌上佐，得與二千石參校政事短長利病者也。今以名郡，藉其佽助，各有兼授，以峻等衰。慎守官常，無自偷惰。可依前件。

【注釋】

①本文撰於大中五年九月至大中六年（八五一至八五二）底之間，詳見本集卷一七《趙真齡除右散騎常侍制》注①。

樊川文集卷第二十

高駢除祭酒兼侍御史依前充職右神策軍兵馬使制①

敕。右神策軍右廂兵馬使兼押衙、銀青光禄大夫、檢校國子祭酒、前靈州大都督府左司馬、殿中侍御史、上柱國高駢，禁旅典兵，爲吾爪士，言念付禄，未稱輸勞。外之王官，帖以憲秩，可曰榮遇，無忘盡瘁。可檢校國子祭酒、兼濮王府司馬、侍御史，餘如故。

【注　釋】

①　本文撰於大中五年九月至大中六年（八五一至八五二）底之間，詳見本集卷一七《趙真齡除右散騎常侍制》注①。

忠武軍都押衙檢校太子賓客王仲玄等加官制①

敕。忠武軍節度右都押衙、銀青光禄大夫、檢校太子賓客、兼殿中侍御史王仲玄等。自艱難以來，言念許師，何役不行，何戰不會？居常則長法知禮，臨敵則致命爭登，摽於和門，不忝「忠武」。爾等短衣長劍，事寇乘邊，觸履艱危，無所顧慮。將軍列狀，憲班酬勞，勿矜常勝，無忘淬礪。可依前件。

【注釋】

① 本文撰於大中五年九月至大中六年（八五一至八五二）底之間，詳見本集卷一七《趙真齡除右散騎常侍制》注①。

右神策軍押衙檢校太子賓客尚漢美等叙勳制①

敕。前件等拔以貔貅之勇，籍於禁旅之中，大刀長矛，重弓束矢，林會山立，星羅翼舒。唯以忠勤，拱我宸極〔一〕，錫之勳寵，以酬勞瘁。可依前件。

【校勘記】

〔一〕「拱我宸極」，「拱」字原作「供」，據《全唐文》卷七四九改。

【注　釋】

① 本文撰於大中五年九月至大中六年（八五一至八五二）底之間，詳見本集卷一七《趙真齡除右散騎常侍制》注①。

右龍武軍大將軍劉誠信等三十三人叙階制①

敕。右龍武軍大將兵馬都知、正議大夫、檢校太子賓客、上柱國、賜紫金魚袋、右龍武軍宿衛劉誠信等，技以勇聞，任因信普，力可挾輈以走敵，藝能奪稍以制人〔一〕，常礪鋒銛〔二〕，無所迴避。自拱宸極，益展忠勞，思以報之，何惜階級。可依前件。

【校勘記】

〔一〕「藝能奪稍」，「稍」字原作「弰」，據《全唐文》卷七四九、文津閣本改。

〔二〕「常礪鋒銛」，「銛」字原作「鍩」，據《全唐文》卷七四九、文津閣本改。

【注　釋】

① 本文撰於大中五年九月至大中六年（八五一至八五二）底之間，詳見本集卷一七《趙真齡除右散騎常侍制》注①。

柳師玄除衢州長史知夏州進奏等制〔一〕①

敕。夏州節度押衙知進奏、朝議郎、前權知杭州長史、兼監察御史、上柱國柳師玄等。將軍護塞，師玄主留邸之職；從瑜繼忿，以墨縗徇公，喪葬告滿；珪專書府藳委之務，咸有勞能，遷獎正名，亦其常也。各宜專謹，勿罹悔尤。可依前件。

【校勘記】

〔一〕《文苑英華》卷四一四題爲《授柳師玄衢州長史國從瑜刑州司馬制》。按,「刑」,當作「邢」。

【注　釋】

① 本文撰於大中五年九月至大中六年(八五一至八五二)底之間,詳見本集卷一七《趙真齡除右散騎常侍制》注①。

賴師貞除懷州長史周少鄘除虢州司馬王桂直除道州長史等制〔一〕①

敕。鳳翔府節度押衙知進奏、銀青光禄大夫、檢校秘書監、前兼亳州長史、殿中侍御史、上柱國賴師貞等。師貞主大藩留邸之事,少鄘專史閣錯雜之務,皆公謹歲久,官次宜遷。玄爽俾佐郡符,亦有可取。湖外饑人,相聚爲寇,蕩覆鄉縣,勢如燎火,蓋不得已,遂至翦伐。桂直用命〔二〕,一舉滅之,言念功勤,宜有褒賞。名郡上佐,帖以憲秩,耀爾軍旅,可增義勇。可依前件。

【校勘記】

〔一〕「道州」，原作「遒州」，據《文苑英華》卷四一四、《全唐文》卷七五〇、文津閣本改。

〔二〕「桂直」，原作「桂宜」，據《文苑英華》卷四一四、《全唐文》卷七五〇、文津閣本改。

【注　釋】

①本文云「湖外饑人，相聚爲寇，蕩覆鄉縣，勢如燎火，蓋不得已，遂至翦伐。桂直用命，一舉滅之，言念功勤，宜有褒賞。」按，此乃指湖南衡州鄧裴起義被鎮壓，王桂直遂以功被褒賞事。考《資治通鑑》卷二四九，大中六年四月記「湖南奏，團練副使馮少端討衡州賊帥鄧裴，平之」。據此，本文乃撰於大中六年（八五二）四月平鄧裴後。

景思齊授官知宣武軍進奏官制①

敕。宣武軍節度押衙知進奏、起復銀青光禄大夫、檢校太子賓客、兼歙州司馬、上柱國景思齊等。諸侯之任，各有職貢，小者得循事例，大者決於朝廷，聞白啓導，屬在留邸，爾等咸以謹密，能膺任使。或外除喪服，或超授新命，不失職禄，勉於忠勤。可依前件。

【注　釋】

①本文撰於大中五年九月至大中六年（八五一至八五二）底之間，詳見本集卷一七《趙真齡除右散騎常侍制》注①。

馮少端等湖南軍將授官制①

敕。湖南同團練副使馮少端等，皆長沙勇士，同戮兇徒〔一〕，言念功勤，咸宜升奬。帖之憲秩，試以崇班，名郡掾曹，亦爲美稱。特加恩寵〔二〕，非用彝章，耀爾轅門，可增忠壯〔三〕。可依前件。朱諫、周豹二人，委本道量事優奬。官健陞滿等一百二十八人，弩手并子弟周質等四百八十五人，並委本道酌事量加賞給。

【校勘記】

〔一〕「同戮」，原作「同擢」，據文津閣本改。

〔二〕「特加」，原作「特如」，據文津閣本改。

〔三〕「可增忠壯」，「可」，《全唐文》卷七五〇作「以」。

【注　釋】

① 按，馮少端乃討平湖南衡州鄧裴起義之將領。本文云「湖南同團練副使馮少端等，皆長沙勇士，同戮兇徒，言念功勤，咸宜升獎」，則升獎事乃在平鄧裴之後。考《資治通鑑》卷二四九，大中六年四月記「湖南奏，團練副使馮少端討衡州賊帥鄧裴，平之。」據此，本文乃撰於大中六年（八五二）四月平鄧裴後。

武官授折衝果毅等制①

敕。具官某等。夫折衝果毅，皆吾武位，以延勇士，國朝用此以進，立戰功至將軍者衆矣。自府兵一廢，名存實亡，今之來者，豈其人哉。近以邊障隙開，寇戎患結，豈無萬人之敵，奮於下位之中，但使披文，空增拊髀？並可依前件。

【注　釋】

① 本文撰於大中五年九月至大中六年（八五一至八五二）底之間，詳見本集卷一七《趙真齡除右散騎常侍制》注①。

張直方貶恩州司户制①

敕。朕聞先王之理也，設法誤罹，雖大必赦〔一〕；不忌故犯，縱小必誅。况乎凶狠不悛，罪戾日積，更欲矜免，其如法何！銀青光禄大夫、檢校刑部尚書、兼左驍衛大將軍、御史大夫張直方，念以來朝，嘉其慕善，付之寵禄，頗極尊榮。爲執金吾，鞭小過而至死；作禁軍統，去異縣而恣遊。尚以生自邊陲，素乏教義，退之散秩，以懲非心，俟其技拭舊痕，湔洗前過，必欲牽復，用存始終。豈暴虐得於天生，險悍著於心本，抵冒刑憲，縱恣胸臆。法所惡者，爾皆爲之，白晝九衢，指摘萬手〔二〕，作横日甚，而不自知，滿於聽聞，豈可悉數。《禮》曰：「凡有罪惡，屏於四裔，不留中國，唯舜能之。」况之堅頑有不移之姿〔三〕，網羅無屢開之典，荒服作掾，猶曰寬恩，爾能自新，豈惜後命。可守恩州司户參軍員外置同正員，仍即馳驛發遣。

【校勘記】

〔一〕「雖大必赦」，「赦」字原作「捨」，據《全唐文》卷七五〇改。

〔二〕「指摘萬手」，「摘」字原作「懀」，據《全唐文》卷七五〇改。

〔三〕「況之堅頑」，《全唐文》卷七五六無「之」字。

【注　釋】

① 本文乃張直方貶恩州司户制。據《資治通鑑》卷二四九大中六年十月載：「驍衛將軍張直方坐以小過屢殺奴婢，貶恩州司户。」則此制撰於大中六年（八五二）十月。

王著貶端州司户制①

敕。守愛州九真縣尉員外置同正員王著。漢家之制，雖丞相子亦當戍邊〔一〕，隋文之令，盜邊穀一升坐法斬首。蓋以西北鎮戍，華夏保障，法苟不立，所虞非細。爾當羌寇犯塞之日，天子拊髀之時，命守關防，以爲遮扞，而乃占役兵粮〔二〕，自取傭直，屏之荒服，以謹其類。乃令厥子，叫閽稱冤，再命坐獄，備見罪狀。幸以得無逋負，可以矜寬，爲列郡之掾曹，换萬里之一尉，足得循省，吾不負人。可守端州司户參軍置同正員〔三〕，仍即馳驛發遣。

【校勘記】

〔一〕「丞相」，「丞」字下原衍一「員」字，據《全唐文》卷七五〇刪。

〔二〕「而乃占役兵粮」，「役」字原作「般」，據《全唐文》卷七五〇改。

〔三〕「同正員」，「同」字原作「問」，據《全唐文》卷七五〇、文津閣本改。

【注　釋】

① 本文撰於大中五年九月至大中六年（八五一至八五二）底之間，詳見本集卷一七《趙真齡除右散騎常侍制》注①。

李玗貶撫州司馬制①

敕。朝散大夫、守光禄少卿李玗。昔開元致理之初，冀州刺史平嗣光闕温清之禮，遂奪其官，放歸田里，是故四十餘年，風俗忠厚，教化之本，豈先斯乎。爾爲將相之家，窮極富貴，坐有大第，官爲亞卿，母子異居，僅將十載，有司彈劾，事狀昭著。於吾用法，爾當何罪？俾佐名郡，尚曰寬恩。可守撫州司馬員外置同正員，仍即馳驛發遣。

【注　釋】

①本文撰於大中五年九月至大中六年（八五一至八五二）底之間，詳見本集卷一七《趙真齡除右散騎常侍制》注①。

姜閱貶岳州司馬等制①

敕。朝議郎、前守景陵臺令、上柱國姜閱等。盜逆無狀，輒犯陵寢，侵攘法物，聞之震驚。爾等官業，在於守奉，懈怠所致〔一〕，是誰之過？言於末減〔二〕，朕不敢議，各宜佐官，用正典刑。可依前件，仍並馳驛發遣。

【校勘記】

〔一〕「懈怠所致」，「致」原作「政」，據《全唐文》卷七五〇改。

〔二〕「末」，文津閣本作「未」。

【注　釋】

①本文云「盜逆無狀，輒犯陵寢，侵攘法物，聞之震驚。爾等官業，在於守奉，懈怠所致，是誰之過？」則姜閲之貶岳州司馬乃因懈怠，盜賊侵犯陵寢所致。考《舊唐書・宣宗紀》：「大中五年十二月，盜斫景陵神門戟，貶宗正卿李文舉睦州刺史、陵令吳閲岳州司馬、奉先令裴讓隨州司馬。」按，此處姜閲作吳閲，當爲同一人，其名必有一誤；貶官時間記於大中五年十二月亦不可信。按本集卷一八有《李文舉除睦州刺史制》，此制云「今則狂盜公然侵犯陵寢，毁櫝之罪，已坐首令；責師之義，固難矜寬」，故貶李文舉睦州刺史。考《唐會要》卷一七《廟災變》：「大中五年十二月，景陵有賊驚動，斫損門戟架等。至六年四月，下詔曰：景陵神門，盜傷法物，其賊既抵極法，官吏等須有懲責……其日，貶宗正卿李文舉爲睦州刺史。」又《嚴州圖經》卷一牧守題名，亦記李文舉大中六年四月十三日自宗正卿拜睦州刺史。故是文乃撰於大中六年四月。吳閲、裴讓等人乃與李文舉因同緣由同時被貶，則《舊唐書・宣宗紀》所記大中五年十二月乃盜斫景陵神門戟時間，而非諸人被貶時間，諸人貶謫時間當在大中六年（八五二）四月。

武易簡量移梧州司馬制①

敕。守崖州司户參軍員外置同正員武易簡〔一〕，寇來乘城，不能死節，以此播棄，爾亦何辭。

然漢誅李陵，是爲虐典〔一〕；魏捨于禁，實得中道。力不足者，法宜矜焉。守臣教爲吾爪牙，能與別白，使易簡導生還之路，朝廷無失入之刑。咨爾三事大僚，百司庶尹，率能守此，可期治平。各宜盡規，朕不惜失。可守梧州司馬員外置同正員。

【校勘記】

〔一〕「正員」，原無「員」字，據文津閣本補。

【注　釋】

① 本文撰於大中五年九月至大中六年（八五一至八五二）底之間，詳見本集卷一七《趙真齡除右散騎常侍制》注①。

王元宥除右神策軍護軍中尉制①

敕。繁纓趨朝〔一〕，交戟入侍，委以兵衛，固須信臣。內樞密使、驃騎大將軍、行右威衛上將軍、知內侍省事、上柱國、晉國公、食邑二千户王元宥，儉而多才，忠而能力，事君盡禮，處己無私，自主樞要，益見誠信。今者十萬全師，北落禁旅，視吳漢差强人意，非韓信無可計事。是以輟自心腹，寄兹爪牙，以盡爾材，出於余志。爾戢斂豪猾〔二〕，整肅威容，無使鄉閭，致有侵害。勉酬倚任，以報君親。可行右驍衛上將軍、知内侍省事、充右神策軍護軍中尉、兼右街功德使，散官勳封如故。

【校勘記】

〔一〕「繁纓趨朝」，「繁」字原作「緐」，文津閣本則作「繁」。按，繁纓，諸侯所用之馬腹帶飾。《左傳·成二年》：「既，衛人賞之以邑，辭，請曲縣繁纓以朝，許之。」《全唐文》卷七五〇亦作「繁」，今據改。

〔二〕「戢斂」，原作「戰斂」，據《全唐文》卷七五〇改。

【注　釋】

① 本文撰於大中五年九月至大中六年（八五一至八五二）底之間，詳見本集卷一七《趙真齡除右散騎常侍制》注①。

周元植除鳳翔監軍制①

敕。控秦塞之西，扼胡苑之左，乃睠岐、隴，爲國藩牆，命以監撫，宜崇班秩。鳳翔監軍使、銀青光禄大夫、右領軍衛大將軍員外置同正員、上柱國、汝南郡開國公、食邑二千户、賜紫金魚袋周元植，事君以敬，處仕無私，節操淩霜而不凋，肝膽開忠而洞見。謙以自得，高而益兢，累監三軍，推誠一貫。言念西塞，未得高枕，用其聲實，以護藩垣。夫處於兵戎，予今誡汝，無怨不過於遠利，伏衆莫若於律身，立事成功，酬恩垂美，在此二者，汝其勉之。寵以内省之崇，仍兼將軍之貴，往服休命，無忝恩榮。可守右監門衛大將軍、知内侍省事，散官勳封賜如故，依前監鳳翔節度兵馬。

【注　釋】

①　本文撰於大中五年九月至大中六年（八五一至八五二）底之間，詳見本集卷一七《趙真齡除右散騎常侍制》注①。

朱能裕除景陵判官制①

敕。新授景陵判官、上騎都尉朱能裕。朕以橋山弓劍〔一〕，渭北衣冠，霜露之心，悽感常切。以汝端謹有守，操尚無尤，常在傍側，備見忠孝。用是獎擢，爰資守奉，夙夜勤敬，無忝委任。可將仕郎、内侍省掖庭局宫教博士員外置同正員，餘如故。

【校勘記】

〔一〕「橋山弓劍」，「橋」字原作「喬」。按，《史記·五帝本紀》：「黄帝崩，葬橋山。」又，《全唐文》卷七五〇作「橋」，今據改。

【注　釋】

① 按，朱能裕除景陵判官，蓋在盜斫景陵神門戟，景陵令姜（吳）閱被貶岳州司馬時，亦即在大中六年（八五二）四月，詳見本集卷二〇《姜閱貶岳州司馬等制》所考。

劉全禮等七人並除内侍省内府局丞置同正等制①

敕。賜緋魚袋、上柱國劉全禮等。置在傍側，皆有才能，既歷歲時，合霑班秩。各宜敬恭職禄，不懈忠勤。可依前件。

【注釋】

① 本文撰於大中五年九月至大中六年(八五一至八五二)底之間，詳見本集卷一七《趙真齡除右散騎常侍制》注①。

宋叔康妻封邑號制〔一〕①

敕。《詩》稱《鵲巢》，《禮》榮翟茀，既彰牙爪之效，宜齊伉儷之榮。左神策軍護軍中尉、兼左街功德使、特進、左領軍衛大將軍、知内侍省事、上柱國、廣平縣開國侯、食邑一千户宋叔康妻清河縣君房氏，懿兹柔淑，作配忠勳，能潔蘋蘩，克叶姻族。成此内則，穆其壼風，稱爲令人，實光婦道。爰疏封爵，用舉典章，可服寵榮，勉於輔佐。可封清河郡夫人〔二〕。

【校勘記】

〔一〕《文苑英華》卷四一九題爲《封宋叔康妻房氏河東郡夫人制》，《全唐文》卷七五〇題爲《宋叔康妻房氏封河東郡夫人》。

〔二〕「封清河郡」，《文苑英華》卷四一九、《全唐文》卷七五〇作「河東郡」。

【注　釋】

① 本文撰於大中五年九月至大中六年（八五一至八五二）底之間，詳見本集卷一七《趙真齡除右散騎常侍制》注①。

吐突士曄妻封邑號制〔一〕①

敕。《詩》美夫人，《禮》稱内子，允膺腹心之任〔二〕，宜崇家室之榮。弓箭軍器等使、特進、行右領軍衛大將軍、知内侍省事、上柱國、陰山縣開國公、食邑一千五百户吐突士曄妻咸陽縣君田氏，生於富貴，作配忠貞，柔婉自卑，儀範可則。職勤賓祭，道睦姻親，既諧閨門〔三〕，克成婦德。爰加禮秩之貴，以彰輔佐之勤，榮我疏封，無忘内助。可封雁門郡夫人〔四〕。

【校勘記】

〔一〕《文苑英華》卷四一九題爲《封吐突士曄妻雁門郡夫人制》，《全唐文》卷七五〇題爲《吐突士曄妻封雁門郡夫人制》。

〔二〕「允膺腹心之任」，「允」字原作「元」，據《文苑英華》卷四一九、《全唐文》卷七五〇、文津閣本改。

〔三〕「閨門」，原作「閨風」，據《文苑英華》卷四一九、《全唐文》卷七五〇改。

〔四〕《文苑英華》卷四一九、《全唐文》卷七五〇於文末均有「主者施行」四字。

【注　釋】

①　本文撰於大中五年九月至大中六年（八五一至八五二）底之間，詳見本集卷一七《趙真齡除右散騎常侍制》注①。

新羅王子金元弘等授太常寺少卿監丞簿制①

敕〔一〕。某臣等感恩知義，奉贄不闕，居大海之外，爲有禮之賓，爾國是也。自列國卿至于署丞，皆吾文吏之選，次第授爾，亦所以表他國不同禮也〔二〕。將我恩寵，耀爾殊鄰，慎勿怠違，永作藩屏。並可依前件，仍並放還蕃。

【校勘記】

〔一〕「敕」，原作「功」，據景蘇園本、《全唐文》卷七五〇、文津閣本改。

〔二〕「亦所以表他國不同禮也」，「亦」字原作「赤」，據《全唐文》卷七五〇、文津閣本改。

【注釋】

① 本文撰於大中五年九月至大中六年（八五一至八五二）底之間，詳見本集卷一七《趙真齡除右散騎常侍制》注①。

西州回鶻授驍衛大將軍制①

敕。古者天子守在四夷，蓋以恩信不虧，羈縻有禮。《春秋》列潞子之爵，西漢有隰陰之封，考於經史，其來尚矣。西州牧首頡干伽思〔一〕，俱宇合逾越密施莫賀都督、宰相安寧等，忠勇奇志，魁健雄姿，懷西戎之腹心，作中夏之保障。相其君長，頗有智謀，今者交臂來朝，稽顙請命，丈組寸印，高位重爵，舉以授爾，用震殊鄰。無忘敬恭，宜念終始。可雲麾將軍、守左驍衛大將軍外置同正員，餘如故。

【校勘記】

〔一〕「牧首」，「牧」字原作「放」，據《全唐文》卷七五〇改。

【注　釋】

① 本文撰於大中五年九月至大中六年（八五一至八五二）底之間，詳見本集卷一七《趙真齡除右散騎常侍制》注①。

沙州專使押衙吴安正等二十九人授官制①

敕。沙州專使衙前左廂都知押衙吴安正等〔一〕。自天寶以降，中原多故，莫大於虜〔二〕，盜取西陲，男爲戎臣，女爲戎妾，不暇弔伐，今將百年。自朕君臨，豈敢偷惰，乃命將帥，收復七關，爰披地圖，實得天險，遂使朝庭聲聞去聲，聞於燉煌〔三〕。爾帥議潮，果能抗忠臣之丹心，折昆夷之長角。竇融西河之故事，見於盛時，李陵教射之奇兵，無非義旅。爾等咸能竭盡肝膽，奉事長帥，將其誠命，經歷艱危。言念忠勞，豈吝爵位，官我武衛，仍峻階級，以慰皇華，用震殊俗。可依前件。

【校勘記】

〔一〕「專使」，「使」字原作「仗」，據《全唐文》卷七五〇、文津閣本改。

〔二〕「莫大於虜」，「於」字原作「之」，據《全唐文》卷七五〇改。

〔三〕「遂使」，「使」字原作「相」，據《全唐文》卷七五〇、文津閣本改。「聲聞」，文津閣本作「聲教」。

【注　釋】

①本文云「自朕君臨，豈敢偷惰，乃命將帥，收復七關，爰披地圖，實得天險，遂使朝庭聲聞聞於燉煌。爾帥議潮，果能抗忠臣之丹心，折昆夷之長角。……爾等咸能竭盡肝膽，奉事長帥，將其誠命，經歷艱危。言念忠勞，豈吝爵位，官我武衛，仍峻階級，以慰皇華」。據此可知吴安正等人之授官，乃在張義潮收復瓜、沙等十一州後獻朝廷地圖時。考《資治通鑑》卷二四九大中五年十月載：「張義潮發兵略定其旁瓜、伊、西、甘、肅、蘭、鄯、河、岷、廓十州，遣其兄義澤奉十一州圖籍入見，於是河、湟之地盡入于唐。」則吴安正等人之授官制即約撰於大中五年（八五一）十月稍後。

燉煌郡僧正慧菀除臨壇大德制①

敕。燉煌管内釋門都監察僧正兼州學博士僧慧菀。燉煌大藩，久陷戎壘，氣俗自異，果産名僧。彼上人者，生於西土，利根事佛，餘力通儒。悟執迷塵俗之身，譬喻火宅；舉君臣父子之義，教爾青襟。開張法門，顯白三道，遂使悍戾者好空惡殺，義勇者徇國忘家，裨助至多，品地宜峻。領生徒坐於學校，貴服色舉以臨壇，若非出群之才，豈獲兼榮之授，勉弘兩教，用化新邦。可充京城臨壇大德，餘如故。

【注 釋】

① 本文云「燉煌管内釋門都監察僧正兼州學博士僧慧菀。燉煌人藩，久陷戎壘，氣俗自異，果産名僧。……可充京城臨壇大德，餘如故」。據此知此制乃下於燉煌收復之後。考《資治通鑑》卷二四九大中五年十月載：「張義潮發兵略定其旁瓜、伊、西、甘、肅、蘭、鄯、河、岷、廓十州，遣其兄義澤奉十一州圖籍入見，於是河、湟之地盡入于唐。」據此本文乃作於大中五年（八五一）十月後。

【集 評】

【僧正兼州博士】杜牧集有燉煌郡僧正兼州學博士《慧苑除臨壇大德制》詞，蓋宣宗復河湟時事也。蕃僧最貴中國紫衣師號，種世衡知青澗城，無以使此等，輒出牒補授。君子予其權，不責其專也。（蘇軾《東坡志林》卷二）

契丹賀正使大首領等授官制〔一〕①

敕。幽州道入朝賀正契丹大首領討魯等〔二〕。天子有道，守在四夷，爾今來朝，予亦增愧。綏之玉帛，榮以班秩，宜懷恩寵，永保封疆。可依前件，仍並放還蕃。

【校勘記】

〔一〕「契丹賀正使大首領」，「大首領」，《全唐文》卷七五〇、文津閣本作「大酋領」。

〔二〕「契丹大首領」，「大首領」，《全唐文》卷七五〇、文津閣本作「大酋領」。

【注　釋】

① 本文撰於大中五年九月至大中六年（八五一至八五二）底之間，詳見本集卷一七《趙真齡除右散騎常侍制》注①。

黔中道朝賀牂牁大酋長等十六人授官制①

敕。黔中道朝賀牂牁大酋長、攝充州刺史趙瓊林等。夫西南諸國，自古多順，在法度之外，居繩墨之表，來朝有禮，歸貢不闕。玉帛以將厚意，階級以峻等衰，各服寵榮，無忘恭敬。可依前件，仍並放還蕃。

【注　釋】

① 本文撰於大中五年九月至大中六年（八五一至八五二）底之間，詳見本集卷一七《趙真齡除右散騎常侍制》注①。

黔中道朝賀訓州昆明等十三人授官制①

敕。黔中道朝賀訓州昆明繼襲部落主嵯阿如、弟攝訓州刺史嵯阿蒲等。招攜以禮，懷遠以德，此國家所以殊俗貢聘不倦，命舌人以通志意，委屬國以厚宴享。仍峻階級，式爾恩榮，無警邊陲，以念終始。可依前件，仍並放還蕃。

【注　釋】

① 本文撰於大中五年九月至大中六年（八五一至八五二）底之間，詳見本集卷一七《趙真齡除右散騎常侍制》注①。